Beth Wiseman

Ein Zuhause für das Glück

BETH WISEMAN

Ein Zuhause für das Glück

Aus dem amerikanischen Englisch
von Susanne Naumann und Sieglinde Denzel

SCM
Hänssler

SCM

Stiftung Christliche Medien

FSC www.fsc.org
MIX
Papier aus verantwortungsvollen Quellen
FSC® C006701

SCM Hänssler im SCM-Verlag GmbH & Co. KG · 71088 Holzgerlingen
Internet: www.scm-haenssler.de; E-Mail: info@scm-haenssler.de

Originally published in English under the title: The House That Love Built

Published by Thomas Nelson, Inc. in Nashville, Tennessee.
Cover art used by permission of Thomas Nelson, Inc.

Übersetzung: SunSide Übersetzung
Umschlaggestaltung: OHA Werbeagentur GmbH, Grabs, Schweiz;
www.oha-werbeagentur.ch
Satz: Satz & Medien Wieser, Stolberg
Druck und Bindung: CPI – Ebner & Spiegel, Ulm
Gedruckt in Deutschland
ISBN 978-3-7751-5506-9
Bestell-Nr. 395.506

Für Diana Newcomer

Eins

Brooke Holloway schrak aus dem Schlaf auf. Sie hatte geträumt. Als ihr der Traum wieder einfiel, spürte sie, wie sich ihr Magen schmerzhaft zusammenzog. Sie drehte sich auf die Seite, streckte die Arme nach Travis' Bettseite aus und wünschte sich, ihn allein durch die Kraft ihres Willens zurückholen zu können. So lag sie ein paar Minuten ganz still, doch dann zwang sie sich, wie jeden Tag, aufzustehen, sich anzuziehen und in die Küche hinunterzugehen.

Als Erstes stellte sie die Kaffeemaschine an. Dann schaute sie auf den Kalender links neben dem Kühlschrank, nahm einen schwarzen Textmarker, der daneben an einer Schnur hing, versah den heutigen Tag mit einem großen Kreuz, wie sie es jeden Morgen tat, und schrieb die Zahl »45« in die obere rechte Ecke des Kästchens. Auf diese Weise strichen die Kinder in einer Art Countdown die Tage bis zum 10. Juli ab.

Zwei Tassen Kaffee später stieg Brooke, immer noch gähnend, die Treppe wieder hinauf und ging über den Flur zu Meghans Zimmer. Sie klopfte.

»Aufwachen, Schlafmütze!« Brooke machte das Licht an und trat an das Bett ihrer heiß geliebten sechsjährigen Tochter, deren dichtes, blondes Haar sich wie ein Wasserfall über das Kopfkissen ergoss. »Zeit aufzustehen.« Sie setzte sich auf den Bettrand und drückte Meghan einen Kuss auf die Stirn, in Gedanken noch immer bei Travis. Er hatte es sich nicht nehmen lassen, die Kinder jeden Tag selbst zu wecken, denn – so sagte er – wenn er morgens als Erstes ihre Gesichter sah, konnte der Tag für ihn nur noch gut werden.

»Nur noch heute und dann noch zwei Tage Schule.« Meghan setzte sich auf und zog ihre Schlafanzughose ein Stück herunter, die sich in der Nacht hochgearbeitet hatte.

»Ich weiß.« Brooke stand auf und klatschte in die Hände. »Dann lass uns heute nicht zu spät kommen!«

Sie ging über den Flur in Spencers Zimmer. Nachdem er sie mehr als ein Mal gerügt hatte, hatte sie gelernt anzuklopfen, bevor sie sein Zimmer betrat.

»Herein.«

Spencer saß bereits auf dem Bettrand, als Brooke in sein Zimmer kam. Er wollte morgens nicht mehr umarmt und geküsst werden – und übrigens auch zu keiner anderen Tageszeit. Der Junge war in den beiden letzten Jahren sehr erwachsen geworden. Brooke fragte sich manchmal, wie weit das wohl ihre Schuld war. Vielleicht war es ihr nicht gelungen, den Kindern – insbesondere Spencer – Travis' Tod so zu erklären, dass sie ihn richtig verarbeiten konnten. Auf jeden Fall hatte ihr zehnjähriger Sohn keinen Zweifel daran gelassen, dass er diese »Drückerei und Knutscherei« nicht mehr duldete.

»Schön, dass du schon auf bist. Ich mache Schinken und Ei. Kommst du gleich runter?«

Spencer nickte, während er sich die Augen rieb und gähnte.

Dreißig Minuten später saßen sie zusammen am Tisch und aßen. Sie waren spät dran, wie jeden Morgen. Brooke schaute auf ihre Armbanduhr und hoffte nur, dass die Kinder nicht den Bus verpassten. Nicht schon wieder.

»Ich vermisse Großmutter«, sagte Meghan mit vollem Mund.

»Ich weiß. Ich auch.« Brooke schob sich eine letzte Gabel Schinken in den Mund, stand kauend auf und warf ihren Pappteller in den Mülleimer. »Wir treffen sie morgen nach der Schule. Heute Nachmittag spielt sie Bingo.«

»Sie spielt lieber Bingo, als ihre Enkel zu sehen?« Spencer stand auf und warf seinen Teller ebenfalls in den Mülleimer.

Brooke schaute wieder auf die Uhr und lächelte. »Ja. Ich glaube schon.« Sie schnippte mit den Fingern. »Jetzt aber hopp, hopp! Wir müssen los!«

Brooke hatte wiederholt versucht, ihrer Mutter den Umzug in die Einrichtung für betreutes Wohnen hier in Smithville auszureden, doch wenn Patsy Miller sich etwas in den Kopf gesetzt hatte, konnte sie keine Macht der Welt von ihrem Entschluss abbringen. »Dort kann ich Bingo und Karten spielen und sie bieten Töpfer- und Malkurse an«, hatte ihre Mutter erzählt. »Und Gladys hat gesagt, dass es sogar Tanzkurse gibt. Man braucht nicht mehr zu kochen, sie fahren einen zum Arzt und selbst putzen muss man auch nicht, wenn man nicht will. Für mich klingt das wie der Himmel auf Erden. Ich werde dort hinziehen, basta!«, hatte sie gesagt. Das war vor zwei Monaten gewesen.

»Wir werden schon wieder den Bus verpassen.« Meghan schnappte sich ihren Rucksack, der neben der Vordertür lag, und streifte ihn über die Schultern.

»Nicht, wenn ihr euch beeilt!« Brooke küsste sie auf die Wange. »Ich hab dich lieb.«

Dann griff sie sich Spencer und drückte ihm einen Kuss auf die Stirn. »Ich weiß, ich weiß«, sagte sie, als er sich wegduckte. »Aber hin und wieder musst du es eben ertragen.«

Brooke blickte den beiden von der Veranda aus nach, bis sie sicher im Bus verschwunden waren, und ging dann zu Fuß die zehn Minuten zu Millers Eisenwarenhandlung.

Francis Tippens, von allen nur liebevoll Big Daddy genannt, schloss gerade die Tür auf, als Brooke kam. Er war fast zwei Meter groß, eine Achtung gebietende Erscheinung, und niemand wagte es, ihn bei seinem Rufnamen zu nennen. Doch trotz des grimmigen Ausdrucks, den er stets zur Schau trug, war Brooke ganz sicher, dass er sein Leben für sie und ihre Kinder lassen würde, wenn es nötig wäre.

»Morgen, Ms Brooke.« Big Daddy hielt ihr die Tür auf. Während sie nach dem Lichtschalter tastete, stolperte sie über den Teppich, der im Eingang lag. *Das Ding muss unbedingt hier weg.*

Brooke trat an die Theke, Big Daddy ging nach hinten in den Laden und fing an, eine kürzlich eingetroffene Bestellung auszupacken. »Schönen guten Morgen, Big Daddy.«

Er drehte sich nicht um, sondern hob nur die Hand. Brooke ging hinter die Theke, setzte sich auf den Holzstuhl und schloss die Kasse auf. Sie holte das Bargeld vom gestrigen Tag aus ihrer Handtasche und legte es gerade in die Kasse, als die Tür erneut aufflog.

»Guten Morgen, Sonnenschein.« Brooke stemmte die Hände in die Hüften, als Juliet hereinschwirrte, und schüttelte den Kopf. Sie war gespannt, was Juliet wohl heute als Entschuldigung für ihr Zuspätkommen vorbringen mochte.

»Es tut mir so leid.« Juliet strich sich eine Strähne ihres langen, blonden Haars aus dem Gesicht – Haar, das nicht aussah, als sei es heute Morgen mit einem Kamm in Berührung gekommen. Dann rückte sie den Schulterriemen ihrer silbernen Handtasche zurecht und steckte ihre rosa Bluse wieder in den Bund ihres blauen Jeansminirocks. »Ich konnte meinen Schlüssel nicht finden.« Sie seufzte theatralisch auf. »Und dann fiel mir noch ein, dass ja heute Mittwoch ist und dass ich den Müll rausbringen muss.«

»Ist schon gut.«

Juliet war in Smithville aufgewachsen und arbeitete seit dem Abschluss der Highschool als Teilzeitkraft im Laden. Inzwischen besuchte sie die Texas State University, doch Brooke beschäftigte sie weiter, weil sie jetzt im Sommer Hilfe im Lager und bei der Buchführung brauchte.

»Ich mache erst mal Kaffee.« Juliet ging nach hinten ins Büro. »Willst du auch?«

Brooke nickte. »Ja, gern.«

Sie schob die Kassenschublade zu und schaute aus dem großen Fenster, das die gesamte Breite des Ladens einnahm. Auf der anderen Seite der Main Street sah sie den Laden, der Travis gehört hatte; die Fenster waren mit Brettern vernagelt. Travis hatte unmittelbar nach Beendigung der Highschool ein kleines Erbe seiner Großeltern dafür verwendet, das *Schatzkästchen*, einen Laden mit antiquarischen Büchern, Fotografien, alten Spielsachen und anderen Antiquitäten zu eröffnen. Brooke hatte stets im Scherz gesagt, der größte Teil dieser Sachen bestünde aus Zeug, das Travis seit seiner Kindheit gesammelt habe. Sie war ganz sicher, dass ihr Mann die Preise der einzelnen Stücke mit Absicht viel zu hoch angesetzt hatte, weil er im Grunde gar nichts verkaufen wollte. Zum Glück waren sie nicht allein auf Travis' Einkommen angewiesen gewesen.

Wenn doch nur endlich jemand den Laden mieten und ein neues Geschäft eröffnen würde! Vielleicht einen Süßwarenladen. Dann könnte sie sich einfach glücklich essen.

Owen Saunders ging über den Betonfußboden zur Ladentheke in Millers Eisenwarenhandlung. Überrascht bemerkte er, wie tief sich die bis unter die Decke gefüllten Regale in den Laden hinein erstreckten.

Bisher war er immer nach Austin gefahren, wenn er etwas brauchte, weil er annahm, dass Miller es ohnehin nicht führte, aber vielleicht hatte er sich ja geirrt. Doch bei seinem jetzigen Besuch ging es ihm weniger darum, etwas zu kaufen, als um einen Rat.

Eine Frau mit einer blauen Baseballkappe blickte auf, als er den Laden betrat. Seine Augen wanderten von ihrem Gesicht nach unten; dabei überlegte er, ob sie wohl wusste, dass auf der Vorderseite ihres weißen T-Shirts ein großer Schmutzfleck prangte.

»Huch«, sagte sie, zog das T-Shirt ein Stückchen von ihrer Brust weg und inspizierte den schwarzen Fleck. »Und dabei bin ich erst fünfzehn Minuten hier.« Sie lächelte. »Kann ich etwas für Sie tun?«

»Das hoffe ich.« Owen rieb sich das Kinn, weil er wusste, dass er sich seit drei Tagen nicht rasiert hatte und nicht gerade in bester Verfassung war. Seine Jeans und sein braunes T-Shirt waren mit weißen Farbspritzern übersät und wahrscheinlich roch er auch nicht gerade gut. »Ich bin dabei, ein Haus zu restaurieren, das ich vor Kurzem hier im Ort gekauft habe, und …«

»Oh! Welches denn?« Sie blätterte einen Stapel Papiere durch, die auf der Theke lagen, und sah ihn gar nicht an.

»Äh, das alte weiße in der Olive Street, drei Häuser von der Straßenecke.«

Die Frau hielt in ihrem Tun inne und hob den Kopf. »Sie haben die Hadley-Villa gekauft?«

»Na ja, ich würde es nicht gerade als Villa bezeichnen.«

»Wir hier nennen es Villa.« Sie legte den Kopf schräg. »Sie müssen eine große Familie haben. Sechs Schlafzimmer, wenn ich mich recht erinnere, und zweieinhalb Badezimmer – sehr ungewöhnlich für die damalige Zeit.« Sie tippte sich mit einem Finger auf die Lippen. »Außerdem ein großes Wohnzimmer und eine stattliche Küche. Ich glaube, es besitzt sogar einen Keller – etwas ganz Außergewöhnliches in unserer Gegend.« Sie schob ihre Mütze zurück und sah ihn an. »Dort wohnt seit mindestens zehn Jahren keiner mehr.«

»Keine Familie. Es gibt nur mich.«

So war das in Kleinstädten – jeder kannte jeden. Er hatte es Virginia gesagt, aber sie meinte, das würde sie nicht stören. Seine Exfrau hatte sich immer ein großes Haus in Smithville gewünscht, der Kleinstadt, in der der Film *Eine zweite Chance* gedreht worden war. Nach ihrer Scheidung hatte er das Haus gekauft, eigens um sie zu ärgern.

»Ich bin Brooke.« Sie streckte ihm die Hand hin. »Willkommen in Smithville. Ich war seit meiner Kindheit nicht mehr im Hadley-Haus, aber ich vermute, Sie werden ein recht guter Kunde werden.« Lächelnd hob sie eine Braue.

Sie war attraktiv, auf eine jungenhafte Art. Volle Lippen über makellosen, weißen Zähnen und große braune Augen. Ihren langen, sandblonden Pferdeschwanz hatte sie hinten durch die Öffnung der Baseballkappe gezogen. Er dachte an Virginia. Seine Exfrau hätte man niemals mit einer Baseballkappe angetroffen.

»Ich bin Owen Saunders«, sagte er dann. Ihm fiel auf, dass ihre Hände nicht glatt und weich waren wie die von Virginia und dass sie auch keinen lächerlich großen Klunker an der linken Hand trug wie seine Exfrau. Sie trug überhaupt keinen Ring. *Hör auf, alle Frauen mit Virginia zu vergleichen.*

»Und was führt Sie zu uns?« Sie legte die Handflächen auf die Theke und richtete sich auf.

»Ich habe gestern den Eingang gestrichen, aber die Farbe blättert jetzt schon ab.« Owen verlagerte sein Gewicht und seufzte. »Jetzt weiß ich nicht, was ich tun soll, ob ich noch eine Schicht auftragen soll, vielleicht eine dickere?«

»Haben Sie die Fläche vor dem Streichen gut gereinigt? Diese alten Häuser wurden oft mit Ölfarbe gestrichen und die muss man entfernen, bevor man die Grundierung aufträgt.«

Owen schluckte. Er hatte keine Ahnung von der Restaurierung alter Häuser. Virginia hatte auch die simpelsten Reparaturen an ihrem Haus in Austin von Fachleuten durchführen lassen. Sie war eine Perfektionistin und hatte es stets abgelehnt, irgendwelche Arbeiten am Haus Owen anzuvertrauen. Wenn er jetzt an ihre kühle Art dachte, fragte er sich, warum er sie überhaupt geheiratet hatte.

»Ich war wohl nicht gründlich genug.« Er würde ihr nicht sagen, dass er gar keine Grundierung benutzt hatte. »Was soll ich jetzt machen? Können Sie vielleicht Ihren Chef fragen?«

Einer ihrer Mundwinkel kräuselte sich, als sie lächelte. »Ich bin der Chef. Ihnen bleibt nichts anderes übrig, als die Fläche abzuschleifen und von vorn anzufangen.«

»Das soll wohl ein Scherz sein.« Owen seufzte wieder und schüttelte den Kopf. Das Projekt war als Beschäftigungstherapie gedacht gewesen – ein Zweck, den es voll und ganz zu erfüllen schien. »Ich glaube, dann brauche ich vor allem erst einmal Sandpapier.«

Sie stand auf, kam um die Theke herum und bedeutete ihm, ihr zu folgen. Sie war durchschnittlich groß für eine Frau, doch ihr Gang hatte absolut nichts Durchschnittliches. Nachdem er mehrere Sekunden den knackigen Sitz ihrer Jeans bewundert hatte, rief er sich in Erinnerung, dass es absolut keine Rolle spielte, ob sie attraktiv, verheiratet, alleinstehend oder vom Mars war.

Ich werde den gleichen Fehler kein zweites Mal machen.

»Sie brauchen das hier.« Sie deutete auf einen Karton zu ihrer Rechten. »Das ist die stärkste Schleifmaschine in dieser Preislage, die wir haben. Es wird Zeit brauchen, aber ich garantiere Ihnen, dass Sie Ihr Ziel erreichen.«

Owen blickte auf das Preisschild. Sechshundert Dollar. Er beschloss, nicht mehr über seinen teuren Fehler nachzudenken. Er brauchte ohnehin eine elektrische Schleifmaschine für den Rest des Hauses. Außerdem spielte es keine Rolle, wenn es Jahre dauerte, bis das Haus fertig war, weil er sowieso nichts anderes zu tun hatte. Er zog den Karton aus dem Regal. »Dann werde ich dieses Ding wohl kaufen müssen.«

Sie lächelte. Er nahm an, dass sie zufrieden war, weil sie gerade sechshundert Dollar gemacht hatte. Unwillkürlich erwiderte er ihr Lächeln. Sie gingen zusammen zurück zur Theke. Plötzlich hörte er Schritte hinter sich. Als er sich umdrehte, sah er eine junge Frau mit langem, blondem Haar und kurzem Jeansrock, die mit klappernden Absätzen hinter ihnen herkam. Ein dürres kleines Ding.

»Brooke! Brooke!«

Owen und Brooke blieben stehen. »Was ist denn los?«

Die junge Frau war ganz atemlos. »Ich muss dringend mit dir reden.« Sie wandte sich an Owen. »Bitte entschuldigen Sie uns einen Moment.« Während Owen wartete, betrachtete er ein paar größere Schleifgeräte und überlegte, ob er lieber eine stärkere Maschine nehmen sollte. Plötzlich drangen die Stimmen der beiden Frauen in seine Gedanken.

»Ich habe den Mann durch das Fenster im Büro gesehen, als er draußen vorbeiging; es muss der neue Typ sein, von dem alle reden. Er ist einfach nur *heiß* und außerdem sieht er aus, als ob er in deinem Alter wäre.«

»Nicht so laut! Und …«

Das Weitere konnte Owen nicht verstehen. Er grinste; das Kompliment gefiel ihm. Doch die beiden wussten nicht, dass er mit Frauen nichts mehr am Hut hatte. Niemals mehr. Er liebte noch immer eine Frau, mit der zusammenzuleben ihm unmöglich war.

Doch genau genommen … war es auch nicht einfach, mit ihm zusammenzuleben.

Endlich war es Brooke gelungen, Juliet zum Schweigen zu bringen, und sie kam wieder nach vorn in den Laden – zu dem heißen, neuen Typ. Doch jetzt hatten ihre Schritte plötzlich etwas Leichtes, Federndes – irgendwie war ihr Leben mit einem Mal aufregend geworden – was keinesfalls an Owen Saunders oder der Aussicht auf eine neue Liebe lag.

»Tut mir leid«, sagte sie, als sie wieder vor ihm stand. »Also – sind es vorwiegend kosmetische Arbeiten, die Sie an dem Haus vornehmen? Oder grundlegende Veränderungen, wie das Herausreißen von Wänden?« Sie gab den Preis des Schleifgeräts in die Kasse ein. »Zahlen Sie bar oder mit Karte?«

»Ich versuche einfach, es wieder bewohnbar zu machen.« Er reichte ihr eine Karte. »Wahrscheinlich sind es vorwiegend kosmetische Maßnahmen. Aber es ist trotzdem viel zu tun.«

»Kann ich mir lebhaft vorstellen.« Brooke biss sich auf die Lippen, während sie die Karte durch das Gerät zog. »Ist Ihnen dabei schon irgendetwas … Ungewöhnliches begegnet?« Sie hielt den Atem an und dachte an die Geschichten, die sie über das Hadley-Haus gehört hatte.

»Zählt dazu ein Waschbär auf dem Dachboden?« Er lächelte und schob die Hände in die Hosentaschen.

In einem anderen Leben hätte sie ihn attraktiv gefunden, trotz seines stoppeligen Kinns und seiner fleckigen Kleidung. Doch Travis war ihre große Liebe gewesen und sie war ganz sicher, dass kein anderer Mann seinen Platz einnehmen konnte.

Dennoch hatte Owen Saunders etwas an sich, das ihr Interesse weckte, und ihr wurde doch tatsächlich ein wenig schwindlig, während sie darüber nachdachte. Wenn sie es geschickt anstellte, bekam sie jetzt endlich die Chance, das Haus zu betreten und sich dort umzuschauen.

Und nachzusehen, ob das, was sie gehört hatte, stimmte.

Zwei

Jedes Mal, wenn Brooke ihre Mutter in der kleinen Wohnung im *Oaks*, einer Einrichtung für betreutes Wohnen, besuchte, fragte sie sich, ob ihr Entschluss richtig gewesen war. Nach Travis' Tod hatte ihre Mutter ihr Haus verkauft und war zu Brooke und den Kindern gezogen. Brooke war der Ansicht, dass das Arrangement bestens funktionierte. Ihr Haus mit seinen vier Schlafzimmern bot genügend Platz für die ganze Familie, und sie und die Kinder hatten es sehr genossen, ihre Mutter jeden Tag bei sich zu haben. Auch ihrer Mutter hatte es gut gefallen – hatte Brooke jedenfalls angenommen.

Das schlicht möblierte Apartment, in dem sie jetzt wohnte, bestand aus einem kleinen Wohnzimmer, einem winzigen Schlafzimmer, einem Badezimmer und einer Küchenzeile mit Mikrowelle, Minispüle und ein paar Einbauschränken. Zum Mittag- und Abendessen ging sie in den Speisesaal; ansonsten achtete Brooke darauf, dass stets Müsli und Obst zum Frühstück vorrätig waren.

»Großmutter, du siehst aber hübsch aus«, sagte Meghan, als sie die Wohnung betraten. Brooke selbst blieb stocksteif vor Überraschung in der Tür stehen. Sie konnte sich nicht erinnern, wann sie ihre Mutter das letzte Mal so herausgeputzt gesehen hatte. Ihr grau gesprenkeltes braunes Haar war frisch geschnitten und … war das etwa blauer Lidschatten? Dazu trug sie einen marineblauen Hosenanzug, den Brooke noch nie gesehen hatte.

»Willst du ausgehen?« Brooke stellte ihre Tasche auf dem Sofa ab. Spencer umarmte seine Großmutter, eine Geste, bei der Brooke ganz warm ums Herz wurde. Ihre Mutter war seit drei Jahren nicht mehr Auto gefahren, seit ihr Grüner Star sich so verschlechtert hatte, dass sie die Sehprüfung nicht mehr bestand.

»Nur zum Essen«, antwortete ihre Mutter mit einem Achselzucken. Dann hob sie einen Finger und lächelte. »Aber heute Abend spielt eine Band.« Sie ging zum Sofa und setzte sich. »Gladys, Audra und ich hatten Lust, uns ein bisschen aufzubrezeln. Wir tun das viel zu selten.«

»Meghan hat recht. Du siehst wirklich sehr hübsch aus.« Brooke setzte sich neben ihre Mutter. Meghan nahm auf ihrer anderen Seite Platz und schmiegte sich an sie, Spencer warf sich in den Schaukelstuhl. »Brauchst du etwas? Müsli? Irgendwas anderes?«

»Hmm.« Ihre Mutter rückte ihre gold geränderte Brille zurecht und trommelte mit den Fingern auf ihr blaues Hosenbein. »Kannst du mir ein bisschen Parfum besorgen? Du weißt doch noch, welches ich benutze?«

»Chantilly, nicht wahr?« Wie könnte Brooke das je vergessen! Mom benutzte den blumigen Duft schon seit Ewigkeiten und hatte nie etwas anderes auch nur ausprobiert. »Aber du hast schon lange kein Parfum mehr getragen.«

»Ich weiß, meine Liebe. Aber die Mädels duften immer so gut und ich rieche nur nach Seife.« Ihre Mutter runzelte die Stirn und schob sich mit einer geübten Bewegung das Haar auf dem Hinterkopf hoch. Sie trug immer den gleichen Schnitt – kurz, mit leicht angestuftem Deckhaar.

»Ich kaufe dir dein Parfum.« Brooke legte ihrer Mutter die Hand aufs Bein. »Noch etwas?«

Mom schüttelte den Kopf. »Nein, ich glaube nicht.«

In der nächsten Viertelstunde fragte sie die Kinder nach der Schule und ihren Plänen für die Sommerferien, doch Brooke fiel auf, dass sie dabei wiederholt auf die Uhr sah. Plötzlich, als hätte sie ihre Großmutterrolle jetzt pflichtbewusst erfüllt, stand sie auf und nahm die beiden nacheinander fest in den Arm.

»Danke, dass ihr vorbeigeschaut habt, aber ich möchte nicht zu spät zum Essen kommen.« Damit ging sie zur Tür und setzte anscheinend voraus, dass die anderen ihr folgten.

Brooke blickte auf die Wanduhr, als sie aufstand. »Aber bis zum Essen ist es noch eine halbe Stunde, Mutter.«

»Ja, aber ich möchte einen guten Platz bekommen.« Ihre Mutter küsste die Kinder auf die Wange und hinterließ einen Lippenstiftabdruck. »Ihr wisst schon, wegen der Band. Heute Abend wird es ziemlich voll werden im Speisesaal.«

Spencer fuhr sich mit dem Handrücken über die Wange. Er sah mürrisch aus, als er, gefolgt von Meghan, zur Tür ging. Brooke umarmte ihre Mutter. »Okay. Ich komme morgen vorbei.«

Ihre Mutter zog die Brauen hoch. »Brooke, ich hab dich lieb. Aber du brauchst nicht jeden einzelnen Tag nach mir zu sehen.«

»Ich komme nicht jeden Tag. Ich komme jeden zweiten oder dritten Tag.« Brooke verschränkte die Arme vor der Brust. »Hast du uns satt?«

»Natürlich nicht.« Sie tätschelte Brookes Arm. »Aber du brauchst ein eigenes Leben, mein Schatz. Amüsier dich.«

Amüsier dich? »Ich amüsiere mich ja.« Brooke kam sich vor wie ein kleines Mädchen und merkte, wie ihre Stimme sich anklagend hob.

»Wie zum Beispiel?«

Sie blickte zu ihren Kindern hinüber, die gerade in den Minivan stiegen. »Ich und die Kinder amüsieren uns ständig. Wir gehen in den Park, ins Kino, wir backen ...«

»Nein.« Ihre Mutter schüttelte den Kopf. »Du brauchst ein wenig Amüsement für Erwachsene. Wann bist du das letzte Mal mit Freunden essen gegangen oder hast mit deinen Freundinnen einen Einkaufsbummel gemacht?«

Brooke konnte sich nicht erinnern. Die meisten von ihren und Travis' Freunden waren Paare gewesen, mit denen Brooke jetzt kaum noch Kontakt hatte. Die Erinnerung bedrückte sie. »So lange ist das noch gar nicht her«, sagte sie schließlich.

Ihre Mutter runzelte die Stirn. »Du lügst.« Sie trat auf Brooke zu und schob sie dabei fast zur Tür hinaus. »Es ist beinahe zwei Jahre her. Ich glaube, du solltest es allmählich wieder einmal wagen, dich zu verabreden.« Als Brooke den Mund öffnete, um etwas zu erwidern, hob sie einen Finger. »Ich weiß genau, was du jetzt sagen willst. Aber deine Kinder brauchen einen Vater. Und du bist zu jung, um jeden Gedanken an Liebe aufzugeben.« Ihr Gesicht wurde weich, sie legte Brooke die Hand auf den Arm. »Ich weiß, dass es wehtut, mein Liebling. Travis war ein wunderbarer Mann. Aber du musst nach vorn sehen.«

Brooke blinzelte. Von allen Menschen, die sie kannte, hatte ihre Mutter sie immer am besten verstanden und mit ihr mitgefühlt. Brookes Vater war zwar nicht gestorben, aber ihre Mutter hatte trotzdem jahrelang an einem gebrochenen Herzen gelitten. Warum machte sie ihr jetzt solchen Druck?

»Ich bin noch nicht so weit.« Brooke zwang sich zu einem Lächeln. Dann drehte sie sich um und ging zu ihrem Auto.

Patsy schloss die Tür hinter ihrer Tochter und stieß einen Seufzer der Erleichterung aus. Sie hatte ihre Familie von Herzen lieb, doch sie brauchte noch ein wenig Zeit für sich, um ihr Make-up aufzufrischen und sich die Hände mit parfümierter Handcreme einzucremen, damit sie nicht wie eine alte Frau roch, und Ohrringe anzulegen. Und sie war noch nicht so weit, ihnen jetzt schon von Harold zu erzählen.

Sie war kaum fertig, als es auch schon klopfte. Sie lief zur Tür und riss sie schwungvoll auf. Da stand er und sah einfach umwerfend aus in seiner hellbraunen Hose, dem weißen Pullover und den weißen Tennisschuhen. Sein Kahlkopf glänzte wie poliert und seine buschigen grauen Brauen wölbten sich über den schönsten hellblauen Augen, die sie je gesehen hatte. Patsys Herzschlag verdoppelte sich bei seinem Anblick.

»Hallo, mein Hübscher.« Sie lächelte und hoffte, dass sie keinen Lippenstift an den Zähnen hatte.

»Hallo, meine Schöne.«

Mit diesen Worten begrüßten sie einander seit zwei Wochen. Patsy fühlte sich wie ein Teenager, als sie spürte, wie ihr beim Klang seiner Stimme ein Schauer über den Rücken lief.

Harold bot ihr seinen Arm. »Gehen wir?«

Patsy hängte sich bei ihm ein, noch immer lächelnd, und sie schlenderten zusammen zum Speisesaal an der Ecke. Harold war drei Jahre älter als Patsy – zweiundsiebzig –, und obwohl er aufgrund gesundheitlicher Probleme in letzter Zeit stark gealtert war, war er in Patsys Augen noch immer der bestaussehende Mann der Welt.

Gladys und Audra saßen bereits am Tisch, als Patsy und Harold den Speisesaal betraten. Die Band war noch dabei, ihre Ausrüstung aufzubauen. Patsy fühlte sich wie ein Star, als sie an Harolds Arm zu ihren Freundinnen schwebte.

Sie war ins *Oaks* gezogen, um an den vielen Aktivitäten teilhaben zu können, von denen Gladys und Audra ihr vorgeschwärmt hatten. Dass sie hier Harold begegnet war, war ein Glück, mit dem sie nicht gerechnet hatte. Seit Jahren hatte sie sich nicht mehr so jung gefühlt. Als Frau, die eine Brustkrebserkrankung besiegt hatte, und Mutter einer jungen Witwe wusste sie ganz genau, wie kostbar Zeit war. Sie dachte kurz an Brooke und hoffte, dass ihre Tochter ebenfalls zu dieser Erkenntnis kommen würde – nach Möglichkeit etwas früher als sie.

»Du siehst wunderhübsch aus, Patsy«, sagte Gladys, als sie an den Tisch kamen. Das hörte sie heute Abend nun schon zum zweiten Mal. Patsy strahlte. Sie fühlte sich tatsächlich hübsch.

»Und ob sie das tut!« Harold rückte ihr lächelnd den Stuhl zurecht, und Patsy spürte, wie sie errötete. »Und Sie, meine Damen, sehen ebenfalls zauberhaft aus.«

»Ach was.« Doch trotz ihres Protests wirkte Gladys zufrieden. Harold wohnte nicht in der Einrichtung, doch er war schon drei Mal mit Patsy zusammen zum Essen gekommen und hatte rasch die Herzen ihrer Freundinnen erobert.

»Ich bin sicher, dass die Hummercremesuppe, die es heute Abend geben soll, misslungen ist.« Audra schüttelte den Kopf. »Wer nicht französisch kochen kann, sollte es gar nicht erst versuchen.« Sie holte tief Luft. »Und ich verwette einen Ameisenhaufen, dass sie die Crème brûlée ebenso wenig hinkriegen. Wahrscheinlich rühren sie einfach ein paar Fertigpuddings zusammen, streuen ein bisschen braunen Zucker darüber und zünden das Ganze dann mit einem Feuerzeug an.«

Die anderen hörten nicht auf ihr Gemecker. Sie waren es gewöhnt, dass Audra ständig am Essen herummäkelte. Sie war Köchin gewesen und hatte in New York City für die Reichen und Mächtigen gekocht. Doch Patsy fand das Essen hier gut, zumal sie es nicht selbst zubereiten musste. »Vielleicht ist es ja gar nicht so übel, Audra.« Patsy lächelte. Sie war so glücklich, dass nicht einmal Audras Gemaule ihrer guten Laune Abbruch tun konnte.

Sie sah Harold an. Als er ihren Blick erwiderte, spürte sie ein Flattern im Magen – ein Gefühl, das sie liebte und gleichzeitig fürchtete.

Owen setzte sich auf die Vordertreppe seines Hauses und trank einen Schluck von dem Eistee, den er sich geholt hatte. Er hatte die neue Farbe, die er aufgetragen hatte, und die Schicht darunter abgeschliffen und das ursprüngliche Holz freigelegt. Über fünftausend Quadratmeter Hausfläche und er hatte gerade mal knapp dreihundert abgeschliffen. Und diese dreihundert hatten ihn schon völlig geschafft.

Er ließ das Eis im Glas klirren, wischte sich mit dem Saum seines T-Shirts den Schweiß von der Stirn und beschloss, seine Vorgehensweise noch einmal zu überdenken. Die Maihitze war schon eine Herausforderung, doch im Juli und August würde er auf gar keinen Fall arbeiten können. Letztes Jahr war das Thermometer in Austin auf fünfundvierzig Grad geklettert. Als er das Haus kaufte, hatte er zwar gewusst, dass die Klimaanlage nicht funktionierte, hatte jedoch gehofft, die nötigen Reparaturen noch ein wenig aufschieben zu können. *Was habe ich mir nur dabei gedacht?*

Er fasste in die Tasche seiner Jeans und zog eine Visitenkarte heraus, die irgendjemand ihm vor ein paar Wochen gegeben hatte: Smithville Heizungs- und Klimatechnik. Das war jetzt sein nächstes Ziel: Er musste unbedingt die Klimaanlage reparieren lassen. In seinem Schlafzimmer hatte er zwar schon eine kleine Anlage installieren lassen, damit er überhaupt schlafen konnte, doch um die Arbeit im Haus fortzusetzen, durften darin keine Temperaturen wie in der Sahara herrschen.

Er drückte sich das kalte Glas an die Wange, blickte auf die andere Straßenseite hinüber und dann links und rechts die Straße hinunter. Virginias Traumhaus, so wie sie es sich immer gewünscht hatte. Um ihn herum standen sorgfältig restaurierte Häuser aus der Jahrhundertwende mit Veranden und herrlichen Grünanlagen. Manche hatten sogar weiße Lattenzäune. Es war genau das, was seine Frau – seine Exfrau – sich erträumt hatte. Und auch wenn Owen den Umzug aus der Stadt immer wieder aufgeschoben hatte – irgendwann hätte er es ihr ermöglicht. Hätte es ihnen beiden ermöglicht.

Der Klang von Polizeisirenen riss ihn aus seinen Gedanken. Als das Polizeiauto näher kam, richtete er sich auf. So was hörte man hier in der Gegend eher selten. Hin und wieder vielleicht einen Krankenwagen, aber keine Polizei. Owen hatte nach seinem Collegeabschluss eine Zeit lang als Sanitäter beim Rettungsdienst gearbeitet, daher kannte er den Unterschied zwischen den beiden Signalen.

Als das Sirenengeheul immer lauter wurde, stand er auf. Doch noch bevor das Polizeiauto sichtbar wurde, bog ein schlaksiger rothaariger Junge um die Ecke und rannte keuchend an Owen vorbei. Er trug zerschlissene Jeans und ein gelbes T-Shirt und einer seiner Arme war über und über mit Tätowierungen bedeckt, mehr konnte Owen nicht erkennen. Bevor das Polizeiauto kam, war er bereits um die nächste Ecke verschwunden.

Hmm.

Was er wohl angestellt hat?

Hunter Lewis sprang mitten in das Blumenbeet der Parsons und wünschte, er hätte heute nicht sein gelbes T-Shirt angezogen. Die Pflanzen reichten ihm fast bis zur Taille, deshalb duckte er sich und kroch so lautlos wie möglich durch die grünen Blätter. Wenn sie ihn noch einmal schnappten, wäre es nicht mehr mit einer Übernachtung im Gefängnis getan, dann musste er wirklich einsitzen, das hatte ihm der Richter vor ein paar Monaten unmissverständlich klar gemacht.

Noch etwa eine halbe Stunde, dann würde es dunkel werden. Neben seinem Ohr sirrte eine Mücke und er klatschte sich auf die Wange, ohne nachzudenken. Dann spähte er erschrocken durch die hohen Stängel, um zu sehen, ob irgendjemand das Geräusch gehört hatte. Nichts.

Der Klang der Sirene entfernte sich und Hunter war ziemlich sicher, dass sie die Suche vorerst eingestellt hatten. Aber bei Tagesanbruch würden sie weiter nach ihm suchen und das bedeutete, dass er heute Nacht nicht nach Hause konnte.

Schon wieder eine Mücke direkt vor seiner Nase. Hunter blähte die Nasenlöcher, schüttelte den Kopf und schlug um sich. Wenn er diesmal noch davonkam, würde er die Stadt verlassen. Das wollten sie doch ohnehin alle, auch seine Großmutter. Dafür brauchte er allerdings ein bisschen Geld und ihr konnte er es nicht wegnehmen. Sie brauchte jeden Penny für die vielen Tabletten, die sie nahm.

Plötzlich begann sein Herz so schnell zu schlagen, dass er kaum noch atmen konnte, und wenn er es nicht besser gewusst hätte, hätte er geschworen, dass ihm jemand die Hände um den Hals gelegt hatte. Er hasste dieses Gefühl. Großmutter sagte, das seien Panikanfälle, doch für Hunter fühlte es sich immer an, als ob er sterben müsste.

Er holte ein paar Mal tief Luft in der Hoffnung, seinen Herzschlag zu verlangsamen und den Schwindel zu vertreiben. Dann versuchte er, sich auf etwas anderes zu konzentrieren – darauf, wo er hingehen würde. Er hatte keine Angehörigen außer seiner Großmutter. Jedenfalls keine, die diese Bezeichnung wert waren.

Die unsichtbaren Hände schlossen sich fester um seinen Hals; er konnte fast nichts mehr sehen. In diesen Momenten fragte er sich immer, wo er wohl hinkommen würde, wenn er abnibbelte. Er war erst siebzehn.

Er schlug die Hände vors Gesicht und hätte am liebsten geweint. Was war er doch für ein Weichei! Aber in seinem Leben war so viel schiefgelaufen und er hatte keine Ahnung, wie er das alles wieder in Ordnung bringen sollte. Dabei konnte er noch nicht einmal jemand anderem die Schuld daran geben, das wäre nur eine billige Ausrede.

Kein Mensch hatte ihn gezwungen, vor ein paar Jahren einen Laden auszurauben oder vor ein paar Monaten Ms Skaggs Computer zu stehlen und zu versetzen. Aber Mom und Dad zu ertragen, wenn sie keine Drogen hatten, war, als lebte man mit zwei wilden Luchsen zusammen, die seit Monaten nichts zu fressen bekommen hatten. Es war einfacher, ihnen das Geld zu besorgen.

In Momenten wie diesem dachte er manchmal, dass es bestimmt einfacher wäre, wenn er sich die Pulsadern aufschnitt und verblutete. Das wäre auf jeden Fall besser als dieses schreckliche Gefühl, das ihn jetzt in den Klauen hielt. Und überhaupt – er hatte ohnehin nichts, für das es sich zu leben lohnte.

In diesem Moment spürte er einen scharfen Schmerz im Genick. Eine Hand. Eine starke Hand, die ihn auf die Füße zog. Wie das hilflose Baby, das er in diesem Augenblick innerlich war, hätte er beinahe aufgeschluchzt, während er wild darum kämpfte, freizukommen.

Doch er hatte keine Chance; der Typ war wirklich stark. Im Handumdrehen hatte er Hunter die Arme auf den Rücken gedreht und hielt ihn mit einer Hand fest. Mit der anderen packte er ihn am Arm.

»Ich glaube, die Polizei sucht dich.«

Hunter sagte nichts und bewegte sich auch nicht. Auf der Veranda der Parsons ging das Licht an. Der verrückte Mr Parsons trat mit einem Gewehr in der Hand heraus. Hunter musste denken, dass er noch Glück hatte, dass der Typ ihn als Erster geschnappt hatte, weil Mr Parsons sonst unweigerlich angefangen hätte zu schießen. So oft Hunter auch schon über den Tod nachgedacht hatte, durch einen Gewehrschuss wollte er nicht sterben.

»Nicht schießen!«, sagte der starke Typ, als Mr Parsons das Gewehr auf sie richtete. »Ich habe diesen Jungen in Ihrem Blumenbeet gefunden. Rufen Sie die Polizei. Ich glaube, sie suchen ihn.«

Mr Parsons kam näher; er ging gebückt, wahrscheinlich war er fast hundert Jahre alt. *Und solchen Leuten geben sie Gewehre?*

»Das ist doch der Lewis-Junge! Ich rufe die Polizei. Wer weiß, was dieser Abschaum diesmal wieder angestellt hat.«

Abschaum. Genau das war Hunter. Und alle wussten es.

Owen musste eine Aussage bei der Polizei machen – eine Unbequemlichkeit, an die er nicht gedacht hatte. Er hatte den Polizisten versucht zu erzählen, dass er einfach spazieren gegangen sei und den Jungen durch Zufall entdeckt hatte, doch sie hatten darauf bestanden, dass er mit auf die Wache kam.

Hunter Lewis wurde des Raubüberfalls und der anschließenden Flucht beschuldigt. Es waren nicht seine ersten Anklagen. Er hatte bereits ein langes Strafregister; Owen gewann den Eindruck, dass er ein stadtbekannter Unruhestifter war. Seine Eltern waren drogenabhängig und machten gerade eine gerichtlich angeordnete Entziehungskur. Hunter lebte bei seiner Großmutter, die ihn ganz eindeutig nicht im Griff hatte.

Hunter war siebzehn, doch mit seinem roten Haar, den Sommersprossen und der schlaksigen Gestalt sah er jünger aus. Owen hätte ihn auf vierzehn oder fünfzehn geschätzt. Von dem Platz, wo er saß, konnte er ihn in der Zelle sitzen sehen, die Arme vor der Brust verschränkt, mit einem zornigen Gesichtsausdruck, wie ihn nur ein Teenager über längere Zeit aufsetzen kann. Er war der einzige Gefangene in dem kleinen Gefängnis heute Nacht.

Owen sah auf seine Armbanduhr und war überrascht, dass es schon fast Mitternacht war. *In so einer kleinen Stadt geht nichts je schnell.*

»War's das?« Owen unterdrückte ein Gähnen.

Der Polizist, der seine Aussage aufgenommen hatte, ein Mann mittleren Alters, blickte nicht auf, sondern schaute weiter zwischen seinem Computer und einem Formular auf seinem Schreibtisch hin und her. »Äh – ja. Sie können gehen.«

Owen drehte sich um und wollte hinausgehen, als ihm plötzlich etwas einfiel. *Denk nicht dran. Geh einfach nach Hause.* Er tat noch ein paar Schritte in Richtung Ausgang, doch dann drehte er sich um und ging zurück zu dem Polizisten.

Er blickte auf das Namensschild, das der Mann trug. »Äh – Officer Ward?« Owen wartete, bis der Mann aufschaute. »Was passiert jetzt?«

Officer Ward hob eine buschige Braue und grunzte. »Er wird wohl ein Weilchen hierbleiben. Das ist nicht sein erstes Rodeo.«

Owen nickte wieder und kratzte sich am Kinn.

»Ist noch etwas, Mr Saunders?« Officer Ward versuchte gar nicht erst, die Gereiztheit in seiner Stimme zu verbergen.

Owen holte tief Luft und unterdrückte abermals ein Gähnen. »Nein. Ich glaube nicht.«

Er verließ die Polizeiwache mit dem dringenden Bedürfnis, für Hunter Lewis zu beten, obwohl er seit dem Tag, an dem Virginia ihm gesagt hatte, warum sie ihn verließ, nicht mehr mit Gott gesprochen hatte.

Drei

Brooke wachte am Samstagmorgen auf, als die Sonne schon durch die weißen Spitzenvorhänge vor dem Fenster fiel, und spürte eine Bewegung auf Travis' Bettseite. Sie blinzelte vorsichtig und blickte in die schönsten braunen Augen, die sie kannte.

Rasch senkte sie das Lid wieder, verzog das Gesicht und sagte mit tiefer Stimme: »Wer liegt da in meinem Bett?« Mit geschlossenen Augen streckte sie eine Hand nach der kleinen Gestalt neben sich aus.

»Ich, Mommy.« Meghan lachte. Brooke wusste, dass sie ihr ganzes Leben lang nicht müde werden würde, dieses Lachen zu hören.

»*Ich* und weiter?!«, knurrte Brooke und tastete mit geschlossenen Augen nach Meghan.

Meghan quiekte und versuchte, sich wegzuducken. »Du weißt genau, wer! Ich bin's!«

»Ich kenne keinen *Ich*.« Brooke zog sich die Decke über den Kopf. Sie wusste, was als Nächstes kam, und spannte sich mit aller Kraft an.

Meghan sprang auf ihren Bauch. »Es ist Samstag, Mommy! Steh auf! Heute ist Pfannkuchentag!«

Brooke schlug die Decke zurück und schaute ihrem kleinen Engel ins Gesicht. »Und wer kriegt die Pfannkuchen?« Brooke legte einen Finger an ihre Wange und wartete, dass Meghan ihr einen Kuss gab.

»Ich und Spencer.«

Brooke hatte schon lange vor Travis' Tod jeden Samstagmorgen Pfannkuchen gemacht. Danach waren Spencer und Meghan immer mit ihm ins *Schatzkästchen* gegangen, während sie selbst zur Arbeit in den Eisenwarenladen ging. Später, nachdem ihre Mutter zu ihnen gezogen war, waren die Kinder nach der Schule und an den Samstagen bei ihrer Mutter geblieben. Jetzt waren die beiden *gezwungen* – das war Spencers Wort –, mit Brooke zur Arbeit zu gehen. Ihr Leben hatte sich verändert, das war unbestreitbar, aber die Pfannkuchen standen noch immer jeden Samstagmorgen auf dem Programm. Brooke setzte sich auf, reckte sich und schwang die Beine aus dem Bett. »Ich komme gleich runter.«

Meghan lief hinaus. Brooke schlurfte zum Schrank und zog Jeans und ein T-Shirt heraus. Zehn Minuten später stand sie in der Küche und bereitete Pfannkuchen, nach guter alter Tradition. Sie legte Meghan die beiden ersten vor, dann ging sie zum Kalender und machte ein Kreuz in das entsprechende Kästchen.

»Wie viele Tage noch?«

Brooke schrieb die Zahl hinein; als sie sich wieder zu ihrer Tochter umdrehte, sah sie gerade noch, wie diese die Sirupflasche über ihren bereits völlig überschwemmten Teller neigte. »Zweiundvierzig«, sagte sie, ging zum Tisch, runzelte die Stirn und nahm Meghan die Flasche weg. »Das ist doch viel zu viel. Deine Pfannkuchen ertrinken ja.«

»Das macht sie immer.« Spencer verdrehte die Augen. »Und jetzt mag sie sie nicht mehr, weil sie pampig sind.«

Brooke wusste, dass er recht hatte. »Willst du neue?«, fragte sie ihre Tochter

Meghan nickte. In diesem Moment klopfte es an der Tür. Brooke schaute auf die Digitaluhr über dem Herd und fragte sich, wer wohl an einem Samstagmorgen um acht zu Besuch kam. Sie stellte den Herd aus, zog die Pfanne von der Platte und ließ den Pfannkuchen für Meghan auf einen frischen Teller gleiten.

»Hier. Und pass auf mit dem Sirup.« Damit lief sie aus der Küche, durch das Wohnzimmer zur Vordertür, wobei sie fast über Kiki fiel, ihre große, orange-weiße Katze. Sie riss die Tür auf und blinzelte überrascht auf den großen Blumenstrauß, den der Mann auf der Veranda ihr entgegenstreckte.

»Brooke Holloway?«

»Ja.«

»Für Sie.« Er hielt ihr einen bunten Strauß aus Tulpen, Orchideen und Tausendschönchen hin. Als Brooke danach griff, drehte er sich auch schon um und verschwand.

Dann sah sie den kleinen weißen Umschlag, der in dem Strauß steckte. Eine Adresse in Austin. *Wer um aller Welt schickt mir Blumen von einem Floristen aus Austin?* »Oder auch aus einer anderen Stadt«, murmelte sie, während sie wieder über die Katze stieg und zurück in die Küche ging.

»Mommy!« Meghan sprang auf und lief ihr entgegen, um die Blumen zu bewundern. »Die sind aber schön!« Sie stellte sich auf die Zehenspitzen und Brooke senkte den Strauß ein wenig, damit Meghan ihn sehen und daran schnuppern konnte. »Von wem sind die?«

»Ich habe keine Ahnung.« Brooke konnte sich nicht vorstellen, wer ihr Blumen schicken sollte. *Dummkopf! Du könntest ja vielleicht den Umschlag öffnen!* Sie holte vorsichtig die Karte heraus, noch immer ohne die geringste Vorstellung, was sie denken sollte. Doch als sie die mit blauer Tinte geschriebene Nachricht las, spürte sie, wie sie schwache Knie bekam. Sie schob die Karte in die Gesäßtasche ihrer Jeans und stellte die Blumen auf den Tisch.

»Und? Von wem sind sie?« Spencers Stuhl kratzte über den Holzboden, als er ihn vom Tisch fortschob und aufstand. Er stemmte die Hände in die Hüften. »Von wem sind sie?«

Ihr Sohn hatte kein Geheimnis daraus gemacht, was er von einem neuen Mann in ihrem gemeinsamen Leben hielt. »Du darfst uns keinen anderen Dad geben«, hatte er mehr als einmal fast giftig gesagt. Sie hatte ihm stets versichert, dass Travis nicht zu ersetzen war.

Jetzt musste sie ihre Kinder über den Spender der Blumen belügen oder sie ablenken, sodass sie heute Morgen keine Zeit mehr hatten, das Thema zu erörtern. »Niemand, den du kennst.« Das stimmte, doch Brooke spürte, wie Spencers Augen sie förmlich durchbohrten.

»Sie sind von einem Typ, oder?«, stieß er hervor.

»Spencer, du kennst denjenigen nicht, der sie geschickt hat, und außerdem ist es nicht, wie du denkst.« Brooke schüttelte den Kopf und fing an, den Tisch abzuräumen. Sie warf einen Blick auf die beiden Pfannkuchen, die auf einem Teller neben dem Herd standen, doch sie hatte den Appetit verloren.

»Ich glaube, sie sind von einem Mann.« Meghan stellte sich auf die Zehenspitzen und beugte sich über die Blumen. Ihre großen Augen wurden noch größer, während sie lächelte und erneut den süßen Duft einatmete. »Juliet hat gestern gesagt, dass ein neuer Mann in der Stadt wohnt und dass er fast gleich alt ist wie du. Er heißt Owen. Und Juliet hat gesagt …«

»Sei still, Meghan«, seufzte Brooke frustriert. Meghan grinste. Im Gegensatz zu Spencer hatte sie Brooke schon oft gefragt, ob sie nicht irgendwann einen neuen Vater haben könnten. Brooke konnte sich das nicht vorstellen, aber sie hatte stets geantwortet: »Man kann nie wissen.«

»Du solltest nicht alles glauben, was Juliet sagt«, meinte Brooke. Sie würde später mit Juliet ein Hühnchen zu rupfen haben. Im Moment machte ihr vor allem ihr Sohn Sorgen, der mit geballten Fäusten dastand. »Spencer …«, fing sie an, doch da stürmte er auch schon aus dem Zimmer. Brooke folgte ihm zur Vordertür, doch er rannte bereits die Straße hinunter. Sie rief ihm noch nach in der Hoffnung, dass er sie hörte. »Spencer, wir müssen zur Arbeit! Komm zurück! Die Blumen sind nicht von Owen!«

Seufzend schloss sie die Tür. Sie wusste, dass er nicht weit laufen und wahrscheinlich schon bald im Laden auftauchen würde. So eine Kleinstadt hatte auch ihre Vorteile. Ein wütendes Kind kam hier nicht weit. Und ein Eis aus Miss Vickies Drogeriemarkt heilte alle Wunden.

Trotzdem wollte sie sich auf die Suche nach Spencer machen, sobald sie angezogen war.

Owen zog die letzte Schraube in der Decke der Veranda fest. Der Schweiß rann ihm über das Gesicht. Dann richtete er sich auf und bewunderte zufrieden seine neue Schaukel. Er hatte es satt, immer auf der Treppe zu sitzen, und der kleine Tante-Emma-Laden in der Stadt hatte gestern Hollywoodschaukeln angeboten – hier in der Gegend hergestellt, fertig gestrichen und stabil genug für zwei. *In meinem Fall für mich allein.*

Vorsichtig ließ er sich auf der Schaukel nieder, wie um ihr Zeit zu lassen, sich an sein Gewicht zu gewöhnen. Hoffentlich hatte er einen festen Balken für die Verankerung getroffen. Sobald er sicher war, dass die Schrauben über seinem Kopf sich nicht lösten, stieß er sich mit den Füßen ab, bis die Schaukel richtig in Schwung kam. Dann schloss er die Augen und lächelte. *So eine Hollywoodschaukel hast du dir doch immer gewünscht, Virginia.*

Die Verbitterung drohte ihn manchmal beinahe zu ersticken, doch andererseits war sie das Einzige, was ihn gelegentlich ein bisschen trösten konnte. Als er, immer noch lächelnd, die Augen wieder öffnete, sah er einen kleinen Jungen die Einfahrt herauflaufen.

»Hi!« Owen hielt die Schaukel an. Der Junge runzelte die Stirn. »Alles in Ordnung?« Der Kleine trat auf ihn zu, schob die Hände in die Taschen seiner Jeansshorts und schüttelte den Kopf. Sein braunes Haar schien frisch geschnitten zu sein und er konnte nicht älter sein als neun oder zehn.

»Sind Sie … heißen Sie Owen?« Die Sonne schien so hell, dass der Junge die Augen zusammenkneifen musste.

»Ja, ich bin Owen. Ich wohne noch nicht lange hier.« Owen legte einen Arm auf die Rückenlehne der Schaukel und trommelte mit den Fingern auf das Holz. »Und wer bist du?«

»Spencer.«

Owen verfrachtete seine Hand auf sein Knie und wartete. War der Junge nur gekommen, um sich vorzustellen? »Schön, dich kennenzulernen, Spencer.«

Der Junge presste die Lippen zusammen und blickte erst nach links, dann nach rechts. Dann sah er wieder Owen an und hob das Kinn. »Ich suche meine Mutter.«

Owen rutschte ein Stückchen nach vorn. »Hast du dich verlaufen? Soll ich jemand anrufen?«

Spencer schüttelte den Kopf und sah ihn finster an. »Nein. Ich habe mich nicht verlaufen. Meine Mom hat sich verlaufen.« Er schwieg kurz und schaute sich wieder um. »Sie heißt Brooke Holloway.«

Owen erinnerte sich an die Frau, die ihm die Schleifmaschine empfohlen hatte. »Ja, ich kenne deine Mutter.« Er kratzte sich an der Stirn. »Was meinst du damit, dass sie sich verlaufen hat?«

Spencer trat einen Schritt näher und flüsterte fast. »Meine Mutter hat … Probleme.«

»Probleme?«

»Seit mein Dad nicht mehr da ist, ist sie nicht mehr ganz richtig im Kopf.« Er presste erneut die Lippen zusammen. »Manchmal verläuft sie sich.« Er schüttelte traurig den Kopf. »Sie geht einfach aus dem Haus und weiß gar nicht, wo sie hingeht. Und dann findet sie nicht mehr heim. Es ist wirklich traurig.«

Owen stand auf und kniete sich vor den Jungen hin. Hoffentlich war Brooke nichts passiert. Als er sie im Laden getroffen hattte, hatte sie ganz vernünftig gewirkt. »Soll ich jemanden anrufen?«

Spencer seufzte, ein Anflug von Ärger trat in seine Augen. »Nein. Ich finde sie jedes Mal und bringe sie nach Hause. Ich passe auf sie auf.«

»Ganz allein?« Das klang unwahrscheinlich. Owen sah Spencer unverwandt an, auf der Suche nach einem Hinweis, dass der Kleine die ganze Geschichte nur erfunden hatte. Owen wusste nicht viel über Kinder in diesem Alter. War es normal, dass sie völlig Fremden erfundene Geschichten erzählten?

»Meine Großmutter hilft mir, auf Mom aufzupassen.«

Das klang plausibler. Aber es war wirklich traurig. Der Gedanke, dass ein so kleiner Junge eine so große Verantwortung trug, behagte ihm gar nicht.

»Ich hab mich nur ein bisschen umgesehen. Sie taucht bestimmt bald auf. Sie führt die Eisenwarenhandlung in der Stadt.« Spencer kniff ein Auge zusammen. »Das wissen Sie wohl schon.«

Owen nickte, dann schirmte er seine Augen zum Schutz gegen die Sonne mit der Hand ab und spähte seinerseits nach rechts und links die Straße hinauf und hinunter. Er überlegte immer noch, ob vielleicht nicht doch Spencer selbst die Probleme hatte und ob er doch lieber jemanden verständigen sollte.

»Davon hat sie bestimmt auch den schlimmen Ausschlag auf ihrem Rücken – weil sie gegen irgendwas im Laden allergisch ist.« Spencer verzog das Gesicht und schloss die Augen. »Er geht überhaupt nicht mehr weg. Große rote Beulen auf dem ganzen Rücken, aus denen immerzu Zeug rauskommt.«

Owen versuchte, sich nichts anmerken zu lassen. Er erinnerte sich ausnehmend gut an Brookes Rückseite, als sie im Laden vor ihm hergegangen war. Jetzt konnte er diesem Bild noch große rote Beulen hinzufügen. »Das ist … äh … das ist aber schlimm«, sagte er schließlich und wünschte sich mehr denn je, die Glaubwürdigkeit dieses Kindes anzweifeln zu können. Doch Spencers Gesicht wirkte völlig aufrichtig. Und warum sollte er ihn auch anlügen?

»Ich suche jetzt lieber weiter.« Spencer lächelte und holte tief Luft. »Ich muss dafür sorgen, dass sie rechtzeitig zur Arbeit kommt.« Er drehte sich um, rannte plötzlich los, so schnell er konnte, und winkte nur noch einmal.

»War schön, dich kennenzulernen, Spencer.« Owen blickte ihm nach. Spencer war schon fast auf der Straße, als er sich noch einmal umdrehte.

»Und gegen Blumen ist sie auch allergisch!« Damit winkte er noch einmal und lief weiter.

Owen blickte ihm nach, bis er um die Ecke verschwand, dann setzte er sich wieder in seine neue Schaukel und stieß sich ab. Traurig schüttelte er den Kopf.

So ist das mit den Menschen. Man sieht nie hinter die Fassade.

Brooke setzte Meghan vor dem Laden ab; sie sollte bei Juliet bleiben, während sie nach Spencer suchte.

»Mit dir rede ich später.« Sie deutete mit einem Finger auf Juliet.

Juliet zuckte unschuldig die Achseln, schien aber kein ganz reines Gewissen zu haben, denn sie fing an, nervös mit einer Strähne ihres blonden Haars zu spielen.

Brooke ging nach vorn in den Laden, wo Big Daddy an der Kasse saß. »Ich bin gleich wieder da. Spencer ist sicher hier irgendwo in der Nähe.«

»Kein Problem. Ich war gerade dabei, hinten ein paar Wareneingänge zu verstauen, aber das eilt nicht.« Big Daddy schlug die Zeitung auf, die auf der Theke lag, und nahm sich eine Tasse Kaffee. »Worüber hat er sich denn geärgert?«

Brooke wollte nichts von den Blumen sagen, deshalb machte sie nur eine unbestimmte Geste. »Wer weiß das schon immer so genau?«

Sie hatte die Main Street abgesucht und war schon halb die Olive Street hinunter, als Juliet anrief und Bescheid sagte, dass Spencer im Laden sei.

»Gott sei Dank.« Sie machte mitten auf der Straße kehrt und wischte sich den Schweiß von der Stirn, der ihr in die Augen lief. Ihr rosa T-Shirt war ganz nass geschwitzt. Dann nahm sie ihr Haar zu einem Pferdeschwanz zusammen, schlang das Gummi darum, das sie in den Sommermonaten immer um ihr Handgelenk trug, und wollte gerade loslaufen, weil sie zurück in den Laden musste, als sie hörte, wie jemand ihren Namen rief. Sie blieb stehen, drehte sich um und sah Owen Saunders auf sich zukommen.

»Hey, Brooke.« Er streckte die Hand aus, als wollte er ihren Arm berühren, ließ sie dann aber wieder sinken. »Kann ich Ihnen helfen?«

Brooke fuhr sich mit dem Handrücken über die Stirn. »Äh, nein. Trotzdem vielen Dank.« Damit drehte sie sich um, doch diesmal packte er sie tatsächlich am Arm.

»Ich würde Ihnen aber gerne helfen. Wo wollen Sie denn hin?«

Brooke entzog ihm ihren Arm und brummte: »Ich muss zur Arbeit.« Sie zwang sich zu einem Lächeln, dann ging sie weiter. *Komischer Kauz.*

Owen hielt mit ihr Schritt. Er sah genauso aus wie die beiden letzten Male, als sie ihn gesehen hatte, doch selbst mit seiner Jeans voller Farbkleckse, den ausgetretenen Arbeitsschuhen und dem verschwitzten weißen T-Shirt war er noch ein gut aussehender Mann. Unter dem T-Shirt zeichneten sich seine breiten Schultern ab. Er war ein ganzes Stück größer als Brooke und sein dunkles Haar sah aus, als sei es heute Morgen auf einer Seite gescheitelt worden, doch im Moment war es völlig zerzaust vom Wind.

»Wie geht es mit dem Haus voran?«, fragte sie schließlich und überlegte, warum er sie wohl begleitete.

»Langsam.« Er lächelte, doch dann blieb er plötzlich stehen. »Mist!«

Brooke blieb ebenfalls stehen. »Was ist denn los?«

Er legte die Hand an die Stirn und schloss einen Moment die Augen. »Ich glaube, ich habe Wasser aufgesetzt, weil ich Eistee machen wollte.« Er runzelte die Stirn. »Ich muss zurück zum Haus.«

»Äh – macht doch nichts. In Ordnung.« Brooke zuckte die Achseln. »Wiedersehen.« Sie ging weiter, doch er holte sie rasch ein.

»Finden Sie denn auch hin?«

Brooke wandte ihm ihr Gesicht zu und sah ihn an, blieb aber nicht stehen. »Wo finde ich hin?« *Was hat der Typ nur?*

»Finden Sie den Weg zur Arbeit? Ich kann jemanden rufen ... oder mein Auto holen.«

Jetzt blieb sie doch stehen und starrte ihm in die blauen Augen. Dann sagte sie ganz langsam und deutlich: »Ja. Ich finde den Weg zu meiner Arbeit. Danke.« Daraufhin stemmte sie die Hände in die Hüften und wies mit dem Kinn zu seinem Haus hinüber. »Finden Sie denn zurück nach Hause?«

Er lachte. »Natürlich.«

»Sehr gut!« Sie klatschte in die Hände und ging rasch weiter, ohne sich noch einmal umzudrehen, in der Hoffnung, dass er ihr nicht wieder nachkam. Offenbar hatte sie sich von seinem Aussehen täuschen lassen; er wirkte ja eigentlich ganz normal. Als er bei ihr im Laden gewesen war, hatte er sich auch ganz normal benommen. *Aber irgendetwas stimmt nicht mit ihm, irgendetwas stimmt absolut nicht.*

Sie schüttelte den Kopf und musste an die Blumen denken, die sie bekommen hatte – eine Erinnerung, bei der sich ihr Magen verkrampfte.

Mit diesem ganzen Tag stimmt etwas nicht.

Vier

Am Sonntag versuchte Brooke, sich auf die Predigt des Pfarrers zu konzentrieren, doch sie hatte letzte Nacht wieder von Travis geträumt und war abgelenkt. Sie wusste nicht mehr viel von dem Traum, erinnerte sich nur, dass sie, Travis und die Kinder alle zusammen gewesen waren. Und dass sie glücklich gewesen waren.

Sie warf einen Blick nach rechts zu ihrer Mutter. Mom hatte seit Jahren nicht mehr so gut ausgesehen und Brooke war fast sicher, dass das pfirsichfarbene Kleid mit dem elfenbeinfarbenen Rüschenkragen neu war. Ein Mal pro Woche bot das Seniorenheim den Bewohnern einen Fahrdienst ins Einkaufszentrum. Ihre Mutter schien offenbar regen Gebrauch von dieser Ausflugsmöglichkeit zu machen. Brooke fiel außerdem ein Hauch blauer Lidschatten auf und auch Moms Wangen wirkten rosiger als gewöhnlich. Brooke hatte ihrer Mutter das Parfum gekauft, um das sie gebeten hatte, und wie immer hatte ihre Mutter darauf bestanden, ihr das ausgelegte Geld zu erstatten. Es musste gerade die Zeit zwischen zwei Einkaufsausflügen gewesen sein, da sie Brooke eigens gebeten hatte, ob sie ihr das Parfum besorgen könnte.

Das neue Leben schien ihrer Mutter sehr zuzusagen und Brooke wollte ihr nur ungern den Tag verderben, doch sie hatte beschlossen, ihr von den Blumen zu erzählen und warum sie den hübschen Strauß in den Mülleimer geworfen hatte.

Sie wartete bis nach dem Mittagessen, zu dem ihre Mutter sie in der Regel nach Hause begleitete, weil ihr klar war, dass es für sie beide ein höchst unangenehmes Thema sein würde. Spencer war oben in seinem Zimmer und spielte wahrscheinlich Videospiele, Meghan war in den eingezäunten Hinterhof gegangen, um zu schaukeln, wie sie es jede freie Minute tat. Brooke beobachtete sie durchs Küchenfenster. Beinahe konnte sie Travis hinter ihrer Tochter stehen sehen, lachend und sie anschubsend, sodass sie höher und höher in den Himmel flog.

»Ich muss dir etwas sagen, Mom.« Brooke löste den Blick von der Schaukel und drehte sich zu ihrer Mutter um. Mom saß am Küchentisch und nippte an einem Glas Eistee. Brooke schloss einen Moment die Augen; am liebsten hätte sie die Sache überhaupt nicht erwähnt. Aber sie hatte noch nie etwas vor ihrer Mutter geheim gehalten.

»Was denn?« Mom stellte ihr Glas ab, schob ihre Brille hoch, legte bedächtig die Hände auf den Tisch und setzte sich aufrecht hin. »Stimmt etwas nicht? Mit dir? Mit den Kindern?«

»Nein, nein, alles in Ordnung.« Brooke zog sich ebenfalls einen Stuhl an den Tisch und setzte sich langsam hin. »Es geht uns gut. Ich … ich habe nur …«

»Spuck's aus, Liebling.« Mom streckte die Hand aus und legte sie auf Brookes Hand. »Was ist los?«

Brooke legte den Kopf zurück, stieß die Luft aus und sah ihre Mutter an. »Vater hat mir Blumen geschickt.« Sie beobachtete das Gesicht ihrer Mutter und wartete, dass sich Trauer oder Zorn darauf abzeichneten, doch Mom gab keine Gefühle preis.

»Ach«, sagte sie schließlich und nippte an ihrem Tee.

Brooke beobachtete sie und wartete. *Das ist alles? Ach?*

Ihre Mutter rieb sich kurz die Stirn, dann sah sie Brooke an. »Du scheinst nicht gerade glücklich darüber zu sein.«

»Äh – nein, das bin ich in der Tat nicht.« Brooke lehnte sich zurück. »Ich will nichts mit ihm zu schaffen haben und die blöden Blumen habe ich weggeworfen.« Sie merkte, wie kindisch das klang, doch es war ihr egal.

Ihre Mutter trommelte mit frisch lackierten, rosa Fingernägeln auf den Tisch. »War eine Karte dabei?«

»Ja.« Brooke rieb sich die Arme. »Aber es war purer …« Wieder holte sie tief Luft und stieß sie energisch aus.

»Was hat er denn geschrieben?«

Brooke versuchte, sich an den genauen Wortlaut zu erinnern. »Er schrieb … hm … ich vermisse dich, Brooke, ich habe dich immer geliebt und hoffe, dich bald wiederzusehen. In Liebe, Daddy.« Sie blinzelte die Tränen zurück und schüttelte den Kopf. »Irgend so was.«

»Du musst ihm vergeben, Brooke.« Mit diesem sachlichen Ton hatte Brooke nicht gerechnet.

»Nein. Das tue ich nicht.« Sie dachte kurz daran, dass Travis ihr stets dasselbe gesagt hatte – dass sie ihrem Vater vergeben sollte, zu ihrem eigenen Besten.

»Und dass er auch noch schreibt, dass er mich liebt! Also wirklich, Mom! Man trampelt nicht auf den Menschen herum, die man liebt. Mir liegt nicht das Geringste daran, ihn je wiederzusehen.« Sie fuhr sich mit der Hand über die Augen.

»Hmmm.« Mom legte ihre Hände wieder flach auf den Tisch und starrte ins Leere.

»Mehr hast du nicht zu sagen?«

Ein kleines Lächeln kräuselte die Mundwinkel ihrer Mutter. »Nein, Brooke, ich hätte durchaus mehr zu sagen, aber ich sehe, dass du noch nicht bereit bist zu hören, was ich zu sagen habe.«

»Wenn du mir sagen willst, dass ich mich mit Daddy versöhnen soll, dann kannst du dir wirklich jedes Wort sparen, Mom. Mir liegt schon lange nichts mehr an ihm.«

»Ja. Das sehe ich an deinen Tränen.« Ihre Mutter stützte die Ellbogen auf den Tisch und legte das Kinn auf die Hände. »Warum sagst du mir nicht, was du wirklich fühlst?«

Brooke warf erregt beide Hände in die Luft. »Mom! Ich habe mitangesehen, wie du seinetwegen geweint hast, jahrelang! Er hat uns beide im Stich gelassen. Dir mag vielleicht noch etwas an ihm liegen, aber mir nicht! Ich möchte ihn nicht mehr sehen, und ich will auch nicht, dass die Kinder Kontakt zu ihm haben.« Sie ließ die Hände wieder fallen. »Ein paar Geburtstagskarten und ein Anruf hin und wieder machen noch keinen Vater.«

»Hmm.«

»Hör auf damit. Ich weiß, dass du mehr dazu zu sagen hast.« Brooke zog die Brauen hoch. »Hat er dir auch Blumen geschickt?«

Mom lächelte. »Nein, mein Liebling, das hat er nicht.«

»Nun, ich werde weder auf die Blumen noch auf die Karte reagieren«, schnaubte Brooke. »Im Übrigen könnte ich das auch gar nicht.

Ich habe keine Ahnung, wo er steckt.« Sie beugte sich vor. »Mom, bist du wirklich über das alles weg? Oder tut es dir immer noch so weh, dass du dir die Augen ausweinst, wenn du nachher allein bist? Sei ehrlich. Was glaubst du, warum Dad mir nach der langen Zeit schreibt?«

»Ich weiß es nicht.« Ihre Mutter sah ihr lange und intensiv in die Augen. »Für mich sieht es so aus, als suche er deine Vergebung.«

»Nun, da kann er lange suchen. Da kann er suchen bis in alle Ewigkeit. Ich habe ihm nichts mehr zu sagen.«

»Diese Einstellung tut dir selbst mehr weh als allen anderen.«

Brooke dachte wieder an Travis, doch sie schüttelte heftig den Kopf. »Schon klar, Mom. Aber ich will trotzdem nichts mit ihm zu tun haben.«

»Nun, das ist ganz allein deine Sache.«

Dann schwiegen sie beide eine Weile. Brooke wusste, dass ihre Mutter noch gelegentlich mit ihrem Vater sprach oder ihm schrieb. »Hast du ihm vergeben?«

Der Blick ihrer Mutter wanderte in die Küchenecke. »Ich habe deinem Vater schon vor langer Zeit vergeben.«

»Aber wie? Wie konntest du das, nachdem er … nach allem, was geschehen ist? Ich weiß noch genau, wie es war, vor allem am Anfang.«

»Es war schwer.« Ihre Mutter saß ganz still da, dann streckte sie die Hand aus und legte sie wieder auf Brookes Hand. »Aber es war die einzige Möglichkeit, mein Herz zu heilen. Und dein Herz braucht ebenfalls Heilung.«

»Na, dann muss ich einen anderen Weg finden, denn ich werde nicht mit ihm reden. Dieser andere Mensch, dessen Gene ich besitze, hat vor langer Zeit das Recht verloren, mein Vater zu sein, und ein dummer Blumenstrauß und eine Karte werden daran nichts ändern.« Sie zog ihre Hand fort. »Mom, ich bin froh, dass du deinen Frieden gefunden hast, aber ich kann das nicht. Tut mir leid.«

»Du musst deinen eigenen Weg finden, damit zu leben.« Ihre Mutter stand auf und schüttelte den Kopf. »Ich habe ein neues Leben angefangen und habe mich entschlossen, den Schmerz loszulassen.« Sie ging zu Brooke und legte ihr die Hand auf den Arm. »Wie du weißt, ist das Leben kurz. Travis' Tod war ein schwerer Schlag für dich, aber ich war damals sehr stolz auf dich. Irgendwie hast du es alles gemeistert und hast auch Gott nicht aufgegeben, obwohl ich weiß, wie unbegreiflich dir sein Plan für dein Leben war.« Sie schaute Brooke in die Augen.

Brooke senkte den Kopf; sie wusste, dass das nicht ganz stimmte. Ja, sie hatte an Gott festgehalten, aber sie hatte ihn lange Zeit infrage gestellt und manchmal zweifelte sie noch immer an ihm. Sie seufzte tief auf. »Ich liebe dich, Mom, und ich bin froh, dass du glücklich bist und Dad vergeben hast.« Sie schwieg kurz. »Aber ich kann es gerade nicht und ich verstehe auch nicht, wie du es konntest. Mom, er hat dich betrogen und uns wegen einer anderen Frau verlassen.«

Mom zog Brooke in ihre Arme und überhörte die Erwähnung des Betrugs, wie immer. »Gut, mein Liebling. Jetzt solltest du lieber die Kinder rufen und mich dann nach Hause bringen. Ich bin müde.«

»Du solltest hier zu Hause sein, Mom.« Brooke ging zur Tür, um Meghan zu rufen.

»Das haben wir doch alles schon besprochen.« Ihre Mutter schüttelte den Kopf.

Brooke rief nach Meghan, dann lächelte sie ihre Mutter an. »Ich weiß. Und ich bin glücklich, wenn du glücklich bist.«

Ihre Mutter lächelte. »Ich bin sehr glücklich.«

Und dafür war Brooke dankbar.

Patsy war kaum zu Hause, da rief sie auch schon Harold an, und er versprach, gleich herüberzukommen. Fünfzehn Minuten später klopfte es an der Tür. Als Patsy ihn sah, fiel sie ihm in die Arme. Sie hatte ihre Tränen vor ihrer Tochter verbergen können, doch jetzt wollte sie in Harolds Armen weinen.

»O meine süße Patsy«, sagte er, während er sie festhielt.

Patsy schmiegte sich noch einen Moment in seine tröstliche Umarmung, dann machte sie einen Schritt zurück, zog ihn herein und schloss die Tür. Sie bugsierte ihn zum Sofa und setzte sich neben ihn. Harold nahm ihre Hände, zog sie an seinen Mund und küsste zärtlich jeden einzelnen ihrer Finger. »Es wird alles gut, meine Liebe.«

Patsy fühlte, wie sich beim Klang seiner Stimme das Gewicht der ganzen Welt von ihren Schultern hob. So war es immer gewesen. Harold hatte die Macht, ihre Seele zur Ruhe zu bringen.

»Es tut mir leid, dass es Spannungen zwischen dir und Brooke gibt.« Harold zog sie an sich und küsste sie auf die Stirn.

Patsy schmiegte sich an ihn, lauschte seinem Herzschlag und fragte sich, ob er ihren hören konnte. Sie hob den Kopf. »Weißt du eigentlich, wie sehr ich dich liebe?«

Harold blinzelte ein paar Mal. »Ja. Fast so sehr, wie ich dich liebe.«

Patsy schaute ihm in die Augen, dann berührte sie sanft seine Wange und zwang sich zu einem Lächeln. »Aber ich glaube nicht, dass unsere Tochter schon bereit ist, dich wieder in ihr Leben aufzunehmen.«

Hunter schlug die Hände vors Gesicht, während seine Großmutter, die Arme wie Dreschflegel benutzend, auf ihn einschlug und ihn zwei Mal voll ins Gesicht traf. Als sie schließlich keine Kraft mehr hatte und aufs Sofa fiel, ließ er die Hände sinken. »Ich hab nichts getan, Großmutter, ich schwöre es! Diesmal nicht!«

»Ach, halt den Mund, Hunter.« Großmutter griff sich an die Brust und ließ sich gegen die Lehne des verschlissenen, blau-weiß karierten Sofas sinken. »Ich hab deine Lügen satt. Einfach nur satt, verstanden?«

Hunter verlagerte das Gewicht von einem Fuß auf den anderen und wartete, dass sie weiterredete. Wenn sie so drauf war, konnte man nicht mit ihr streiten. Sie hatte ihm mit diesem Drauflosprügeln nie wirklich wehgetan und danach schien es ihr meist besser zu gehen, deshalb ließ Hunter die Stürme stets ruhig über sich ergehen.

»Wer hat deine Kaution bezahlt oder hast du das selbst gemacht mit dem Geld, das du geklaut hast?« Großmutter griff nach ihren Zigaretten, die auf dem Fernsehtischchen neben dem Sofa lagen. Sie zündete sich eine an, schlug die Beine übereinander und blies den Rauch in Hunters Richtung.

»Ich hab dir doch gesagt, ich habe nichts gestohlen.« Hunter wedelte den Rauch weg und schaute sie an. »Du darfst nicht rauchen, hat der Arzt gesagt.« Sie sah wirklich alt aus, älter als zweiundsechzig. Sie hatte bereits zwei Krebsoperationen hinter sich. Es war keine häufige Krebsart. Er konnte sich den Namen nicht merken, aber er wusste, dass sie nicht rauchen sollte.

»Lass das meine Sorge sein, Hunter.« Sie inhalierte tief, hielt einen Moment die Luft an und drehte den Kopf dann in die andere Richtung, bevor sie den Rauch ausstieß. Dann griff sie nach einem Pillenfläschchen auf dem Tisch und versuchte es zu öffnen. Hunter ging zu ihr, machte es auf und gab es ihr zurück. Sie schüttete zwei Tabletten heraus und fuhr fort: »Aber ich will mich nicht auch noch um dich sorgen müssen. Warum hast du schon wieder eine solche Dummheit gemacht?«

Hunter ließ den Kopf hängen. Er hatte eine Menge angestellt in den letzten Jahren, deshalb war es kein Wunder, dass Großmutter ihm diesmal nicht glaubte. Aber er hatte wirklich nichts gestohlen. Er hätte nicht weglaufen sollen, als er das Polizeiauto hörte. Pure Gewohnheit, vermutete er.

»Wie hast du es also geschafft, aus dem Gefängnis zu kommen?« Großmutter hustete und Hunters Innerstes zog sich zusammen. Es war ein tief sitzender, rauer Husten. Hunter dachte daran, wie sie zum ersten Mal krank geworden war.

Er setzte sich auf den Sessel auf der anderen Seite des Zimmers, wobei er die kaputte Feder auf der linken Seite mied. »Irgendjemand hat meine Kaution bezahlt.«

Großmutter hustete wieder, der Rauch ihrer Zigarette stand in einer dichten Wolke um ihren Kopf. »An einem Sonntag? Wer?«

Hunter zuckte die Achseln. »Keine Ahnung.«

Seine Großmutter zog erneut an der Zigarette und machte ein wütendes Gesicht.

»Wirklich, Großmutter. Ich weiß es nicht.«

Sie holte tief Luft, schüttelte den Kopf und drückte die Zigarette aus. »Haben sie dir etwas zu essen gegeben?«

Er hatte seit Tagen nichts als Wurstbrote gegessen. »Ja.«

Großmutter deutete mit dem Kinn zur Küche. »Geh und hol dir was Anständiges zu essen. Ich habe einen Topf Spaghetti Bolognese auf dem Herd.« Sie legte ihre Füße auf den Tisch, lehnte sich zurück und deutete auf die Küchentür. »Und nimm dir auch ein bisschen Brot. Du bist viel zu dünn, Junge.«

Hunter lief in die Küche, hungrig wie ein Wolf, und belud sich einen Teller mit Spaghetti Bolognese. Er war sicher, dass es auf der weiten Welt nichts Besseres zu essen gab. Großmutter sorgte immer dafür, dass er ein warmes Essen und saubere Kleidung hatte, und sie erlaubte ihm auch nicht zu fluchen, wenn er in ihrer Nähe war.

Während er kaute, dachte er über die Prügel nach, die er regelmäßig von seinen Eltern bezogen hatte. Er hatte sie verdient, er war kein gutes Kind gewesen – wie sie ihm einbläuten, seit er alt genug war, um in die Schule zu gehen.

Mit sechzehn, dem frühestmöglichen Zeitpunkt, war er dann von der Schule abgegangen. Momma hatte gesagt, er solle sich Arbeit suchen, also hatte er eine Arbeit angenommen. Dann eine andere. Dann noch eine andere. Zuerst sah immer alles ganz gut aus, doch früher oder später tauchte Momma an seinem neuen Arbeitsplatz auf, voll auf Droge, und machte eine Szene. Kurz darauf wurde er dann unter einem Vorwand entlassen.

Dad hatte einen Job. Er war wahrscheinlich der erfolgreichste Drogendealer im Tri-County-Gebiet und musste kaum einmal ins Gefängnis. Das letzte Mal, als sie vor Gericht standen, hatte man Momma und Dad zu einer Entziehungskur verurteilt. Hunter wusste, dass er ein schlechter Mensch war, wenn er so dachte, aber er war froh, als sie fort waren. Froh, dass er mit Großmutter allein war.

»Wirst du satt?«, rief Großmutter aus dem Wohnzimmer.

»Ja, Ma'am.« Hunter schluckte und sah zu, wie eine große, schwarze Küchenschabe vor ihm über den Tisch kroch. Sinnlos, das arme Tier zu töten, wahrscheinlich versteckten sich ganz in der Nähe noch tausend andere. Er warf einen Blick in die Spüle, in der das gesamte schmutzige Geschirr der letzten Woche stand, und überlegte, ob er abwaschen sollte, doch dann beschloss er, dass er besser losging und sich neue Arbeit suchte. Das Geld, das Großmutter vom Staat bekam, reichte nicht, um ihre vielen Tabletten zu bezahlen, oder es blieb nichts mehr übrig für Strom und Essen. Das hatte er mindestens tausend Mal gehört.

Er musste allerdings diese Gegend verlassen; hier würde ihm niemand mehr Arbeit geben. Er dachte daran, was der alte Parsons gesagt hatte. *»Das ist doch der Lewis-Junge! ... Wer weiß, was er diesmal wieder angestellt hat.«*

Hunter schob sich ein weiteres Fleischklößchen in den Mund und sah zu, wie die Küchenschabe langsam auf einen Laib Brot zukroch, der offen auf dem Tisch lag.

Fünf

Owen dachte an Hunter Lewis, während er im Comfort Café frühstückte. Das Kind an einem Sonntag aus dem Gefängnis zu holen, war eine Herausforderung gewesen, aber Owen hatte die ganze Zeit an den Jungen denken müssen, seit er heute Morgen aufgewacht war. Bruce, ein Freund aus der Highschool, war ihm eingefallen. Irgendetwas an Hunter erinnerte Owen an Bruce – ständig in Schwierigkeiten, dabei aber eigentlich ein herzensguter Mensch. Niemand hatte Bruce je eine Chance gegeben. Er war in die Mühlen der Justiz geraten und nicht mehr freigekommen. Zwei Jahre nach seinem Schulabschluss hatte Owen erfahren, dass Bruce bei einer Parkplatzrauferei getötet worden war.

Er blickte sich um und sah lauter feiertäglich gekleidete Menschen. Wahrscheinlich war er der Einzige hier, der nicht direkt aus der Kirche kam, doch in letzter Zeit ging er nicht mehr in die Kirche und er bezweifelte, ob er überhaupt jemals wieder einen Gottesdienst besuchen würde. Die Kautionszahlung für ein Kind, von dem er nichts wusste, einzig und allein aufgrund einer schwachen Erinnerung, musste als gute Tat für heute genügen.

Und der Lohn der guten Tat? Pochierte Eier im Comfort Café, die besten, die er je gegessen hatte. Nachdem er das letzte Ei vertilgt hatte, zahlte er und ging.

Er überquerte gerade die Main Street, um zu seinem Auto zu gehen, als ihm der überdimensionale Lebkuchenmann auffiel, der links neben dem Büro der Handelskammer stand. Er musste mal jemanden fragen, was es damit auf sich hatte. Vielleicht sollte er auch mal hingehen und sich das Gebilde aus der Nähe ansehen; möglicherweise gab es ja noch eine andere Erklärung dafür als seine Vermutung, dass die Leute hier vergessen hatten, ihre Weihnachtsdekoration abzunehmen. Andererseits wollte er jetzt eigentlich nach Hause. Er hatte heute Morgen, bevor er gegangen war, noch sein ganzes Schlafzimmer gestrichen – nachdem er es mit seiner handlichen neuen

Schleifmaschine abgeschliffen hatte; jetzt war die Farbe hoffentlich trocken genug, dass er das Abklebeband entfernen konnte. Er hatte das Zimmer in Virginias Lieblingsfarbe, einem schmutzigen Violetton, gehalten. Vielleicht machte er ein Foto mit dem Handy und schickte es ihr. Bestimmt hatte sie inzwischen von gemeinsamen Bekannten gehört, dass er in Smithville lebte. *Ärger dich tot, Baby!*

Ein paar Minuten später riss Owen das Band weg, mit dem er die Fußbodenleisten seines geräumigen Schlafzimmers abgeklebt hatte, bevor er mit dem Streichen anfing. Der Raum war mindestens doppelt so groß wie sein und Virginias altes Schlafzimmer; der Wandschrank war winzig, doch man konnte mit Leichtigkeit mehrere Kleiderschränke im Zimmer aufstellen und zusätzlich noch eine Sitzgruppe unterbringen.

Er blieb einen Moment reglos stehen – der Fußboden war übersät mit Abklebeband – und starrte auf das violette Zimmer. Er hätte kotzen können. Oder weinen – er war nicht ganz sicher. Der Raum schrie förmlich nach Virginia. Außerdem hasste er Kleiderschränke. Zornig stieß er mit dem Fuß in das Klebeband. Ein großes Stück blieb an seiner Schuhspitze kleben, es gelang ihm nicht, es abzuschütteln. Er riss es ab, schleuderte es quer durchs Zimmer, rannte hinaus und warf mit einem lauten Krachen die Tür hinter sich zu. Zum ersten Mal, seit er nach Smithville gezogen war, fragte er sich, ob dieses ganze gehässige Unterfangen nicht ein Riesenfehler gewesen war. Würde er ununterbrochen an Virginia denken, während er Tag für Tag durch das riesige Haus irrte?

Auch geschäftlich sah es alles andere als rosig aus. Das hatte er Gary zu verdanken. Sie hatten zusammen eine gut gehende kleine Werbefirma aufgebaut, doch in den beiden letzten Jahren hatte Gary sich vor allem um Owens Frau gekümmert. Owen hatte sich von seinem einstigen Freund auszahlen lassen und hatte nicht die Absicht, jemals wieder einen Fuß in die Firma zu setzen.

Ein lautes Poltern vor der Veranda ließ ihn aufhorchen. Er glaubte ziemlich sicher zu wissen, was die Ursache war. Er ging hinaus und wirklich – seine schöne neue Hollywoodschaukel war auf einer Seite aus der Decke herausgebrochen und lag auf der Veranda. Er hatte den tragenden Balken offenbar doch nicht getroffen.

Da er das Gefühl hatte, gleich zu platzen, kehrte er ins Haus zurück, schnappte sich seine Schlüssel und ging zum Auto. Vier Schlüsselumdrehungen später war klar, dass der schwarze BMW nicht anspringen wollte. Das Auto war erst ein Jahr alt und er hatte noch nie ein Problem damit gehabt. *Warum ausgerechnet heute?*

Er stieg wieder aus, schlug die Tür zu und trat mit dem Fuß nach hinten aus. *Dafür habe ich schließlich eine Versicherung.* Gerade als er dem Auto einen Fußtritt versetzen wollte, sah er Brooke Holloway die Einfahrt heraufkommen. Das fehlte ihm jetzt gerade noch – eine übergeschnappte Mutter.

»Hi Brooke.« Er zwang sich zu einem Lächeln.

Sie verschränkte die Arme vor ihrem weißen T-Shirt. Wieder der Pferdeschwanz, doch heute ohne die Baseballkappe. Ihre Jeans hatten Löcher über den Knien. Ihre rosa Flipflops passten zu ihren Zehennägeln. Diese Wirkung mit einem so minimalistischen Outfit machte ihr so schnell keine nach. Doch obwohl ihr Anblick ihm kurz den Atem verschlug, rief Owen sich rasch sein Gespräch mit ihrem Sohn in Erinnerung. Ob sie wirklich geistig ein wenig – nun, verwirrt war?

Brooke hob das Kinn und lächelte. »Ich bin nicht ganz sicher, aber ich habe den Eindruck, dass ich Sie eben daran gehindert habe, Ihrem Auto einen Fußtritt zu versetzen.«

Owen schluckte schwer. »Äh – ja. Ich hatte es in Erwägung gezogen.« Er spürte, wie er rot wurde. *Wer ist jetzt der Verrückte hier?* Er riss sich zusammen und trat auf sie zu. »Haben Sie sich wieder verlaufen?«

Ihr Lächeln erlosch. »Wie bitte?« Sie stemmte eine Hand in die Hüfte. »Warum denken Sie immer, dass ich mich verlaufen habe?«

Er dachte an die roten, nässenden Beulen auf ihrem Rücken und hätte sich beinahe gekrümmt, doch dann zwang er sich zu einem Lächeln. »Ich habe nur …« Er zuckte die Achseln; er wollte ihren Sohn nicht in Schwierigkeiten bringen, egal, ob er ihm nun ein Geheimnis erzählt oder ein Märchen aufgetischt hatte. »Keine Ahnung.«

»Haben Sie die Batteriekabel überprüft?« Brooke verlagerte ihr Gewicht und stemmte die andere Hand in die Hüfte.

Owen verstand nichts von Autos, ihm fehlte das Mechaniker-Gen. »Nein, aber das kann ich ja gleich mal machen.«

Sie hob eine Braue und einer ihrer Mundwinkel kräuselte sich zu einem Lächeln. »Sie wissen aber schon, wie das geht?«

»Aber ja.« Er verdrehte die Augen und wünschte, dass sie verschwände. »Was machen Sie eigentlich hier?«

»Ich habe meine Tochter zu einer Freundin gebracht und bin auf dem Heimweg. Als ich hörte, wie Sie vergeblich versucht haben, Ihr Auto anzulassen, habe ich gerade rechtzeitig aufgeblickt, um Mr BMW vor einem Tritt in die Tür zu retten.« Sie lachte – es war eher ein glucksendes Kichern – und Owen musste ebenfalls lächeln. »Danke. Sie haben mir wahrscheinlich einen Fünfhundert-Dollar-Eigenanteil und eine Menge Ärger erspart.«

Sie tippte sich mit dem Finger aufs Kinn. »Ich würde Sie gern mal was fragen …«

O nein. »Was denn?«

»Haben Sie den Bunker gefunden?« Sie biss sich auf die Unterlippe, wippte auf den Zehenspitzen und sah einen Moment lang wie ein zwölfjähriges Mädchen aus.

»Welchen Bunker?«

Brooke trat ein wenig näher. »Ich wette, Sie wissen gar nicht, dass Ihr Haus eine Geschichte hat?«

»Äh – nein. Was für eine Geschichte?« Owen war neugierig geworden, aber auch ein wenig skeptisch; er wusste nicht so recht, ob er einem Mitglied dieser Familie überhaupt etwas glauben konnte.

»Nun …« Sie holte tief Luft. »Manche von den älteren Einwohnern der Stadt erzählen, dass John Hadley das Haus im Jahr 1939 für seine Braut baute. Er war damals noch sehr jung, aber schon eine imponierende Persönlichkeit. Das Holzgeschäft, das er geerbt hatte, hatte er in kurzer Zeit zu einem richtigen Imperium ausgebaut. Er hatte Adeline Doyer auf einer Reise nach San Antonio kennengelernt und die beiden hatten sich unsterblich ineinander verliebt. Sie standen beide mehr oder weniger allein auf der Welt und träumten davon, eine große Familie zu gründen.« Sie winkte zu dem Haus hinüber. »Deshalb ist es so groß.«

Sie holte abermals tief Luft und fuhr fort: »Doch zwei Jahre später, als die Japaner Pearl Harbor bombardierten, hatten John und Adeline noch immer keine Kinder und Mr Hadley wurde zum Militär eingezogen.« Sie hielt kurz inne, hob einen Finger und erzählte weiter: »Und dann, wenige Monate, nachdem er in den Pazifik abkommandiert worden war, erhielt Adeline die Nachricht, dass er gefallen sei.«

Owen kratzte sich die Stirn. »Ich dachte, Sie wollten mir von einem Bunker erzählen.«

»Das kommt noch.« Sie hob beide Hände und zog das Gummi um ihren Pferdeschwanz fester, dann fuhr sie fort: »Als John Hadley in den Krieg zog, hatte Adeline sich – so geht das Gerücht – irgendwo in oder unter dem Haus einen kleinen Bunker bauen lassen.«

»Warum das denn?«

»So etwas war damals nicht ungewöhnlich. Wir haben hier oft heftige Stürme – Hurrikans und so.«

»So weit im Landesinnern?«

»Sie wären überrascht! Wir kennen starke Stürme und Regen und sogar Tornados. Aber ich glaube, Adeline fühlte sich einfach nur schutzlos, so ganz allein in dem großen Haus ohne ihren Mann. Außerdem war es kurz nach Pearl Harbor und keiner wusste, ob weitere Angriffe folgen würden. Sie brauchte Sicherheit und die schien ihr ein Bunker bieten zu können. Doch dann erfuhr sie von Mr Hadleys Tod. Kurz darauf verschwand sie aus der Stadt und ließ lediglich eine Nachricht für ihren Anwalt auf dem Küchentisch zurück.« Sie grinste breit. »Raten Sie mal, wer diese Nachricht jetzt hat?«

»Sie vielleicht?« Owen lächelte über ihre Begeisterung.

Brooke nickte. »Jawohl. Bevor der Anwalt starb, gab er sie meinem Mann, weil er wusste, dass dieser alte Briefe, Fotos und solche Sachen sammelte. Ihm gehörte ein Laden hier in der Stadt, das *Schatzkästchen*. Er liebte alte Sachen – Bücher, antike Spielsachen, solche Dinge.«

Owens Neugier wuchs. »Was stand in der Nachricht?«

»Ich werde sie heraussuchen und Ihnen zeigen. Es war wohl eine Adresse in Arkansas angegeben, zusammen mit der Anweisung, das Haus und alles, was darin war, zu verkaufen. Und …« Sie schloss einen Moment die Augen. »Ich versuche gerade, mich an den genauen Wortlaut zu erinnern.« Sie öffnete die Augen und schnippte mit den Fingern. »Oh, ich weiß wieder. Es hieß: ›Alle meine weltlichen Schätze sind Kleinode des Herzens, sicher begraben unter diesem Haus, das die Liebe erbaut hat.‹« Sie zuckte die Achseln. »Alle hier denken, dass Adeline Hadley etwas Wichtiges in dem Bunker versteckt hat, bevor sie geflohen ist.«

»Was zum Beispiel?« Owen verlagerte sein Gewicht und verschränkte die Arme vor der Brust. »Ich habe keinen Bunker gefunden.«

Brooke runzelte die Stirn. »Die beiden Frauen, die das Haus von Adeline gekauft haben, auch nicht. Sie waren Schwestern, deren Ehemänner beide gefallen waren, und nahmen zahlende Gäste auf.«

»Hmmm.« Owen war nicht sicher, ob er das einfach so glauben sollte. »Woher wissen Sie, dass sich der Bunker nicht irgendwo außerhalb des Hauses auf dem Grundstück befindet?«

»Ich weiß es nicht mit Sicherheit.« Sie zuckte die Achseln. »Vielleicht gibt es ja auch gar keinen Bunker. Aber wie ich schon sagte, die Leute hier in der Gegend glauben, dass der Bunker im Haus ist und dass Adeline irgendetwas Wichtiges darin versteckt hat.«

»Hmmm«, wiederholte Owen und wartete, dass sie fortfuhr.

Brooke strich sich eine blonde Strähne zurück; sie wirkte höchst animiert. »Die beiden Schwestern haben nicht viel am Haus getan, sie haben lediglich in den Siebzigerjahren eine Klimaanlage einbauen lassen.«

»Die nicht funktioniert«, brummte Owen.

Brooke runzelte die Stirn. »Schade, dass Sie den Bunker auch nicht gefunden haben.«

Owen lachte leise. Er wusste noch immer nicht so recht, was er von all dem halten sollte. »Vielleicht haben die beiden Frauen ja den Schatz gefunden und keinem etwas davon gesagt.«

Sie schüttelte den Kopf. »Das glaube ich nicht. Sie haben in dem Haus gelebt bis zu ihrem Tod und als sie keine Pension mehr führten, haben sie sich ganz aus der Gesellschaft zurückgezogen. Der Handwerker, der ihn möglicherweise gebaut hat, hat die Stadt etwa um die gleiche Zeit wie Adeline verlassen – er ist einfach verschwunden, ohne irgendjemand zu sagen, wo er hingeht. Und seit die letzte Schwester gestorben ist, stand das Haus leer – bis Sie es gekauft haben.«

»Also hat noch niemand Adelines Bunker gefunden.«

»Nicht dass ich wüsste. Auch Mr Hadley weiß nicht, wo er sein könnte.«

»Moment mal, ich dachte, Sie sagten, er sei gefallen.«

»Das war eine Falschmeldung. Mr Hadley lebt noch, er ist inzwischen um die neunzig. Er wohnt in der gleichen Einrichtung wie meine Mutter.«

»Also sind er und seine Frau wieder zusammengekommen?«

»Das ist das Traurige daran. Sie verließ die Stadt, bevor bekannt wurde, dass er noch lebte. Er war schwer verwundet worden und in japanische Gefangenschaft geraten. Den Krieg verbrachte er als Gefangener auf einer Pazifikinsel, und hier dachten alle, er sei tot. Erst nach Kriegsende stellte sich heraus, dass er noch lebte.«

Sie lächelte. »Soweit ich weiß, gab die ganze Stadt ein großes Fest, als er zurückkehrte. Doch sein Haus war verkauft und seine Frau verschwunden und lange Zeit fand sich keine Spur von ihr. Dann fand er heraus, dass sie wieder geheiratet und Arkansas verlassen hatte. Sie war mehrmals umgezogen und schließlich in Wichita Falls bei der Geburt eines Kindes gestorben. Ich weiß nicht genau, wann das war, aber ich weiß, dass Mr Hadley sie nie wiedergesehen hat. Und er hat auch nie mehr geheiratet.«

Owen schüttelte den Kopf. »Was für eine traurige Geschichte.« *Und Sie wirken jetzt gerade völlig normal.*

Er wartete, ob sie weitererzählen würde, doch anscheinend kam nichts mehr. Einen Moment lang stand er verlegen herum, dann fiel ihm ein, dass sie von ihrem Mann gesprochen hatte.

»Sie … Sie sind also geschieden?« Das hatte absolut nichts mit dem Thema zu tun, aber vielleicht verabscheute die Frau ihren Exmann und sie fanden auf diese Weise eine Gemeinsamkeit und konnten zusammen auf ihre Expartner schimpfen. Aber vielleicht hatte ihr Mann sie ja auch wegen ihrer Krankheit verlassen.

Brooke wurde sofort ernst. »Travis ist vor zwei Jahren bei einem Autounfall gestorben.«

»Das tut mir leid.« Owen hatte sich mehr als einmal gewünscht, dass Virginia sterben würde, wusste jedoch genau, dass er es nicht ernst meinte. So schmerzlich eine Scheidung auch war, er konnte sich nicht vorstellen, was er tun würde, wenn sie starb.

»Nächste Woche wären wir zwölf Jahre verheiratet gewesen.« Sie schob die Hände in die hinteren Taschen ihrer Jeans. »Und Sie?«

»Geschieden.« Mehr konnte er im Moment nicht preisgeben.

Brooke nickte. »Haben Sie Kinder?«

Owen spürte, wie er sich verspannte. »Äh – nein, keine Kinder.«

»Ich habe zwei. Meghan ist sechs, Spencer zehn.«

»Ihrem Sohn bin ich schon begegnet. Er kam gestern Morgen vorbei.« Owen mied ihren Blick und kratzte sich wieder einmal an der Stirn. »Er hat Sie … äh … gesucht.«

Sie lachte leise. »Das bezweifle ich. Wahrscheinlich hat er sich vor mir versteckt. Er war wütend auf mich und ist weggelaufen. Als ich Sie gestern sah, hatte ich gerade einen Anruf erhalten, dass er im Laden ist.« Sie schwieg und fuhr dann fort: »Ich hoffe, er hat Sie nicht zu sehr belästigt.«

Oh, er war ein wahres Füllhorn an Informationen über Sie, Lady. »Absolut nicht!«

»Und wie schreitet die Renovierung voran?« Sie blickte an Owen vorbei zur Vordertür.

»Diesmal hält mein Anstrich.« Seine dunklen Brauen hoben sich. »Obwohl ich wünschte, dass es in meinem Schlafzimmer nicht so wäre. Ich hasse die Farbe, die ich ausgesucht habe. Ich hoffe, ich kann es überstreichen.«

»Was für eine Farbe ist es denn?«

»Sie heißt ›Dämmerlicht-Mauve‹.«

Sie grinste, schlug jedoch schnell die Hand vor den Mund.

»Ich weiß.« Owen musste lachen. »Es ist ein bisschen mädchenhaft.«

»Das habe ich nicht gesagt.« Sie griff wieder hoch und zog erneut ihren Pferdeschwanz fest. »Und welche Farbe hätten Sie gern?«

»Schwarz.« Das platzte einfach aus ihm heraus, aber er versuchte nicht, es zurückzunehmen.

»Wirklich?«

»Nein. Ich glaube, es entspricht einfach meiner heutigen Laune. Ich hasse das violette Schlafzimmer.« Er deutete über seine Schulter. »Außerdem habe ich offenbar den Balken verfehlt, als ich die Hollywoodschaukel aufgehängt habe, und jetzt ist sie heruntergefallen.« Dann nickte er zur Einfahrt hinüber und fügte hinzu: »Und nun springt auch noch mein Auto nicht an.«

»Hmmm. Das ist wirklich blöd.« Ihre Stimme war fest, doch Owen sah, dass ihr ein Lächeln auf den Lippen lag. »Aber es gibt Schlimmeres.«

Er grunzte. »Möglich.«

»Wo wollten Sie denn hin?« Sie nickte zu seinem Auto hinüber. »Kann ich Sie irgendwohin fahren?«

»Nein, aber trotzdem danke. Ich wollte eigentlich gar nirgends hin, ich war nur zu wütend, um zu bleiben und weiter mein mädchenhaftes Schlafzimmer und meine heruntergefallene Hollywoodschaukel anstarren zu müssen. Und jetzt muss ich meiner Liste noch das kaputte Auto hinzufügen.«

»Jacks Autowerkstatt öffnet morgen früh um sieben Uhr dreißig. Er ist der Beste hier. Ein guter Mechaniker und ziemlich günstig.« Sie spähte um ihn herum zum Haus. »Wissen Sie, mein Mann war immer fasziniert von diesem Haus – und von dem Brief, den der Anwalt ihm gab. Ich hoffe, dass Sie den Bunker finden.«

Owen grinste. »Das lässt Ihnen keine Ruhe, nicht wahr?«

Sie schwieg und starrte weiter zum Haus hinüber. Dann sah sie ihn an. »Ich kann Ihnen den Brief zeigen, doch es steht nicht viel mehr darin als das, was ich Ihnen gesagt habe. Ich glaube, im Laden meines Mannes sind noch ein paar Fotos, anhand derer Sie das Haus wieder in seinen ursprünglichen Zustand versetzen könnten – wenn Sie das möchten.«

»Klar. Die Bilder würde ich gerne sehen.« Owen war nicht sicher, ob es ihm gelingen würde, das Haus in seine frühere Herrlichkeit zurückzuversetzen, doch es würde Spaß machen, sich anzuschauen, wie es früher ausgesehen hatte. »Und den Brief würde ich auch gern lesen. Ich kann jederzeit im Laden vorbeikommen, wenn es Ihnen passt.«

»Jederzeit?« Brooke legte den Kopf schräg. »Haben Sie denn keinen Job oder so was?«

»Hatte ich. Ich war in der Werbebranche, habe aber meinen Anteil an dem Geschäft an meinen Partner verkauft, um hier herausziehen zu können.« Hoffentlich fragte sie nicht weiter.

»Ich war nicht mehr im *Schatzkästchen*, dem Laden meines Mannes, seit …« Sie hielt inne, holte tief Luft und wandte nachdenklich den Blick ab. »Seit kurz vor seinem Tod. Der Vermieter hat mir erlaubt, die Sachen dort zu lassen, bis er einen neuen Mieter findet, aber bisher hat niemand den Laden gewollt.« Ihre Stimme zitterte leicht. »Deshalb ist Travis' ganzes Zeug noch dort.«

»Sie brauchen die Fotos nicht zu holen, wenn es Sie zu sehr mitnimmt.« Owen wollte nicht, dass sie seinetwegen einen emotionalen Rückfall erlitt.

Doch Brooke richtete sich auf und nickte entschlossen. »Nein, es wird ohnehin Zeit, dass ich etwas unternehme. Es ist jetzt fast zwei Jahre her.« Sie blinzelte ein paar Mal, dann wanderte ihr Blick nachdenklich die Straße hinunter.

Owen zwang sich, an den angeblichen Ausschlag auf ihrem Rücken zu denken, denn sonst hätte er sich eingestehen müssen, wie anziehend sie auf ihn wirkte. Das überraschte ihn. Brooke hatte nicht die geringste Ähnlichkeit mit Virginia, die unermessliche Summen für ihr Haar und ihr Make-up und dergleichen ausgab. Brooke war eher eine Naturschönheit. Sie sah großartig aus, und das völlig ohne Make-up.

Denk an die schrecklichen Beulen. Doch sogar dieser Gedanke konnte nicht verhindern, dass seine Augen über Brookes Körper wanderten. Zum Glück schien sie es nicht zu bemerken. Sie starrte schon wieder an ihm vorbei auf das Haus.

»Ich sag Ihnen was«, meinte sie schließlich. »Ich hole Ihnen den Brief und die Fotos irgendwann, noch diese Woche. Aber …«, sie hob einen Finger und sah ihm in die Augen, »dafür müssen Sie mir erlauben, dass ich mich ausführlich in Ihrem neuen Haus umschaue.«

Owen lachte. »Sie wollen den angeblichen Bunker suchen.«

»Ja, stimmt. Aber ich würde auch gern das Haus sehen. In den letzten zehn Jahren konnte niemand hinein.«

»Abgemacht. Mir passt jeder Tag.«

Brooke strich sich mit den Händen über die Jeans und nickte. »Gut.« Sie wollte gehen, drehte sich aber noch einmal um. »Soll ich eine Pizza oder so was mitbringen?«

Owen wurde ganz steif; in seinem Kopf schrillten sämtliche Alarmglocken. Das sah aber nach sehr viel mehr aus als nach einer Hausbesichtigung – und es gefiel ihm ganz und gar nicht.

Normal oder verrückt, Brooke suchte höchstwahrscheinlich einen neuen Ehemann und Vater für die Kinder, doch er, Owen, stand nicht zur Verfügung. Er wollte ihr auf keinen Fall irgendwelche Hoffnungen in dieser Richtung machen, vor allem nicht, wenn sie nicht ganz richtig im Kopf war.

Doch als sie so dastand und ihn anlächelte, schien Owens Mund sich selbstständig zu machen.

»Klar. Pizza wäre großartig.«

Brooke schimpfte auf dem ganzen Heimweg mit sich. Es war richtig, dass es Zeit wurde, Travis' Laden wieder zu öffnen. Die Fotos und den Brief für Owen zu holen, war vielleicht der erste Schritt auf diesem Weg. Aber was um alles in der Welt hatte sie sich bei dem Angebot gedacht, Pizza mitzubringen, als handle es sich um eine Verabredung oder etwas Ähnliches – obendrein eine Verabredung, die sie selbst vorgeschlagen hatte?

Wenn sie ehrlich war, musste sie zugeben, dass Owen Saunders der erste Mann war, zu dem sie sich seit Travis hingezogen fühlte, doch es wäre nicht fair, ihm in dieser Hinsicht Hoffnungen zu machen. Brooke wusste, dass sie nie mehr einen Mann so lieben würde, wie sie Travis geliebt hatte. Jeder andere käme erst weit, weit hinter ihm, und das machte eine neue Beziehung zu einer ziemlich egoistischen Angelegenheit. Sie würde einen Mann lediglich als Begleitung benutzen – weil sie es genießen würde, wenn ihr hin und wieder jemand sagte, dass sie gut aussah, oder weil sie einen starken Mann für die vielen Arbeiten rund ums Haus brauchte. Und die Kinder würde er natürlich auch lieben müssen. Aber Travis würde immer ihre erste, größte Liebe bleiben. Ihre einzige Liebe. Sie konnte sich nicht vorstellen, einen anderen Mann zu küssen, ganz zu schweigen von …

Sie schüttelte den Kopf, um diese Gedanken loszuwerden. Sie wollte schon seit Jahren gern einen Blick ins Innere des Hadley-Hauses werfen, doch die beiden Schwestern, denen es nach Mr Hadley gehört hatte, hatten sehr zurückgezogen gelebt. Sie war nur ein einziges Mal dort gewesen, als sie im Auftrag der Pfadfinderinnen Kekse verkaufte. Die ältere der beiden Frauen hatte sie auf der Veranda stehen lassen, während sie ihr Scheckbuch holen ging, und damit ihre Hoffnung, sich drinnen umzusehen, ein für alle Mal zunichte gemacht. Und in den letzten Jahren hatte sie höchstens hin und wieder mal einen Blick durch die Fenster geworfen.

Jetzt hatte sie wenigstens die Chance, sich im Innern des Hauses umzusehen. Sie bezweifelte, dass der Bunker existierte, doch das Ganze war bestimmt eine hübsche Ablenkung von, nun, von anderen beunruhigenden Dingen in ihrem Leben – wie zum Beispiel die Blumen von ihrem Vater. Der hatte Nerven – zu glauben, dass sie noch etwas mit ihm zu tun haben wollte! Er hatte nicht nur ihre Mutter betrogen, sondern sie beide im Stich gelassen. Mom war damals noch jung genug gewesen, um einen anderen Mann zu finden, aber sie hatte immer gesagt, dass sie nie einen anderen so lieben könnte, wie sie

Harold Miller liebte. *Wie konnte sie das von einem untreuen Ehemann sagen?*

Brooke empfand dasselbe für Travis, doch ihr Mann hatte nicht die geringste Ähnlichkeit mit ihrem Vater gehabt, Gott sei Dank. Sie wünschte, ihre Mutter hätte einen Mann gefunden, mit dem sie ihre letzten Lebensjahre gemeinsam hätte verbringen können.

Sie bog um die Ecke in ihre Straße und fühlte sich ein wenig durcheinander. Sie war aufgebracht über die Blumen von ihrem Dad, nervös, weil sie ins *Schatzkästchen* gehen musste, aufgeregt, weil sie das Hadley-Haus sehen würde – und seltsam beunruhigt von dem Schauer, der ihr über den Rücken lief bei dem Gedanken, dass sie Owen Saunders wiedersehen würde.

Sechs

Am Freitagabend war Owen zu dem Schluss gekommen, dass Brooke ihre Absicht, ihm den Brief und die Fotos zu zeigen … und Pizza mitzubringen, geändert hatte. Und eigentlich war er ganz froh darüber. In den letzten fünf Tagen war er nach Austin gefahren, hatte neue Farbe gekauft – khaki diesmal, und die violette Farbe in seinem Schlafzimmer überstrichen. Außerdem hatte er festgestellt, dass der winzige Wandschrank ohne größeren Aufwand beträchtlich erweitert werden konnte. Zu diesem Zweck hatte er sich lediglich eine dieser Anleitungen zum Selbermachen kaufen müssen, und tatsächlich hatte er daraufhin in kurzer Zeit ziemliche Fortschritte gemacht. Wenn Brooke Holloway also nicht kommen wollte, war ihm das durchaus recht. Er seinerseits hatte es aus Gründen, die er sich selbst nicht richtig erklären konnte, vermieden, ihren Laden noch einmal aufzusuchen.

Jetzt war es fast acht Uhr abends und er saß gemütlich auf seiner neu aufgehängten Hollywoodschaukel, als er sie mit einer Pizzaschachtel in der Hand in die Auffahrt zu seinem Haus einbiegen sah. Die Sonne ging gerade hinter ihr unter, die Äste und Zweige der alten Eichen bildeten einen Baldachin über dem Weg – es war ein perfektes Bild. Virginia hätte es geliebt. Owen stand auf, als Brooke näher kam.

»Ich dachte schon, Sie hätten sich anders entschlossen.« Owen registrierte mit einem Blick die weiße Caprihose, die sie trug, und die schmale rosa Bluse. Rosa stand ihr gut. Seine Augen wanderten zu den weißen Flipflops und den rosa Zehennägeln. Sogar ihre Füße sahen hinreißend aus. Das Haar fiel ihr glatt über den Rücken, heute Abend trug sie keine Baseballkappe. Er hatte schon letztes Mal den Blick nicht von ihr wenden können, doch diesmal sah sie wahrhaft betörend aus.

Sie stieg die Verandastufen herauf und streckte ihm die Pizzaschachtel entgegen. »Ich fürchte, ich habe meinen Teil des Abkommens nicht ganz gehalten. Ich habe weder die Fotos noch den Brief dabei, nur die versprochene Pizza.« Lächelnd hielt sie ihm die Pizzaschachtel hin, bis er sie nahm.

Owen wusste nicht, was er sagen sollte. Vielleicht hatte die Aufgabe, nach so langer Zeit wieder den Laden ihres Mannes zu betreten, sie einfach überfordert. »Das macht doch nichts.«

»Ich hole die Fotos und den Brief morgen.« Sie schüttelte lächelnd den Kopf. »Gestern Abend war ich eigentlich fest entschlossen, doch dann konnte ich die Schlüssel nicht finden. Es ist ein antikes Schloss, deshalb brachte ich es nicht übers Herz, es aufzubrechen. Lennie Potter, unser Schlosser, ist weggefahren und kommt erst morgen zurück; dann werde ich ihn gleich bitten, einen Schlüssel nachzumachen.«

»Mhm.« Owen konnte sie immer noch nur anstarren.

»Wie auch immer« – sie strich sich das Haar hinter die Ohren – »wenn Sie zu tun haben, dürfen Sie die Pizza gern behalten und ich verschwinde wieder. Ich wollte nur nicht, dass Sie denken, ich hätte es vergessen, und meine Kinder sind heute Abend nicht da, deshalb …« Sie errötete und zuckte die Achseln.

»Keine Chance!«, protestierte er laut. »Ich werde das nicht alles allein aufessen. Ich esse jeden Abend allein und freue mich über Ihre Gesellschaft.« Das stimmte zwar, doch im Stillen nahm er sich vor, ihr weiter keine Hoffnungen zu machen. Aus Gründen, die er später analysieren wollte, tat er so, als müsse er niesen.

»Gesundheit!«

»Danke.« Er öffnete die Vordertür und bat sie vorzugehen. »In diesem Teil von Texas scheint es recht viele Allergiker zu geben.«

Sie warf einen Blick über die Schulter zurück und lächelte. »Da habe ich Glück, ich bin auf gar nichts allergisch.«

Hmm. Er folgte ihr ins Haus.

»Ich liebe den Geruch von frischer Farbe«, sagte sie und blieb im Flur stehen. Owen wartete, bis sie sich in Ruhe umgeschaut hatte. »Die Farbe ist sehr hübsch.«

Owen ging zu ihr und betrachtete sein erstes Werk. Es war viel Arbeit gewesen – das Streichen, Abschleifen, Grundieren, erneut streichen. Und jetzt glich die Wandfarbe nicht im Entferntesten dem Farbmuster. Es sollte ein ganz blasses Grasgrün sein, kam jedoch viel dunkler heraus. Doch die Farbe kontrastierte sehr schön mit dem cremefarbenen Holzwerk.

»Finden Sie es gut?« Owen nahm die Pizzaschachtel in eine Hand und berührte mit der anderen die Wand.

Brooke lächelte. »Ich liebe kräftige Farben.« Sie drehte sich zu ihm um. »Was für Accessoires haben Sie für diesen Raum?«

Owen lachte. »Accessoires? Äh – keine. Noch keine.«

»Es gibt einen ganz tollen Laden unten in der Main Street, der Sachen aus der Zeit der Entstehung des Hauses führt.«

Das war Neuland für Owen. Er hatte in seinem ganzen Leben noch kein Möbelstück oder Kunstwerk gekauft. »Das werde ich mir ansehen.« Er deutete den Flur hinunter zur Küche, wo er neben einem großen Fenster ein Tischchen und zwei Stühle aufgebaut hatte. Er stellte die Pizza auf den Tisch und wuselte dann in der altmodischen Küche herum auf der Suche nach Papptellern und Küchenrolle. »Ich fürchte, mit gutem Porzellan kann ich nicht dienen.«

Brooke lachte. »Was für eine Enttäuschung!« Sie nahm den Pappteller und öffnete die Pizzaschachtel. »Ich habe einfach die gute alte Salami genommen, weil ich nicht wusste, was Sie mögen.«

»Gute alte Salami ist prima.« Owen legte sich drei Stück Pizza auf seinen Teller. Dabei lief ihm ein Schweißrinnsal über die linke Wange. Obwohl die Küchenfenster geöffnet waren und ein Lüfter auf der Arbeitsplatte auf höchster Stufe lief, waren sie beide nass geschwitzt. »Ich hoffe, Sie nehmen keinen Anstoß daran, aber hier drin werden wir beide schmelzen. Das einzige Zimmer, in dem ich bereits eine Klimaanlage habe, ist mein Schlafzimmer.«

Brooke presste die Lippen zusammen und hob eine Braue.

Owen kratzte sich am Kinn. »Die beste Anmache, die Sie je gehört haben, nicht?« *Was ist nur los mit dir? Hör sofort auf zu flirten!*

»Ja, kann man so sagen.« Sie trocknete sich mit einem Stück Küchenrolle die Stirn. »Aber ich glaube, ich muss Ihr Angebot trotzdem annehmen.«

Owen ging zu der kleinen Kühl-Gefrierkombination, die er gekauft hatte, um die nötigsten Dinge unterzubringen und um Eis zu machen, bis er wusste, was er aus der Küche machen wollte. Er nahm zwei Flaschen Wasser heraus. »Ist das Getränk okay?«

Brooke nickte und nahm die beiden Teller. Dann folgte sie Owen den Flur entlang in sein Schlafzimmer.

Als er die Tür öffnete, gab er sich im Geist einen Fußtritt. Warum hatte er nicht früher daran gedacht, dass sie hier möglicherweise essen würden? Er schob eine Unterhose mit dem Fuß unters Bett in der Hoffnung, dass sie sie nicht gesehen hatte, doch die zwei Kleiderhaufen in der Ecke ließen sich nicht verbergen. Der linke Haufen war Schmutzwäsche, der andere saubere Kleidung. »Tut mir leid. Ich habe ein Bett gekauft, mehr gibt es noch nicht.«

Brooke biss herzhaft in ein Stück Pizza und trat an den neuen Wandschrank. »Der wird sicher sehr schön.« Sie drehte sich zu ihm um und lächelte. »Ich wette, Sie hassen Kleiderschränke. Die meisten Männer tun das. Mein Mann hat unseren Schrank auch verabscheut. Wir hatten zwei im Schlafzimmer.« Sie schaute sich im Raum um, immer noch lächelnd. »Das ist ja ein riesiges Zimmer und die Farbe finde ich auch wunderschön.«

Owen breitete die gesteppte Decke aus, die auf seinem Bett lag, strich sie glatt und setzte sich darauf. Brooke kam zu ihm und setzte sich neben ihn. Dann sagte sie stirnrunzelnd: »Sie wollen doch wohl nicht diese Daunendecke behalten, oder?«

Owen liebte diese Decke, obwohl sie uralt und verschlissen war – wahrscheinlich hatte Virginia sie ihm deshalb überlassen. Außerdem brachte sie ein bisschen viel Braun ins Zimmer. »Wahrscheinlich nicht.«

»Ich wollte unsere Decke schon seit Jahren auswechseln, aber Travis hat darauf bestanden, dass wir sie behalten.« Sie zuckte die Achseln. »Sie war uralt, aber er meinte, sie sei wunderbar eingewohnt.«

In den letzten fünf Minuten hatte sie ihren Mann zwei Mal erwähnt. Owen fragte sich, ob das die Norm war. Aber es war ihm auch egal. »Wo sind Ihre Kinder heute Abend?«

»Meine Freundin Judy hat sie eingeladen. Ihre Kinder sind im gleichen Alter wie meine. Deshalb habe ich heute Abend frei – was ich auch dringend mal gebraucht habe.« Sie biss wieder in die Pizza.

In der nächsten halben Stunde sprachen sie über das Übliche – wo sie aufgewachsen und zur Schule gegangen waren beziehungsweise welche Schulen sie nicht besucht hatten. Weder Brooke noch ihr Mann waren auf dem College gewesen. Sie waren auf der Highschool gute Schüler gewesen, hatten dann aber beschlossen, in Smithville zu bleiben und ihre Läden zu führen. Owen erzählte Brooke von seiner Zeit auf der Technischen Universität Texas, verschwieg aber, dass er dort Virginia kennengelernt hatte. Brooke schien gern über ihren Mann zu reden, Owen zog es vor, seine Exfrau nicht zu erwähnen.

»Wollten Sie denn nie von hier fortgehen?« Owen trank einen Schluck Wasser. »Ich dachte, wer in einer Kleinstadt aufwächst, sehnt sich nach dem Tag, an dem er weggehen kann.«

»Na ja, sogar wir Landeier fahren gelegentlich in die große Stadt. Travis und ich sind leidenschaftlich gern ins Theater gegangen. Hier in Smithville gibt es ein kleines Theater, wo es uns zuerst gepackt hat; später sind wir dann auch öfter nach Houston und Austin gefahren. Einmal waren wir an unserem Hochzeitstag sogar in New York.«

Owen spürte, wie er rot wurde. »Ich wollte damit nicht sagen, dass Sie ein Landei sind.«

Sie lachte. »O doch, das wollten Sie. Aber das macht nichts.« Brooke setzte sich aufrechter hin. »Nach meinem Dafürhalten kommen wir Landeier längst nicht so viel herum wie ihr Städter.«

Owen lachte laut über ihren affigen Akzent. »Gut gekontert.«

»Im Ernst, wir dachten natürlich ans Wegziehen. Aber es war schön, in Smithville aufzuwachsen, und es ist immer noch ein wunderbarer Ort, um Kinder großzuziehen.« Sie hielt inne und nahm einen großen Schluck Wasser. »Hier gehen die Uhren langsamer. Ehrlich gesagt, weiß ich nicht, ob ich mich in einer großen Stadt wohlfühlen könnte.«

In dieser Frage war Owen auch nicht mehr ganz sicher. Er war in Austin aufgewachsen und hatte nur das Stadtleben gekannt – bis jetzt.

Brooke stellte ihren leeren Pizzateller aufs Bett und riss ein Stück Küchenrolle ab, um sich die Hände abzuwischen.

»Noch mehr?« Owen wollte aufstehen.

»Nein. Essen Sie ruhig noch, ich bin satt.«

Owen aß noch zwei Stücke und dachte, dass er sie nur ungern gleich wieder gehen lassen würde. Als sie ihr Haar mit einem Gummiband, das sie ums Handgelenk trug, zum Pferdeschwanz band, verlor er sich im Anblick ihrer Bluse, die einen tiefen V-Ausschnitt auf dem Rücken hatte. Soweit er erkennen konnte, hatte sie keine roten Beulen. Auch sonst wirkte sie völlig normal. Mehr als normal sogar. Und keine Allergien? *Hmm.* Plötzlich schien sein Blut schneller zu fließen und er hielt es für besser, möglichst schnell wieder aus dem Schlafzimmer herauszukommen.

»Ich wette, Sie würden gern den Rest des Hauses sehen.« Er schwieg kurz und fügte hinzu: »Es ist allerdings wirklich sehr heiß.«

Sie stand lächelnd auf. »Das macht nichts. Ich würde es mir wirklich gern anschauen.«

»Werden Sie die Wände abklopfen, um den Bunker zu finden?« Er lachte leise. »Oben gibt es einen eingebauten Bücherschrank, aber ich habe mich noch nicht dagegengelehnt – Sie wissen schon, um herauszufinden, ob er sich in ein Geheimzimmer öffnet.«

»Ich kann es ja auch mal versuchen.« Sie schlug sich mit den Händen auf die weiße Hose. »Aber eigentlich denke ich, dass sich der Bunker unter dem Haus befindet.«

Owen bedeutete ihr vorauszugehen. Inzwischen war er selbst neugierig geworden. »Hier unten befinden sich die Eingangshalle, ein Badezimmer, Wohnzimmer, Esszimmer und die Küche – dazu dieses Schlafzimmer und das große Bad gleich hier rechts. Wo möchten Sie anfangen?«

Sie zuckte die Achseln. »Fangen wir doch gleich hier an und arbeiten uns vor.«

Die nächsten fünf oder zehn Minuten ging Owen hinter Brooke her. Als sie vor dem letzten Raum, der Küche, standen, drehte sie sich um und lachte. »Das ist doch albern, oder?« Sie glitzerte vor

Schweiß – sie waren beide klatschnass –, aber sie war trotzdem ein Augenschmaus. Und absolut nichts deutete darauf hin, dass sie nicht ganz normal war.

»Ich muss Sie etwas fragen.« Owen führte sie zurück in die Küche. *Tu es nicht. Wag es nicht. Du musst das nicht wissen.*

»Was denn?« Sie stellte sich vor den Lüfter und hob ihren Pferdeschwanz an.

Owen lehnte sich gegen den Arbeitstisch und kreuzte die Beine. »Sie haben gesagt, dass Sie keinerlei Allergien hätten. Stimmt das? Überhaupt keine?«

»Äh – nein, nicht, dass ich wüsste.« Sie runzelte die Stirn. »Warum?«

Jetzt hatte er angefangen, also konnte er ebenso gut weitermachen. »Nur so.« Er hob einen Finger. »Und noch was. Verirren Sie sich oft?«

Brooke stemmte die Hände in die Hüften. »Was soll das? Dauernd fragen Sie mich, ob ich mich verirre. Sehe ich vielleicht verirrt aus?« Sie schaute mit einem leicht gereizten Lächeln an sich herunter.

»Wissen Sie noch, wie ich Ihnen erzählte, dass ich Ihren Sohn kennengelernt habe? Spencer, so heißt er, nicht wahr?«

Owen schloss ein Auge, holte tief Luft und hoffte das Beste. Er öffnete das Auge wieder und sah sie an. »Spencer hat mir gesagt, dass Sie nicht ganz richtig im Kopf sind und sich öfter verirren.«

Sie wurde blass. »*Was* hat er getan?«

Owen zuckte die Achseln. »Das hat er mir gesagt.«

Brooke schüttelte den Kopf. »Warum sollte er so etwas sagen?«

»Das ist noch nicht alles.«

»Oje. Was denn noch?« Sie setzte sich auf einen Küchenstuhl.

»Er, äh, nun …«

Sie hob eine Hand. »Spucken Sie's aus.«

Owen legte den Kopf schräg, seufzte und sagte: »Nun, er hat mir gesagt, dass Sie eine Allergie haben und dass ihr ganzer Rücken mit großen roten Beulen übersät ist.« Als sie aufsprang, schloss er wieder die Augen.

»Das haben Sie sich ausgedacht!«

»Nein, ehrlich nicht.« Owen hob die Hände. »Er sagte, es seien große, rote Beulen, die nässen …«

»Gute Güte! Hören Sie auf! Bitte!« Sie beugte sich nach vorn und presste ihre Hände zwischen die Knie.

»Ich sage Ihnen das nur, weil ihr Sohn sich größte Mühe gab, dass ich Sie abscheulich finde. Er sagte sogar, Sie seien allergisch gegen Blumen, was auch immer er damit bezweckte.«

Als Brooke sich aufrichtete, war sie knallrot. »Das ist mir ja so peinlich!« Doch plötzlich brach sie in ein unwiderstehliches Lachen aus und Owen musste mitlachen. »Ich glaube, ich weiß, warum er das getan hat.« Sie schüttelte den Kopf. »Ich habe letzte Woche einen Blumenstrauß bekommen. Spencer muss gedacht haben, dass sie von Ihnen waren. Ich kann es nicht fassen, dass er wirklich solche Lügen erzählt hat!«

Owens Herzschlag beschleunigte sich. Eigentlich sollte er sich nicht wundern, dass sie Blumen bekam. Sie war attraktiv und alleinstehend.

Doch aus irgendeinem Grund fiel es ihm plötzlich schwer, sein Lächeln beizubehalten.

Brooke folgte Owen die Treppe hinauf, doch inzwischen wünschte sie sich nur noch, nach Hause gehen zu können. Sie wusste nicht, ob sie ihre normale Gesichtsfarbe je wiedererlangen würde. Wie konnte Spencer nur so etwas tun! Brooke sah ein, dass er nicht wollte, dass sie einen neuen Mann kennenlernte, doch sie war überrascht, dass er sogar bereit war zu lügen, um sicherzugehen, dass Owen sie für abstoßend und verrückt hielt.

Sie gingen von Zimmer zu Zimmer und Brooke versuchte, so zu tun, als sei sie noch immer fasziniert von der Möglichkeit eines Geheimzimmers oder Bunkers. Doch nach Owens Eröffnung schien ihr dieser Gedanke plötzlich kein bisschen verlockend mehr – bis sie in das fünfte Schlafzimmer kamen. Es war sehr viel größer und schmutziger als die anderen und wirkte, als hätte überhaupt noch nie jemand darin gewohnt. Ein großer Wasserfleck in einer Ecke der Zimmerdecke, der sich die gesamte Wand herunterzog, war ein Zeichen, dass das Dach gerichtet werden musste.

Hier befand sich auch der eingebaute Bücherschrank, der Brookes Fantasie aufs Neue anstachelte. Sie sah sich eingehend um und konzentrierte sich dann auf den Bücherschrank.

»Machen Sie nur.« Owen nickte zu dem Schrank hinüber, der etwas über einen Meter breit war. »Ich weiß, dass Sie darauf brennen, sich dagegenzulehnen, um auszuprobieren, ob er sich dreht und in ein anderes Zimmer öffnet.«

Brooke zwang sich zu einem Lächeln. *Warte nur, bis ich dich in die Finger kriege, Spencer.* Die wenigen Male, die ihre Kinder wirklich Strafe verdient hatten, hatte Travis das übernommen und Brooke hatte so lange die Hände auf die Ohren gepresst. Inzwischen war Spencer wohl zu alt für eine Tracht Prügel, aber sie durfte ihm die Lügen auf keinen Fall durchgehen lassen – auch wenn sie sich fragen musste, worüber sie wütender war, über die Lügen oder über den Inhalt seiner Geschichten.

»Das ist ein sehr schöner Schrank.« Sie strich mit der Hand über die staubige Oberfläche, dann lehnte sie sich mit der Schulter dagegen und drückte.

»Wenn Sie jetzt auf die andere Seite fallen, komme ich gleich nach.« Owen lachte, doch dann tippte er ihr auf den Arm. »Gehen Sie mal beiseite, meine Liebe.«

Meine Liebe? Es war ein Scherz, aber trotzdem …

Owen drückte mit aller Kraft gegen den Schrank, bis er grunzte vor Anstrengung, doch der Schrank gab nicht nach. Hatte sie das wirklich erwartet? Auf einmal kam ihr die Idee nur noch albern vor. »Ich glaube, er bewegt sich nicht«, sagte sie, als er sich den Schweiß von der Stirn wischte.

»Immerhin, wir haben es versucht.« Brooke drehte sich um und wollte hinausgehen. »Ich glaube sowieso nicht, dass der Bunker sich irgendwo hier oben befindet. Wenn er überhaupt existiert.«

»Sie geben aber leicht auf!«

Ich schäme mich und will nach Hause. Sie drehte sich um. »Morgen gehe ich in den Laden und suche die Fotos und den Brief. Vielleicht enthalten die ja irgendwelche Hinweise.«

Sie ging hinaus und stieg die Treppe hinunter. Owen folgte ihr.

»Seien Sie nicht zu streng mit Spencer«, sagte Owen, als könne er ihre Gedanken lesen.

Unten an der Treppe ging Brooke gleich weiter zur Haustür, dann drehte sie sich um. »Ich versuch's.«

Owen lächelte. »Ich freue mich, dass Sie weder verrückt sind noch diese … äh … Dinger auf dem …« Er wich zurück, als Brooke die Hände hob.

»Bitte. Ich will das nicht hören.« Trotzdem musste sie ebenfalls lächeln.

»Danke für die Pizza und dafür, dass Sie mir eine einsame Mahlzeit erspart haben.«

Wenn das ein Wink war, ihn zum Essen einzuladen, würde sie ganz bestimmt nicht anbeißen. Spencer würde ihn wahrscheinlich gegen die Schienbeine treten, wenn ihm nicht etwas noch Schlimmeres einfiel. »Danke, dass Sie mir alles gezeigt haben.«

Sie war schon fast draußen, als Owen sagte: »Ich …«

Sie blieb stehen, drehte sich um und zog fragend die Brauen hoch.

»Ich wollte Sie fragen, wann Sie mir die Fotos und den Brief vorbeibringen, aber eigentlich könnte ich Ihnen doch meine Handynummer geben.« Er fasste in seine Tasche, zog eine Karte heraus und reichte sie ihr. »Die Firma habe ich nicht mehr, aber die Nummer stimmt noch.« Er deutete auf den BMW in der Einfahrt. »Darf ich Sie nach Hause fahren oder vielleicht zu Fuß begleiten?«

»Nein, nein. Ich gehe schon bei Nacht durch diese Straßen, seit ich ein Kind bin. Es ist keine große Sache.«

»Lassen Sie Ihre Kinder auch nachts allein nach Hause gehen?«

»Nein. Sie sind noch zu klein.«

Owen schloss die Tür hinter sich. »Dann brauchen Sie auch nicht allein nach Hause zu gehen.«

»Das ist wirklich nicht nötig, aber gut, wenn Sie meinen.«

Der kurze Heimweg verlief relativ angenehm. Brooke hörte zu, wie Owen bis ins Detail seinen Umzug nach Smithville beschrieb. Er hatte fast alles, was er besaß, verkauft, um einen ganz neuen Anfang zu machen, und er verstand wirklich nicht das Geringste von der Renovierung oder Sanierung eines alten Hauses – was sie nicht überraschte.

»Warum haben Sie es denn überhaupt gekauft?« Brooke ging langsamer, als ihr Haus in Sicht kam.

Owen blieb stehen, weil sie stehen geblieben war, und zuckte die Achseln. »Ich brauchte eine Veränderung. Ich musste fort von meiner Exfrau, Virginia.«

Er war offenbar noch sehr verbittert und hatte die Scheidung längst nicht überwunden. »Eine Veränderung ist immer gut. Für manche Menschen jedenfalls.« Sie richtete den Riemen ihrer Schultertasche gerade. »Danke, dass Sie mich nach Hause gebracht haben.«

»Danke noch mal für die Pizza. Rufen Sie mich einfach an, wenn Sie den Brief und die Fotos gefunden haben, dann gucken wir uns noch einmal um. Wäre es nicht toll, wenn wir das Geheimzimmer oder den Bunker doch noch fänden?«

»Ich lasse Lennie morgen das Schloss öffnen und suche die Sachen heraus und dann rufe ich Sie an.« Brookes Magen verkrampfte sich bei dem Gedanken, ins *Schatzkästchen* zu gehen, doch es wurde langsam Zeit. »Gute Nacht.«

Auf dem Heimweg ging es Owen so gut wie schon lange nicht mehr. Es war schön, jemanden zum Reden zu haben.

Brooke schien noch immer sehr an ihrem Mann zu hängen. Und Owen hing noch immer an Virginia, trotz der Umstände ihrer Trennung. Aber vielleicht konnten er und Brooke Freunde werden. Es wäre schön, eine gute Freundin zu haben. Mit ihr würde er irgendwann vielleicht sogar über Virginia reden können und eventuell würde ihm ein weiblicher Blickwinkel sogar helfen zu verstehen, was genau in seiner Ehe schiefgelaufen war. Vielleicht hatte er ja Fehler gemacht, derer er sich gar nicht bewusst war. Vielleicht war Virginia aber auch einfach eine schreckliche Person und alles Grübeln würde nichts daran ändern. Wie auch immer, er hatte die Gesellschaft und die Pizza genossen.

Als er die Stufen zu seiner Veranda hinaufging, blieb er plötzlich stehen. »Wo kommst du denn her?«

Vor der Tür lag eine große schwarze Katze, lang ausgestreckt, als gehöre ihr – oder ihm – das Anwesen. Owen war nicht abergläubisch, aber in letzter Zeit hatte er so viel Pech gehabt, dass es ihm fürs ganze Leben reichte. Deshalb war er erleichtert, als er einen kleinen weißen Fleck auf dem Schwanz der Katze sah. Trotzdem wünschte er, das Tier würde verschwinden.

Er war kein Katzenmensch. Die meisten Katzen, denen er begegnet war, waren wählerisch und hochnäsig und als Junge war er einmal von einer Katze angegriffen worden, die seine Mutter mit nach Hause gebracht hatte. Unwillkürlich fiel sein Blick auf seinen Unterarm. Die Narbe war zwar nicht mehr sichtbar, aber die Erinnerung war mehr als deutlich.

Er tat einen Schritt vor in der Annahme, das Tier würde dann weglaufen. Doch es sah nur zu ihm auf und blinzelte. Daraufhin ging er um die Katze herum und schloss die Tür auf. Plötzlich sprang sie auf und rannte über die Schwelle.

»O nein, du kommst mir nicht herein.« Owen griff nach der Katze, doch sie war zu schnell für ihn und lief an ihm vorbei die Treppe hinauf. »Egal.« Er ging in sein Schlafzimmer und schloss die Tür des angenehm kühlen Raums hinter sich, zu müde, sich heute Abend noch mit dem Tier auseinanderzusetzen. Vielleicht fand sie ja allein wieder hinaus. Wenn nicht, würde er sie morgen früh rausjagen und eventuelle Missgeschicke beseitigen. Das Haus war ohnehin noch in einem Zustand, in dem er sich um solche Sachen keine Sorgen machte.

In seinem Zimmer war es ganz still, bis auf das Summen der Klimaanlage. Morgen würde er sich einen Fernseher kaufen. Er wunderte sich sowieso, wie er es so lange ohne ausgehalten hatte. Jeden Abend auf seinem iPhone Internetradio zu hören, wurde allmählich langweilig.

Nach einer raschen Dusche ging er ins Bett und wollte gerade die Musik anstellen, als er oben ein lautes Krachen hörte und gleich darauf ein Getrappel, das von einer ganzen Horde Tiere zu stammen schien.

Die Katze.

Er überlegte kurz, ob er hinaufgehen, die Katze fangen und nach draußen bringen sollte, wo sie hingehörte, doch da er schon auf dem Bett lag, kam ihm das alles viel zu mühsam vor, todmüde, wie er war. Sein Körper brauchte dringend Schlaf, doch sein Geist konnte nicht abschalten. Ständig stand ihm Virginias Gesicht vor Augen und quälte ihn mit Gedanken, die er gern für immer fortgeschoben hätte. Manchmal vermischten sich sein Schmerz und seine Verbitterung mit einer so heftigen Sehnsucht nach früher, dass er kaum atmen konnte. Am einfachsten war es, wenn er wütend war und sich einreden konnte, dass er Virginia hasste. Doch die Wut war immer nur wie ein lockeres Pflaster, das sich sehr schnell wieder löste – gewöhnlich spät nachts, wenn er allein war.

Er schloss die Augen und versuchte die Bilder von jener Nacht vor fast einem Jahr zu verdrängen – jener Nacht, in der er Virginia und Gary ertappt hatte. Sein Freund und Geschäftspartner hatte ihm weismachen wollen, dass es nicht war, wonach es aussah, doch Virginia hatte keine Ausflüchte gesucht. Gleich in der nächsten Woche hatte sie die Scheidung eingereicht und ihm gestanden, dass die Affäre schon fast ein Jahr lang währte.

Er klopfte sein Kissen zurecht, starrte aus dem Fenster in die Dunkelheit und fragte sich, ob er je aufhören würde, sie zu lieben.

Sieben

Am Samstagmorgen trat Brooke wie jeden Morgen vor den Kalender und machte ein großes Kreuz. Noch fünfunddreißig Tage. Später, nach dem üblichen Pfannkuchenritual, setzte sie die Kinder bei Juliet im Laden ab, die auf sie aufpasste, während sie rasch zu Lennie in die Schlosserei ging. Eine Stunde später überquerte sie, den Schlüssel in der Hand, die Main Street und stand vor dem *Schatzkästchen*.

Bis jetzt hatte sie Spencer noch nicht auf die wilde Geschichte angesprochen, die er Owen erzählt hatte, doch sie konnte sich auf die Dauer nicht davor drücken. Er musste begreifen, dass er auf keinen Fall lügen durfte. Die Auseinandersetzung mit ihm lief allerdings auf ein langes Gespräch darüber hinaus, warum ihr Vater ihr Blumen geschickt hatte, und darauf hatte Brooke keine Antwort. *Ich hoffe, dich bald wiederzusehen,* hatte er geschrieben. Was bildete er sich eigentlich ein?

Vielleicht würde sie Spencer morgen zur Rede stellen. Für heute genügte ihr die Großtat, den Laden zu betreten.

Sie holte tief Luft und steckte den Schlüssel ins Schloss, im Hinterkopf noch die leise Hoffnung, dass er vielleicht nicht passte. Selbstverständlich passte er. Die Tür klemmte zuerst ein wenig, doch auf ein wenig festeren Druck hin schwang sie weit auf. Der vertraute Duft nach alten Büchern stieg ihr in die Nase; sie sog ihn tief ein, schloss einen Moment die Augen und stellte sich vor, dass Travis an seinem Schreibtisch in der Ecke saß. Der Raum war dämmrig und kühl, weil sie den Strom nicht abgestellt hatte, damit die Waren keinen Schaden nahmen. Ohne hinzusehen, die Augen fest auf den Schreibtisch gerichtet, das Bild vor Augen, wie Travis sie anlächelte, streckte sie die Hand nach dem Lichtschalter aus.

Als es hell wurde, fiel die Verzweiflung sie an wie ein wildes Tier. Nicht nur, dass sie Travis hier, an diesem Ort, mehr denn je vermisste; bei dem Anblick, der sich ihr bot, wurde ihr zudem plötzlich klar, dass sie zugelassen hatte, dass seine Kostbarkeiten unter dicken Staubschichten begraben wurden. Sie ging zwischen zwei Tischen mit einigen von Travis' Lieblingsstücken hindurch und fuhr mit dem Finger durch die dicken Staubmäntel, die sie trugen. Hier gab es eindeutig mehr für sie zu tun, als die Fotos vom Hadley-Haus und den Brief zu suchen. Mr Knopick hatte unendliche Langmut mit ihr bewiesen, aber Travis' Sachen konnten nicht ewig hierbleiben.

Brooke setzte sich an Travis' Schreibtisch und strich mit der Hand über die staubige Oberfläche. Dabei betrachtete sie das Foto, das sie und ihren Mann vor ein paar Jahren am Strand von Galveston zeigte. »Ich vermisse dich so entsetzlich«, flüsterte sie.

Sie blickte sich in dem kleinen Laden um, der angefüllt war mit Dingen, die Travis geliebt hatte. Manche stammten noch aus seiner Kindheit, doch die meisten hatte er bei Haushaltsauflösungen ergattert – Bücher, Gemälde, Schallplatten, alte Fotoalben, allen möglichen Plunder und echte Antiquitäten. Auf einem Tischchen in einer Ecke war antikes Spielzeug angeordnet. Brooke nahm ein Modellflugzeug in die Hand, das Travis, wie sie sich erinnerte, in einen wahren Freudentaumel versetzt hatte. Es war wahrscheinlich nie flugtauglich gewesen und besaß wohl auch keinen Wert, aber er hatte es wunderbar gefunden.

Eine Staubwolke stieg ihr in die Nase, als sie das Flugzeug aufnahm, und sie musste niesen. Sie dachte daran, was Spencer Owen erzählt hatte, und lächelte unwillkürlich. *Owen muss sich zu Tode geekelt haben vor mir.* Eigentlich war es ja nicht lustig, doch als sie sich jetzt im Laden umschaute, fiel es ihr nicht mehr schwer, das Ganze in der richtigen Verhältnismäßigkeit zu sehen. Sie musste sich unbedingt die Zeit nehmen, hier sauber zu machen und die Sachen entweder zu verkaufen oder einzulagern – eine Aufgabe, der sie sich bis jetzt einfach nicht gewachsen gefühlt hatte. Das tat sie zwar noch immer nicht, trotzdem musste es in Angriff genommen werden. Aber nicht heute.

Die Fotos und der Brief. Wo konnten sie sein?

Brooke konnte den Laden gut überblicken; es gab keine hohen Bücherregale. Die Waren lagen alle auf Tischen, ein Großteil der Einrichtung bestand ebenfalls aus Antiquitäten. Sie blickte zu den mit Brettern vernagelten Fenstern hinüber. Big Daddy hatte die Bretter letztes Jahr angebracht, als sie einen Hurrikan erwarteten, und sie hatten sie nicht wieder entfernt, weil sie einen zusätzlichen Schutz für die Waren darstellten. Aber wenn sie hier putzen wollte, musste sie die Bretter abnehmen und Licht hereinlassen.

Auf einem schmalen Tischchen, das fast die ganze Länge der einen Wand einnahm, standen Bücher senkrecht gegen die Wand gelehnt. Davor lagen alte Zeitschriften, die Travis über Jahre gesammelt hatte, darunter sogar Comics. Im Herzen war er immer ein Kind geblieben. Der Laden hatte nie viel abgeworfen, doch er war der Inbegriff all des Guten, das sie an Travis geliebt hatte. Brooke nahm ein Comicheft aus dem Jahr 1965 in die Hand. Sie blätterte gerade durch die abgegriffenen Seiten, als es an der Tür klingelte.

»Hey, Kumpel«, begrüßte sie Spencer, der in den Laden geschlurft kam. »Staubig hier drin, nicht?«

Spencer nickte und sah sich um. Brooke beobachtete ihn verstohlen; sie hoffte, dass er schon so weit war, sich den Emotionen, die unweigerlich in ihm aufsteigen mussten, zu stellen. Er ging langsam zu dem Modellflugzeug hinüber.

»Möchtest du das behalten? Ich bin sicher, Daddy wäre einverstanden damit.« Brooke legte ihm eine Hand auf die Schulter, zog sie jedoch wieder zurück, als er den Kopf schüttelte.

»Es fliegt nicht.«

»Ich weiß. Ich dachte nur, du willst es vielleicht haben.« Brooke holte tief Luft und schluckte. »Gibt es hier irgendetwas, das du gern mit nach Hause nehmen würdest?«

Spencers Gesichtsausdruck war nicht zu deuten, doch er schüttelte den Kopf. *O mein Gott, wann werden wir das alles bewältigt haben?* Brooke hätte alles getan, um Spencers Schmerz zu lindern. An manchen Tagen wusste sie nicht, ob sie Travis noch mehr vermissen konnte, als sie es ohnehin schon tat, doch sie hätte auch Spencers Schmerz mit Freuden auf sich genommen, wenn das möglich gewesen wäre. Meghan vermisste ihren Vater ebenfalls, aber sie hatte sich schneller an die neue Situation gewöhnt, weil sie erst vier gewesen war, als er starb. Spencer dagegen machte es noch jetzt zu schaffen, jeden einzelnen Tag.

»Ich suche nach ein paar Fotos vom Hadley-Haus. Ich glaube, dein Dad hat sie hier irgendwo aufbewahrt.« Sie hielt kurz inne. »Hilfst du mir suchen?«

Spencer sah sie an, sein Gesicht war ganz rot geworden. »Für diesen Typ? Du gibst Daddys Sachen diesem Typ?« Er ballte die Fäuste.

»Spencer, dieser Typ heißt Owen.« Brooke brachte ihn mit einer Geste zum Schweigen, bevor er noch etwas sagen konnte. »Und die Blumen waren nicht von ihm.« Sie schwieg kurz, dann setzte sie hinzu: »Ich weiß, was du ihm erzählt hast.«

Ihr Sohn besaß den Anstand, erneut rot zu werden, doch er antwortete nicht.

»Spencer, ich will nicht, dass du lügst.« Sie ging zu ihm und hob sein Kinn an, bis er ihr in die Augen sah. »Ich meine es ernst, Spencer.« Brooke grinste. »Große, rote, nässende Beulen auf meinem Rücken?«

Spencer versuchte, sich ihr zu entziehen, doch Brooke sah die Andeutung eines Lächelns in seinem Gesicht.

»Ganz schön einfallsreich.« Brooke schlug ihm spielerisch auf den Arm. »Und eklig.« Sie wartete kurz, dann fügte sie hinzu: »Liebling, kein Mann wird jemals deinen Vater ersetzen. Das weißt du doch, oder?«

Spencers Augen füllten sich mit Tränen, als er zu ihr aufsah. »Ich bin nicht dumm, Mom. Ich weiß, dass du irgendwann jemand kennenlernen und vielleicht sogar heiraten wirst.« Er presste die Lippen zusammen; sein Gesicht wurde abermals rot. »Aber ich werde ihn nie mögen, egal, wer es ist! Niemals!«

»Okay«, sagte Brooke sanft und dachte bei sich, dass das Thema ohnehin hypothetisch war. Sie konnte sich genauso wenig wie Spencer vorstellen, einen anderen Mann an ihrer Seite zu haben. »Aber ich möchte die Fotos für Owen heraussuchen, damit er den Geheimbunker in seinem Haus finden kann.«

»Was?« Spencer wischte sich die Augen. »Was für einen Geheimbunker?«

»Ach, wusstest du das gar nicht?«, meinte Brooke ganz beiläufig und trat wieder an Travis' Schreibtisch.

»Was für einen Geheimbunker?«, wiederholte Spencer und folgte ihr.

Brooke setzte sich. »Angeblich befindet sich ein geheimer Bunker im Haus, aber niemand weiß, wo er ist. Ich hoffe, dass die Fotos Owen helfen, ihn zu finden – vorausgesetzt, es gibt ihn tatsächlich.«

»Du meinst ein Geheimversteck, wie im Film?« Spencer stützte die Hände auf den Schreibtisch.

»Ja. Genau so.« Brooke zog die Schreibtischschublade auf. Sie wusste, dass die Fotos nicht darin waren, aber sie wollte Spencer Zeit geben anzubeißen. *Und wo ist der Brief?*

»Ich weiß, wo die Fotos sind.« Spencers Gesicht leuchtete auf. Er drehte sich um und ging zu einer Truhe, die vor der Wand gegenüber des langen Tischs stand. Er öffnete sie und schaute hinein. Dann drehte er sich zu Brooke um und sagte: »Hier sind sie.«

»Wirklich? Prima.« Brooke hatte gewusst, dass die Fotos dort waren, und hätte auch als Erstes dort nachgeschaut, doch sie wollte das Verdienst, sie gefunden zu haben, ihrem Sohn überlassen. Sie ging zu der Truhe und schaute hinein. »Da ist eine ganze Menge drin.« Sie schüttelte hilflos den Kopf.

»Ich helfe dir.« Spencer nahm vier Fotoalben heraus und eine braune Tasche, die darunter lag, danach zog Brooke weitere Alben heraus. Sie setzten sich zusammen auf den schmutzigen Fußboden. Brooke war auf einmal nicht mehr ganz so schwer ums Herz und dafür dankte sie Gott im Stillen.

Fünfzehn Minuten später hatte Spencer eine weit bedeutendere Entdeckung gemacht als die Fotos vom Hadley-Haus oder einen Geheimbunker.

»Mom«, sagte er leise, fast ehrfürchtig. »Guck mal.«

Brooke beugte sich zu ihm hinüber. Sie griff nach dem Schwarz-Weiß-Foto. Als sie das Bild sah, fing ihre Hand an zu zittern.

Spencer drückte sich enger an Brooke. »Wer ist das?«

Brooke betrachtete das Foto. Es zeigte einen Jungen, der auf den Verandastufen eines alten Bauernhauses saß. »Das ist mein Vater – dein Großvater, als er noch sehr jung war.« Sie holte tief Luft. Sie wusste, was Spencer jetzt dachte.

»Ich sehe genau aus wie er!« Spencer betrachtete das Foto genauer.

Brooke zwang sich zu einem Lächeln. Sie wusste, dass Spencer die hellblauen Augen und markanten Züge seines Großvaters geerbt hatte. Auf diesem Foto trug ihr Vater sogar den gleichen Kurzhaarschnitt wie Spencer jetzt. »Ja, das stimmt.«

Sie erinnerte sich an den Tag, an dem sie Frühjahrsputz gemacht und in einem Schrank eine Tasche mit alten Fotos gefunden hatte. Sie hatte die Bilder von ihrem Vater herausgesucht, in eine andere Tasche gesteckt und Travis gebeten, sie wegzuwerfen. Sie wusste, dass ihre Mutter eigene Fotos von ihrem Mann hatte – was ihr gutes Recht war, doch *sie* würde ganz bestimmt keine Fotos von ihrem Vater aufheben.

Anscheinend hatte Travis ihre Anweisung nicht befolgt.

Spencer fing an, weitere Bilder herauszuziehen, und bei jedem Einzelnen hatte Brooke das Gefühl, dass eine alte Wunde aufgerissen wurde.

»Steck sie wieder weg, Spencer.« Brooke nahm die Fotos und schob sie zurück in die Tasche. »Wir gucken sie später an.«

Spencer grunzte: »Warum hat er Großmutter verlassen?«

Weil Harold Miller ein egoistischer Ehebrecher ist, dem nicht das Geringste an seiner Familie liegt.

»Manchmal passiert etwas zwischen zwei Menschen und sie trennen sich.« Brooke stand auf, legte die Tasche zurück in die Truhe und setzte sich wieder hin. »Komm, wir suchen die Fotos vom Hadley-Haus. Außerdem gucken wir nach einem handgeschriebenen Brief.«

Spencer war einen Moment lang ganz still und starrte auf die Tasche in der Truhe. »Kann ich die Tasche haben?«

»Nein.«

»Warum nicht?«

»Weil ich es sage.« Brooke schlug ein Fotoalbum auf und fing an, Bilder durchzusehen, die sie nicht kannte – irgendwelche alten Porträt- und ein paar Landschaftsaufnahmen.

»Großmutter hat gesagt, dass du Großvater nicht wirklich hasst. Du kannst nur deine Gefühle nicht verarbeiten.« Spencer faltete die Hände im Schoß.

Brooke biss sich auf die Zunge. »Wirklich? Das hat deine Großmutter gesagt? Nun, mir ist auch heute nicht danach, meine Gefühle zu verarbeiten.« Die Rückkehr ins *Schatzkästchen* hatte alle möglichen Gefühle aufgewühlt, die nach Verarbeitung drängten, aber sie hatte nicht vor, die Gefühle für ihren Vater in diese Liste aufzunehmen. »Jetzt hilf mir suchen.«

»Was suchen wir denn?« Spencer schlug ein Album auf.

»Fotos von dem Haus, in dem Mr Saunders lebt. Und einen kurzen Brief, der von einem Mädchen namens Adeline unterschrieben ist.«

»So wie der?« Spencer hob ein vergilbtes Stück Papier hoch. »Er lag lose in dem Album.«

»Ja.« Brooke nahm den Brief und hielt ihn ans Licht. »Genau den.« Sie hatte den Brief seit mindestens zehn Jahren nicht gesehen, doch sie erinnerte sich an die schöne Handschrift und an die schwarze Tinte. »Soll ich ihn laut vorlesen?«

Spencer nickte und Brooke holte tief Luft.

»An Mr Jack Cunningham, Anwalt. Wie Sie wissen, habe ich kürzlich die Nachricht erhalten, dass mein geliebter John gefallen ist. Es ist zu schmerzlich für mich, hier ohne ihn weiterzuleben, in diesem Haus, und um ein Wunder zu beten, das nicht eintreten wird. Deshalb habe ich mich entschlossen wegzuziehen. Alle meine weltlichen Schätze sind Kleinode des Herzens, sicher begraben unter diesem Haus, das die Liebe erbaut hat. Alles andere hat keine Bedeutung mehr für mich. Bitte verkaufen Sie mein Haus und die Einrichtung und behalten Sie Ihr Honorar von dem Erlös ein. Meine künftige Adresse in Little Rock, Arkansas, finden Sie unten. Ich fahre mit dem Zug und werde Sie in Kürze wieder kontaktieren. Mit besten Grüßen, Adeline Hadley.«

Spencer fingerte am Saum seiner Shorts herum. »Das ist ein trauriger Brief.«

»Ja. Ich weiß.« Brooke konnte Adeline verstehen. Wenn ihre Kinder und ihre Mutter nicht gewesen wären, wäre sie nach Travis' Tod wahrscheinlich ebenfalls geflohen. Sie griff nach dem Album auf Spencers Schoß. »Lass mich mal gucken, ob da das Bild drin ist, an das ich mich erinnere.« Sie blätterte die Seiten rasch durch. »Ja, da ist es. Ich werde es Mr Saunders leihen.«

Sie stand auf und fing an, die anderen Alben zurück in die Truhe zu legen. »Ich werde es ihm noch diese Woche bringen, Spencer. Wenn du ihm also bitte keine Märchen mehr über mich erzählen würdest. Immerhin weißt du ja jetzt, dass die Blumen nicht von ihm waren.«

Spencer stand auf und reichte ihr ein anderes Album. »Von wem waren sie dann?«

Brooke wusste, dass sie nicht drumherum kommen würde. »Von meinem Vater. Deinem Großvater.«

»Was? Wirklich?«

»Ja, wirklich. Ich habe keine Ahnung, warum er sie geschickt hat, und es spielt auch keine Rolle.« Sie ging wieder an Travis' Schreibtisch und setzte sich hin.

»Weiß Großmutter Bescheid?«

»Ja. Und jetzt möchte ich nicht mehr darüber sprechen.« Ihre Stimme war fest, sie hoffte, dass das Gespräch damit beendet war. »Und was machen wir jetzt mit dem ganzen Zeug von deinem Vater?«

Spencer sah sich um. »Nichts. Lass es einfach hier.«

Brooke schaute ihn an und sah, wie er Travis' Schätze musterte.

»Wir können sie nicht für immer hierlassen. Es ist zwei Jahre her, Spence. Deshalb habe ich dich gefragt, ob du irgendetwas davon haben möchtest.« Sie hielt inne, doch als ihr Sohn nichts sagte, fuhr sie fort: »Wir werden sie verkaufen müssen.«

»Nein!«

»Spencer, wir haben keinen Platz für das viele Zeug. Mr Knopick hat uns netterweise erlaubt, es hierzulassen, aber das ist wahrscheinlich der Grund, warum kein Mensch den Laden mieten wollte.«

»Noch nicht, Mom.« Spencer blinzelte ein paar Mal und Brooke schluckte den Kloß, der ihr plötzlich in der Kehle saß, hinunter.

»Gut. Noch nicht.« Sie nahm ihre Tasche und das Fotoalbum mit dem losen Brief. »Komm. Wir gehen rüber in den Laden. Juliet lässt deine Schwester wahrscheinlich das Glas mit den Süßigkeiten plündern.« Sie strich ihm über die Stirn, doch er zuckte zurück, wie sie erwartet hatte.

Beim Abschließen spähte Brooke noch einmal durch die Glastür in den Ladenraum. Sie wusste nicht so recht, wann sie zurückkommen sollte, aber es musste auf jeden Fall bald sein; sie durfte nicht noch weitere ein oder zwei Jahre verstreichen lassen.

Als sie und Spencer die Straße überquerten, dachte sie an die Tasche mit den Fotos. Sie war so wütend auf ihren Vater gewesen, so fest entschlossen, ihn ein für alle Mal aus ihrem Leben zu verbannen. Das war sie zwar immer noch, aber es musste doch einen Grund gegeben haben, warum Travis die Fotos aufgehoben hatte. Vielleicht als Vermächtnis für ihre Kinder – oder vielleicht dachte er auch, Brooke würde sie eines Tages wieder anschauen wollen.

Dieser Tag war definitiv nicht heute, aber Brooke musste trotzdem immer wieder daran denken, dass ihr Vater nach all den Jahren offenbar die Versöhnung suchte.

Warum?

Acht

Am Dienstagmorgen stellte Patsy eine Schale mit Müsli vor Harold auf den Tisch. Sie hatten drei herrliche Tage miteinander verbracht, waren einkaufen und essen gegangen und hatten andere Dinge unternommen, die Patsy seit zwanzig Jahren nicht mehr gemacht hatte. Sie fühlte sich wie eine Braut, doch obwohl sie in einen warmen Kokon von Euphorie gehüllt war, spürte sie, dass es noch etwas gab, das ihrem Glück mit Harold im Weg stand.

Sie setzte sich auf die andere Seite des kleinen Küchentischs – heute trug sie ein blaues Satinkleid, das sie neu gekauft hatte – und stocherte mit dem Löffel in ihrem Müsli herum.

»Patsy …«

Sie blickte über den Tisch in Harolds blaue Augen und lächelte. »Ja, mein Lieber?«

Harold griff über den Tisch und nahm ihre Hand. »Du hast doch etwas, ich sehe es dir an. Sag mir, was ich tun kann – ich tue alles.«

Patsy drückte seine Hand und zwang sich zu einem Lächeln. »Brooke ist sehr verbittert.« Sie schwieg und schloss einen Moment die Augen. »Wenn sie von uns wüsste, würde sie wahrscheinlich auch jeden Kontakt zu mir abbrechen.«

»Das ist doch nicht dein Ernst!« Ihr Geliebter ließ ihre Hand los, lehnte sich zurück und rieb sich das Kinn. »Das wäre schrecklich.«

Patsy zuckte die Achseln. »Ich bin mir nicht sicher.« Doch ihr Innerstes zog sich zusammen bei dem Gedanken an Brookes Reaktion auf das neue Verhältnis zwischen ihren Eltern.

»Ich werde mit ihr reden.« Harold richtete sich auf, das Kinn entschlossen vorgestreckt.

Patsy schluckte. »Ich glaube, das wäre nicht so gut. Jedenfalls im Moment noch nicht. Ich muss zuerst selbst mit ihr sprechen.«

Harold blinzelte ein paar Mal. »Wirst du mir je wirklich vergeben können, Patsy?«

Sie lächelte. »Du weißt doch, dass ich dir vergeben habe, Harold – du brauchst nicht immer wieder zu fragen. Und wenn Brooke erst einmal alles weiß, wird sie erkennen, dass sie nicht nur dir, sondern auch mir vergeben muss.«

»Du hast getan, was du für richtig hieltest.« Harold ließ den Kopf sinken. »Ich habe es verdient. Und ich möchte, dass Brooke das weiß.«

Patsy nahm einen Löffel voll Müsli, kaute und schluckte. »Wir haben beide Fehler gemacht. Trotzdem wollen wir vorerst noch nichts zu Brooke sagen. Wir sind gerade dabei, uns wieder kennenzulernen, und ich möchte diese Zeit genießen, bevor wir uns wieder der Welt zuwenden.«

In Wahrheit bekam Patsy es jedes Mal mit der Angst, wenn sie an Brookes Reaktion auf diese Neuigkeit dachte. Würde sie Patsy womöglich drängen, Harold aufzugeben – oder zwischen ihnen beiden zu wählen? Würde sie ihre Entscheidung verstehen? Patsy betete fast täglich darum, dass Gott Brooke das Herz öffnen möge. Brooke hatte so viel durchgemacht und Patsy wollte ihr auf keinen Fall noch mehr Leid zufügen. Aber sie wusste auch nicht, wie sie weiterleben sollte, wenn sie Harold wieder verlor.

»Du bestimmst, wann der richtige Zeitpunkt gekommen ist.« Harold nahm den letzten Löffel Müsli. »Ich rede mit ihr, wenn du es für richtig hältst.«

Patsy war ziemlich sicher, dass der richtige Zeitpunkt nie kommen würde. Aber vielleicht konnte sie ganz behutsam dann und wann Brooke gegenüber Harolds Namen fallen lassen und ihrer Tochter die guten Zeiten in Erinnerung rufen, die sie drei miteinander erlebt hatten, das schöne Leben, das sie geführt hatten, bevor Harold sie verlassen hatte. Patsy wollte nicht mehr an all das denken, was sie in den letzten zwanzig Jahren vermisst und versäumt hatten; sie träumte lieber davon, was die Zukunft ihnen allen bot, ganz gleich, wie lange sie durch Gottes Gnade noch leben würden.

Patsy stand auf, räumte die Schüsseln ab und füllte sie gerade mit Wasser, als Harold von hinten die Arme um sie legte und auf diese

Weise das aufregende Gefühl, das sie in seiner Gegenwart stets hatte, noch verstärkte.

»Was möchtest du heute tun?« Seine Lippen strichen über ihren Nacken, sanft wie ein Flüstern. Sie wandte ihm das Gesicht zu und legte die Hand an seine Wange.

»Es ist mir egal, was wir unternehmen, solange wir nur zusammen sind.« Sie stellte sich auf die Zehenspitzen und küsste ihn. Es fühlte sich so vertraut an, als sei überhaupt keine Zeit verstrichen. Sie versuchte, in seiner Umarmung alle Ängste fortzuschieben und nur Freude zu empfinden – wusste sie doch, dass das gegenwärtige Glück nicht für immer währen würde.

Eines Tages, vielleicht schon bald, wird er mich wieder verlassen.

Brooke blätterte eine weitere Seite in dem Album um, das sie mit nach Hause genommen hatte, um es Owen zu leihen. Dann griff sie nach seiner Visitenkarte, die auf dem Tisch lag, nahm ihr Handy, tippte die beiden ersten Zahlen ein und legte wieder auf. Das tat sie nun schon seit drei Tagen – nicht zuletzt wegen der beiden E-Mails, die Travis' Mutter ihr geschickt hatte. Allein das Wissen, dass es sie gab, rief jedes Mal ein Schuldgefühl in ihr hervor.

Sie liebte Travis' Eltern, liebte sie wirklich, von ganzem Herzen, aber die Gespräche mit ihnen fühlten sich manchmal an, als gieße jemand Alkohol auf eine offene Wunde. Sie versuchten, in Kontakt zu bleiben, und sie achtete darauf, ihnen regelmäßig Fotos von den Kindern zu schicken und sie über alles auf dem Laufenden zu halten, was sie anging. Doch dabei waren ihr E-Mails lieber als Anrufe oder persönliche Besuche und sie musste zugeben, dass sie froh war, dass die beiden so weit entfernt lebten.

Einmal hatte sie das Weihnachtsfest zusammen mit den Kindern in Colorado verbracht – und mehr konnte sie schlicht und einfach nicht ertragen. Sie näher hier zu haben, häufiger zu sehen, wäre einfach zu schmerzlich gewesen.

»Ich dachte, das Album sei für diesen Mr Saunders bestimmt.« Spencer setzte sich neben sie aufs Sofa und knabberte an einem Keks.

»Ist es ja auch.«

»Warum hast du es ihm dann noch nicht gegeben?«

Weil ich ihn attraktiv finde und mich das beunruhigt. »Ich hatte noch keine Zeit.«

Meghan kam herein und ließ sich auf ihren rosa Sitzsack fallen. »Ich dachte, wir gehen heute Abend zu Großmutter.«

Brooke legte ihre Füße auf den Couchtisch. »Wollten wir auch, aber Großmutter hat etwas anderes vor.« Sie kratzte sich am Kinn. Irgendetwas stimmte nicht mit ihrer Mutter. Es war nun schon eine Woche her, seit Brooke und die Kinder sie gesehen hatten, und das war geradezu lächerlich, denn sie wohnte nur knapp fünf Kilometer entfernt. Aber jedes Mal, wenn Brooke anrief und fragte, ob sie kommen solle, hatte sie eine andere Ausrede. Einen Abend war sie zu müde. Dann war Bingo-Abend. Letztes Mal hatte sie mit einer Freundin einkaufen gehen wollen. Und zwei Mal war sie zu Besuch bei anderen Bewohnern der Einrichtung gewesen. Brooke kannte ihre Mutter. Wahrscheinlich war Mom krank und wollte nicht, dass Brooke es wusste. Morgen würde sie sie besuchen, ob es ihr gefiel oder nicht.

Als ihr Handy klingelte, sprang sie auf, schaute auf die Anrufernummer und merkte, dass sie Owens Karte in den letzten drei Tagen oft genug angeguckt hatte, um sie wiederzuerkennen.

»Ich habe das Haus jetzt mehrmals vom Boden bis zum Keller durchsucht«, sagte Owen, als sie abnahm, »und ich bin mir sicher, dass es keinen Geheimbunker gibt.« Er lachte. »Trotzdem habe ich mich gefragt, ob Sie die Fotos gefunden haben, von denen wir gesprochen haben, und ob sie vielleicht doch noch einen Hinweis enthalten.«

Brooke schaute rasch zu Spencer hinüber, dann stand sie auf und verließ das Zimmer. »Das habe ich«, sagte sie und sprach besonders leise, bis sie in ihrem Zimmer war. »Und ich habe auch den Brief von Adeline Hadley gefunden.« Sie hielt kurz inne und fuhr dann fort: »Ich wollte Ihnen alles vorbeibringen, bin aber noch nicht dazu gekommen – Spencer, was willst du denn?« Sie legte die Hand über das Mikro des Handys, als ihr Sohn das Zimmer betrat. »Spence, ich komme gleich.«

»Lass uns doch heute Abend hingehen«, sagte Spencer, »dann helfe ich beim Suchen.«

»Nein. Und jetzt geh raus. Ich komme gleich.«

Spencer grunzte, verließ aber das Zimmer. Brooke nahm die Hand wieder vom Handy und hörte, wie Owen fragte, ob sie noch dran sei. »Tut mir leid. Spencer hat mir geholfen, das Album zu suchen, und jetzt ist er natürlich neugierig auf den Bunker.«

»Wirklich?« Owen schwieg einen Augenblick, dann sagte er: »Gut, warum kommen Sie dann nicht alle rüber und helfen mir suchen?«

Brooke schaute auf ihre Armbanduhr. »Äh, nun, ich muss den Kindern noch etwas zu essen machen, dann könnten wir …«

»Hören Sie, ich weiß es wirklich zu schätzen, dass Sie die Sachen gefunden haben. Es war bestimmt nicht leicht, in den Laden zu gehen und all das. Also lassen Sie mich ein paar Pizzas bestellen, kommen Sie mit Ihren Kindern rüber und wir gucken mal, ob wir Glück haben und den Bunker finden, an dessen Existenz ich langsam nicht mehr glaube.«

»Mein Sohn wäre bestimmt begeistert. Außerdem lieben die beiden Pizza. Aber ich könnte doch unterwegs eine holen und mitbringen.«

»Nein. Diesmal bin ich dran. Kommen Sie einfach her, wenn Sie fertig sind.«

Brooke setzte sich auf dem Bett auf. »Woher haben Sie eigentlich meine Handynummer?«

»Juliet im Laden. Ich habe heute Vormittag angerufen. Sie hat gesagt, Sie seien unterwegs, Erledigungen machen, und ich wollte Sie nicht stören, als Sie zu tun hatten.« Er hielt kurz inne. »Ist das in Ordnung? Ich meine, dass sie mir Ihre Nummer gegeben hat?«

»Äh, ja, okay. Also, bis nachher dann.«

Sie verabschiedeten sich und Brooke ging zurück ins Wohnzimmer. »Wir gehen noch weg«, sagte sie zu den Kindern. Dann deutete sie mit dem Finger auf Spencer und fügte hinzu: »Wirst du dich auch benehmen bei Mr Saunders?«

»Ja, Mom. Ich finde es cool, wenn sein Haus ein Geheimversteck hat, von dem niemand weiß.«

Brooke nahm die Schlüssel und schlüpfte in ihre Flipflops. »Vergesst nicht, es kann gut sein, dass der Bunker gar nicht existiert.«

Auf jeden Fall würden sie alle zu Owen gehen, Pizza essen, und irgendwie war das ein gutes Gefühl. Sie blickte an ihrem verblassten blauen T-Shirt hinunter. »Ich ziehe mich noch schnell um.« Nach einem raschen Blick auf ihre Kinder sah sie, dass zumindest Spencer das ebenfalls nötig hatte. Sie deutete zur Treppe hinüber. »Sauberes T-Shirt, bitte.«

Spencer verdrehte die Augen, gehorchte aber. Brooke fütterte Kiki und wischte Meghan das Schokoladenmündchen ab. Zehn Minuten später waren sie unterwegs.

Owen wusste selbst nicht genau, warum er Brooke und die Kinder zu sich eingeladen hatte. Einsamkeit wahrscheinlich und Neugier auf die Fotos. Es konnte doch bestimmt nichts damit zu tun haben, dass er seit Freitag quasi unaufhörlich an Brooke gedacht hatte. Er schüttelte den Kopf und ermahnte sich wieder einmal, nichts zu tun, was falsche Hoffnungen in ihr wecken könnte. Ganz in Gedanken, vergaß er, auf die Anruferkennung zu schauen, als sein Handy klingelte.

»Hi, Owen.«

Virginia. Ihm schnürte sich richtiggehend die Brust zusammen beim Klang ihrer Stimme. Er zwang sich zur Ruhe und antwortete förmlich: »Hallo Virginia.«

»Kommst du mit dem Haus voran?«

Gut. Sie weiß es also. »Sehr gut. Du hattest recht. Smithville ist ein wunderbarer Ort zum Leben. Einfach perfekt.« Er lächelte mit zusammengebissenen Zähnen.

»Schön. Ich freue mich, dass du glücklich bist.«

Glücklich? Du bösartige … Er holte tief Luft und überlegte sich gerade eine passende Antwort, als sie auch schon weitersprach.

»Da ist ein Brief von deinem Onkel gekommen. Soll ich ihn an dich weiterschicken?«

»Ja. Danke.« Owen schwieg und dachte an Denny, seinen exzentrischen Onkel, der die Welt bereiste und dabei die Dinge abhakte, die er in seinem Leben auf jeden Fall ein einziges Mal tun oder gesehen haben wollte. Er nannte Virginia die Adresse, halb hoffend, dass sie irgendwann mit dem Auto herüberfahren und das Bilderbuchhaus anschauen würde, in dem sie nun niemals leben würde.

»Gut, dann mache ich das.« Sie schwieg einen Augenblick. »Ich bin froh, dass es dir gut geht, Owen. Ich bin wirklich froh darüber.«

Ist das dein Ernst, Virginia? Er öffnete gerade den Mund, um ihr seine Meinung zu sagen, als er sah, dass Brookes Auto in die Einfahrt einbog, und ihm etwas Besseres einfiel. »Ich muss Schluss machen. Ich habe ein Rendezvous und sie kommt gerade.« Er schloss die Augen und sein Innerstes zog sich zusammen, weil er wusste, dass es eigentlich nicht so war.

»Rendezvous?«

»Ich muss gehen, Virginia. Danke, dass du mir den Brief schickst.« Er legte auf, zufrieden mit dem Rollentausch, der ihm das Gefühl gab, endlich einmal alles unter Kontrolle gehabt zu haben. Normalerweise endete ein Gespräch mit Virginia damit, dass Owen die Fassung verlor und sie anschrie und dann legte sie einfach auf. Diese neue Entwicklung würde ihr zu denken geben. Vielleicht war sie sogar ein wenig eifersüchtig. Er lächelte, als er hinaus zu Brookes Wagen ging.

»Sie sind ja sogar vor dem Pizzalieferservice da«, sagte er, als die Fahrertür aufging und Brooke ausstieg. *Wow.* Wie konnte jemand in Jeans und T-Shirt und mit einem schlichten Pferdeschwanz immer dermaßen gut aussehen? Die Kinder stiegen ebenfalls aus und Owen entschied sich, zuerst das kleine Mädchen anzusprechen, weil er nicht so recht wusste, wie Spencer sich zu ihm stellen würde. »Du musst Meghan sein.«

Ihr blonder Pferdeschwanz wippte, als sie nickte. Große braune Augen sahen Owen an. Sie war eine kleine Brooke bis hin zu ihren weißen Flipflops und den zartrosa lackierten Zehennägeln.

Brooke kam um das Auto herum. Sie hielt ein Fotoalbum und eine Tasche in der Hand und nickte zu ihrem Sohn hinüber: »Spencer kennen Sie ja schon?«

Der arme Junge konnte ihm nicht in die Augen sehen und lief knallrot an. Owen beschloss, nachsichtig mit ihm zu sein.

»Nett, dich wiederzusehen, Spencer.« Er zwinkerte ihm kurz zu. Dann winkte er ihnen hereinzukommen. Im Wohnzimmer deutete er auf die Wand. »In den letzten Tagen habe ich das Wohnzimmer gestrichen. Was halten Sie von der Farbe?«

Owen beobachtete Brooke aufmerksam, während er die Frage stellte. Seine Tätigkeit in der Werbebranche hatte ihn besonders sensibel für bestimmte Verhaltensweisen gemacht – glaubte er jedenfalls – deshalb wollte er ihre erste, spontane Reaktion auf seine ungewöhnliche Farbwahl sehen.

»Sehr hübsch«, sagte sie ohne allzu große Begeisterung und mied auffallend seinen Blick.

»Sie finden sie abscheulich.« Owen zog die Brauen hoch und holte tief Luft.

Sie wandte ihm ein ausdrucksloses Gesicht zu. »So würde ich es nicht ausdrücken.«

»Ich fühle mich, als ob ich in einer Orange bin!«, krähte Meghan.

»Meghan, benimm dich.« Brooke legte ihrer Tochter spielerisch die Hand auf den Mund, dann lächelten beide.

»Ich wusste es. Es sollte eigentlich dunkler ausfallen, wie eine Art dunkle Rostfarbe.« Owen schüttelte den Kopf. »Aber ich dachte, ich frage Sie trotzdem noch, wie Sie es finden, bevor ich es noch mal überstreiche, falls Sie es wider Erwarten mögen sollten.«

»In diesem Haus wird offenbar eine ganze Menge Farbe verbraucht. Ich habe ja gleich gesagt, dass Sie gut fürs Geschäft sind.«

Owen hatte ein schlechtes Gewissen, weil er die letzten Materialien nicht in ihrem Laden gekauft hatte, und überlegte gerade, wie er sich dafür entschuldigen könnte, als ihr Handy klingelte. Sie entschuldigte sich und ging zurück in die Eingangshalle, doch Owen hörte trotzdem, was sie sagte.

»O nein! Was ist denn passiert?« Eine lange Pause. »Ich bin gleich da.«

»Ist alles in Ordnung?«, fragte Owen, als sie zurück ins Zimmer kam.

»Ich glaube schon, aber das war die Einrichtung, in der meine Mutter lebt. Ich muss leider jetzt gleich hinfahren; die Leiterin möchte mich sprechen.«

»Jetzt?« Owen sah auf seine Armbanduhr. »Die Pizzas kommen jede Minute. Haben Sie noch Zeit, vorher zu essen?« Er sah, dass sie bereits auf dem Sprung war, aber ihm war einfach nicht schon wieder nach einem einsamen Abendessen.

Spencer kam ihm zu Hilfe. »Mom, du hast gesagt, wir kriegen Pizza und suchen nach dem Geheimbunker.« Er verschränkte die Arme vor der Brust.

»Spencer, benimm dich gefälligst.« Brooke wandte sich an Owen. »Es tut mir leid. Auch, dass Sie Pizza für uns bestellt haben und dass wir jetzt gehen müssen.«

»Lassen Sie Meghan und Spencer doch einfach hier.« Owen lächelte und nickte Spencer zu. »Wir können schon mal anfangen, den Bunker zu suchen.«

Brooke biss sich auf die Lippen. »Ich weiß nicht, Owen. Ich bin nicht sicher …«

»Bitte, Mom!« Spencer sah seine Mutter mit flehendem Welpenblick an.

Owen wusste, dass sie überlegte, ob sie ihn gut genug kannte, um ihre Kinder bei ihm zu lassen. Er würde es an ihrer Stelle genauso machen. »Ich kann verstehen, wenn Ihnen der Gedanke nicht behagt …«

»Nein, das ist schon in Ordnung. Sie dürfen bleiben.«

Owen sah einen Hauch von Besorgnis in ihrem Gesicht und vermutete, dass sie die dringende Angelegenheit in dem Heim, in dem ihre Mutter lebte, nicht vor den Ohren der Kinder besprechen wollte.

»Ich hoffe, es ist alles in Ordnung. Wir essen hier gemütlich unsere Pizza, bis Sie zurückkommen. Lassen Sie sich ruhig Zeit.«

Und schon war sie draußen. Als Owen sich umdrehte, sah er, dass Spencer und Meghan ihn anstarrten. Plötzlich wurde ihm klar, dass er noch nie den Babysitter gespielt hatte. Weder er noch Virginia hatten Nichten oder Neffen und aufgrund von Virginias Vorlieben waren auch die Paare, mit denen sie verkehrten, kinderlos. Owen schluckte die Galle hinunter, die in seiner Kehle aufgestiegen war, und versuchte, sich auf die Situation, die vor ihm lag, zu konzentrieren.

Er schaute die beiden Kinder an und holte tief Luft.

Babysitten wird schließlich auch kein Hexenwerk sein, oder?

Neun

Brooke fuhr auf dem schnellsten Weg zum Verwaltungsbüro des *Oaks*. Sie hätte die Kinder niemals allein bei Owen zurückgelassen, wenn ihr nicht eingefallen wäre, dass Juliet ihn überprüft hatte. Juliet hatte irgendwann herausgefunden, dass man eine unbekannte Person für nicht einmal fünf Dollar überprüfen lassen konnte und inzwischen war das fast so etwas wie ein Hobby für sie geworden. Zugezogene waren quasi Freiwild und wenn sie einen Mann so weit hatte, dass er sie um eine Verabredung bat, pflegte Juliet stets weitere zehn Dollar für eine gründlichere Nachforschung zu bezahlen. Anscheinend war Owen ihr die zehn Dollar gleich von Anfang an wert gewesen. Jedenfalls war er blitzsauber aus der Überprüfung hervorgegangen.

Trotzdem kannte Brooke Owen noch nicht wirklich gut und hatte auch kein gutes Gefühl dabei, die Kinder mit ihm allein zu lassen. Sie hoffte nur, dass das Gespräch nicht zu lange dauern würde und sie die Kinder bald wieder abholen könnte.

Mrs Doyles Bürolicht war das einzige, das noch brannte, als Brooke die Haupthalle betrat. Brooke dachte daran, wie ihre Mutter ihr in den letzten Wochen aus dem Weg gegangen war, und alle möglichen verrückten Gedanken rasten ihr durch den Kopf. Mrs Doyle hatte am Telefon nur gesagt, dass sie sich Sorgen um ihre Mutter mache, und gefragt, ob sie nicht einmal vorbeikommen könnte, damit sie darüber sprechen konnten.

»Brooke, meine Liebe, das hätte doch Zeit bis morgen gehabt! Aber ich habe die Sorge in Ihrer Stimme gehört, deshalb bin ich heute Abend gern etwas länger geblieben.« Mrs Doyle schaute auf ihre Armbanduhr. So sehr viel länger schien sie nicht bleiben zu wollen. Es war bereits achtzehn Uhr dreißig.

»Geht es Mom gut?«

»Wie ich schon am Telefon sagte, es geht ihr gut. Wir sind nur … nun … etwas in Sorge um sie, um ihr …«

Brooke rutschte auf dem Sessel herum, der vor dem Schreibtisch der Leiterin stand, und klopfte nervös mit dem Fuß auf den Boden. »Was ist denn dann? Worüber machen Sie sich Sorgen?«

Mrs Doyle war nicht viel jünger als Brookes Mutter, eine kleine Frau mit kurzen grauen Haaren und Pony. Sie wurde plötzlich knallrot. Sie legte ihre Handflächen flach auf den Schreibtisch und setzte sich aufrecht hin.

»Wir machen uns Gedanken über den Lebenswandel Ihrer Mutter.« Nun hob sie ein wenig das Kinn an.

Brooke legte den Kopf schräg, sie war völlig verwirrt. »Ihren Lebenswandel?«

»Ja.« Mrs Doyle schob ihr Kinn noch ein wenig höher und schaute Brooke streng an. »Ihre Mutter empfängt Männer in ihrem Apartment – oder doch zumindest einen Mann.« Sie beugte sich vor. »Manchmal steht sein Auto morgens vor dem Haus. Zwei andere Bewohner haben mir gesagt, sie hätten gesehen, dass die beiden wie Teenager herumknutschen, draußen auf dem Parkplatz und sogar auf der Vordertreppe.«

»Wie bitte?« Brooke wusste nicht, was sie denken sollte, während sie diese Information verarbeitete. Ihre erste Reaktion war Freude darüber, dass ihre Mutter so spät im Leben noch einen Partner gefunden hatte, aber Mom war ganz bestimmt nicht der Typ Frau, der mit einem Mann schlief, ohne verheiratet zu sein. Schon der Gedanke war verstörend. »Vielleicht sieht es ja nur so aus.«

Mrs Doyle runzelte die Stirn. »Das glaube ich nicht. Wir sind hier eine sehr kleine Gemeinschaft, die relativ eng zusammenlebt.« Sie hob die Brauen. »Die Menschen reden, verstehen Sie?«

Brooke nickte. Jedenfalls war es eine Erklärung für den ständigen Wunsch ihrer Mutter, lieber allein zu sein. *Sie hat einen neuen Mann in ihrem Leben.* »Ich werde mit meiner Mutter reden, Mrs Doyle. Danke, dass Sie es mir gesagt haben.« Sie erhob sich, um zu gehen. Mrs Doyle ging um den Schreibtisch herum und trat zu ihr.

»Ich dachte, dass Sie es gern wüssten. Wir versuchen, unseren Bewohnern so viel Privatleben wie möglich zuzugestehen, doch wenn wir etwas für unschicklich oder gar gefährlich halten, wenden wir uns an die Angehörigen.«

»Ich verstehe.«

Brooke verabschiedete sich und ging auf dem schnellsten Weg zum Apartment ihrer Mutter.

Patsy lief zur Tür, guckte durch den Spion und keuchte erschrocken auf. »Es ist Brooke.« Sie lief zurück zum Sofa, auf dem Harold saß. »Schnell, steh auf und versteck dich im Schlafzimmer.«

Er stand langsam auf, blieb aber im Zimmer. »Bist du sicher, Patsy? Bist du sicher, dass du das Ganze nicht endlich hinter dich bringen willst?«

Patsy schüttelte den Kopf und schob ihn in ihr Schlafzimmer. »Nein. Nicht heute Abend.« Sie schloss die Tür hinter ihm, fuhr sich mit der Hand über ihr zerwühltes Haar und zog ihren blauen Bademantel zurecht. Dann öffnete sie die Tür ein paar Zentimeter und streckte den Kopf hinaus. »Brooke, Liebling, was machst du denn hier?«

»Mom, willst du mich nicht reinlassen?« Ihre Tochter klang fest entschlossen, deshalb riss Patsy die Tür weit auf und ließ sie eintreten.

»Ich habe gar nicht mit dir gerechnet.« Patsy zwang sich zu einem Lächeln und hoffte nur, dass Harold sich ruhig verhielt.

Brooke schlenderte durch das kleine Wohnzimmer und die Küche und spähte in jeden Winkel. Patsy war froh, dass sie die Teller in der kleinen Spüle abgewaschen und in den Schrank gestellt hatte.

»Das glaube ich gern.« Brooke richtete den Riemen ihrer Handtasche, strich sich über die Stirn und starrte Patsy an.

»Wo sind meine Enkel?« Patsys Magen verkrampfte sich schmerzhaft; sie vermied es geflissentlich, zu der geschlossenen Schlafzimmertür hinüberzuschauen.

»Äh, bei einem Freund.« Brooke setzte sich aufs Sofa und schlug die Beine übereinander, die Tasche noch immer über der Schulter.

Patsy setzte sich nicht. Sie wollte Brooke auf keinen Fall zum Bleiben animieren. Sie schaute kurz verstohlen zur Schlafzimmertür, doch dann fing sie sich wieder und blickte rasch zurück zu Brooke.

»Versteckst du da drin jemand?« Brooke hob eine Braue und nickte zum Schlafzimmer hinüber.

Patsy schluckte schwer. »Was meinst du damit?«

»Das Spiel ist aus, Mom.« Brooke stellte die Füße nebeneinander, stand auf und ging zu Patsy hinüber. »Ich weiß, dass du dich mit jemand triffst.« Sie legte Patsy die Hand auf den Arm. »Das ist doch völlig in Ordnung, aber könntest du vielleicht ein wenig diskreter sein? Also wirklich, Mom. Die Leute reden schon. Mrs Doyle hat mich angerufen und mir gesagt, man hätte dich gesehen, wie du auf dem Parkplatz einen Mann geküsst hast.«

Patsy bekam weiche Knie und spürte, wie ihre Unterlippe zitterte.

»Momma …« Brookes Stimme war sanft und beruhigend. Patsy liebte es, wenn Brooke Momma zu ihr sagte. Der Kosename erinnerte sie an glückliche Zeiten, als Harold noch zu ihrem Leben gehört hatte. Sie wartete, dass Brooke fortfuhr. »Ich liebe dich, Momma, und ich möchte, dass du glücklich bist, und ich werde ihn ganz bestimmt mögen, wer es auch ist. Aber ich muss ehrlich zu dir sein.« Sie schüttelte den Kopf. »Schließlich hast du mich so nicht erzogen. Ich muss gestehen, dass ich ein bisschen schockiert bin, dass du …« Sie wandte den Blick ab. »Du weißt schon.«

»Es ist nicht so, wie du denkst, meine Liebe.« Patsy legte die Hände auf Brookes Arme. »Ich tue nichts Schlechtes, wenn du das denkst.«

»Mom, übernachtet ein Mann bei dir?« Brooke legte eine Hand auf ihr Herz. »Und bitte sag mir, dass wir nur von einem einzigen Mann reden!«

»Brooke! Natürlich ist es nur ein einziger Mann!«

»Du hast also jemand über Nacht hier?« Brooke schloss die Augen und wartete.

»Manchmal. Aber es ist trotzdem nicht, wie du denkst.«

Brooke riss die Augen auf und stampfte mit dem Fuß auf. »Mom, das ist das erste Mal in meinem ganzen Leben, dass ich mich für dich schäme! So hast du mich nicht erzogen! Wie würdest du dich fühlen, wenn ich deine Gesellschaft meiden, mit Männern schlafen und dir nichts davon sagen würde? Sag es mir, Mutter! Wie würdest du dich fühlen?« Ihr stiegen die Tränen in die Augen und Patsy ebenfalls, als sie es sah. »Ich liebe dich, Mom. Ich liebe dich so sehr. Und ich will, dass du glücklich bist, aber du handelst … unverantwortlich.« Brooke reckte ihr Kinn vor und fuhr sich mit der Hand über die Augen. »Du weißt doch selbst, dass ein solches Verhalten nicht richtig ist.«

Patsys Herz schlug heftig, ihre Handflächen waren feucht und sie hatte weiche Knie. Sie wollte etwas sagen, doch ihre Lippen zitterten so sehr, dass nur ein kläglicher Laut herauskam. Dann fing sie an zu weinen. Dass Brooke sich für ihre Mutter schämte, war einfach zu viel für sie.

»Es tut mir leid, Mom. Es tut mir leid, dass du dich aufregen musst. Aber was du tust, ist einfach nicht richtig.«

Patsy ließ den Kopf hängen, doch sie stieß wieder heraus: »Es ist nicht, wie du denkst.«

»In deinem Alter könnte man doch erwarten, dass du ein wenig mehr …«

Als die Schlafzimmertür aufflog, glaubte Patsy, dass sie jetzt sofort und auf der Stelle einen Herzinfarkt erleiden müsste.

Brooke konnte sich nicht bewegen. Sie konnte nicht atmen. Er war älter, dünner und fast kahl, doch der Mann, der knapp drei Meter von ihr entfernt stand, war eindeutig ihr Vater. Brooke hatte das Gefühl, in einer Art Zeitschleife zu stecken. Es konnte nicht sein, es durfte einfach nicht sein.

»Tut mir leid, Patsy, aber ich kann nicht da drin sitzen und mir anhören, wie respektlos sie mit dir redet.« Ihr Vater ging zu ihrer Mom und legte den Arm um sie. Zum Glück trug er Hemd und Hose und keinen Bademantel wie ihre Mutter. Er starrte Brooke unverwandt an. »Wir wollten schon lange mit dir reden, aber deine

Mutter meinte, wir müssten warten, bis du bereit bist, uns zuzuhören.«

Brooke trat einen Schritt zurück, in Richtung Tür. Sie hatte eine Hand vor den Mund geschlagen.

»Brooke, bitte.« Ihre Mutter wollte auf sie zugehen.

»Komm mir nicht zu nahe.« Brooke hob abwehrend eine Hand. Inzwischen liefen beiden Frauen die Tränen über das Gesicht. »Bleib du einfach hier mit *ihm* und spiel weiter heile Familie.« *O Gott, mach, dass das nicht wahr ist!*

»Wir sind verheiratet, Brooke.« Ihre Mutter weinte laut. »Wir haben gestern wieder geheiratet. Wir haben uns immer geliebt. Bitte, du sollst auch glücklich sein und …«

»Glücklich sein?« Brooke sah zu ihrem Vater hinüber, in dessen Augen Krokodilstränen standen, dann deutete sie mit dem Finger auf ihre Mutter. »Ich musste mit ansehen, wie du all die Jahre gekämpft hast, nachdem er dich betrogen hatte! Und was war mit mir? Er ist einfach verschwunden, ohne …«

»Lass mich dir alles erzählen.« Ihr Vater tat einen Schritt nach vorn, Brooke einen weiteren Schritt zurück.

»Mutter, mit *ihm* werde ich nicht sprechen. Ich kann das alles einfach nicht glauben!« Sie mied den Blick ihres Vaters und starrte ihre Mutter an. Sie war noch nie so wütend auf ihre Mutter gewesen. »Ich kann es einfach nicht fassen!« Sie griff nach der Klinke und riss die Tür auf.

»Brooke, Liebling, bitte hör doch zu. Du weißt doch, dass dein Vater der einzige Mann ist, den ich je geliebt habe. Du weißt es doch!«

»Dann geh doch zu ihm, Mutter.« Brooke drehte sich um und zwang sich zu einem Lächeln. »Ich jedenfalls bin fertig mit euch beiden.«

Damit ging sie hinaus. Sie hörte noch, wie ihre Mutter sich von innen gegen die Tür lehnte und schluchzte, und brauchte ihre ganze Kraft, ungerührt zu ihrem Auto zu gehen. Es war furchtbar für sie zu sehen, wie ihre Mutter litt. Aber noch schlimmer war es für sie, im selben Zimmer wie ihr Vater zu sein.

Owen registrierte erfreut, wie gut seine neue Klimaanlage das Erdgeschoss kühlte. Die zentrale Klimaanlage konnte erst in drei Wochen repariert werden, deshalb hatte er gestern die kleine Anlage gekauft. Sie war nicht teuer gewesen und ohne Klimaanlage hätte er in dieser Hitze nicht weiterarbeiten können.

Darüber hinaus hatte er sich einen Internetzugang eingerichtet und einen Zweiundvierzig-Zoll-Fernseher gekauft, den er aus dem Schlafzimmer in das leere Wohnzimmer geschafft hatte, nachdem Brooke seine Einladung angenommen hatte. Dazu hatte er den kleinen Tisch und die beiden Stühle aus der Küche geholt und einen alten Barhocker, den er im Haus vorgefunden hatte, und einen klappbaren Gartenstuhl dazugestellt. Es war die bei Weitem lächerlichste Dinnervorbereitung, die er je erlebt hatte, aber es funktionierte bestens. Brookes Kinder waren glücklich, Pizza zu mampfen und fernsehen zu können. Spencer schielte allerdings immer wieder vorsichtig zu Owen hinüber, und als dieser die leeren Pappschachteln in die Küche trug, ging er ihm nach.

»Wollen Sie mit meiner Mom gehen?«

Owen warf die Schachteln in den Müll. »Nö.« Er drehte sich um und schaute das Kind an. »Versteh mich nicht falsch. Deine Mutter ist eine tolle Frau, aber ich habe meine Gründe.«

Einen Moment lang standen sie einfach nur da und musterten sich gegenseitig.

»Tut mir leid, was ich gesagt habe – Sie wissen schon, über meine Mutter.« Spencer mied Owens Blick und schob die Hände in die Jeanstaschen.

Owen drehte sich zur Spüle um und wusch sich die Hände. »Das ist schon in Ordnung. Ich kann verstehen, dass du auf deine Mutter aufpassen willst.« Er griff nach einem Küchenhandtuch und drehte sich wieder zu Spencer um. »Hast du, äh, herausgefunden, wer die Blumen geschickt hat?« Es ging Owen nichts an, aber seit sie ihm davon erzählt hatte, plagte ihn die Neugier.

»Ja. Mein Opa.« Spencer lehnte sich gegen die Arbeitsplatte und runzelte die Stirn. »Ich und Meghan kennen ihn nicht.«

Owen wusste nicht, was er sagen sollte und ob es Brooke überhaupt recht war, dass er davon erfuhr.

»Er will uns und meine Mutter sehen, glaube ich. Deshalb hat er ihr Blumen geschickt.« Damit verließ er die Küche. Owen wunderte sich über das, was er da gehört hatte, folgte Spencer jedoch ins Wohnzimmer.

»Warum haben Sie denn gar keine Möbel?«, fragte Meghan, als die beiden zurückkamen.

Das kleine Mädchen hatte den ganzen Abend Fragen gestellt. Sie war ein wirklich süßes Ding – sehr lebendig, wenn sie sprach und alles mit lebhaften Gesten untermalte. Ganz die Mutter, in Aussehen und Persönlichkeit. Sie hatte Brookes große braune Augen und ihr sandblondes Haar.

»Na ja, ich muss erst einmal alles streichen und der Boden muss auch noch vorher gerichtet werden.« Owen stieß mit der Fußspitze auf das schäbige Parkett. »Und dann werde ich auch ein paar Möbel anschaffen.« Wenn er in dieser Geschwindigkeit weitermachte, würde er allerdings noch eine ganze Weile ohne Möbel leben müssen.

Er schaute auf seine Armbanduhr. Schon fast acht. Meghan hatte die Ellbogen auf den Tisch gestützt, die Wangen in den Händen, und fixierte ihn.

»Haben Sie Kinder?« Sie lächelte hoffnungsvoll.

»Nein.« Owen setzte sich in den grünen Gartenstuhl gegenüber von Meghan. Er hatte in einem Küchenschrank ein paar Telefonbücher von 1980 gefunden, die er auf ihren Stuhl gelegt hatte, damit sie etwas höher saß.

»Wollen Sie keine Kinder?« Meghan runzelte die Stirn.

Owen legte ein Bein über das andere. »Eigentlich schon.«

Meghan warf die Hände in die Luft. »Dann kriegen Sie doch welche!« Sie lachte.

Spencer beugte sich vor und flüsterte Owen zu: »Achten Sie einfach nicht auf sie. Sie glaubt, Babys kommen vom Storch, der sie auf die Veranda legt.« Spencer verdrehte die Augen. »Das hat Oma ihr erzählt.«

»Hör auf, über mich zu reden, Spencer!«, gebot Meghan mit lauter Stimme.

»Sei still und hör auf rumzubrüllen, Meghan!«, antwortete Spencer noch lauter.

Brooke, wo bleiben Sie?

Beide Kinder schienen das Interesse an der Fernsehsendung, die sie angeschaut hatten, verloren zu haben, und Owen wusste nicht, womit er sie sonst beschäftigen sollte. Er hatte nicht einmal Eis oder Kekse im Haus. Sie fuhren fort, aufeinander loszugehen, sich gegenseitig anzubrüllen, und Owen wurde klar, dass er völlig hilflos war.

Er schaute wieder auf seine Uhr. »Eure Mutter braucht länger, als ich dachte. Wir könnten die Fotos angucken, während wir auf sie warten.«

Spencer und Meghan beruhigten sich wieder und nickten einträchtig. Spencer griff nach dem Album. Er schlug es auf, zog ein Blatt Papier heraus und reichte es Owen. »Das ist ein echt trauriger Brief.«

Owen faltete das Papier auf, las den Text und wurde richtig melancholisch. Wie schrecklich für Adeline, durch dieses große Haus gehen zu müssen, ganz allein.

Er kratzte sich am Kinn. *Mit mir ist es nicht viel anders.*

Zehn

Brooke fuhr so schnell es ging zurück zu Owens Haus, im Kopf Bilder von ihren Kindern, wie sie gefesselt in einem Keller lagen oder Schlimmeres. Doch als sie die Einfahrt hinauflief und die Veranda betrat, vernahm sie helles Lachen und ihre Nerven beruhigten sich ein bisschen – wenigstens, was ihre Kinder betraf.

Sie zog ein Taschentuch heraus und trocknete ihre Augen, bevor sie an die Tür klopfte. Spencer öffnete, ein strahlendes Lächeln im Gesicht. So hatte Brooke ihn schon lange nicht mehr gesehen. Er packte ihre Hand und zog sie hinein.

»Mom, wir haben überall im Haus nach dem Geheimbunker gesucht!«

»Wirklich?« Brooke schniefte, während sie sich von Spencer ins Wohnzimmer ziehen ließ. Meghan kam zu ihr gelaufen und schlang die Arme um ihre Beine.

»Mommy, wir hatten so viel Spaß. Dieses Haus ist einfach riesig und ein großer schwarzer Kater läuft hier raus und rein und die Treppen hoch und runter, aber er lebt nicht wirklich hier.«

Brooke schaute zu Owen hinüber, der grinste und die Achseln zuckte. »Irgendwie lebt er wohl schon hier. Aber es war nicht meine Entscheidung. Ich musste eine Katzentoilette aufstellen, weil er meistens unangekündigt einfach auftaucht und ich ihn manchmal nicht mehr rauskriege.«

Spencer hielt noch immer Brookes Hand. Es fühlte sich gut an, sehr tröstlich. Er hielt sie fest und zog sie zu einem kleinen Tisch mitten im Wohnzimmer. Dann deutete er auf das aufgeschlagene Fotoalbum.

»Guck mal, wie schön das Haus früher ausgesehen hat.« Spencer sah Owen an und lächelte. »Aber viele Möbel gab es damals auch nicht.«

Brooke beugte sich über die Fotos. »Das sehe ich.« Sie schaute

Owen an. »Das klingt, als hättet ihr euch gut amüsiert.« Sie schniefte wieder, lächelte jedoch dabei, froh, dass die drei den Abend offenbar genossen hatten. »Also kein Geheimbunker?«

Spencer runzelte die Stirn. »Nein. Wir haben sogar im Keller nachgeguckt.«

»Ich nicht.« Meghan verzog das Gesicht. »Da unten ist es dunkel und zum Fürchten.«

»Ich hatte keine Angst!«, trompetete Spencer. »Es ist wie eine Höhle und alles ist voller Rohre und es gibt ganz viele kleine Räume und Sachen. Es war cool. Aber einen Bunker haben wir nicht gefunden.«

»Eigentlich ist es nicht mal ein richtiger Keller«, erklärte Owen. »Man kann im Grunde nur herumkriechen – er ist gar nicht richtig ausgebaut. Und einen Bunker gibt es dort auch nicht – so wenig wie im restlichen Haus.«

Spencers Gesicht hellte sich auf. »Aber Mr Saunders hat gesagt, wir dürfen wiederkommen und weitersuchen.«

Ach, hat er das?

Owen winkte Brooke in die Küche. »Ich möchte eurer Mom etwas zeigen. Wir sind gleich wieder da.«

Sobald Brooke außer Hörweite der Kinder war, kamen die Tränen. Sie schlug die Hand vor den Mund.

Owen strich ihr tröstend über den Arm. »Ich habe gemerkt, dass etwas nicht stimmt. Sie sahen aus, als würden Sie jeden Moment die Beherrschung verlieren. Kann ich irgendetwas für Sie tun?«

Brooke rang um Fassung, während sie den Kopf schüttelte, und wehrte sich nicht, als Owen die Arme um sie legte. Sie ließ den Kopf an seine Brust sinken und fing einfach an zu weinen. Sie wusste, dass sie sich wie ein Kind benahm, doch der Schock, ihre Eltern zusammen zu sehen, hatte eine lange schwelende Flamme hoch auflodern lassen. Schließlich entzog sie sich Owen und entschuldigte sich beschämt.

Owens Hände lagen noch immer auf ihren Armen. »Ist Ihre Mutter krank?«

»Im Kopf«, schnaubte Brooke, ohne zu überlegen. Sie trat einen Schritt zurück und Owens Hände fielen herab. »Danke, dass Sie auf meine Kinder aufgepasst haben. Tut mir leid, dass Sie mich so sehen mussten. Es ist alles in Ordnung. Ich muss nur die Kinder nach Hause bringen und überlegen ...« Sie hielt inne. Owen war noch immer ein relativ Fremder; sie würde jetzt bestimmt nicht ihre ganze Vergangenheit vor ihm ausbreiten.

Ein Moment der Verlegenheit entstand, dann sagte Owen: »Es tut mir leid, dass Sie Kummer haben.«

Er klang so aufrichtig. Brooke schaute ihm in die Augen. »Danke.«

Am liebsten hätte sie sich wieder in seine Arme geworfen und geweint, doch sie musste ihr Erwachsenengesicht aufsetzen. Sie trocknete sich die Augen und erlaubte sich ein letztes Schniefen. »Wir müssen gehen.«

»Okay.«

Owen folgte ihr zurück ins Wohnzimmer und stand hinter ihr, als sie mit den Kindern sprach. Zu Owens Erstaunen wollte Spencer Einspruch erheben, weil sie schon so früh aufbrachen. Er beruhigte sich jedoch, als Owen ihm versprach, bald mit ihm zusammen weiterzusuchen.

»Kommt, Kinder. Bedankt euch bei Mr Saunders für den netten Abend.« Brooke nahm Meghans Hand, Spencer und Owen folgten ihr zur Tür.

»Guck mal, Mr Saunders' Kater.« Meghan deutete hinaus auf die Veranda.

Owen hob eine Hand. »Er gehört nicht mir. Ich mag überhaupt keine Katzen. Aber er hat sich immer hier herumgetrieben, deshalb habe ich ihm einmal eine Dose Thunfisch spendiert.«

Brooke grinste. »Jetzt gehört er Ihnen, für immer.«

»Ich weiß nicht. Auf jeden Fall ist er nur sehr schwer zu greifen. Normalerweise hält er Abstand zu den Menschen, aber manchmal rennt er an mir vorbei ins Haus.« Er lachte leise. »Wahrscheinlich, um der Hitze zu entkommen. Aber gewöhnlich rast er auch gleich wieder raus.«

Die Katze sprang von der Veranda, als sie alle hinaustraten.

»Er ist ziemlich scheu.« Brooke betrachtete die Futterschüssel und das Wasser, das Owen ihm hingestellt hatte. »Wie ich sehe, füttern Sie ihn immer noch.«

Owen kicherte. »Ja. Aber wenn Sie ihn haben wollen – bitte, er gehört Ihnen. Wenn Sie ihn kriegen.«

»O nein, danke! Ich glaube, unsere Kiki würde sich bedanken.« Sie schwieg kurz und fuhr dann fort: »Ich bin Ihnen für Ihre Hilfe heute Abend wirklich sehr dankbar.«

Owen nickte. »Gern geschehen. Wir haben uns großartig amüsiert.«

»Noch mal vielen Dank.« Brooke winkte, während sie, Meghan und Spencer zu ihrem Minivan gingen.

Zu Hause lief sie gleich hoch in ihr Schlafzimmer, warf sich aufs Bett und weinte wieder. Sie hatte sich noch nie im Leben so allein gefühlt. Mom war ihre beste Freundin und nach Travis' Tod waren sie noch näher zusammengerückt. Jetzt hatte sie das Gefühl, gar niemanden mehr zu haben.

Warum musste das passieren?

Owen ging zurück ins Haus, das ihm plötzlich noch viel stiller vorkam als sonst. In den letzten Stunden war es von Lachen, Scherzen und Abenteuer erfüllt gewesen. Er musste lächeln, als er daran dachte, wie aufgeregt die Kinder gewesen waren bei der Aussicht, einen Geheimbunker zu finden. Owen selbst war nach einer ausgiebigen Suche ziemlich sicher, dass es keinen solchen Bunker gab, aber es hatte Spaß gemacht, so zu tun, als sei man wieder zehn Jahre alt.

Er fragte sich natürlich, was Brooke so außer Fassung gebracht hatte, und als er später im Bett lag, griff er nach seinem Handy. Dann legte er es wieder hin, nahm es wieder in die Hand – das Ganze tat er ein paar Mal, aber schließlich rief er doch an.

»Hi. Owen hier. Ich wollte nur hören, ob Sie gut nach Hause gekommen sind.« Er schwieg kurz, dann fügte er hinzu: »Und ob alles in Ordnung ist.«

»Danke. Wir sind zu Hause und es geht mir gut. Tut mir leid, dass ich vor Ihnen so zusammengebrochen bin.«

Owen erinnerte sich an das Gefühl, sie im Arm zu halten. »Nicht doch, Sie brauchen sich doch nicht zu entschuldigen.«

»Den Kindern hat es sehr gefallen. Danke, dass Sie sie beschäftigt haben.«

»Es sind sehr nette Kinder.« Owen rückte sein Kissen zurecht. »Ihr Sohn möchte allerdings wirklich sichergehen, dass Sie keinen Verehrer haben.«

»O nein! Was hat er denn jetzt wieder gesagt?«

Owen lachte leise. »Keine Sorge, er hat mir keine neuen Märchen aufgetischt. Er wollte nur wissen, ob ich vorhabe, mit Ihnen zu gehen. Ich habe ihm erklärt, dass das nicht meine Absicht sei und dass ich meine Gründe dafür habe. Ich meine, nicht dass Sie denken, Sie …« Owens Innerstes zog sich zusammen; er wollte ehrlich sein, Brooke aber auf keinen Fall kränken. »Ich finde Sie sehr sympathisch. Ich bin einfach nur ziemlich verkorkst.« Er hielt kurz inne und fuhr dann fort. »Das habe ich Ihrem Sohn natürlich nicht gesagt. Ich habe nur gesagt, dass ich meine Gründe habe. Er wirkte ganz zufrieden damit, ich glaube also, er hat nichts dagegen, dass wir Freunde sind.«

»Sind wir nicht alle ein bisschen verkorkst?«, fragte sie leise. »Aber das ist gut zu wissen – ich meine, das mit dem Miteinandergehen und alles. Ich bin auch noch nicht wieder bereit für so etwas.«

Ein verlegenes Schweigen folgte. Owen wusste, dass er erleichtert sein sollte, dass sie keine neue Beziehung suchte, doch seine Gedanken waren ein einziger großer Wirrwarr. Er schaute auf die Zeitangabe auf seinem Handy. Halb zehn. *Tu es nicht.* Aber während er auf das Nichts lauschte, das ihn umgab, hörte er sich fragen: »Gehen Sie jetzt gleich schlafen?«

»Ist noch zu früh für mich. Ich schlafe nicht mehr gut seit Travis' Tod, deshalb bleibe ich normalerweise bis Mitternacht auf und gucke alte Filme. Klingt jämmerlich, nicht?«

Es gab in diesem Moment nichts, was besser klang. »Hätten Sie gern Gesellschaft?«

Wieder ein verlegenes Schweigen. »Ich, äh …«

»Zwei Freunde, die einen Film gucken, nichts weiter.« Owen setzte sich auf und zog die Beine unter sich. »Es ist so still hier. Ich glaube, das wurde mir erst so richtig bewusst, als Ihre Kinder fort waren.« Er schwieg kurz und sagte dann: »Wow. Ich bin ziemlich unsensibel, glaube ich. Ich weiß, dass es Ihnen nicht gut geht. Ist schon in Ordnung. Vielleicht ein anderes Mal …«

»Schon gut«, unterbrach sie ihn. »Ich hätte selbst nichts gegen ein wenig Gesellschaft einzuwenden.«

Owen stand auf und wuselte in seinem Zimmer herum, auf der Suche nach seinen Schuhen. »Großartig. Ich bin gleich da. Suchen Sie einen Film aus.«

»Ihnen ist hoffentlich klar, dass es ein Frauenfilm sein wird.« Sie kicherte. Es tat gut, dass ihre Stimme wieder glücklicher klang.

»Ich liebe Frauenfilme.« Er schloss die Vordertür hinter sich.

»Okey-dokey. Aber sagen Sie nicht, ich hätte Sie nicht gewarnt.«

Er stieg in sein Auto, ließ es an und fuhr die Einfahrt hinunter. Er würde ihr nicht erzählen, dass er bei *Wie ein einziger Tag* geweint hatte. Zwei Mal. »Ich bin auf alles gefasst.«

»Ich sehe gerade, dass Sie in meine Einfahrt einbiegen. Ich mache gleich auf.« Sie schwieg, dann sagte sie: »Woher wissen Sie, wo wir wohnen?«

Owen stieg aus und kam zur Tür. »Ich habe Sie nach Hause gebracht, wissen Sie nicht mehr?«

»Ach ja, richtig.«

Die Tür ging auf und sie sahen sich an. Beide hielten noch ihre Handys am Ohr. Dann steckten Meghan und Spencer die Köpfe hinter Brooke hervor und Brooke lächelte. »Sie haben gesagt, Sie seien auf alles gefasst.«

Sie legten beide auf, doch bevor Owen sein Handy einstecken konnte, griff Meghan auch schon nach seiner Hand und zog ihn über die Schwelle. »Wir gucken *Veggie Tales*!«

Spencer sagte laut: »Mom, müssen wir wirklich diese doofe DVD gucken?«

»Ihr solltet schon längst im Bett sein, deshalb solltet ihr euch nicht so aufführen. Wir gucken jetzt zusammen noch eine Folge *Veggie Tales*, aber um zehn geht ihr beiden ins Bett, und Mr Saunders und ich gucken uns noch einen Erwachsenenfilm an.«

Owen folgte Brooke in ein recht großes Wohnzimmer. Ihr Haus war ebenfalls schon älter, aber sehr schön renoviert. Ihm fielen die alten Türbeschläge auf, die frische weiße Stuckleiste auf halber Wandhöhe und die Blumentapete darüber und natürlich der offenbar ursprüngliche Holzboden, der abgestrahlt und neu versiegelt worden war. Neuerdings bemerkte er solche Sachen.

Brooke bedeutete Owen, sich aufs Sofa zu setzen, und innerhalb von Sekunden saßen Meghan auf seiner einen und Spencer auf seiner anderen Seite.

»Das ist eine alberne Sendung.« Spencer lehnte sich zurück, als der Vorspann begann.

Owen hatte angenommen, er würde mit Brooke allein ganz entspannt einen Film anschauen und ein bisschen mit ihr plaudern, sie ein wenig besser kennenlernen, wie Freunde es so tun. Doch nun nahm Meghan seine Hand und damit befand er sich auf absolutem Neuland. Als sie ihren Kopf an seine Schulter legte, hielt er die Luft an. Er schaute hilflos zu Brooke hinüber, doch die lächelte nur.

Alle seine Alarmsirenen schrillten los, doch irgendetwas schien sie in den Hintergrund zu drängen. Vielleicht lag es daran, dass Brooke und er schon im Vorfeld übereingekommen waren, dass sie nur Freunde sein wollten. Oder es lag daran, wie es hier duftete – nach Geißblatt oder Jasmin. Es war traulich und warm und völlig anders, als er und Virginia gelebt hatten.

Ganz kurz versuchte er sich vorzustellen, wie Virginia ein altes Haus wie dieses restauriert hätte. Es wäre kalt gewesen, so wie sie, nicht warm und einladend wie bei Brooke. Er hatte keine Ahnung, warum Virginia überhaupt in dieses idyllische Städtchen, weit entfernt von Einkaufszentren, Kosmetiksalons und ihren vielen gesellschaftlichen Aktivitäten hatte ziehen wollen. Früher hatte er nie darüber nachgedacht, doch jetzt kam ihm das vor, als wollte ein Fisch das Wasser verlassen. Oder sah er sie jetzt einfach anders? Wie auch immer, er nahm sich vor, sein eigenes Haus ebenfalls warm und einladend zu machen. Und es sollte gut riechen.

Brooke setzte sich in einen marineblauen Fernsehsessel neben dem hellbraunen Sofa, drückte den Knopf für die Fußstütze, damit sie ihre Beine hochlegen konnte, und starrte auf den Bildschirm, doch Owen hatte den Verdacht, dass sie an etwas völlig anderes dachte.

Nicht lange, und die Folge war zu Ende. Brooke schickte ihre Kinder ins Bett und versprach, noch nach ihnen zu schauen und sie zuzudecken.

»Es ist schon halb elf, aber ich hätte noch Lust auf einen Film, wenn Sie auch möchten.« Brookes Augen sahen verweint aus. Er hätte sie gern gefragt, ob sie vielleicht einfach nur reden wollte, doch er wusste aus Erfahrung, dass etwas Ablenkung manchmal das Beste war.

»Klar.«

»Okay. Ich sage nur noch schnell meinen Kindern gute Nacht. Hier ist der Film, den ich ausgesucht habe; wenn Sie wollen, können Sie ihn schon einlegen.« Sie deutete auf einen Vitrinenschrank an der Wand neben dem Fernseher, verließ das Zimmer und stieg die Treppe hinauf.

Owen stand auf und ging zu dem Schrank. Auf einem Regal standen mehrere Bücher, irgendein Spielzeug lag da … und eine schmale DVD-Hülle. Er nahm sie auf und seufzte.

Wie ein einziger Tag.

Brooke brachte Spencer und Meghan ins Bett. Spencer fing noch an, mit ihr zu diskutieren, und wollte genau wissen, warum er nicht aufbleiben und mit ihnen zusammen den Film angucken durfte. Brooke war erleichtert, als sie schließlich die Tür zu seinem Zimmer schloss und die Treppe wieder hinunterging. Jetzt wollte sie nur noch eine

DVD einschieben und sich im Drama eines anderen verlieren. Sie war heilfroh, dass sie einen Film gucken konnte und nicht Small Talk zu machen brauchte – oder, schlimmer noch, über das reden musste, was sie so aufgeregt hatte. Sie lief in ihren Flipflops, den Jeans und dem weißen T-Shirt die Treppe hinunter, die sie schon den ganzen Abend trug. Kein Wunder, dass er kein Interesse daran hatte, mit ihr auszugehen. Er hatte sie nur ein einziges Mal in etwas anderem als Jeans und T-Shirt gesehen – als sie ihre weiße Caprihose und das hübsche rosa Blüschen getragen hatte – immerhin eine winzige Klasse besser. Sie konnte sich kaum mehr erinnern, wann sie das letzte Mal ein Kleid angezogen hatte. Sogar zum Gottesdienst trug sie normalerweise nur ihre besten Jeans und eine Bluse.

Egal. Sie hatte schon genügend Probleme, auch ohne sich Sorgen darüber zu machen, was Owen Saunders von ihr dachte. Eine neue Beziehung kam für sie ohnehin nicht in Frage. *Im Gegensatz zu Mom und … Harold.*

»Möchten Sie Popcorn zu Ihrem Spätfilm?« Brooke trat zu ihm.

»Mir ist alles recht. Was immer Sie mögen. Ich lege den Film ein.«

»Ziehen Sie ruhig Ihre Schuhe aus und legen Sie Ihre Füße auf den Couchtisch.« Sie grinste. »Das mache ich nämlich auch.« Sie drehte sich um und rief über die Schulter zurück: »Ich hole nur ein bisschen Popcorn.«

Als sie mit einer Schale Popcorn und zwei Diät-Cola zurückkam, hatte Owen tatsächlich seine Füße auf den Couchtisch gelegt. Einen Moment glaubte sie, Travis dort sitzen zu sehen. Sie waren immer gern lange aufgeblieben und hatten Filme zusammen angeschaut. Sie hatten es geliebt, einfach beieinanderzusitzen, zu kuscheln und sich gemeinsam zu entspannen. Heute Abend wurde nicht gekuschelt, aber sie hoffte, den ständigen Gedanken an ihre Eltern für ein Weilchen beiseiteschieben zu können.

Sie reichte Owen die Schüssel und eine Cola. Dann setzte sie sich neben ihn, aber nicht zu dicht. Plötzlich kam ihr das Ganze absurd vor und sie fragte sich, warum er wohl überhaupt hatte kommen wollen. Vielleicht schlief er ja auch nicht gut. Oder vielleicht war er nicht gern allein. Das war wahrscheinlich der Grund. Brooke wäre auch nicht gern allein gewesen in einem so großen und leeren Haus wie der Hadley-Villa. Sie wollte ihn fragen, warum er das Anwesen überhaupt gekauft hatte, wo er doch ganz allein war, doch er drückte gerade den Play-Knopf, deshalb lehnte sie sich nur zurück und nahm einen Schluck Cola.

»Kennen Sie den Film?« Brooke legte ebenfalls ihre Füße hoch, griff in die Schale auf Owens Schoß und nahm sich eine Handvoll Popcorn.

»Ja. Er ist richtig gut.«

Brooke nickte.

Sie hatten den Film etwa halb angeguckt, als Brooke sich ernstlich fragte, warum sie gerade diesen Film ausgesucht hatte – einen Film über ein Paar, das zusammen war, dann für mehrere Jahre getrennt wurde und dann wieder zusammenfand. Brookes Eltern waren zwanzig Jahre getrennt gewesen, nicht nur sieben Jahre wie das Paar im Film. Und sie waren verheiratet gewesen, als ihr Vater seine Familie verlassen hatte – auch anders als im Film. Dennoch erkannte Brooke die Parallelen und wünschte sich sehnlichst, den Fernseher ausschalten zu können, aber Owen schien völlig gefesselt zu sein. Sie hatte erwartet, dass er während des Films redete, wie Männer es während eines Frauenfilms eigentlich immer tun, doch Owen blieb still.

Travis hat diesen Film auch geliebt.

Während sie dem älteren Paar im Film zusah, stellte sie sich ihre Eltern auf dem Bildschirm vor und fing an zu grübeln. Sie überlegte, was ihre Mutter wohl im Moment tat und wann sie wieder mit ihr reden würde. Brooke vermisste sie schon jetzt.

Ganz in ihre Gedanken eingesponnen, entging ihr völlig das Ende des Films. Doch sie hatte ihn schon etwa ein dutzend Mal gesehen, es spielte also keine Rolle. Sie drehte sich zu Owen um und platzte heraus: »Weinen Sie?«

»Nein.« Owen blinzelte ein paar Mal.

Travis hatte geweint, als er den Film zum ersten Mal mit ihr zusammen angeschaut hatte, und jedes Mal, wenn er ihn wieder sah, musste er wieder weinen – auch das war ein Grund, warum sie nicht verstand, weshalb sie ausgerechnet diesen Film gewählt hatte. Ihre und Travis' Geschichte hatte kein glückliches Ende gefunden, wie sie es sich immer erträumt hatte; sie waren nicht zusammen im Schlaf gestorben. Stattdessen hatte ihnen ein betrunkener Autofahrer Travis genommen, der gerade auf der Rückfahrt von einem Antiquitätenverkauf in Austin gewesen war.

»Das ist doch in Ordnung. Travis hat jedes Mal geweint, wenn er ihn gesehen hat.« In dem Moment, in dem sie es sagte, hatte sie das Gefühl, Travis verraten zu haben. Travis war immer verlegen gewesen, wenn er geweint hatte, und er hatte es nicht oft getan.

Sie schaute Owen an. Er war ein großer, athletischer Mann. Im Grunde war er in diesem Moment schlicht und einfach hinreißend. Sie nahm ein Papiertaschentuch aus der Schachtel rechts von ihr und reichte es ihm.

»Ich weine nicht.« Er nahm das Taschentuch, behielt es jedoch in der Hand. Dann drehte er sich zu ihr um und lächelte. »Na gut, vielleicht ein bisschen.« Er machte ein finsteres Gesicht. »Ich dachte, Frauen plärren grundsätzlich bei solchen Filmen. Sogar meine Frau hat ein paar Tränen vergossen – und das wollte etwas heißen bei ihr.«

Irgendetwas an seinem Ton ließ Brooke denken, dass er noch immer verbittert war, deshalb hakte sie nach. Warum auch nicht? Dieser Tag war einfach schrecklich gewesen, und vielleicht gab es hier eine Geschichte zu hören, etwas, das sie von all dem ablenkte, was in ihrem eigenen Leben schiefgelaufen war. »Darf ich Sie etwas fragen … warum verlässt ein frisch Geschiedener die große Stadt und kauft das größte Haus, das er finden kann – ein Haus, dessen Renovierung unglaublich viel Arbeit erfordert – in einem winzigen Städtchen wie Smithville? Wollen Sie es restaurieren und wieder verkaufen?« Sie wandte ihm das Gesicht zu in dem Bewusstsein, dass sie neugierig war, doch ihre Neugier war einfach zu groß, als dass sie sich diese Frage verkneifen konnte.

Owen rieb sich einen Moment das Kinn. Anfangs mied er ihren Blick, doch dann sah er sie an. »Ich könnte Ihnen jetzt eine geschönte

Version der Wahrheit bieten, aber in Wirklichkeit habe ich es gekauft, um meine Exfrau zu ärgern. Sie wollte in Smithville leben, seit sie den Film *Eine zweite Chance* gesehen hat. Kurz nach unserer Scheidung habe ich dann ihr Traumhaus gefunden und gekauft.« Er verzog den Mund zu einem freudlosen Lächeln. »Für Virginia war größer immer gleichbedeutend mit besser. Sie hat manchmal davon gesprochen, ein Bed and Breakfast zu eröffnen, aber ich glaube, im Grunde wollte sie das Haus nur, damit ihre Freundinnen sie besuchen konnten – einfach ein großes Haus zum Angeben. Ich kann mir nicht vorstellen, dass Virginia ein B&B leitet und sich um die Bedürfnisse anderer Menschen kümmert.«

Vielleicht war ›Verbitterung‹ eine leichte Untertreibung, wenn dieser Mann aus purer Gehässigkeit in eine andere Stadt zog und ein riesiges Haus kaufte. »Dann werden Sie es also wieder verkaufen?«

»Ich weiß noch nicht. So weit habe ich noch nicht gedacht.« Er schüttelte den Kopf. »Wissen Sie, ich habe eigentlich immer gewusst, was ich will. Erfolg im Geschäft. Virginia. Ein Haus voller Kinder. Und jetzt, wo sich das alles zerschlagen hat, habe ich keine Ahnung mehr, was ich will. Ich bin nur noch die leere Hülle eines Menschen, irre ziellos umher und habe keine Ahnung, was ich mit mir anfangen soll. Keine Ziele. Keine Pläne.«

»Das ist aber traurig.« Und dann konnte sie nicht anders. Sie lächelte. »Es tut mir leid. Ich weiß, dass es nicht lustig ist, und ich will auch gar nicht lachen. Wirklich. Aber – *leere Hülle eines Menschen*?« Sie schlug die Hand vor den Mund.

Owen hob eine buschige Braue. »Sie sind nicht gerade einfühlsam, wie? Wenn ich es recht überlege, haben Sie während des ganzen Films nicht ein einziges Mal geweint!«

Sie haben nur nicht richtig hingeschaut. Brooke erinnerte sich daran, dass Travis ihr immer gesagt hatte, er könne sehen, dass sie weine, auch wenn sie gar keine Tränen vergoss, einfach an der Art, wie sich ihre Kehle bewegte. Sie war immer ziemlich gut darin gewesen, ihre Gefühle zu verbergen – bis heute Abend. Sie zuckte die Achseln. »Ich habe den Film schon tausend Mal gesehen.«

»Klingt so, als ob das Leben auch für Sie eine unangenehme Überraschung bereithielt. Das mit Ihrem Mann tut mir sehr leid.«

Seine Stimme klang so aufrichtig, dass Brooke bereute, ihn geneckt zu haben. »Das mit Ihnen und Ihrer Frau tut mir auch leid.« Sie schwieg und dachte an Travis. »Haben Sie noch Kontakt zu ihr? Wie heißt sie doch gleich? Virginia?«

Owen setzte sich sehr gerade hin; es wirkte, als sei ihm plötzlich unbehaglich, und seine Stimme klang mit einem Mal unangenehm tief und rau, als er sagte: »Nur wenn ich muss.«

»Hmm. Tut mir leid.«

»Das braucht es nicht. Die Frau ist einfach … Gift.« Owen knirschte mit den Zähnen und Brooke fragte sich, was Virginia wohl getan hatte, dass er so verbittert war.

»Gift. Ein starkes Wort.« Brooke gähnte.

»Tut mir leid. Ich sollte wohl allmählich gehen.« Owen rutschte an die Sofakante.

»Was ist denn passiert? Warum haben Sie sich eigentlich scheiden lassen?« Brooke schaute ihn nachdenklich an. »Tut mir leid. Aber das ist das Kleinstadtleben, daran müssen Sie sich gewöhnen. Wir wollen alles über unsere Nachbarn wissen.«

Er lächelte kurz. »Na gut. Meine Geschichte wird den Leuten gefallen.« Er schwieg. Brooke setzte sich aufrechter hin und sah ihn erwartungsvoll an. »Virginia hatte eine Affäre mit meinem Geschäftspartner. Ich habe sie eines Abends im Büro erwischt.«

Brooke überlegte, ob ein solcher Verrat ebenso schmerzhaft sein konnte wie der Tod. Bestimmt nicht. Er konnte immer noch zum Telefon greifen und Virginia anrufen, wenn er wollte. »Das muss furchtbar gewesen sein.«

Er schüttelte den Kopf, während er vor sich auf den Boden starrte. »Das Komische ist, dass ich immer Kinder wollte. Aber Virginia ließ nicht mit sich reden.« Er sah Brooke an und lächelte. »Jetzt schaut sie wohl dumm aus der Wäsche. Virginias und Garys Kind wird irgendwann im nächsten Monat zur Welt kommen.«

Elf

Hunter beugte sich über das Sofa, um sicherzugehen, dass seine Großmutter noch atmete. Er war den ganzen Vormittag unterwegs gewesen, auf Jobsuche, und Großmutter sah aus, als hätte sie sich seither nicht vom Sofa fortbewegt.

»Ich lebe noch, mein Junge. Hör auf, so über mir rumzuhängen.«

Hunter machte einen Satz zurück, als sie so plötzlich die Augen aufschlug und sprach. »Brauchst du etwas?« Er zog seine Jeans hoch, weil er wusste, dass Großmutter es nicht mochte, wenn sie ihm »in den Kniekehlen hing«, wie sie es nannte.

»Ich will, dass du einen Job findest. Hast du schon einen?« Sie richtete sich mühsam auf und stöhnte dabei vor Anstrengung. Dann zündete sie sich eine Zigarette an und warf ihm einen langen strengen Blick zu.

»Ich finde schon was.« Er warf sich in den Sessel und lehnte den Kopf an.

»Du suchst schon die ganze Woche. Hat denn niemand etwas für dich zu tun? Schließlich kriegen wir die Lebensmittel nicht umsonst.« Sie blies den Rauch in seine Richtung.

»Ich finde schon was, keine Sorge. Aber ich brauche zuerst einmal ein Auto, damit ich auch außerhalb von Smithville fragen kann. Hier mögen die Leute mich nicht.«

Großmutter nahm einen langen Zug, blies zwei Rauchringe und verzog das Gesicht. »Und wessen Schuld ist das?« Sie schlug die Beine übereinander und zog ihren rosa Bademantel fester. »Autos kosten Geld. Und Benzin ist auch nicht umsonst.«

Hunter stand auf und ging in die Küche, in der Hoffnung, dass noch etwas von dem Hackbraten von gestern Abend übrig war.

»Der Hackbraten ist im untersten Fach im Kühlschrank«, sagte seine Großmutter, als er an ihr vorbeiging.

Als er gegessen hatte und zurück ins Wohnzimmer kam, war sie bereits wieder eingeschlafen. Seine Augen wanderten zu der halb leeren Flasche auf dem Boden neben dem Sofa. »Wodka ist auch nicht umsonst«, murmelte er und verließ das Haus. Es hatte keinen Sinn, hier an diesem Ort noch weiter nach einem Job zu suchen, aber er wanderte trotzdem durch die Straßen, ganz in Gedanken versunken.

Während er mit der Fußspitze lose Steine wegkickte, stellte er sich vor, wie es wäre, wenn er einen normalen Job und eine normale Familie hätte. Eine Mutter, die ihn nach der Schule zu Hause mit einem Kuss und etwas zu essen begrüßte und wissen wollte, wie sein Tag war. Einen Vater, der mit ihm Werfen übte, ihn mit zu Ballspielen nahm und ihm beibrachte, ein Mann zu sein. In Hunters Vorstellung aßen sie alle zusammen Abendbrot an einem großen Tisch in einem hübschen Haus. Keine Küchenschaben, keiner, der einen verprügelte, immer genügend zu essen … und keiner, der trank oder rauchte oder fixte.

»Hey!«

Hunter blieb stehen und drehte sich um.

Na großartig. Es war der Kraftprotz. Hunter starrte krampfhaft zu Boden und ging weiter. Am liebsten wäre er weggerannt, doch das hatte ihm schon letztes Mal nichts genützt, sondern ihn nur in Schwierigkeiten gebracht, noch dazu wegen etwas, das er gar nicht getan hatte.

Kraftprotz rief ihm etwas nach, deshalb blieb er stehen. »Reden Sie mit mir?«

Kraftprotz, der einen albernen Jeansoverall voller Farbflecken trug, kam durch einen Vorgarten auf ihn zu. Er war alt, mindestens dreißig oder vierzig.

»Du bist doch Hunter, oder?«

Hunter richtete sich auf. »Ja. Ich habe nichts getan, falls Sie das denken. Ich suche nur Arbeit.«

Kraftprotz fuhr sich mit dem Arm über die Stirn. Er schwitzte wie ein Schwein. »Was für Arbeit suchst du denn?«

»Irgendwas, womit ich etwas verdiene.« Er verschränkte die Arme vor der Brust. Es war zwar wahrscheinlich aussichtslos, aber … »Warum? Haben Sie was zu tun für mich?«

»Mehr als genug. Kannst du mit einem Pinsel oder mit Hammer und Nägeln umgehen?« Kraftprotz hob eine Braue.

Hunter legte den Kopf schräg und blinzelte im grellen Licht der Sonne, die über dem Dach von Kraftprotz' Haus erschien. »Beides.«

Kraftprotz streckte die Hand aus. »Ich bin Owen Saunders.«

Zögernd hob Hunter ebenfalls die Hand. »Hunter Lewis.«

»Gut, Hunter. Hier gibt's richtig viel zu tun. Ich baue einen Schrank in meinem Schlafzimmer, versuche, eine Küche zu renovieren, und sämtliche Böden im Haus müssen ausgebessert werden. Nächste Woche kommt hoffentlich jemand, um eine Klimaanlage zu installieren; bis dahin habe ich aber immerhin ein paar kleine provisorische Anlagen im Erdgeschoss, um das Ganze erträglich zu halten – die Arbeitsbedingungen sind also gar nicht so übel.«

Hunter wusste nicht, ob er schon jemals einen Job im Innern eines Hauses gehabt hatte, ganz zu schweigen von einem Haus mit Klimaanlage. Zuletzt hatte er auf der Oldham-Farm gearbeitet. Es hatte ihm gefallen, die Pferde zu versorgen, und sie schienen ihn ebenfalls ganz gut leiden zu können. Nicht einmal die Hitze oder die nach Mist stinkenden Ställe hatten ihm etwas ausgemacht. Er wusste bis heute nicht, warum Mr Oldham ihn entlassen hatte. Er hatte gesagt, es sei aus finanziellen Gründen, aber Hunter vermutete, dass ihm wahrscheinlich jemand erzählt hatte, was für ein böser Junge Hunter war.

»Bieten Sie mir wirklich einen Job an?« Er konnte es nicht so recht glauben. Der Typ kannte ihn doch, er hatte ihn schließlich an die Bullen verpfiffen.

Mr Saunders nickte. »Wenn du Interesse hast.«

Es war einfach zu schön, um wahr zu sein. Wahrscheinlich würde der Typ ihn schuften lassen wie ein Pferd und ihm so gut wie nichts bezahlen. »Was zahlen Sie?« Er wusste, dass er nicht in der Position war, wählerisch zu sein, aber …

»Ich würde sagen, für den Anfang zehn Dollar pro Stunde. Wenn du dich geschickt anstellst, kriegst du nach einem Monat fünfzehn Dollar die Stunde.«

Hunter hatte noch nie mehr als sieben Dollar pro Stunde verdient.

Er klappte den Mund wieder zu, schluckte und versuchte, sich cool zu geben. »Geht in Ordnung.«

»Wann kannst du anfangen?«

Hunter dachte daran, wie stolz seine Großmutter sein würde. »Wann Sie wollen.« Doch danach hielt er kurz inne und fragte dann: »Mister, warum tun Sie das?«

Mr Saunders kratzte sich am Kinn und seufzte tief auf. »Weil ich es satthabe, mir hier ganz allein den Rücken krumm zu schuften. Ich brauche Hilfe, und ein bisschen Gesellschaft wäre auch nicht zu verachten.«

Auch wenn es nur für ein paar Tage war, von dem Lohn könnte er eine Menge Lebensmittel kaufen. Er wusste, dass er eigentlich den Mund halten sollte, doch er konnte es noch immer nicht so recht glauben. »Aber Sie wissen von … äh …«

»Ich weiß gar nichts. Ich bin neu hier.« Mr Saunders zuckte die Achseln. »Also was ist, willst du den Job? Ich erwarte dich morgens um acht, eine Stunde Mittag, Feierabend um fünf.«

Hunter schluckte abermals, als er ausrechnete, dass das achtzig Dollar am Tag waren. Vierhundert Dollar die Woche, wenn Mr Saunders ihn so lange behielt. Großmutter würde wahrscheinlich alle seine Lieblingsgerichte kochen und in ihm den Ernährer der Familie sehen. »Das schaffe ich.«

Mr Saunders griff in seine Tasche und zog zwei Zwanziger heraus. »Hier. Du willst dir sicher nicht deine Klamotten ruinieren. Ich habe den hier vom Secondhandladen direkt neben dem Postamt.« Er deutete auf den Overall, den er trug, und Hunter versuchte, sich sein Entsetzen nicht anmerken zu lassen. Er rief sich ins Gedächtnis, wie viel Geld er hier verdienen würde, und nahm die beiden Zwanziger.

»Dann also Montagmorgen. Morgen ist Samstag. Da werde ich vielleicht manches tun, aber ich erwarte nicht, dass du an den Wochenenden arbeitest.«

Das muss ein Trick sein, dachte Hunter. Es musste einfach einer sein. Erst lieferte Kraftprotz ihn der Polizei aus und jetzt bot er ihm einen Batzen Geld für einen richtigen, ganz normalen Job, von acht bis siebzehn Uhr. Er betrachtete seine billigen, ausgelatschten Tennisschuhe und schüttelte einen Moment den Kopf, dann blickte er wieder auf. »Mr Saunders, wollen Sie mich vielleicht einen oder zwei Tage arbeiten lassen und dann sagen, dass ich Ihnen etwas gestohlen habe? Und dann bringen die Bullen mich wieder ins Gefängnis? Ist das Ihr Plan?«

Mr Saunders lachte. »Zuerst mal, nenn mich Owen. Mr Saunders gibt mir das Gefühl, uralt zu sein.«

Sie sind ja auch uralt. Hunter wartete, dass er fortfuhr.

»Zweitens, in meinem Haus gibt es nichts zu stehlen, selbst wenn du das wolltest.« Er lächelte ein wenig. »Aber ich glaube nicht, dass du das willst.« Wieder streckte er ihm die Hand hin. »Montagmorgen also?«

Hunter schüttelte ihm die Hand, nickte und ging die Straße hinunter zu dem Secondhandladen. Er bemühte sich sehr, ein gleichmütiges Gesicht zu machen, doch am liebsten hätte er gelacht und geschrien vor Freude.

Ich habe einen richtigen Job. In einem klimatisierten Haus. Für eine Menge Geld.

Spencer und Meghan hatten Brooke seit Dienstag fast zur Verzweiflung getrieben mit ihren unaufhörlichen Fragen, wann sie wieder zu Mr Saunders nach Hause gehen würden. *Schon komisch.* Spencer schien den Mann wirklich zu mögen, nun, da Owen ihm versichert hatte, dass er nicht die Absicht hatte, eine Beziehung mit ihr anzufangen. Offenbar waren die beiden förmlich ausgehungert nach der Zuwendung eines Mannes. Sie dachte kurz an ihren Vater, schob den Gedanken jedoch rasch wieder weg. Spencer war wahrscheinlich noch immer fasziniert von der Vorstellung eines Geheimbunkers irgendwo in Owens Haus.

»Warum können wir nicht hingehen?« Spencer lehnte sich gegen die Ladentheke, während Brooke die Tageseinnahmen ausrechnete.

»Wir werden uns nicht einfach bei Mr Saunders einladen, nur weil ihr nach einem Geheimbunker suchen wollt.« Brooke sortierte die Bons auf der Theke. Sie zog eine Braue hoch. »Ich weiß nämlich, dass du nur deshalb hingehen willst.«

Spencer zuckte die Achseln. »Es ist eben ein cooles Haus.«

»Und er ist so nett.« Meghan rutschte auf ihrem Stuhl herum. Sie saß neben Brooke, blickte jedoch nicht von ihrem Malbuch auf, in dem sie eifrig mit einem blauen Buntstift herumkritzelte.

Brooke hatte im Moment anderes im Kopf als Owen Saunders und sein Haus. Sie hatte seit Dienstag nicht mehr mit ihrer Mutter gesprochen und vermisste sie schrecklich. Außerdem fühlte sie sich schuldig; sie hatte noch nie zuvor so mit ihr geredet. Doch so sehr sie sich auch bemühte, sie wurde einfach nicht mit der neuen Situation fertig. Alles in ihr zog sich zusammen. *Was denkt Mom sich eigentlich?* Ihre Mutter hatte mehrmals versucht, sie anzurufen, doch Brooke hatte nicht zurückgerufen und Mom hatte auch keine Nachricht hinterlassen.

Ihr Handy zirpte; sie hatte eine SMS erhalten. Sie schaute auf das Display. Sie war von Judy Delgado. Anscheinend war der Besuch letzte Woche so positiv verlaufen, dass Judy die Kinder erneut zu einer Übernachtung einlud.

Brooke wusste nicht so recht, ob sie sich darüber freuen sollte. So schön es war, Zeit für sich zu haben, so war doch genau das ihr Problem – die Zeit für sich. Zu viel Zeit zum Grübeln, vor allem, da es nun schon das zweite Wochenende in Folge war. Dennoch stimmte sie zu, weil sie wusste, dass die Kinder gerne bei Judy und Rick waren. Sie war selbst immer sehr gern hingegangen. Sie und Travis waren früher oft bei den beiden zu Besuch gewesen, doch nun hatten die Ehepaare, mit denen sie befreundet gewesen waren, nach wie vor ihr gemeinsames Leben, während Brooke sich verkroch, um ihren Kummer zu überstehen. Sie hatten einfach nichts mehr gemeinsam.

Anderthalb Stunden später hatte sie die Kinder abgesetzt, war nach Hause gefahren und stand in der Küche vor dem offenen Kühlschrank, als ihr Handy klingelte. Da sie mit den Gedanken noch bei den Möglichkeiten für ihr Abendessen war, achtete sie nicht auf die Anruferkennung.

»Ich habe schon mehrmals versucht, dich zu erreichen. Diesmal hätte ich eine Nachricht hinterlassen, wenn du nicht abgenommen hättest.«

Brooke schloss den Kühlschrank, lehnte sich dagegen und seufzte. »Wie konntest du das nur tun, Mom?«

»Ich möchte dir gern erzählen, wie es dazu kam. Ich hatte gehört, dass dein Vater wieder in der Stadt lebt; mehr wusste ich nicht. Dann bin ich ihm bei einem Einkaufsbummel mit meinen Freundinnen begegnet. Wir fingen an zu reden, Brooke, und es war, als sei die Zeit einfach stehen geblieben.«

Brooke grunzte. »Mutter, es sind zwanzig Jahre vergangen.« Sie schüttelte den Kopf und schloss die Augen, als sie daran dachte, wie ihr Vater mit nichts als einem Rucksack über der Schulter von zu Hause weggegangen war. »Und wo war er überhaupt die ganze Zeit? Hat er eine andere Familie? War er im Gefängnis? Oder wie? Das wüsste ich gern.«

»Du weißt doch, dass er in Seattle gearbeitet hat. Ich habe es dir gesagt, als ich den letzten Brief von ihm bekommen habe.«

Brooke hatte sich schon vor langer Zeit geweigert, die Briefe ihres Vaters überhaupt noch zu lesen. »Egal.«

Sie schwiegen ein paar Minuten, dann sagte ihre Mutter: »Er ist aus gesundheitlichen Gründen nach Hause gekommen.«

»Nach Hause? So nennt er Smithville also?« Brooke lachte, während sie sich umdrehte und den Kühlschrank wieder öffnete. Sie sah einen halben Schokoriegel, nahm ihn, wickelte ihn aus, biss ein großes Stück ab und redete mit vollem Mund weiter. »Mutter, er hatte eine Affäre und hat uns verlassen.«

»Aber er hat uns alles gelassen. Das Geschäft und genügend Geld.«

»Er hat dir und mir das Herz gebrochen. Wie kannst du ihn nur verteidigen, wo er …« Sie schluckte den Rest des Schokoriegels runter.

»Brooke, es tut ihm alles so sehr leid. Und mir tut es weh, dass du leidest, aber ich möchte, dass wir wieder eine Familie sind. Ich möchte, dass ihr beiden wieder miteinander redet und dass er seine Enkel kennenlernt. Kannst du ihm denn nicht ein bisschen entgegenkommen? Nur ein ganz kleines bisschen?«

Brooke schwieg und wünschte, sie hätte noch mehr Schokolade.

»Glaubst du nicht, dass Gott will …«

»Lass Gott aus dem Spiel. Ich habe mein ganzes Leben auf Gott vertraut – als Daddy uns verlassen hat, als Travis starb, immer. Aber Gott würde nie von mir verlangen, diesen Mann wieder willkommen zu heißen, nach all der Zeit.«

»Natürlich würde er das.«

Brooke biss die Zähne zusammen und beschloss, das Thema zu wechseln. »Mom, hat er dich dazu gezwungen? Sein Aussehen kann es wohl nicht sein, er ist dürr und kahl. Also …« Brooke schnappte nach Luft. »Er will Geld, oder? Deshalb ist er zurückgekommen.«

»Er will kein Geld und er hat eine hübsche Wohnung außerhalb der Stadt.«

»Warum bist du dann nicht zu ihm gezogen, statt den anderen Bewohnern eurer Einrichtung ein Schauspiel zu bieten, indem du ihn vor deinem Apartment abknutschst?«

»Weil dein Vater weiß, dass ich nur in meinem eigenen Bett schlafen kann, und bevor wir wieder geheiratet haben, hat er sowieso auf dem Sofa geschlafen.«

Brooke versteifte sich. »Nenn ihn nicht meinen Vater, dieses Recht hat er verspielt. Und du musst verrückt sein, ihn wieder zu heiraten.«

»Darf er wenigstens Spencer und Meghan sehen?«

Brooke hörte das Zittern in der Stimme ihrer Mutter, doch es war ihr egal. »Nein, Mom. Ich will nicht, dass er etwas mit meinen Kindern zu tun hat. Und wenn du das nicht verstehst, dann versuch dich zu erinnern, wie es uns ging, nachdem er uns verlassen hatte. Er hat damals keinerlei Rücksicht auf seine Familie genommen, warum sollte ich ihm jetzt meine anvertrauen?«

Sie schwiegen ein paar Minuten, dann sagte ihre Mutter: »Wir machen alle Fehler.«

»Ja, und er hat einen Riesenfehler gemacht.« Brooke durchmaß mit langen Schritten die Küche und schüttelte dabei den Kopf.

»Ich lasse dich jetzt in Ruhe, mein Liebling. Du brauchst noch Zeit. Aber du sollst wissen, dass ich dich sehr liebe.«

Brooke blinzelte die Tränen zurück. »Ich liebe dich auch, Mom. Ich liebe dich wirklich. Aber Zeit wird an meinen Gefühlen nichts ändern.«

Sie legte auf und die ganze Traurigkeit und Verbitterung der letzten zwei Jahre schlug über ihr zusammen. Am liebsten hätte sie irgendetwas einen kräftigen Fußtritt versetzt, jemanden geschlagen, geschrien oder geweint. Sie widerstand der Versuchung, Gott zu beschimpfen, ihn zu fragen, wie er all das zulassen konnte. Gott war ihr ganzes Leben lang ihr Fels in der Brandung gewesen, der Einzige, der auch in schweren Zeiten immer bei ihr war, und sie würde sich jetzt nicht gegen ihn wenden. Doch sie war furchtbar aufgebracht und brauchte unbedingt eine Ablenkung. Der Aufruhr in ihrem Innern machte sie wagemutig; sie fühlte sich fast ein wenig verwegen. Entschlossen nahm sie ihr Handy und wählte Owens Nummer. Er hob beim zweiten Klingeln ab. Nach ein paar einleitenden Phrasen kam sie zur Sache.

»Ich wollte fragen, ob Sie Interesse an einem weiteren Filmabend haben. Meine Kinder schlafen mal wieder auswärts.« Sie schwieg und holte tief Luft. »Das Angebot umfasst auch Abendessen. Nichts Ausgefallenes, nur einen Nudelauflauf, den ich ohnehin machen wollte.«

»Hmm.«

Warum habe ich das getan? Sie schüttelte den Kopf. Er würde ihr einen Korb geben und dann würde sie sich wie eine Idiotin vorkommen.

»Heißt das, dass ich wieder einen Frauenfilm angucken muss?«

Brooke lächelte. »Vielleicht.«

»Hmm.«

»Aber Sie bekommen ein selbst gemachtes Abendessen dafür.«

»Ich hole meine Papiertaschentücher und mache mich auf den Weg.« Er lachte.

Brooke lachte ebenfalls. Dann sah sie sich im Haus um. Meghans Puppen lagen auf dem Fußboden und eine Spur aus Spielkarten führte von der Küche ins Wohnzimmer – und das war nur das, was sie von hier aus auf den ersten Blick sah. »Geben Sie mir eine Stunde. Oder besser anderthalb.«

»Klingt gut. Danke.«

Sie legte auf und fühlte sich immer noch verwegen. Sie empfand eine unbestimmte Sehnsucht, die sie nicht einordnen konnte. Vielleicht würde sie ihre Einstellung zu der Geschichte mit ihrem Vater nicht ändern, doch in anderen Bereichen liefen ihre Gedanken auf Hochtouren.

Nach einer Dusche und einer sorgfältigen Rasur zog Owen eine saubere Jeans, ein hellgrünes Poloshirt und seine braunen Flipflops an. Als er in den Spiegel schaute, fiel ihm ein, dass Virginia immer gesagt hatte, dass diese Farbe ihm am besten stünde. *Warum muss jeder einzelne Gedanke, den ich habe, mit ihr zu tun haben?*

Er kämmte sich, benutzte Rasierwasser und überlegte, warum Brooke ihn wohl zum Essen einlud, wenn ihre Kinder nicht zu Hause waren. Las er zu viel in diese Geste hinein? Oder hatte er seine Absichten nicht deutlich genug gemacht? Sie selbst war eigentlich ziemlich eindeutig gewesen.

Er beschloss, dass es einfach nur um zwei einsame Menschen ging, die zusammen essen und einen Film anschauen wollten, und verließ das Haus.

Doch als Brooke die Tür öffnete, sah sie nicht im Geringsten nach einem einsamen Menschen aus. Sie sah überhaupt nicht mehr aus wie die Frau, mit der er zuletzt zusammen ferngesehen hatte.

Zwölf

Owen schluckte schwer und versuchte, sich seine Überraschung über Brookes neues Aussehen nicht zu sehr anmerken zu lassen. In ihren superhohen High Heels war sie fast so groß wie er. Dazu trug sie einen kurzen Jeansrock und eine schmale gelbe Bluse. Ihr langes Haar floss in großzügigen Wellen über ihren Rücken und sie hatte mehr Make-up aufgelegt, als er je an ihr gesehen hatte.

»Sie sehen blendend aus«, sagte er. Dabei gefielen ihm die Baseballkappe, die zerschlissenen Jeans und die Flipflops eigentlich viel besser. Er schaute auf seine eigenen Flipflops hinunter. »Ich fühle mich ein bisschen, äh, underdressed.«

»Reden Sie keinen Unsinn. Hereinspaziert.« Sie zog die Tür weit auf und trat beiseite.

»Es riecht köstlich.« Owen fühlte sich nicht annähernd so wohl wie an jenem anderen Abend und das lag nicht nur daran, dass ihre Kinder nicht zu Hause waren. Irgendetwas war anders.

»Danke. Der Tisch ist schon gedeckt.« Sie bedeutete ihm, ihr ins Esszimmer zu folgen. Die Alarmglocken in seinem Kopf schrillten so laut, dass er kaum noch denken konnte. Sie hatte Kerzen angezündet und anscheinend das gute Porzellan hervorgeholt. Dann sah er die echten Stoffservietten. Virginia hatte sie immer benutzt, wenn sie ihre Gäste beeindrucken wollte.

»Sieht großartig aus.« Owen hatte gedacht, dass sie vorm Fernseher sitzen, die Füße auf den Couchtisch legen und von Papptellern essen würden. Er setzte sich ihr gegenüber. Als sie die Hände faltete und den Kopf neigte, tat er es ihr nach. Während sie das Tischgebet sprach, öffnete er ein Auge und nahm ihre Verwandlung näher in Augenschein. Das konnte nur eines zu bedeuten haben: Ihr Interesse an ihm war ein völlig anderes als nur das Interesse an einem Freund.

Als sie gegessen hatten, überlegte er schon, wie er sich möglichst rasch wieder verabschieden könnte.

»Heute dürfen Sie den Film aussuchen«, sagte sie, während sie die leeren Teller zusammenstellte.

Er musste zugeben, dass sie eine ausgezeichnete Köchin war; das Essen hatte ihm sehr geschmeckt. Ihr Gespräch war oberflächlich geblieben, aber Brooke hatte auch die ganze Zeit nervös herumgezappelt. Als sie sich die andern Male getroffen hatten, war ihr äußerst trockener Humor immer herrlich zwanglos und selbstbewusst gewesen, doch heute Abend war sie höflich und zurückhaltend. Ja, dies war eine völlig andere Brooke.

Owen half ihr beim Abräumen. Sie stellten das schmutzige Geschirr in die Spülmaschine, dann gingen sie zusammen ins Wohnzimmer. *War das Licht hier gedämpfter?* Er blickte sich im Zimmer um. Das letzte Mal, als er hier gewesen war, hatte überall Spielzeug herumgelegen, heute war alles sehr viel aufgeräumter.

»Wonach ist Ihnen?« Brooke deutete auf den Vitrinenschrank, auf den sie das letzte Mal die DVD gelegt hatte. »Wenn Sie diese Tür öffnen, finden Sie lauter Filme.«

Owen wählte eine Komödie, die er kannte und die nicht im Geringsten romantisch war. »Wie wär's damit?«

»Sehr schön.« Brooke kam zu ihm und wartete, bis er die DVD eingelegt hatte, dann gingen sie beide zum Sofa. Nachdem er sich gesetzt hatte, setzte sie sich neben ihn, sehr viel näher als das letzte Mal. Als sie den Wiedergabeknopf drückte, versuchte er, nicht daran zu denken, wie sie sich zurechtgemacht hatte und wie dicht sie bei ihm saß. Manche Männer mochten das als willkommene Gelegenheit auffassen, doch Owen hielt sich für einen Mann, der anständig genug war, einer Witwe mit zwei Kindern keine falschen Hoffnungen zu machen. Ganz gleich, wie blendend sie aussah. Oder roch.

Der Film lief schon fast zehn Minuten, doch Owen bekam kaum etwas mit. Er dachte nur noch an ihr Bein, das immer wieder sacht an seines stieß, vor allem, wenn sie lachte. Einmal lag ihre Hand ganz kurz auf seinem Knie. Er war acht Jahre mit Virginia verheiratet gewesen und hatte schon lange keine Verabredung mehr gehabt, doch er erinnerte sich noch sehr gut, was Flirten bedeutete.

Irgendwie schaffte er es bis zum Ende des Films, doch es war nicht zu leugnen, dass sie am Ende noch dichter bei ihm saß. Trotz seiner Gefühle für Virginia und obwohl er Brooke auf keinen Fall wehtun wollte, empfand er das überwältigende Bedürfnis, die Frau neben sich einfach in die Arme zu nehmen und zu küssen. Es war so lange her.

Sie stellte den Fernseher aus und wandte ihm das Gesicht zu. Owen hielt die Luft an.

»Nun? Hat es Ihnen gefallen?« Sie lächelte und einen Augenblick war da wieder die Brooke, die er kannte.

»Ja. Es war sehr nett.« Er versuchte, sie nicht anzusehen, aber als er es dann doch tat, nahm sie sein Gesicht in die Hände und legte ihre Lippen auf seine. Er konnte sich nicht bewegen und wollte es auch gar nicht, doch dann siegte sein Gewissen. Er entzog sich ihr. »Äh, Brooke, ich dachte, wir seien uns einig, dass wir beide noch nicht bereit für so etwas sind.«

Sie wurde feuerrot. Dann kamen ihr die Tränen. Owen fühlte sich wie ein Idiot. Vielleicht hätte er einfach mitmachen und sie danach nie wiedersehen sollen. »Bitte, weinen Sie doch nicht.«

Sie sprang auf und schleuderte ihre Schuhe von den Füßen, sodass einer quer durchs Zimmer flog. Owen schützte sein Gesicht mit seinen Händen, weil er nicht wusste, ob der Schuh in seine Richtung fliegen würde. Als er sich duckte, stampfte sie auf und fing richtig an zu weinen.

»Ich bin so blöd!« Sie zog an ihrem Rock. »Diese Klamotten gehören Juliet. Sie hat darauf bestanden, sie mir zu leihen. Das ist schon länger her, aber ich habe sie vor heute Abend noch nie getragen.« Sie schlug die Hände vors Gesicht. »Ich bin einfach so wütend darüber, wie mein Leben gelaufen ist! Wütend, dass Travis tot ist. Wütend, dass meine Eltern sich nach zwanzig Jahren versöhnt haben! Und jetzt bin ich wütend, dass ich mich einem Mann an den Hals geworfen habe, den ich kaum kenne!«

Owen öffnete den Mund, um etwas zu sagen, auch wenn er gar nicht wusste, was, doch sie sprach schon weiter. Hoch aufgerichtet stand sie vor ihm und deutete mit dem Finger auf ihn.

»Und wissen Sie was? Ich habe in meinem ganzen Leben noch keinen anderen Mann außer meinem Ehemann geküsst. Wir sind zusammen, seit wir in der Highschool waren.« Sie beugte sich herunter. »Warum habe ich das nur getan?« Verzweifelt warf sie die Hände in die Luft und fing an, mit großen Schritten im Zimmer auf und ab zu gehen, fast, als sei Owen gar nicht da. »Vielleicht musste ich einfach irgendetwas tun.« Sie blieb stehen und drehte sich zu ihm um. »Vielleicht wollte ich einfach auch einmal ein bisschen verwegen sein.« Sie schüttelte den Kopf. »Aber das bin gar nicht ich.« Dann ließ sie sich wieder aufs Sofa neben Owen fallen.

Owen wandte ihr das Gesicht zu. »Sehen Sie mich an.«

Sie schaute ihn an. Ihre Augen waren rot und verweint. »Sie können jetzt gehen. Ich bin sicher, Sie wollen nie mehr mit mir zusammen essen und einen Film angucken. Es tut mir wirklich leid. Ich war einfach …«

»Ich weiß.« Er sah ihr einen Moment in die Augen. »Sie sind einfach unglücklich. Das kann ich gut verstehen.«

»Owen, ich habe mich noch nie so benommen. Sie müssen denken, ich bin …« Sie wandte den Blick ab und zuckte die Achseln.

»Brooke, Sie sind einfach großartig. Jeder Mann, der nichts mit Ihnen zu tun haben wollte, wäre verrückt.« Er schwieg kurz, dann fuhr er fort. »Aber ich versuche, ein guter Junge zu sein. Ich bin sozusagen beschädigte Ware. Sie wollen nicht wirklich etwas mit mir anfangen.«

»Ich will mit überhaupt niemand etwas anfangen. Wirklich nicht. Ich glaube, ich musste einfach nur etwas völlig Verrücktes tun. Ich war so wütend auf meine Mutter. Und ich bin schon so lange nicht mehr in den Arm genommen worden. Es war einfach eine Verkettung unglückseliger Umstände und ich …«

Owen schüttelte den Kopf, schnalzte mit der Zunge und grinste. »Genau. Sie haben sich mir an den Hals geworfen.«

»Müssen Sie mir das so gnadenlos unter die Nase reiben?«

Owen holte tief Luft, er musste einfach lachen. »Ja, ich glaube schon.«

Sie schlug spielerisch nach ihm. »Los, gehen Sie schon, wenn Sie wollen! Ich jedenfalls werde jetzt Jeans und T-Shirt anziehen, ich fühle mich nämlich schrecklich in diesen Klamotten. Ich kann schon den ganzen Abend kaum gehen.« Sie stand auf. »Wenn Sie nicht mehr hier sind, wenn ich zurückkomme – es sind keine Erklärungen nötig. Wir sehen uns sicher mal wieder.«

Owen rührte sich nicht. Er wusste nicht, wie man sich in einer solchen Situation richtig verhielt, war jedoch ziemlich sicher, dass es falsch war, einfach zu verschwinden. Brooke kehrte nach ein paar Minuten in Jeans, einem roten T-Shirt und barfuß zurück. Sie band ihr Haar zum Pferdeschwanz und hatte anscheinend einiges an Make-up abgewaschen. Sie sah wieder aus wie die Brooke, die er kannte.

»Diese Brooke gefällt mir besser«, sagte Owen, als sie sich hinsetzte.

»Sie sind ja noch da! Warum sind Sie denn nicht geflohen, als Sie die Chance hatten?« Sie lehnte den Kopf zurück und schloss die Augen.

»Okay. Folgendes.« Owen legte zum ersten Mal heute Abend die Füße auf den Couchtisch. »Ich war acht Jahre verheiratet. Ich habe meine Frau abgöttisch geliebt und hätte sie nie verlassen, auch wenn das Leben mit ihr wirklich nicht einfach war. Unser großes Problem war, dass ich Kinder wollte und sie nicht. Dann hat sie mit meinem besten Freund und Geschäftspartner geschlafen und jetzt werden die beiden heiraten und ein Kind bekommen, wie ich Ihnen ja schon erzählt habe.«

Er stieß die Luft aus. »So. Und deshalb halte ich im Prinzip alle Frauen für schlecht, werde nie wieder einer vertrauen oder eine lieben können. Außerdem habe ich absolut keine Pläne für die Zukunft und werde wahrscheinlich den Rest meines Lebens an meinem Haus arbeiten.«

Er wandte ihr das Gesicht zu und lächelte. »Und jetzt sind Sie dran.«

Brooke blickte auf ihre Armbanduhr und wünschte, Owen würde gehen. Sie hatte sich noch nie im Leben so dämlich benommen. »Ich glaube nicht, dass Sie genügend Zeit haben, um sich meine Geschichte anzuhören. Ich kann sie nicht so kurz zusammenfassen.«

»Ich habe alle Zeit der Welt.«

»Gut, schauen wir mal.« Sie kämpfte gegen das Bedürfnis zu lachen an. Oder zu weinen. »Ich habe Travis gleich nach der Highschool geheiratet. Er war die Liebe meines Lebens. Nach seinem Tod glaubte ich, nie wieder funktionieren zu können – ganz einfache Dinge, wie morgens aufzustehen und mich anzuziehen, kamen mir völlig unbewältigbar vor. Aber ich hatte keine andere Wahl. Ich hatte zwei Kinder, für die ich sorgen musste. Meine Mom zog bei uns ein; sie lebte bei uns bis vor ein paar Monaten. Jetzt stehe ich morgens auf, ziehe mich an und habe sogar Spaß an manchen Dingen, wie zum Beispiel an einer kompletten Packung Eis hin und wieder.« Sie lächelte. »Und daran, zuzusehen, wie meine Kinder zu wunderbaren Menschen heranwachsen. Das macht mich glücklich.

Aber ich fühle mich nicht mehr ganz, nicht mehr heil. Es ist, als hätte mein Herz dicht gemacht, für immer.« Sie schaute zu ihm hinüber und sah, wie er nickte. »Ich treffe mich nicht mehr mit den Frauen, mit denen ich früher so oft zusammen war, weil sie alle ihre Ehemänner noch haben. Sie haben mich immer wieder eingeladen, aber ich finde jedes Mal eine Ausrede. Bei diesen Treffen bin ich doch nur das fünfte Rad am Wagen und außerdem erinnert mich das Zusammensein mit ihnen an Travis. Daran, dass er nicht mehr da ist.«

Sie wandte ihm das Gesicht zu. »Deshalb noch einmal: Trotz meines Verhaltens heute Abend habe ich nicht das Bedürfnis, eine neue Beziehung anzufangen. Das klingt vielleicht verrückt, aber es ist wahr.«

Owen schüttelte den Kopf. »Nein, keineswegs. Es klingt überhaupt nicht verrückt. Und was ist mit Ihren Eltern?«

Brooke erzählte ihm von der Affäre ihres Vaters, dass er sie verlassen hatte, als sie zwölf war. Wie es war, ohne ihn aufzuwachsen … und ihn dann plötzlich in der Wohnung ihrer Mutter wiederzusehen.

»Wow. Das muss ein Schock gewesen sein.«

Brooke legte eine Hand auf ihre Stirn, dann rieb sie sich die müden Augen. »Ich möchte, dass meine Mutter glücklich ist, wirklich. Aber das ist in meinen Augen ein falsches Glück – da bin ich ganz sicher. Sie hat meinen Vater zwanzig Jahre lang nicht gesehen. Ich glaube einfach nicht, dass sie sich so sehr geliebt haben, wie sie behauptet. Wenn es so wäre, hätte er sie nie betrogen und wäre dann so lange fortgeblieben.«

Sie schwiegen ein Weilchen, dann sagte Owen: »Vielleicht sollten Sie mit ihm reden.«

Brooke verspannte sich. »Das kann ich nicht. Ich habe einen Teil meiner Kindheit und mein gesamtes Erwachsenenleben damit verbracht, ihn zu hassen. Ich kann dieses Gefühl nicht einfach abstellen.«

»Das habe ich ja auch nicht verlangt. Ich hasse Virginia auch immer noch.« Er lachte freudlos. »Aber ich fürchte, er wird wieder zu Ihrer Mutter gehören, ob Ihnen das nun gefällt oder nicht. Vielleicht gibt es eine Möglichkeit, damit umzugehen, vielleicht auch nicht. Dieses Kapitel muss erst noch geschrieben werden.«

Brooke zwang sich zu einem Lächeln. »Für mich hat das Buch schon vor langer Zeit geendet.«

»Darf ich Ihnen mal was sagen?« Owen legte den Arm auf die Sofalehne und wandte ihr sein Gesicht zu. »Ich bin froh, dass Sie sich mir an den Hals geworfen haben und dass wir die Chance hatten, so miteinander zu reden.«

Brooke schlug ihm leicht auf den Arm. »Wenn Sie dieses Thema je wieder ansprechen, werden wir keine Freunde werden.«

Owen lächelte, dann stand er auf. »Brooke, ich werde Ihr Freund sein, so lange Sie mich haben wollen. Aber irgendwann wird jemand kommen und Ihnen mehr zu bieten haben als nur Freundschaft, und das ist auch ganz richtig so. Eines Tages werden Sie Ihr Herz wieder öffnen. Ihre Situation ist völlig anders als meine. Travis ist fort, ja, aber er hat Sie nie verraten. Und Verrat ist etwas, worüber man nur schwer hinwegkommt.«

Sie streckte ihm die Hand hin. »Also, Freunde.«

Owen nahm ihre Hand, zog sie an sich und hielt sie ganz fest. Sie schlang die Arme um seine Taille und barg ihr Gesicht an seiner Brust. »Ich glaube, genau das wollte ich von Anfang an. Einfach eine Umarmung.«

Er küsste sie auf den Scheitel. »Wenn einer von uns von jetzt an eine Umarmung braucht, wird er den anderen darum bitten.«

»Abgemacht.«

Als sie ihn zur Tür brachte, war alles anders. Was Owen betraf, aber auch ganz allgemein. Sie war wieder ruhiger. Vielleicht hatte sich dieser Ausbruch über längere Zeit aufgebaut.

Sie ging hinauf in ihr Zimmer und richtete sich fürs Bett. Als sie den Schrank öffnete, um ihren Bademantel herauszuholen, blickte sie nach links, um sicherzugehen, dass sie den Tag abgestrichen hatte.

Nur noch neunundzwanzig Tage.

Brooke war froh, als Spencer und Meghan am Samstagmorgen ins Haus stürmten. Sie hatte den Pfannkuchenteig schon fertig und auch der Schinken war bereits gebraten.

»Da sind ja meine Zwerge.« Sie umarmte Meghan und zwinkerte Spencer zu, als er in die Küche kam.

»Mrs Judy ist auch hier.« Meghan holte sich ein Stück Schinken von dem Teller, der auf dem Tisch stand.

»Oh.« Brooke drehte sich um und sah, dass Judy hinter Spencer in die Küche kam.

»Hoffentlich ist es dir recht. Ich bin einfach mit den beiden reingekommen. Ich glaube, es hat ihnen richtig gut gefallen.« Judy hatte sich das Haar schneiden lassen, seit Brooke sie das letzte Mal gesehen hatte. Sie trug ihr ehemals schulterlanges dunkles Haar jetzt in einem schicken Kurzhaarschnitt, der die Ohren frei ließ.

»Du siehst umwerfend aus!« Brooke spielte kurz mit ihrem Pferdeschwanz und überlegte, ob sie auch den Mut aufbringen würde, sich das Haar abschneiden zu lassen.

»Danke. Ich brauchte einfach eine Veränderung.« Judy biss sich auf die Unterlippe. »Und ich wollte gern mal vorbeikommen und hallo sagen.«

Brooke erinnerte sich an die vielen Stunden, die sie und Judy zusammen verbracht hatten, mit ihren Männern und ohne sie. Ihr war bewusst, dass sie allein schuld daran war, dass sie sich entfremdet hatten. »Das freut mich. Möchtest du auch einen Pfannkuchen?«

Judy legte die Hand auf ihren Magen. »Nein, lieber nicht. Ich mache gerade eine Diät und Pfannkuchen sind darin nicht vorgesehen.« Sie lächelte. »Aber ich freue mich, dass es bei euch am Samstagmorgen immer noch Pfannkuchen gibt.«

Brooke goss Teig in die heiße Pfanne. »Ja. Wir geben uns Mühe.«

Judy kam näher. »Wenn du fertig bist mit den Pfannkuchen, könnte ich dich dann kurz sprechen? Allein?«

»Klar. Dauert nicht mehr lange. Ist alles in Ordnung? Stimmt was nicht mit den Kindern?«

Judy winkte ab. »Nein, nein, alles in Ordnung.« Sie deutete auf die Kaffeekanne. »Wenn du nichts dagegen hast, nehme ich mir eine Tasse Kaffee und warte.«

Brooke buk ein paar Pfannkuchen, dann stellte sie die Pfanne weg und winkte Judy, mit ins Wohnzimmer zu kommen. »Was ist denn los?«

Sie waren kaum außer Hörweite der Kinder, als Judy auch schon anfing: »Spencer hat uns von deinem neuen Freund, Mr Saunders, erzählt.«

Brooke strich sich eine Haarsträhne zurück, die sich aus ihrem Pferdeschwanz gelöst hatte. »Ja, die Kinder scheinen ihn zu mögen. Er hat das Hadley-Haus gekauft.«

»Das habe ich gehört.« Judy lächelte. »Ich habe auch gehört, dass er ein toller Typ sein soll.«

Brooke dachte kurz an ihr albernes Benehmen gestern Abend. »Er sieht ganz gut aus.«

»Glaubst du, es könnte mehr aus euch werden als Freunde – vielleicht?« Judy hob eine Schulter und ließ sie wieder sinken.

»Nein. Ich bin noch nicht so weit, Judy. Wir sind nur Freunde.«

Judy runzelte die Stirn. »Bist du ganz sicher?«

»Ganz sicher.« *Ich bin genauso verkorkst wie er.*

»Na ja, ich habe es auch nicht anders erwartet. Aber ich wollte mal nachfragen, vor allem, weil Spencer uns erzählt hat, dass ihr schon mehrmals etwas zusammen unternommen habt.« Judy biss sich erneut auf die Unterlippe. »Die Sache ist, Tallie hat ihn kürzlich im Waschsalon getroffen und ich glaube, sie hat ihm ihre Telefonnummer gegeben. Ich wollte nur sichergehen, dass zwischen euch nichts läuft.«

Brooke schluckte schwer. Tallie Goodry war seit sechs Monaten geschieden, doch Brooke wusste, dass sie mit Judy, Rick und den anderen noch immer eng befreundet war. Tallies Exmann, Brian, war nach Houston gezogen. Es ging das Gerücht um, dass Tallie die Scheidung gewollt hatte, doch Brooke wusste es nicht mit Sicherheit.

»Er ist noch zu haben. Zwischen uns läuft nichts.« Doch in dem Moment, in dem sie das sagte, verkrampfte sich ihr Magen.

»Obwohl ….« Brooke wollte keine Gerüchte in die Welt setzen, aber irgendetwas an dem Gedanken, dass Owen und Tallie ein Paar werden könnten, störte sie. »Er hat eine sehr schlechte Ehe hinter sich und keinen Zweifel daran gelassen, dass er im Moment keine neue Beziehung will.«

Judy legte Brooke eine Hand auf den Arm. »Ach mein Schätzchen. Du wirst bestimmt wieder jemand finden.«

Es dauerte ein Weilchen, bis Brooke begriff, was Judy dachte – dass Owen eben kein Interesse an ihr, Brooke, hatte.

Aber vielleicht stimmte das ja auch.

Dreizehn

Am Montagmorgen stand Owen bereits auf der Veranda, als Lewis Hunter in einem blauen Jeansoverall die Einfahrt heraufkam, eine schwarze Brotzeitdose in der Hand.

»Pünktlich.« Owen nahm einen Schluck Kaffee. »Ich mache morgens immer Kaffee. Trinkst du Kaffee?«

Hunter schüttelte den Kopf, sein strähniges rotes Haar wehte im Wind.

»Bist du schon jemals in diesem Haus gewesen?«

Der Junge schüttelte abermals den Kopf. »Nein, Sir.«

Owen wischte an einem Kaffeefleck auf seinem Overall herum. »Du kannst Owen zu mir sagen, das ›Sir‹ kannst du weglassen. Da fühl ich mich nur alt, genauso, wie wenn du mich Mr Saunders nennst.« Er ging zur Tür und zog sie auf, dann deutete er hinein. »Da hinten ist gleich die Küche. Du kannst dein Mittagessen in den Kühlschrank stellen.«

Hunter schlurfte hinein; Owen ging ihm nach. »Ich würde gern zuerst den Schrank in meinem Schlafzimmer fertig machen, dann die Leisten in den übrigen Räumen und dann können wir mit der Küche anfangen. Es soll alles von Grund auf renoviert werden.« Er blickte sich in der geräumigen Küche um. Drei Schranktüren fehlten, der Rest war irgendwann einmal pfirsichfarben gestrichen worden, doch das Holz zeigte nur noch Spuren dieses ehemaligen Anstrichs. Der Gasherd funktionierte, deshalb wollte Owen mit der Küche warten, bis die andere Arbeit getan war. Er kochte ohnehin nicht gern. Die alte weiße Spüle war mit rotbraunen Flecken übersät, die er auch mit kräftigem Schrubben nicht wegbekommen hatte, und der Wasserhahn tropfte.

»Man sieht, dass die Küche irgendwann mal renoviert wurde.« Owen zog einen Streifen pfirsich-weiß gestreifter Tapete ab, der sich gelöst hatte. »Das muss in den Sechzigern oder Siebzigern gewesen sein.« Er deutete nach oben. »Außerdem gab es hier bestimmt mal eine undichte Stelle in der Decke, wie man daran sieht, dass sie ausgebessert wurde. Die undichten Stellen weiter oben im Haus sind ein sehr viel größeres Problem. Ich fürchte, dass ich ein neues Dach brauche, aber ich hoffe, das kann noch ein bisschen warten.«

Hunter schaute hinauf, sagte jedoch nichts. Owen hoffte, dass er irgendwann einmal wenigstens hin und wieder ein bisschen mit ihm plaudern würde.

»Bist du so weit?« Owen stellte seine Kaffeetasse in die Spüle. »Ich dachte, du könntest die Leisten im Wohnzimmer und dann die im Esszimmer streichen. Ich mache am Schrank weiter.« Er schwieg und dachte an die viele Arbeit, die er bereits in das Streichen investiert hatte. Bestimmt arbeitete Hunter nicht so sorgfältig wie er. »Oder willst du lieber den Schrank übernehmen?«

»Streichen ist okay.« Hunter steckte die Hände in die Taschen seines Overalls und warf sich mit einem Ruck das rote Haar aus den Augen. Der Junge brauchte dringend einen Haarschnitt.

Owen holte tief Luft und ging voraus ins Wohnzimmer; Hunter folgte ihm. Der Farbeimer stand auf einer Plane. »Okay. Fangen wir an.«

Hunter öffnete einen Eimer mit hellbraunem Lack, rührte den Inhalt sorgfältig um und tauchte den Pinsel ein. Owen lungerte noch ein bisschen herum und beobachtete ihn. Der Junge bückte sich und fuhr mit langsamen, wunderbar exakten Strichen über die Leisten, die Owen zum Teil erneuert hatte. »Die neuen brauchen wahrscheinlich einen Extraanstrich.«

Hunter nickte, hielt die Augen dabei jedoch fest auf den Pinsel gerichtet. Seine Hand war ganz ruhig. Owen schaute ihm eine Minute zu, dann ging er in sein Schlafzimmer und machte sich an die Arbeit am Schrank.

Hunter arbeitete drei Stunden, dann legte er den Pinsel hin. Er ging ins Schlafzimmer, wo Owen hämmerte, und wartete, bis sein Arbeitgeber einen Nagel eingeschlagen hatte. Dann fragte er: »Wo ist das Badezimmer?«

Owen nahm zwei Nägel aus dem Mund. »Eins ist draußen, gleich neben diesem Zimmer, und ein kleineres direkt neben der Eingangstür. Oben ist auch eins, aber das ist sozusagen erst im Entstehen.« Er legte den Hammer aufs Bett. »Lass uns Pause machen. Ich hole uns ein bisschen Eistee. Wir treffen uns vorn auf der Veranda.«

Hunter nickte und ging den Flur hinunter. Er konnte sich nicht vorstellen, wie es war, in einem so großen, weitläufigen Haus zu wohnen. Es war zwar noch viel zu tun und einige Möbel mussten angeschafft werden, doch Hunter konnte schon jetzt sehen, dass es einmal sehr schön werden würde, genau das Haus, in dem man eine Menge Kinder haben wollte. Er dachte an Jenny, das Mädchen, mit dem er seit ein paar Wochen im Internet chattete. Sie lebte in einer winzigen Stadt namens Flatonia, gar nicht so weit weg von hier, und hatte ein Auto. Sie hatten schon ausgemacht, sich bald einmal persönlich zu treffen.

Er ging hinaus auf die Veranda. Owen war schon dort und reichte ihm ein Glas Tee. »Ich habe mir angesehen, was du gemacht hast. Gute Arbeit.«

»Danke.« Hunter setzte sich auf die Verandastufen und nahm ein paar Schlucke von dem kalten, süßen Tee. »Wohnen Sie ganz allein hier?«

Owen setzte sich auf die Hollywoodschaukel und stieß sich ab, bis sie zu schwingen begann. »Jawohl. Nur ich.«

Hunter krempelte die Beine seines Overalls auf; sie schleiften über den Boden. »Warum haben Sie denn ein so großes Haus gekauft, wo Sie doch ganz allein sind?«

Owen zuckte die Achseln. »Das ist 'ne lange Geschichte.«

Jeder hat eine Geschichte zu erzählen.

Hunter trank seinen Tee aus, stand auf und wollte das Glas in die Küche bringen. Er erinnerte sich gut, wie seine Momma ihn einmal fast totgeschlagen hätte, weil er die schmutzigen Teller nicht in die Spüle gestellt hatte. Er hatte es nie so ganz verstanden, denn in der Spüle standen die Teller dann auch nur eine Ewigkeit herum.

Owen streckte die Hand aus. »Du kannst es mir geben.«

Hunter gab ihm das Glas und ging wieder ins kühle Wohnzimmer. An das Arbeiten in einem Raum mit Klimaanlage konnte er sich gewöhnen.

»Um zwölf machen wir Mittag.« Owen winkte und verschwand im Flur.

Hunters Hände waren beschäftigt, aber sein Kopf war frei, deshalb konnte er wunderbar über Jenny nachdenken. Sie wusste nicht alles von ihm, so wie die Leute hier am Ort. Gestern Abend hatte er ihr voller Stolz geschrieben, dass er einen richtig guten Job ergattert hatte. Jenny arbeitete in einem Fachgeschäft für Damenmode in Houston. Auf dem Bild, das sie ihm geschickt hatte, sah sie wunderschön aus – langes blondes Haar und große blaue Augen. Er hätte gern länger mit ihr geplaudert, aber er benutzte den Internetzugang der Johnsons nebenan und die Verbindung war nicht allzu gut. Hunter hatte nur einen alten Laptop, den er im Zimmer seiner Eltern gefunden hatte. Am Anfang hatte er nicht funktioniert, doch als er ihn zum Laufen gebracht hatte, hatte er gemerkt, dass der Internetzugang der Johnsons unverschlüsselt war und er ihn manchmal mitbenutzen konnte.

Es war schon fast Mittag, als Hunter spürte, wie sich etwas gegen seine Beine drückte. Er machte einen riesigen Luftsprung vor Schreck. Zum Glück hatte er den Pinsel gerade nicht angesetzt, als das passierte. Er sah sich um und entdeckte einen großen, alten schwarzen Kater, der seinen Kopf gegen sein Bein presste. »Wo kommst du denn her?« Hunter streckte die Hand aus. Der Kater schmiegte seinen Kopf hinein und ließ sich von ihm streicheln. Er kraulte ihn ein paar Minuten hinter den Ohren.

»Das ist ja nicht zu fassen.« Owen kam ins Wohnzimmer und verschränkte die Arme vor der Brust. Hunter war ganz sicher, dass er ihn jetzt auf der Stelle feuern würde.

»Tut mir leid.« Er ließ den Kater los und beeilte sich, den Pinsel wieder in die Farbe zu tauchen.

Owen tat zwei Schritte ins Zimmer und schon jagte der Kater an ihm vorbei; die Krallen kratzten über den Holzboden, als müsse er aus einem brennenden Zimmer fliehen, sein Schwanz peitschte in die Luft, die Nackenhaare waren gesträubt. Owen sprang ihm aus dem Weg. Hunter verbiss sich ein Grinsen.

»Nein, ich meine, ich kann es nicht fassen, dass der Kater bei dir so zutraulich ist.« Owen setzte sich auf einen Stuhl aus dem Sammelsurium an Stühlen, die um einen kleinen Tisch im Wohnzimmer herumstanden. »Vor mir läuft er immer weg und versteckt sich oben, er kommt nicht mal in meine Nähe.«

»Katzen wissen, wenn man sie mag.« Hunter strich mit dem Pinsel über die Leiste, extra vorsichtig, weil Owen zusah.

»Kann sein. Ich mag Katzen eigentlich nicht, aber der kleine Kerl lungert schon eine ganze Weile hier herum.«

»Wie heißt er denn?« Hunter tauchte den Pinsel wieder ein und hielt die Augen fest auf seine Arbeit gerichtet.

»Kater, nehme ich an.« Owen lachte leise.

Hunter wusste einfach nicht, wie er sich in Gegenwart dieses Typen verhalten sollte. Er behandelte ihn wie einen ganz normalen Menschen. »Sie könnten ihn Scooter nennen.« Er schwieg kurz, zog den Pinsel über die Leiste und zuckte dann die Achseln. »Ich hatte mal einen Kater, der hieß Scooter. Ich habe ihn so genannt, weil er so schnell war und überall herumgeflitzt ist.« Hunter schloss ein paar Sekunden die Augen, als er an die schwarz-braune Tigerkatze dachte, mit der er befreundet gewesen war, als er zehn Jahre alt war. Sein Dad hatte Scooter eines Abends in den Kopf geschossen, weil er an die Mülltonne draußen gegangen war und Müll auf der Straße verstreut hatte.

»Also Scooter«, sagte Owen. »Nimm ihn ruhig mit nach Hause, wenn du willst. Er scheint mich ohnehin nicht zu mögen.«

»Ich wünschte, das könnte ich.« Hunter glaubte nicht, dass es seiner Großmutter gefallen würde. *Noch ein Maul zu stopfen.* Er dachte an das viele Geld, das er verdienen würde, wenn Owen ihn ein Weilchen behielt. Vielleicht würde er Scooter später mit nach Hause nehmen – und vielleicht konnte er sich irgendwann sogar ein billiges Auto leisten.

»Komm, wir machen Mittagspause. Ich glaube, ich kriege den Schrank heute noch zusammengebaut, dann kann ich ihn morgen streichen, während du dich weiter um die Fußbodenleisten kümmerst.« Damit ging er aus dem Zimmer und bedeutete Hunter, ihm in die Küche zu folgen.

Morgen. So weit, so gut.

Am Dienstagmorgen sah Brooke zu, wie Meghan den schwarzen Textmarker nahm, ein großes Kreuz in das heutige Kalenderkästchen malte und »25« in die Ecke schrieb. Brooke schaltete die Kaffeemaschine aus und holte ihre Tasche und die Schlüssel.

Im Laden ging Meghan gleich mit Juliet nach hinten ins Büro. Spencer blieb vorn bei Brooke an der Kasse und zappelte herum. Er rieb sich die Hände und war ganz offensichtlich unruhig.

»Was hast du denn, Spencer?« Brooke legte Bargeld in die Kasse.

»Ich habe gerade an Dads Zeug im *Schatzkästchen* gedacht.«

Brooke war fertig mit der Kasse und schaute ihren Sohn an, der aus dem Fenster auf die andere Straßenseite starrte. »Und was genau hast du gedacht? Möchtest du etwas davon behalten?«

»Ja. Das Flugzeug.«

Brooke schluckte schwer, während sie überlegte, was sie mit dem ganzen anderen Zeug anfangen sollte. »Selbstverständlich kannst du das Flugzeug haben. Wir gehen rüber und gucken, ob wir sonst noch was behalten wollen, aber zumindest einen Teil davon müssen wir verkaufen. Dad würde es gefallen, wenn jemand Freude daran hat.«

»Denke ich auch.« Spencer setzte sich auf den Stuhl neben Brooke. Sie hatte ihm beigebracht, die Kasse zu bedienen. Als es klopfte, blickten beide zur Tür. Sie öffneten erst um neun, doch als Spencer sah, dass es Owen war, lief er zur Tür und drehte den Schlüssel um, der im Schloss steckte.

Brooke hatte Owen seit letztem Freitag weder gesehen noch gesprochen und es war ihr nur recht so. Sie hatte ihr Verhalten analysiert und war zu dem Schluss gekommen, dass auch sie sich einmal ein wenig bizarr verhalten durfte. Dennoch war sie verlegen, wenn sie an Owen dachte.

Ihre Mutter hatte abermals angerufen. Brooke fing allmählich an, Schuldgefühle zu entwickeln, weil sie ihrem Glück im Weg stand, doch sie glaubte noch immer nicht, dass sie auch nur den Anblick ihres Vaters je wieder ertragen würde. Sie würde nie verstehen, warum ihre Mutter ihn nach all den Jahren wieder geheiratet hatte. *Patsy Miller muss die verzweifeltste Frau auf Gottes Erde sein.*

Owen kam auf sie zu, Spencer neben sich. Er sah eigentlich recht albern aus in seinem Overall mit dem weißen T-Shirt darunter, doch selbst dieser Aufzug konnte seinem guten Aussehen nichts anhaben. Sie fragte sich, ob Tallie Goodry ihn schon im Overall gesehen hatte.

»Hallo Mr Saunders.« Sie tippte sich an die Baseballkappe. »Was können wir heute für Sie tun?«

Bevor er antworten konnte, fragte Spencer: »Haben Sie den Geheimbunker schon gefunden?«

»Noch immer nicht. Du hast mir ja nicht mehr suchen geholfen.« Owen grinste und fuhr Spencer durchs Haar. Ihr Sohn entzog sich ihm nicht, wie er es bei ihr immer machte.

»Wie wäre es mit Freitagabend? Da könnten wir kommen und weitersuchen!«

»Spencer!« Brooke stand auf. »Man lädt sich nicht einfach bei jemandem ein!«

Owen kratzte sich am Kopf; er mied Brookes Blick und wandte sich an Spencer. »Für Freitag habe ich leider schon andere Pläne. Aber ich verspreche dir, dass wir beide bald zusammen weitersuchen und auch wieder Pizza essen.«

Brooke überlegte natürlich sofort, wem diese Freitagabendpläne wohl galten. Tallie Goodry war die resoluteste Frau, der sie je begegnet war. Und höchstwahrscheinlich hatte Judy ihr gesagt, dass sie bei Owen freie Bahn hätte, »weil er nicht an Brooke interessiert ist«.

»Kann ich dir irgendwie helfen? Brauchst du etwas Bestimmtes?« Brooke setzte sich wieder hin und blickte zu ihm auf. Bevor er etwas sagte, hörten sie Schritte von hinten und drehten sich um, um zu sehen, wer da kam. Big Daddy erschien und hob fragend eine Braue. Sie nickte und gab ihm auf diese Weise zu verstehen, dass alles in Ordnung war.

»Äh, ich brauche noch ein paar Nägel. Ich weiß, wo sie sind.« Owen blickte zu Big Daddy hinüber und ging dann in den zweiten Gang. Spencer folgte ihm. Brooke konnte hören, wie sie sich unterhielten, doch sie verstand nicht, was sie sagten.

Owen hatte die Nägel rasch gefunden, bezahlte bar und ging zur Tür. *Ob Big Daddy ihn eingeschüchtert hat? Oder vielleicht war ich es selbst bei unserem letzten Treffen.* Als sie an ihren tollpatschigen Versuch dachte, ein bisschen verwegen zu sein, wäre sie beinahe wieder rot geworden. Aber es hatte doch einen guten Ausgang genommen, oder? Sie hatten miteinander geredet. Richtig.

»So …« Brooke vergrub sich in einen Werkzeugkatalog, blätterte bedachtsam um und versuchte, ganz beiläufig zu klingen, als sie zu Spencer sagte: »Ich habe gehört, dass du dich mit Mr Saunders unterhalten hast. Hat er gesagt, was er am Freitag vorhat?«

»Du magst ihn.« Spencer kniff die Augen zusammen.

Brooke blickte auf. *Sei vorsichtig.* »Natürlich *mag* ich ihn. Ich dachte, du magst ihn auch.«

»Nein, ich meine, du magst ihn so richtig.« Spencer setzte sich wieder neben Brooke und ließ den Kopf hängen. »Ich mag ihn auch.«

Brooke schlug den Katalog zu und drehte sich auf ihrem Stuhl zu ihm um. »Spence.« Sie hob sein Kinn an, bis er sie anschauen musste, und freute sich, dass er sich ihr nicht entzog. »Es ist in Ordnung, Mr Saunders zu mögen. Du brauchst dich deswegen nicht schlecht zu fühlen. Er ist ein netter Mann.« Sie schwieg kurz und fuhr dann fort: »Aber ich mag ihn nicht so, wie du denkst. Mr Saunders und ich sind Freunde, das ist alles.«

»Ja, ich weiß«, meinte Spencer lustlos. Brooke merkte, dass er enttäuscht war, was einerseits gut, andererseits schlecht war. Sie wartete ab, ob er noch etwas über Owens Freitagspläne sagte. Als nichts mehr kam, beschloss sie nachzuhaken.

»Irgendwann wirst du bestimmt noch einmal Mr Saunders' Haus durchsuchen können.« Sie wartete, doch Spencer sagte immer noch nichts. »Vielleicht … vielleicht an einem anderen Freitag.«

»Vielleicht.« Spencer nahm einen Stift und fing an, auf einem Stück Papier herumzukritzeln. »Diesen Freitag geht er mit jemand zu einem Baseballspiel in Houston.«

Brooke holte tief Luft.

»Er geht mit einem anderen Kind zu einem Baseballspiel.« Spencer stand auf, rammte die Hände in die Hosentaschen und murmelte: »Ich war noch nie bei einem Baseballspiel in Houston.« Dann verschwand er hinten im Laden.

Hmm. Beide, Brooke und ihr Sohn, waren eifersüchtig wegen eines Mannes, den weder er noch sie wollten.

Brooke tat Spencer leid, doch zugleich war sie schrecklich erleichtert, dass Owen am Freitagabend keine Verabredung mit Tallie Goodry hatte.

Was auch immer der Grund dafür sein mochte.

Patsy schenkte Harold noch eine Tasse Kaffee ein und setzte sich ihm gegenüber an den Küchentisch. Er hatte seit fast einer Stunde nichts mehr gesagt, sondern die ganze Zeit geschrieben. Sie waren sich einig gewesen, dass ein Brief vielleicht der beste Weg war, sich Brooke zu nähern. Wenn ihre Tochter die Wahrheit kannte, konnte sie es vielleicht über sich bringen, ihm eine zweite Chance zu geben. Patsy betete fast ohne Unterlass dafür. Nur auf diese Weise konnte sie die Trennung von Brooke und den Kindern ertragen.

»Wie läuft es?« Sie hielt die Luft an und biss sich auf die Unterlippe.

Harold nahm die Brille ab, rieb sich die Augen und legte den Stift hin. Er riss ein Blatt von dem gelben Block ab und legte es vor sie hin, sah ihr jedoch nicht in die Augen.

Patsy setzte ihre Brille auf.

Liebe Brooke,
ich sehe noch immer den Blick auf deinem lieben Gesicht, als ich damals von zu Hause weggegangen bin. Dieses Bild hat mich seither verfolgt. Ich wünschte, ich hätte dich zu der schönen jungen Frau heranwachsen sehen dürfen, die du heute bist, und bereue die Entscheidung, die ich damals traf, zutiefst. Deine Mutter hat mir Fotos von dir gezeigt, aus der Zeit von damals bis zu deiner Heirat. Du warst eine wunderschöne Braut. Ich werde es ewig bedauern, dass ich Travis nicht kennengelernt habe. Deine Mutter sagt, dass er ein wunderbarer Ehemann und Vater war. Und jetzt bist du selbst Mutter. Ich sehne mich so sehr danach, zu deinem, Spencers und Meghans Leben dazugehören zu dürfen.

Während ich dies schreibe, kann ich deinen Zorn und deinen Schmerz spüren und weiß, dass Worte dich nicht trösten können. Aber wenn du es mir erlaubst, werde ich den Rest meines Lebens versuchen, alles wiedergutzumachen. Ich liebe dich und deine Mutter so sehr. Ich habe euch immer geliebt, trotz der Fehler, die ich gemacht habe.

Ich könnte dir sagen, dass ich mich selbst genug gestraft habe, doch das würdest du wahrscheinlich weder glauben noch verstehen. Und damit hast du wohl sogar recht. Was ist schon eine genügende Strafe für einen Mann, der getan hat, was ich getan habe? Doch Gott gibt mir eine zweite Chance und ich werde weiter beten, dass du das ebenfalls tust.

Brooke, ich liebe dich so sehr. Ich habe dich immer geliebt und werde dich immer lieben.

In Liebe
Daddy

Patsy nahm die Brille ab und rieb sich die Augen, dann setzte sie sie wieder auf und schüttelte den Kopf. Sie griff über den Tisch und legte ihre Hand auf Harolds Hand. »Das ist nur ein Teil der Wahrheit. Du hast zwei wichtige Dinge ausgelassen.« Sie schluckte einen Kloß in ihrer Kehle hinunter, wohl wissend, dass eines dieser Dinge ihr eigenes Handeln betraf. »Warum hast du ihr nicht alles gesagt?«

Ihr geliebter Mann wischte sich eine Träne ab, die ihm über die Wange lief. »Weil ich es einfach nicht kann.«

Vierzehn

Hunter gab seiner Großmutter die Hälfte des Geldes, das er diese Woche verdient hatte, damit sie ihre Tabletten und ein bisschen was zu essen kaufen konnte. Sie war in den letzten Tagen öfter einmal aufgestanden und schien auch weniger zu husten.

»Warum nimmt dein Boss dich mit zu einem Baseballspiel? Die Eintrittskarten bringen einen ja ins Armenhaus. Du arbeitest doch noch gar nicht lange für ihn.« Großmutter stöhnte, als sie sich vom Sofa erhob, um in die Küche zu gehen. Hunter ging ihr nach.

»Keine Ahnung. Er hat mich gefragt, ob ich schon mal bei einem Spiel in Houston war, und ich habe nein gesagt. Dann hat er gefragt, ob ich gern hingehen würde.« Hunter blickte an seinem grünen T-Shirt, der Jeans mit dem Loch am Knie und den Tennisschuhen hinunter und hoffte, dass Owen sich nicht mit ihm schämen würde. Dieses Wochenende wollte er sich als Erstes ein paar neue Klamotten kaufen. Er hoffte sehr, dass Jenny morgen nach Smithville kommen konnte, wie sie ausgemacht hatten. Aber ihr Auto war laufend kaputt und ihre Eltern wollten nicht, dass sie sich mit einem Typ traf, den sie nur aus dem Internet kannte.

»Bis jetzt hast du jedenfalls ein Riesenglück, dass er dir den Job gegeben hat und dich so gut bezahlt.« Großmutter nahm ein Mineralwasser aus dem Kühlschrank. Hunter schluckte schwer. Er hatte ihr gesagt, dass er sieben Dollar die Stunde verdiene. Drei leere Wodkaflaschen auf dem Arbeitstisch waren einer der Gründe dafür.

»Ich gehe jetzt. Ich habe gesagt, dass ich zu ihm rüberkomme.« Hunter wartete, dass sie einen Schluck nahm, und überlegte, wie es wohl wäre, wenn sie ihn zum Abschied kurz umarmte. In seiner Familie war so etwas nicht üblich, aber manchmal dachte er, es könnte ganz nett sein.

»Schämst du dich für dein Zuhause?« Großmutter lehnte sich an die Arbeitsplatte und kreuzte die Knöchel.

»Nein.« Noch eine Lüge. Er wollte auf keinen Fall, dass Owen Saunders diesen Ort sah. »Ich muss jetzt los.«

»Sei leise, wenn du heute Abend nach Hause kommst«, rief sie ihm aus der Küche nach, während Hunter durchs Wohnzimmer ging und dabei einem Stapel schmutziger Handtücher, die auf dem Fußboden lagen, und mehreren Paar Schuhen seiner Großmutter auswich.

Als er zu Owens Haus kam, war er völlig verschwitzt. Er war überzeugt, dass es keinen Ort auf der Welt gab, der so heiß war wie Texas. Er fuhr sich mit dem Ärmel übers Gesicht, dann schob er sein Haar zurück. Jetzt, da er ein bisschen Geld hatte, wollte er sich auch endlich die Haare schneiden lassen.

»Du hättest mir erlauben sollen, dich abzuholen.« Owen stand schon neben dem Auto. Es war ein schwarzer BMW mit 552 PS, ein starkes Teil. *Ich wette, das Baby kann fliegen.* In so einem Fahrzeug hatte er noch nie gesessen.

»Nicht nötig.« Owen öffnete ihm die Beifahrertür. Das Auto war innen genauso schön wie außen. Schwarzes Leder, digitales Armaturenbrett und es roch nicht im Entferntesten wie der alte Chevy, den seine Großmutter gefahren hatte, bevor sie krank geworden war und ihn verkauft hatte. Er schnallte sich an. Owen wollte den Motor anlassen, doch es kam nur ein leises Klicken. Er versuchte es noch sechs Mal, dann schlug er mit der Hand aufs Lenkrad.

»Ich habe ihn doch gerade erst reparieren lassen!« Er lehnte den Kopf gegen die Kopfstütze. Hunter wartete, dass er nun anfinge zu fluchen oder so etwas, doch er holte nur tief Luft und stieg wieder aus. »Ich nehme an, es gibt kein Taxi oder so etwas hier in Smithville?«

Hunter hatte noch nie ein Taxi gebraucht, doch er bezweifelte es ebenfalls. »Gucken Sie denn nicht mal unter die Motorhaube? Vielleicht kriegen wir es ja selbst hin?«

Owen machte wieder dieses komische Geräusch. Kein richtiges Lachen, eher ein Schnauben. »Ich fürchte, ich verstehe nicht viel von Autos.« Er schwieg und schüttelte den Kopf. »Genau genommen verstehe ich überhaupt nichts von Autos.«

Hunter bastelte an Autos herum, seit er denken konnte. Sie hatten nie Geld für eine Werkstatt gehabt. Als er elf war, hatte er schon die Bremsen am Auto seiner Großmutter erneuert, und vor ein paar Jahren hatte er den Motor generalüberholt.

»Ich kann mal nachgucken, wenn Sie wollen. Vielleicht ist es ja nur ein loses Batteriekabel oder so was.« Hunter ging nach vorn und suchte den Hebel, um die Motorhaubenverriegelung zu lösen.

»Der Hebel ist im Auto.« Owen öffnete die Tür, griff hinein und die Haube ging auf. Hunter konnte es kaum fassen. Was für ein cooles Auto! Hoffentlich fand er den Fehler.

Es kostete ihn nur eine Minute festzustellen, dass sich die Batterie im Kofferraum befand. Zuerst bekam er einen Schreck, als er sie nicht entdeckte. Dann fiel ihm ein, dass er so etwas schon einmal im Fernsehen gesehen hatte. Er ließ Owen den Kofferraumdeckel öffnen und schaute sich sogar die kleinen Schaubilder in der Bedienungsanleitung an. Danach fand er auch gleich die Batteriekabel und den Keilriemen. Der Schweiß lief ihm übers Gesicht, aber er wollte unter allen Umständen dieses Baseballspiel sehen. Als er sah, dass das Kabel der Lichtmaschine lose herunterhing, lächelte er zufrieden. Er wusste, dass die Batterie so nicht geladen werden konnte. Sorgfältig steckte er das Kabel wieder an seinen Platz.

»Versuchen Sie es noch mal«, sagte er dann zu Owen, den Kopf noch unter der Haube. Owen stieg ein, doch der Motor sprang immer noch nicht an, sondern klickte nur. »Wir brauchen ein Starterkabel für die Batterie.«

Owen stieg wieder aus und schlug die Tür zu. »Ich habe eins, aber wer soll uns Starthilfe …« Er hielt inne und deutete auf ein Haus ein Stückchen weiter unten an der Straße. »Kennst du den Mann dort in dem Vorgarten?«

Hunter schaute hin. »Ja. Das ist Bart Murphy.«

»Ich frage mal, ob er uns hilft.« Owen lief los und kam ein paar Minuten später mit Mr Murphy in dessen Ford Explorer zurück.

Hunter verband die Kabel, Owen stieg in sein Auto, drehte den Zündschlüssel und der BMW sprang sofort an. Hunter mied Mr Murphys Blick, als er ihm das Starterkabel zurückgab. Er war sicher, dass Mr Murphy sich fragte, was Owen mit jemand wie Hunter zusammen machte. Owen dankte Mr Murphy, stieg wieder ein und wandte sich dann lächelnd an Hunter, während sie beide sich anschnallten.

»Wow. Du kennst dich aber aus mit Autos! Gott sei Dank hast du es hingekriegt. Ich hatte es vor Kurzem erst in der Werkstatt.«

»Sie haben dort das Kabel wohl nicht richtig festgemacht, das war alles. Keine große Sache.« Hunter zuckte die Achseln, froh, dass sie losfuhren, weg von Mr Murphys durchdringendem Blick.

»Wenn man sich überhaupt nicht auskennt mit Autos, ist es durchaus eine große Sache.« Owen schaltete und als sie auf der Schnellstraße waren, gab er richtig Gas.

»Wie schnell fährt das Auto?« Hunter sah zu, wie Owen alle anderen überholte.

»Schnell genug«, antwortete Owen und schaltete höher. »Du kannst auf dem Heimweg fahren, wenn du willst.«

Hunter riss es förmlich den Kopf herum. Er sah Owen an. »Machen Sie Witze?«

»Nö.« Er blickte zu Hunter hinüber. »Du hast doch den Führerschein, oder?«

»Ja.« Er hatte schon in der Schule Fahrstunden genommen. Es war die einzige Prüfung gewesen, die er je hatte bestehen wollen. Aber er hatte den Führerschein erst eine Woche gehabt, als Großmutter ihr Auto verkaufen musste, um Geld für Ärzte und Medikamente zu haben.

»Du weißt, wie man mit einem Schaltgetriebe fährt?« Owen suchte die Radiosender durch.

»Ja. Das Auto meiner Großmutter hatte auch ein Schaltgetriebe.«

»Was fährt sie denn?«

»Im Moment gar keins. Sie musste es verkaufen, als sie krank wurde. Im Moment haben wir kein Auto.«

»Du lebst also ganz allein mit deiner Großmutter?« Owen überholte und Hunter wusste nicht, worauf er sich mehr freute – auf das Baseballspiel oder darauf, dieses Auto auf dem Heimweg zu fahren.

»Ja. Nur wir beide.« Hunter hatte keine Lust, über sein verpfuschtes Leben zu sprechen.

»Was fehlt denn deiner Großmutter?«

Er rutschte unbehaglich auf dem Sitz herum. Er hatte auch keine Lust, über seine kranke Großmutter zu sprechen. »Sie hat irgendeinen Krebs, eine seltene Art, ich weiß nicht, wie er genau heißt.« Er schwieg und dachte an etwas, das seine Großmutter einmal gesagt hatte. »Sie hat gesagt, Gott hat sie mit Krebs geschlagen, weil sie ein so schlimmes Leben geführt hat.«

»Ich glaube nicht, dass Gott so etwas macht. Viele gute Menschen kriegen auch Krebs.«

Hunter zuckte die Achseln. »Ich weiß nicht. Ich weiß nicht, ob ich überhaupt an Gott glaube.«

Owen hätte beinahe gesagt: »Ich auch nicht«, aber er wusste, dass das nicht stimmte. Er glaubte an Gott, er hatte ihm nur nichts mehr zu sagen. Und er fand es beunruhigend, wenn ein Junge in Hunters Alter sagte, dass er nicht mehr glaube.

»Ach, Gott gibt es schon.« Owen blickte zu Hunter hinüber.

Hunter schwieg ein Weilchen, dann sagte er: »Sind Sie ein Kirchgänger?«

Owen stellte die Klimaanlage höher. »Früher ja.«

»Ich war nie in der Kirche.«

Owen trat kräftig auf die Bremse, als sie dem Auto vor ihnen gefährlich nahe kamen. Dann sah er Hunter an. »Nie? Gar nie?«

Hunter schüttelte den Kopf. »Meine Leute haben's nicht so damit.« Er schwieg und rutschte ein bisschen unter seinem Gurt herum. »Und Großmutter auch nicht.«

Owen war mit der Kirche aufgewachsen und hatte einen tiefen Glauben besessen – bis vor Kurzem. Aber sollte nicht jeder Mensch zumindest die Möglichkeit haben, Gott kennenzulernen, bevor er entschied, ob er etwas mit ihm zu tun haben wollte oder nicht?

Wahrscheinlich gab es über Gott und die Beziehung zu ihm noch mehr zu sagen, doch Owen wusste nicht genau, ob es ihm zustand, sich darüber zu äußern, deshalb wechselte er das Thema und kam zurück auf Autos. Und darüber redete auch Hunter mehr, als er überhaupt je geredet hatte, seit Owen ihn kannte. Er legte los mit Ausführungen über Motoren, PS und Dinge, von denen Owen noch nie gehört hatte. Es war richtig schön zu sehen, wie dieser Junge sich für etwas begeistern konnte.

»Ist das Minute Maid Park?« Hunter deutete nach links.

Owen nickte. Er nahm die nächste Abfahrt und lächelte über die Aufregung, die Hunter ins Gesicht geschrieben stand, als sei er noch ein kleiner Junge, völlig unberührt vom Leben, und kein vorbestrafter Teenager mit drogensüchtigen Eltern.

Wenn Hunter sich einen Vater hätte aussuchen können, wäre es jemand wie Owen gewesen. Er schien nicht zu den Männern zu gehören, dich einen verprügelten oder einem das Gefühl gaben, wertlos zu sein. Er fuhr ein tolles Auto, besaß ein großes Haus und musste eine Unmenge Geld haben. Owen Saunders war der glücklichste Mann auf Erden und Hunter hatte Glück, ihn zu kennen – und für ihn arbeiten zu dürfen. Als Owen ihn fragte, ob er nach dem Spiel etwas essen wolle, war Hunter froh, dass der Tag noch nicht vorbei war. Er hätte Owen gern gesagt, dass dies der beste Tag seines Lebens gewesen war, doch er wusste, dass das albern klingen würde, deshalb sagte er nichts.

»Ich freue mich, dass die Astros gewonnen haben«, meinte Owen, als sie wieder ins Auto stiegen. »Obwohl ich schon Angst hatte, dass sie es sich beim letzten Inning verscherzen würden.«

Hunter schloss die Autotür. »Ja, das war ein großartiger Fang.« Er schwieg, schaute aus dem Fenster und spürte, wie er rot wurde. »Danke noch mal, dass Sie mich eingeladen haben.«

»Bitte sehr. Gern geschehen. Wo willst du essen?«

Hunter dachte an das beste Essen, das er je gehabt hatte. Als er dreizehn war, waren Brooke und Travis Holloway mit ihm und ihren Kindern zusammen essen gegangen, zu einem richtig schicken Fischrestaurant, dem *Pappadeaux*. Das war damals gewesen, als er noch Rasen mähte, um sich ein bisschen Geld zu verdienen, und er war gerade mit ihrem Rasen fertig gewesen, da kam Mrs Holloway raus und fragte ihn, ob er mit nach Houston fahren wolle. Er hatte geduscht, sie hatten richtig gut gegessen und dann war er mit ihnen shoppen gegangen. Sie hatten ihm ein Hemd gekauft. Hunter krümmte sich innerlich und versuchte, nicht an die Holloways zu denken und daran, was er Mrs Holloway ein paar Jahre später angetan hatte. Er wollte nie mehr in dieses Restaurant gehen, nie mehr auch nur an die Holloways denken. Er vermied es auch, an ihrem Laden vorbeizugehen.

»Mir ist alles recht. Was immer Sie wollen.«

Owen hielt vor einem mexikanischen Restaurant und Hunter bekam die besten Enchiladas, die er je gegessen hatte. Sie unterhielten sich über alles Mögliche. Owen war ein Einzelkind, wie Hunter, aber sonst hatten sie nicht viel gemein. Owen war auf ein großes, bekanntes College gegangen, hatte eine eigene Firma gehabt und war verheiratet und schon wieder geschieden. Darüber wollte er allerdings nicht viel sagen. Hunter vermutete, dass er noch nicht darüber hinweg war.

Der beste Teil des Tages für Hunter kam, als sie das Restaurant verließen und Owen ihm die Autoschlüssel gab. Hinter dem Steuer des BMW fühlte Hunter sich wie ein völlig anderer Mensch. Owen machte ein paar Anrufe und schien nicht die geringste Sorge zu haben, dass Hunter seinen Wagen zu Schrott fahren könnte.

Als sie an einer Tankstelle hielten, waren sie bereits in Smithville, deshalb gab Hunter Owen die Schlüssel zurück. »Danke, Mann. Ein großartiges Auto.«

»Gern geschehen.« Owen hängte den Tankrüssel ein, bezahlte und stieg wieder ins Auto. »Wo wohnst du? Ich bringe dich heim.«

Mist. »Fahren Sie einfach zu Ihrem Haus. Von dort aus kann ich gut zu Fuß gehen.«

Owen runzelte die Stirn. »Sei doch nicht albern. Es kann nicht weit von hier sein. Wo muss ich abbiegen?« Sie waren auf der Main Street und er fuhr langsamer.

»Noch zwei Straßen weiter, dann links. Dann etwa sechs Blocks geradeaus, über die Eisenbahnschienen.«

Hunter starrte aus dem Beifahrerfenster und überlegte, was Owen wohl denken würde, wenn sie vor ihrem verwahrlosten Haus mit dem alten Ofen, dem kaputten Schaukelstuhl und den Tage alten Mülltüten auf der Veranda hielten. Die Müllabfuhr kam nicht mehr, weil sie die Rechnung nicht bezahlt hatten, und dann hatte sich der Nachbarshund über den Müll hergemacht. Es sah wirklich schlimm aus, Hunter musste sich unbedingt darum kümmern. *Ich hätte es vorher wegmachen sollen.*

»Ich hoffe, es hat dir gefallen«, sagte Owen, als er vor Hunters Haus hielt.

Doch Hunter sah Owen nicht an. Er sah nicht seine Reaktion auf das Haus und hörte auch nicht, was er sagte. Er sah nur noch den verbeulten Chevy Pick-up, der in der Einfahrt stand, und verlor allen Mut. Plötzlich war ihm speiübel.

Hunter ging durch die Vordertür und trat in eine Rauchwolke. Es wurde noch lange nicht dunkel, doch er musste ein paar Mal blinzeln, um seine Augen auf das Dämmerlicht drinnen einzustellen. Dann sah er seine Eltern.

»Hey, Hunter. Ich höre, du warst auf einer Party bei den Reichen. Schön für dich.« Hunters Mutter trug die gleichen Klamotten, die er an ihr gesehen hatte, als sie in die Entzugsklinik fuhren – Jeans, ein weißes T-Shirt und rote Stöckelschuhe. Sie hatte deutlich zugenommen, denn er konnte sich nicht daran erinnern, dass ihr Bauch so über den Hosenbund gehangen hatte. Ihr blondiertes Haar war herausgewachsen und zeigte einen mehrere Zentimeter langen dunklen Ansatz.

»Hey, Mom.« *Rieche ich da etwa Gras?* Er wedelte mit der Hand vor dem Gesicht herum, dann wandte er sich seinem Vater zu. »Hey, Dad.«

»Hey, Junge. Schön, dich zu sehen.« Sein Vater stand auf und kam Hunter mit ausgestreckter Hand entgegen. Hunter schüttelte seinem Vater die Hand. Dabei überlegte er, ob seine Eltern wohl für immer nach Hause gekommen waren.

Mom schlug die Beine übereinander und lächelte. »Momma hat uns erzählt, dass du einen richtig guten Job hast.«

Hunter nickte. Großmutter saß, von einem Berg Kissen gestützt, auf dem Sofa; sie trug noch immer ihren rosa Bademantel. Seine Eltern saßen auf den Sesseln. Sonst gab es keine Sitzgelegenheiten. »Ja, anstreichen und so'n Zeug.«

»Ich hoffe, du kümmerst dich auch um die Sachen hier, sorgst dafür, dass die Stromrechnung bezahlt wird und Essen auf den Tisch kommt.« Mom zündete sich eine Zigarette an; inzwischen war Hunter allerdings sicher, dass das nicht das Einzige war, was sie geraucht hatte, denn der süßliche Geruch hing immer noch in der Luft. Ihm wurde eng um die Brust und er hatte plötzlich wieder das Gefühl, dass ihm jemand die Hände um den Hals legte und zudrückte.

Sein Vater mischte sich ein: »Wenn wir wieder weg sind, will ich nicht hören müssen, dass du von dem Geld nicht für deine Großmutter gesorgt hast.«

Das war Musik in seinen Ohren. Sie wollten also wieder gehen. *Wann?*

»Wir haben ein freies Wochenende«, sagte Mom und lachte. »Als Belohnung für gute Führung.«

Hunter litt plötzlich unter Atemnot – vom Rauch und von dem Anfall, der, wie er wusste, eine Panikattacke war.

»Hast du wieder einen Anfall?« Großmutter richtete sich auf dem Sofa auf, bis sie beinahe saß. Sie schaute seine Mutter an. »Ich habe ihm gesagt, dass er eine von meinen Xanax nehmen soll, aber er will sich lieber elend fühlen. Hoffentlich kriegst du das nicht auch bei der Arbeit, Hunter.«

Er schüttelte den Kopf und hatte sofort das Gefühl, dass das Zimmer sich um ihn drehte.

»Du meine Güte! Wovor in aller Welt hast du denn Angst?« Seine Mutter lachte tatsächlich. Hunter wünschte sich, dass es ihr nur ein einziges Mal so ginge wie ihm, damit sie wusste, wie es sich anfühlte, wenn man glaubte, sterben zu müssen. Dann würde sie vielleicht nicht mehr lachen.

»Geh in dein Zimmer, Hunter.« Großmutter kam zu ihm und legte einen Arm um ihn – das war beinahe den Panikanfall wert. »Leg dich hin und atme tief durch. Es wird gleich besser.« Sie waren schon fast in seinem Zimmer, als sie flüsterte: »Denk dran, du wirst nicht sterben. Es ist alles in Ordnung.«

Hunter nickte. Er war seiner Großmutter dankbar. Trotz allem liebte sie ihn wirklich.

Er legte sich aufs Bett und versuchte, an den vergangenen Tag zu denken. An Owen, das Baseballspiel, das Essengehen. Doch das Lachen seiner Eltern im Nebenzimmer machte es ihm fast unmöglich. Wenigstens brauchte er bloß das Wochenende zu überstehen.

Er wandte sich von den Geräuschen im Wohnzimmer ab, doch mit einem Mal setzte er sich kerzengerade auf, schlug sich mit der Handfläche gegen die Stirn und hielt die Luft an. Die Schublade seiner Kommode stand ein Stückchen offen. Er lief hin und zog sie ganz auf. Dann fasste er hinein und tastete mit einer Hand nach dem Umschlag, während er mit der anderen die Lampe anmachte.

Tränen traten ihm in die Augen.

Weg. Das ganze Geld, das er letzte Woche verdient hatte, abzüglich dessen, was er seiner Großmutter gegeben hatte. Die zwanzig Dollar, die er in der Tasche hatte, waren alles, was ihm geblieben war.

Er stürmte aus dem Zimmer, mit rasenden Kopfschmerzen, feuchten Händen und Herzrasen. Doch bevor er etwas sagen konnte, erhob sich sein Vater und baute sich drohend vor ihm auf. »Hast du ein Problem, Hunter?«

Etwas an der Art, wie Dad seinen Namen sagte, machte Hunter klar, dass er ihn hinauszerren und draußen zusammenschlagen würde, wenn er irgendjemand in diesem Raum vorwarf, ihn bestohlen zu haben. Großmutter erlaubte keine Schlägereien im Haus; ein paar Mal hatte sie sogar geweint und seinen Dad angefleht aufzuhören, ihn zu schlagen.

Er ging zur Vordertür hinaus und schlug sie hinter sich zu.

Fünfzehn

Brooke saß am Ladentisch, als Owen am frühen Samstagnachmittag hereinkam. Juliet war hinten und kümmerte sich um Meghan und Spencer; Big Daddy füllte Regale auf.

»Wie ich sehe, bist du fleißig beim Anstreichen.« Brooke betrachtete die dunklen Flecken auf Owens Händen. »Interessante Farbe.«

Owen blickte ebenfalls auf seine Hände. »Genau genommen ist das Beize. Ich beize gerade das Innere meines Kleiderschranks. Und mich selbst auch, glaube ich.« Er lächelte. »Möchtest du heute Abend mit mir essen?«

Brookes Augen weiteten sich. »Äh …«

»Nicht Pizza bei mir zu Hause oder auf deinem Sofa. Ein richtiges Essen.«

Brooke runzelte die Stirn. »Ich dachte eigentlich, was ich gekocht habe, war ein richtiges Essen.«

Owen lachte. »Ich weiß, ich weiß. Ich meinte aber in einem Restaurant. Irgendwo hier in Smithville.«

Wow. Das klang ja fast nach einer Verabredung. »Okay. Ich verstehe.« Sie schwieg, weil sie an Meghan und Spencer dachte.

»Kann das Mädchen, das hier arbeitet, nicht so lange deine Kinder nehmen? Oder vielleicht könnte deine Mutter auf sie aufpassen?« Er hob eine Hand. »Nicht, dass ich deine Kinder nicht mag. Meghan und Spencer sind wundervoll. Aber … du weißt schon.«

Du lieber Himmel! Das ist eine richtige Verabredung! In ihrem Magen rührte sich ein leichtes Kitzeln, eine angenehme Erregung, doch gleichzeitig empfand sie so etwas wie Schuld und auch ein bisschen Überraschung.

»Wahrscheinlich kann Juliet auf sie aufpassen.« Sie presste die Lippen zusammen, um nicht zu lächeln.

»Kannst du sie gleich fragen?«

»Äh – jetzt gleich?« Sie hob die Brauen. Jetzt fiel es ihr richtig schwer, nicht breit zu lächeln. Er ließ nicht locker, was sie seltsamerweise als schmeichelhaft empfand. Es war ein schönes Gefühl, dass er mit ihr allein sein wollte.

»Ja.« Owen nickte. »Damit wir eine Zeit ausmachen können.«

Brooke zuckte die Achseln. »Na gut.« Als sie sich umdrehte und nach hinten ging, trat das Lächeln auf ihr Gesicht, das sie vorhin unterdrückt hatte. Sie war nicht sicher, ob sie schon bereit für so etwas war, doch die Aussicht auf eine richtige erste Verabredung mit Owen fühlte sich besser an als erwartet.

Sie waren Freunde. Ob er jetzt doch mehr wollte? Sie dachte an die Zeit, die sie zusammen verbracht hatten, und daran, wie gut er mit ihren Kindern umgehen konnte. *Hmm.*

Juliet konnte ihre Aufregung kaum verbergen, als Brooke sie auf den Flur zog und fragte, ob sie heute Abend auf ihre Kinder aufpassen könne. »Ziehst du die Klamotten an, die ich dir damals geliehen habe?«

Brooke versuchte, nicht zusammenzuzucken. Diese Sachen würde sie ganz bestimmt nicht tragen. »Ich weiß noch nicht. Mal sehen.« Sie deutete nach vorn. »Ich gehe lieber wieder in den Laden. Sag Spencer und Meghan noch nichts. Ich sage es ihnen heute Abend, ich weiß nicht, wie Spencer reagieren wird.«

»Geh!« Juliet tanzte beinahe. Sie deutete nach vorn in den Laden, wo Owen wartete. »Sag ihm, dass du mitkommst!«

Brooke ging zurück nach vorn. Wieder verbarg sie das Lächeln, das sich erneut auf ihrem Gesicht ausbreiten wollte. Sie war nach Travis' Tod schon oft eingeladen worden, doch dies war das erste Mal, dass sie annahm.

»Juliet kann babysitten.«

Owen klatschte in die Hände. »Großartig! Wo sollen wir hingehen? Es muss etwas sein, das hier wirklich bekannt und beliebt ist. Wo gehen denn die Einheimischen hin? Ich möchte, dass uns alle zusammen sehen.«

Brooke wandte die Augen ab und wurde rot. »Da wäre entweder der *Pocket's Grill* oder das *Back Door Café*. Warum …« Sie hielt inne, weil sie nicht wusste, wie sie ihre Frage formulieren sollte.

»Ich war schon in beiden. Wo gehen Samstagabend mehr Leute hin?«

Schließlich fragte sie: »Warum spielt das eine Rolle?«

Owen legte die Hände auf die Theke und beugte sich zu ihr hinüber. »Kennst du jemanden namens Tallie Goodry?«

»Ja.« Brooke verschränkte die Arme vor der Brust. »Warum?«

»Sie ist heute Morgen unangekündigt bei mir zu Hause aufgetaucht.« Er drückte ein Auge zu und runzelte die Stirn. »Sie hat mich richtig ausgefragt, und irgendwie hat sie mich dazu gebracht, ihr meine Telefonnummer zu geben.« Er schwieg einen Moment, dann fuhr er fort: »Ich habe dir doch gesagt, wie ich dazu stehe. Ich muss noch eine ganze Menge verarbeiten und bin noch nicht bereit für eine neue Beziehung. Wenn alle denken, dass du und ich ein Paar sind, habe ich meine Ruhe.« Er schüttelte den Kopf. »Und sie hat mich mittags angerufen ... obwohl sie doch erst morgens bei mir war.«

Brooke spürte, wie sie knallrot wurde; ihr Herz raste. »Du willst also, dass ich mich jeglicher Möglichkeit beraube, dass mich jemand anders einlädt, indem ich so tue, als sei ich deine Freundin. Sehe ich das richtig?«

»Ich dachte, du wolltest im Moment auch keine Beziehung. Ich dachte, du seist auch noch nicht bereit dafür.« Owen schob seine fleckigen Hände in die Taschen seines albernen Overalls.

»Vielleicht bin ich ja nur noch nicht dem Richtigen begegnet, bei dem ich es in Erwägung ziehen würde.«

Owen grinste. »Ich glaube, du hast es durchaus in Erwägung gezogen, als du dich mir an den Hals geworfen hast.«

Brooke schob ihre Baseballkappe zurück und sah ihm in die Augen. »Such dir doch eine andere, um die Hunderte von Frauen abzuschrecken, die an deine Tür klopfen und eine Beziehung mit dir möchten!« Damit drehte sie sich auf dem Absatz um und marschierte nach hinten.

»Brooke! Warte doch!« Er folgte ihr und als sie ihren Schritt nicht verlangsamte, packte er sie am Arm. »Stopp!«

»Sie sind ganz schön eingebildet, Mr Saunders.« Brooke blickte zu ihm auf. Sie kam sich lächerlich vor und war wütend und verlegen zugleich.

Er ließ sie los und wandte den Blick ab, dann sah er sie wieder an. »Verstehst du jetzt, warum ich keine Beziehung eingehen kann? Ich bin ein Idiot.« Er hob einen Finger. »Aber zu meiner Verteidigung kann ich sagen … ich habe angenommen, dass jeder Typ hier im Umkreis sich bereits an dich herangemacht hat. Ich bin nicht auf die Idee gekommen, dass ich deinem Sozialleben schaden könnte. Und du hast wirklich keinen Zweifel daran gelassen, dass du kein Interesse an einem Mann hast.«

Brooke verlagerte ihr Gewicht und tippte mit einem Fuß auf den Boden. »Okay. Das war eine akzeptable Entschuldigung.«

»Ich sag dir was: Vergiss das über unser Zusammen-Gesehenwerden. Tallie Goodry wird selbst herausfinden, dass ich ein Idiot bin. Aber lass uns trotzdem heute Abend ausgehen. Einen Babysitter hast du ja schon. Wir gehen einfach irgendwohin und essen gemütlich zusammen, egal wo.«

So verlockend das auch klang, zögerte Brooke doch. Ganz kurz hatte sie sich tatsächlich auf eine richtige Verabredung mit Owen gefreut – und das machte ihr Sorgen. War sie wirklich bereit, ihr Herz aufs Spiel zu setzen?

»Bitte.« Er beugte sich zu ihr hinunter und versuchte, sie mit seinen blauen Augen und seinem charmanten Lächeln herumzukriegen. Als er nun auch noch mit den Wimpern klimperte, musste sie gegen ihren Willen lächeln.

»Ein Erwachsenenabend wäre sehr hübsch.«

»Ich hole dich um sieben ab.« Er winkte und wandte sich zum Gehen.

Als er weg war, stand Brooke noch eine Weile einfach da und überlegte, was eigentlich geschehen war.

Um sechs Uhr beendete Owen seine Arbeit für diesen Tag. Er war sehr zufrieden mit seinem Schrank. Nach einem Blick auf die Klamotten, die sich auf dem Boden türmten, beschloss er, dieses Projekt auf morgen zu verschieben. Er musste jetzt duschen, wenn er Brooke um sieben abholen wollte.

Was für ein Hin und Her die Szene im Laden doch gewesen war! *Frauen.* Er würde sie nie verstehen.

Aus Brookes Verhalten heute Nachmittag hatte Owen geschlossen, dass sie einer neuen Beziehung nicht grundsätzlich ablehnend, sondern eher unentschlossen gegenüberstand. Also nahm er sich, wie schon so oft, abermals vor, keine falschen Vorstellungen in ihr zu wecken. Er war nicht zu haben und er wollte auf keinen Fall etwas tun, das sie verletzte.

Um sieben klingelte er bei ihr und als sie die Tür öffnete, hätte er beinahe alle seine Vorsätze vergessen. Sie trug ein grün-weißes ärmelloses Kleid, flache Sandalen, sehr wenig Make-up und ihr Haar fiel ihr offen, in weichen Wellen über die Schultern. Sie sah atemberaubend aus; einen Moment lang war er sprachlos.

»Meghan und Spencer sind schon bei Juliet, ich muss nur noch schnell meine Tasche holen.« Sie ließ die Tür offen, ging zum Sofa und hob die Handtasche auf. Als sie die Tür hinter sich abschloss und sich dann umdrehte und ihn anlächelte, hatte Owen das Gefühl, höchst gefährliches Territorium betreten zu haben. Es war unverantwortlich, ihr etwas vorzumachen, doch es würde mit Sicherheit nicht einfach werden, sich zu beherrschen. Was hatte er sich eigentlich bei der ganzen Sache gedacht?

»Du siehst großartig aus«, sagte er, als er ihr die Autotür öffnete. Sie wurde tatsächlich rot.

»Danke.« Lächelnd fügte sie hinzu: »Du hast dich ja auch richtig fein gemacht.«

Owen ging vorn um den BMW herum, blickte an seinem kurzärmeligen gelben Hemd herunter und stieg auf der Fahrerseite ein. Zum *Pocket's Grill* waren es nicht einmal zwei Minuten. In dem weitläufigen Restaurant herrschte eine lässige Atmosphäre. In dem kleinen Städtchen Smithville waren schon mehrere Filme gedreht worden und die Wände des Lokals waren förmlich tapeziert mit Film-Memorabilien. Die Kellnerin führte sie an den Stammkunden vorbei zu einem Platz im hinteren Teil des Restaurants.

»Du hast Glück, es ist ziemlich voll«, sagte Brooke und schlug eine der Speisekarten auf, die die Kellnerin ihnen gebracht hatte. Das war ein gemeiner Seitenhieb, aber sie lächelte dabei.

»Ich habe dir doch gesagt, du sollst das vergessen. Wir sind heute Abend einfach zwei Freunde, die zusammen essen gehen.«

»Dein Plan hätte ohnehin nicht funktioniert. Meine Freundin Judy hat mich schon gefragt, ob zwischen uns etwas läuft, und ich habe Nein gesagt.« Brooke schaute ihn über die Speisekarte hinweg an. »Sie hat mir auch von Tallie erzählt, deshalb bin ich nicht überrascht, dass sie dich besucht hat.«

Owen schlug seine Speisekarte zu und rieb sich die Stirn. »Sie ist nicht mein Typ. Überhaupt nicht.«

Brooke legte ihre Karte langsam auf den Tisch. »Glaubst du wirklich, dass wir alle einen bestimmten Typ haben? Oder sehen wir einfach Dinge in Menschen, die wir auf viele unterschiedliche Arten attraktiv finden?«

Owen musste daran denken, wie völlig unterschiedlich Virginia und Brooke waren, doch er konnte nicht abstreiten, dass er sich in vielerlei Hinsicht von Brooke angezogen fühlte. Die Eigenschaften, die ihm an ihr gefielen, hatten Virginia vollkommen gefehlt. Brooke war eine gute Mutter, was Owen sehr attraktiv fand. Sie versuchte nicht, sich anders zu geben, als sie war. Er dachte an die vielen Termine, die Virginia allwöchentlich gehabt hatte – Nägel, Gesicht, Massagen und erst kürzlich einen Besuch bei einem plastischen Chirurgen, der »eine Kleinigkeit richtete«, wie sie es nannte.

»Ich weiß nicht. Vielleicht. Es stimmt schon, wir können Menschen attraktiv finden, die völlig unterschiedlich sind.« Owen lächelte. »Aber Tallie ist trotzdem nicht mein Typ.«

»Weil du beschädigte Ware bist.« Brooke lächelte nicht; sie sah ihn mitfühlend an. »Inwiefern eigentlich?«

Das drohte schwieriger zu werden, als es Owen lieb war, doch er wollte sie nicht schon wieder verletzen. »Meine Exfrau hat mich beschädigt.«

Brooke wartete. Owen hätte wissen müssen, dass diese Antwort ihr nicht genügen würde.

»Nach dem, was sie getan hat, werde ich vermutlich keiner Frau mehr vertrauen können. Wir waren acht Jahre verheiratet, als sie mich mit Gary betrogen hat.« Owen hielt inne und dachte nach. »Und ich hatte nicht den geringsten Verdacht, bis ich sie in flagranti erwischt habe. Virginia hat alles zugegeben und gestanden, dass das schon ein Jahr lief. Ein Jahr!« Er zuckte die Achseln. »Das Traurige ist … ich liebe sie immer noch. Aber ich hasse sie auch – ganz schön verkorkst, was?«

Die Kellnerin kam und sie bestellten. Dann lehnte Brooke sich auf ihrem Stuhl zurück und sah ihn an.

»Was ist? Warum guckst du mich so an?« Owen breitete seine Papierserviette über seine Beine und erwiderte ihren Blick.

»Ich denke nur nach.«

Jetzt wartete Owen.

Brooke setzte sich ein wenig aufrechter hin und legte die gefalteten Hände auf den Tisch. »Wir können nicht über Nacht aufhören, einen Menschen zu lieben, ganz gleich, was er getan hat. Und ich kann gut verstehen, dass deine Fähigkeit, einer Frau zu vertrauen, angeknackst ist.« Sie schwieg kurz, dann fuhr sie fort: »Aber ich glaube, du hast unrecht, wenn du dich als beschädigte Ware bezeichnest. Es dauert einfach nur sehr lange, über so etwas hinwegzukommen.«

»Es ist eine solche Ironie!« Owen nahm einen Schluck Eistee. »Ich habe mir so sehr ein Kind gewünscht, aber Virginia war immer dagegen.« Er schüttelte den Kopf. »Und jetzt bekommt sie ein Baby. Nun frage ich mich natürlich, ob sie nur mit mir keines haben wollte.« Er versuchte, sich Virginia schwanger vorzustellen. Der Gedanke, wie sehr sie es hassen musste, dick zu sein, befriedigte ihn. Jetzt musste sie all die großen Pläne für ihr Leben, zu denen auf gar keinen Fall ein Kind passte, aufgeben. »Ich glaube, ich bin einfach verbittert. Wer kauft schon ein Haus, nur um seine Exfrau zu ärgern? Was sagt das über mich aus?«

Die Kellnerin brachte ihnen ihre Burger und Fritten. Brooke schnitt ihren Burger in der Hälfte durch. »Als Travis gestorben war, war ich zwar nicht verbittert, aber schrecklich traurig. Es war völlig anders als alles, was ich vorher erlebt hatte – es hat mich richtiggehend zerstört. Wenn Meghan und Spencer nicht gewesen wären, wäre ich für den Rest meines Lebens im Bett geblieben.« Sie nahm einen Bissen, kaute, schluckte und fügte dann hinzu: »Aber die beiden brauchten mich und es ging ihnen ebenfalls schlecht, deshalb hatte ich keine Wahl, ich musste mich zusammenreißen und weitermachen, für meine Kinder.«

»Ich kann mir nicht vorstellen, wie es ist, einen Ehepartner zu verlieren. So sehr ich Virginia verabscheue, es wäre doch schlimm für mich, wenn sie sterben würde.«

»Man denkt einfach nicht, dass so etwas tatsächlich passieren kann, weißt du?« Brooke schob ihre Pommes frites mit der Gabel auf dem Teller herum. »Man steht auf und küsst ihn und verabschiedet sich, geht zur Arbeit … ohne zu wissen, dass man … ihn nie wiedersehen wird.« Sie nahm eine Fritte und steckte sie sich geistesabwesend in den Mund. Ihr Gesicht war völlig leer.

Es ist nicht fair, dass du ihr so ihren Mann genommen hast! Owen erschreckte sich selbst mit diesem ersten Stoßgebet nach langer Zeit. Doch das hatte Brooke nicht verdient. Und ihre Kinder auch nicht.

Er sah Brooke unverwandt an. »Fällt es dir schwer, darüber zu reden?«

»Manchmal. Aber es wird leichter.« Sie hielt inne, eine weitere Fritte in der Hand. »Das heißt nicht, dass ich nicht manchmal am liebsten im Bett bleiben und weinen möchte. Das kommt immer noch vor. Vielleicht verschwindet es nie ganz.«

Owen biss von seinem Burger ab und dachte an seine eigene Situation. »Wahrscheinlich habe ich mir ins eigene Fleisch geschnitten, als ich dieses Haus gekauft habe. Virginia lebt einfach weiter, aber ich bin plötzlich ganz allein und renoviere ein Haus, das eine ganze Armee beherbergen könnte. Manchmal, vor allem nachts, frage ich mich, ob etwas Kleineres nicht besser wäre. Vielleicht würde mir meine Einsamkeit dann nicht ganz so bewusst werden.«

Brooke nickte. »Nachts ist es für mich auch immer am schlimmsten. Wenn die Kinder schlafen.«

»Bestimmt sind sie dir trotzdem ein großer Trost.« Owen lächelte. »Ach übrigens, weiß Spencer, dass wir zum Essen ausgegangen sind?«

Brooke lächelte auch. »Ja. Und er war einverstanden.« Sie deutete mit der Gabel auf Owen. »Aber er möchte unbedingt noch einmal dein Haus durchsuchen.«

»Du hast wundervolle Kinder.« Owen dachte an die süße kleine Meghan und daran, wie sie seine Hand genommen und sich an ihn geschmiegt hatte. Wenn er über Virginia hinwegkommen würde – falls das je geschah – und eine andere Frau fand, wäre er wahrscheinlich zu alt, um noch selbst Kinder zu haben. Auch dafür hasste er seine Exfrau.

»Danke.« Brookes Gesicht leuchtete auf. »Das sind sie, ja.«

Sie bestellten Nachtisch, doch Owen hatte es nicht eilig, in sein einsames altes Haus zurückzukehren. Brooke war eine gute Gesellschafterin; es war leicht, mit ihr zu reden, und er spürte, dass sich tatsächlich eine echte Freundschaft zwischen ihnen entwickelte. Es war richtig angenehm und entspannend mit ihr. In der nächsten Stunde tranken sie Kaffee und unterhielten sich. Brooke erzählte ihm, wie sehr ihr die neue Situation mit ihrer Mutter und ihrem Vater zu schaffen machte. Dabei musste sie mehrmals blinzeln, um die Tränen zurückzuhalten.

»Ich hoffe, du wirst deinem Vater vergeben können«, sagte Owen schließlich. »Um deinetwillen. Das Leben ist kurz.«

Brooke sah ihn kühl an. »Das sagt ja wohl genau der Richtige, meinst du nicht?«

Owen nickte. »Stimmt. Ich kann mir nicht vorstellen, Virginia zu vergeben.« Er schwieg, dann fuhr er fort: »Aber ich habe zum Glück eine gute Beziehung zu meinen Eltern – auch wenn sie mich im Stich gelassen haben und nach Florida gezogen sind.« Er grinste, wurde aber schnell wieder ernst. »Er ist der einzige Vater, den du hast, Brooke.«

»Ich weiß, dass es falsch ist, ihm nicht zu vergeben. Wirklich. Ich habe auch schon gebetet deswegen. Aber ich kann es einfach nicht.«

Es war das erste Mal, dass sie von Gott sprachen. Owen überlegte, ob sie wohl genauso wütend auf Gott war wie er. »Hattest du … äh … einen festen Glauben, bevor Travis starb?«

Sie lächelte. »Den habe ich immer noch. Ohne Gott hätte ich das alles nicht überlebt. Hast du dich schon einer Gemeinde hier am Ort angeschlossen?«

Owen starrte sie einen Moment an. »Nein.«

»Unsere ist ganz wunderbar. Klein, aber wir haben einen wirklich guten Pastor und eine wundervolle Gemeinschaft.«

Owen mied ihren Blick. »Ich glaube, das ist nichts für mich. Und mit Gott habe ich auch nichts am Hut.« Als er zu Brooke hinübersah, wirkte sie ernster, als er sie je gesehen hatte.

»Du glaubst nicht an Gott?«

Owen fand, dass sie plötzlich aussah, als halte sie den Atem an. »Doch, das wohl schon. Ich habe ihm nur nichts mehr zu sagen.«

Brooke nickte. »Das hätte mir auch passieren können, als Travis starb. Ich war so wütend. Aber nicht auf Gott.«

»Wie konntest du nicht auf Gott wütend sein? Er hat deinen Mann aus deinem Leben gerissen und dich mit den Kindern alleingelassen.«

»Ja.« Sie lehnte sich rasch zurück, als hätte man ihr gerade Wasser ins Gesicht gespritzt. »Und ich werde wohl nie verstehen, warum das geschehen musste.«

Owen schüttelte den Kopf. »Tut mir leid. Aber ich habe meinen Glauben an dem Tag verloren, an dem ich Virginia und Gary zusammen erwischt habe.«

»Vielleicht brauchst du nur noch ein bisschen Zeit.« Sie nahm ihre Serviette von ihrem Schoß und legte sie auf ihren Teller – ein sicheres Zeichen, dass sie mit dem Essen fertig war.

»Nö. Glaub ich nicht.« Irgendwie war die Stimmung zwischen ihnen umgeschlagen. »Möchtest du gehen?«

»Ja, es ist schon spät.« Sie schaute auf ihre Armbanduhr. »Wow. Wir sind schon fast drei Stunden hier. Danke für das Essen und das Gespräch.«

Sie war ausnehmend höflich, zu höflich. Owen hatte plötzlich das komische Gefühl, dass sie nicht länger mit ihm zusammen sein wollte. Das hätte in Ordnung sein sollen, war es aber nicht.

Er ertappte sich dabei, dass er zum zweiten Mal an diesem Abend ein stilles Gebet sprach. *Na los, bestraf mich noch mehr. Nimm mir die einzige Freundin, die ich in der Stadt habe.*

Als sie in ihre Einfahrt einbogen, wusste er nicht so recht, was er tun sollte. Ein Gentleman hätte die Dame, mit der er ausgegangen war, an die Tür gebracht. Aber sie hatten ja gar keine richtige Verabredung gehabt. Und was sollte er tun, wenn sie vor der Tür standen? Sie zum Abschied umarmen?

Das Problem löste sich von selbst, als sie den Gurt öffnete, sich zu ihm hinüberbeugte und ihn auf die Wange küsste. »Noch mal vielen Dank für das Essen.«

»Gern geschehen.«

Sie wollte die Autotür schon zuwerfen, zog sie dann aber noch einmal weit auf.

»Owen?«

»Ja?«

Sie biss sich kurz auf die Lippen. »Möchtest du morgen mit mir und den Kindern mit in den Gottesdienst kommen?«

Owen schluckte schwer. »Brooke …«

Sie wartete und sah ihn dabei bittend an. Es war nicht ihre Aufgabe, ihn zu retten, aber lieb von ihr, dass sie es versuchte. Egoistisch, wie er war, dachte er in diesem Moment nicht an Gott, sondern nur daran, dass sie, wenn er mitkam, wohl Freunde bleiben würden. Trotzdem konnte er sich nicht überwinden, Ja zu sagen.

»Ich kann nicht, Brooke. Tut mir leid.«

Sechzehn

Als Hunter am Montag nicht auftauchte, war Owen zuerst wütend. Etwa eine Stunde lang versuchte er, die vielen Aufgaben zu sortieren, die auf ihn warteten, doch eine innere Unruhe, die sich nicht beschwichtigen ließ, machte es ihm schwer, sich zu konzentrieren; schließlich stieg er ins Auto und fuhr zum Haus des Jungen.

Als er in die Einfahrt zu Hunters Haus einbog, empfand er beinahe Schuldgefühle bei dem Gedanken, wie er und Virginia gelebt hatten, wo es gleichzeitig Menschen wie Hunter und seine Großmutter gab, die auf diese erbärmliche Weise hausen mussten. Er hatte das Baseballspiel mit Hunter genossen und eigentlich auch den Eindruck gehabt, dass Hunter sein neuer Job gefiel. Wo war er also?

Er klopfte an die Tür. Als sich nichts rührte, hämmerte er mit aller Kraft dagegen.

»Gleich! Eine Minute!«

Es war die Stimme einer Frau – Hunters Großmutter, vermutete er. Hunter hatte gesagt, dass sie krank sei; hoffentlich hatte er sie nicht aufgeweckt. Sie öffnete die Tür ein paar Zentimeter weit und schaute ihn finster an, das graue Haar zerzaust, als sei sie gerade aufgestanden.

»Ich suche Hunter Lewis.«

Die Frau zog die Tür weit auf und zog den Gürtel ihres schmutzigen rosa Bademantels enger. »Was hat er jetzt wieder angestellt?«

»Nichts. Ich bin Owen Saunders. Er arbeitet für mich.« Owen versuchte, an ihr vorbeizuspähen, doch sie verstellte ihm den Blick.

»Ich hab dem Jungen gesagt, dass er seinen Job verlieren wird.« Sie schnaubte und schüttelte den Kopf. »Warten Sie hier.«

Owen hörte ihre gedämpften Rufe. Ein paar Minuten später war Hunter an der Tür. Er ließ den Kopf hängen.

Owen verschränkte die Arme vor der Brust. »Du lässt mich also jetzt schon im Stich?«

Hunter blickte nicht auf und sagte auch nichts.

»Schau mal, wenn du einen oder zwei Tage frei brauchst, hättest du mich nur zu fragen brauchen. Aber es ist keine Art, einfach nicht mehr aufzutauchen.«

Seine Großmutter hatte sich verzogen. Hunter trat hinaus auf die Veranda und schloss die Tür hinter sich. »Tut mir leid.«

Owen musste denken, dass er es hätte besser wissen müssen, als diesen Jungen einzustellen. »Das ist alles? Tut mir leid? Wir sind also fertig miteinander? Du kündigst?«

Hunter blickte auf. Owen konnte sich nicht erinnern, schon jemals ein solches Veilchen gesehen zu haben wie das, das auf Hunters linkem Auge prangte. Er schluckte schwer. »Wer war das?«

Hunter sagte nichts, aber seine Unterlippe fing an zu zittern.

Owen versuchte sich vorzustellen, wie die kleine, gebrechliche Frau Hunter das antat, doch diesen Gedanken ließ er schnell wieder fallen. War Hunter vielleicht wieder in Auseinandersetzungen mit der Polizei geraten?

»Ich hoffe, der andere Junge sieht mindestens halb so schlimm aus wie du.« Owen beugte sich zu Hunter hinunter, um die Bescherung besser sehen zu können, und dieser fing an zu zittern.

»Es war kein anderer Junge.« Er schüttelte den Kopf. »Gehen Sie einfach. Sie hätten mich sowieso bald gefeuert.« Er drehte sich um und wollte ins Haus zurückgehen, doch Owen packte ihn am Arm.

»Hey.« Er hielt ihn fest. »Du hast großartige Arbeit in meinem Haus geleistet. Ich hatte ganz bestimmt nicht vor, dich zu feuern. Wenn dir jemand das angetan hat – ohne dass du ihn provoziert hast –, solltest du ihn anzeigen.«

Hunter befreite sich, drehte sich um und hätte beinahe gelächelt. »Sie machen sich wohl lustig über mich! Soll ich vielleicht zu dem Richter gehen, der mich sowieso schon auf dem Kieker hat, und ihm sagen, dass mein Dad die Sie-wissen-schon-was aus mir herausgeprügelt hat? Ich wette, sie schicken gleich jemand mit, der ihn verhaftet.«

Owen sagte erst einmal nichts, bis er sich wieder einigermaßen im Griff hatte. »Ist dein Vater da?«

»Nein. Sie waren nur übers Wochenende hier.« Hunter lachte, verzog jedoch gleich darauf das Gesicht und fasste sich ans Auge. »Gerade lange genug, um mich …«

»Zieh deine Schuhe an. Wir werden sofort Anzeige erstatten.« Die Wut erstickte ihn fast, doch seine Stimme klang ganz kühl und gelassen.

Hunter schüttelte den Kopf. »Sie sind wieder weg. Wenn sie in die Klinik kommen und einen Drogentest machen müssen, sind sie wahrscheinlich sowieso erst einmal für eine ganze Weile aus dem Verkehr gezogen.« Er schwieg kurz. »Aber irgendwann kommen sie wieder raus und dann möchte ich es nicht deswegen mit meinem Dad zu tun bekommen.« Er deutet auf sein Auge. »Ich glaube, dann würde ich nicht mit einem blauen Auge davonkommen.«

Owen stieß einen schweren Seufzer aus. »Ich halte es aber trotzdem für richtig, ihn anzuzeigen.« Als Hunter nicht antwortete, fuhr er fort: »Wenn es zu sehr wehtut, um arbeiten zu können, hättest du mich doch anrufen und es mir sagen können.«

»Wir haben kein Telefon.«

Owen kratzte sich am Kopf. »Hättest du denn nicht die paar Blocks bis zu meinem Haus zu Fuß gehen können? Oder irgendwie so?«

Hunter zuckte die Achseln und wandte den Blick ab.

»Dachtest du, dass ich dich rausschmeiße, wenn ich dein Auge sehe?«

Hunter zuckte wieder die Achseln und Owen begann zu ahnen, dass er sich so sehr für seine Blessuren schämte, dass er es sogar riskierte, deswegen seinen Job zu verlieren.

»Schau, ab Mitte der Woche sollen wir richtig schlechtes Wetter bekommen. Ich habe ein undichtes Dach, mehrere Bäume, die gefällt werden müssen, bevor sie umfallen, zerbrochene Fenster im Obergeschoss … die Liste nimmt gar kein Ende. Ich brauche wirklich ein bisschen Hilfe, um mein Haus auch nur oberflächlich wetterfest zu machen. Ein Großteil des Dachs wurde in dem letzten Sturm ein paar Monate bevor ich hierherzog zerstört, und ich hatte noch keine Zeit, mich darum zu kümmern.« Das stimmte alles. »Wenn du dich also entschließen kannst, weiter für mich zu arbeiten, werden wir noch ein paar Tage zusammen in dieser Hitze verbringen müssen.«

Hunter zog die Brauen zusammen und wäre beinahe vor Schmerz in die Höhe gesprungen. »Sie möchten, dass ich für Sie arbeite, obwohl ich nicht gekommen bin und auch nicht angerufen habe?«

Owen zuckte die Achseln. »Jeder verdient eine zweite Chance, oder?« Er klopfte Hunter auf den Arm. »Zieh deine Arbeitsklamotten an. Mittagessen geht heute auf mich.«

Hunter stand ein paar Minuten einfach nur da und starrte ihn an, dann drehte er sich um und ging seine Schuhe holen. Owen hörte, wie er seiner Großmutter sagte, dass er mit Owen mitgehen würde. »Gut, dass du den Job wieder hast, Junge. Ich habe schon überlegt, was wir ohne das Geld anfangen. Jetzt mach aber keine solche Dummheit mehr.«

War dieser Job alles, was Hunter und seine Großmutter hatten, abgesehen von der staatlichen Unterstützung? Wie hatten sie dann gelebt, bevor Owen Hunter angestellt hatte? Owen rieb sich das Kinn und dachte an die vielen Schwierigkeiten, die Hunter schon gehabt hatte, und an das Leben, das der Junge bisher geführt hatte.

Vielleicht sollte ich dankbar sein für das, was ich habe, und nicht auf das starren, was ich verloren habe.

Am Montagmorgen fegte Brooke den Boden um die Ladentheke herum und dachte an Owen. Es war schön gewesen mit ihm … bis auf das Ende des Abends. Der Gedanke, dass Owen seine Beziehung zu Gott aufgegeben hatte, nur weil er seiner Exfrau nicht vergeben konnte, machte sie traurig. Gleichzeitig war sie wütend, dass sie die ganze Zeit daran denken musste und immer wieder seine Situation mit ihrer eigenen Situation mit ihrem Vater verglich. Es stimmte schon, sie konnte ihrem Vater nicht verzeihen, aber sie hatte sich wenigstens nicht von Gott abgewandt nur wegen des Unglücks, das sie getroffen hatte. Glaube sollte stärker sein als Unglück.

Das gilt auch für die Fähigkeit zu vergeben.

Sie hörte den Satz laut und klar und wusste, dass Gott ihr im Laufe ihres Lebens vieles vergeben hatte. Dennoch konnte sie einen Vater, der ihre Mutter verriet und einfach fortging, nicht verstehen.

Brooke erinnerte sich an die anfänglichen Anrufe ihres Vaters. Sie war wütend und böse auf ihn gewesen, hatte aber immer noch gehofft, dass er wieder nach Hause kommen würde, ganz gleich, was er getan hatte. Doch irgendwann hatte sie aufgehört, seine Anrufe anzunehmen und seine Briefe zu öffnen. Wie konnte ihre Mutter ihn nur einfach so wieder in ihr Leben hineintanzen lassen? Es war … falsch.

Sie setzte sich auf den Stuhl hinter dem Ladentisch und schloss die Augen. *Gott, ich kann es nicht. Ich kann ihm nicht vergeben. Ich weiß nicht, wie ich es schaffen soll.* Sie hielt die Augen weiter geschlossen. *Aber wenn es dein Wille ist, dann zeig mir, wie ich es tun soll.* Sie öffnete die Augen für einen Moment, dann schloss sie sie wieder. *Und ich bitte dich für Owen, dass er nicht so verbittert ist und zu dir zurückfindet. Amen.*

Als die Ladenglocke erklang, schlug sie die Augen auf. Ihre Mutter kam herein – Gott sei Dank war sie allein.

»Wie bist du denn hergekommen?« Brooke ging zu ihr und umarmte sie. Ihr fiel auf, dass ihre Mutter schon wieder eine neue Hose trug und nach Parfum duftete.

»Dein Vater ist draußen im Auto.« Mom trat ein wenig zurück, ließ ihre Hand aber auf Brookes Arm liegen. »Wir sind auf dem Weg zu einem späten Frühstück, aber ich wollte kurz reinschauen und nach dir gucken. Hast du von dem Sturm über dem Golf gehört? Er soll sich wohl zum Hurrikan auswachsen. Anscheinend werden wir auch etwas abbekommen.«

Brooke hatte sich ebenfalls schon Sorgen wegen des Sturms gemacht, doch jetzt verflüchtigte sich diese Sorge – zusammen mit ihren guten Absichten. »Bitte, nenn diesen Mann nicht meinen Vater. Er ist nicht mein Vater.«

Moms Gesicht wurde rot. »Er ist dein Vater, Brooke. Und du bist …«

»Wirklich, Mutter? Willst du wirklich deshalb böse auf mich werden? Wir können es gern noch einmal von vorn durchgehen, es gibt keinen Grund …«

»Hör auf! Hör sofort auf!« Mom stampfte tatsächlich mit dem Fuß auf. »Warum kannst du nicht einfach akzeptieren, dass ich glücklich bin, und ihm vergeben?«

Brooke fiel der Kiefer herunter, sie konnte sich nicht erinnern, dass sie ihre Mutter jemals so hatte schreien hören. Sie sah sich im Laden um, froh, dass keine Kunden da waren, die diesen kindischen Ausbruch gehört hatten. Hinten im Gang sah sie Big Daddy aus dem Büro auftauchen, das zerfurchte Gesicht voller Sorge. »Du kannst mich nicht zwingen, ihm zu vergeben oder diese lächerliche Wiederverheiratung zu akzeptieren.« Diesmal war Brooke diejenige, die brüllte. »Er hatte eine Affäre, Mutter! Und dann hat er uns für die andere Frau verlassen. Er hat nie versucht zurückzukommen! Er ist einfach gegangen und …«

»Er wollte zurückkommen.« Ihre Mutter legte eine Hand über die Augen.

»Was?« Brooke sah ihre Mutter an, doch als Big Daddy nach vorn kam, drehte sie sich um.

»Ist alles in Ordnung?« Ein paar Schritte vor dem Tisch blieb er stehen.

»Ja. Es geht uns gut.«

Mom setzte ein zittriges Lächeln auf. »Hallo, Big Daddy. Schön, dich zu sehen.«

Brooke bedeutete ihm mit den Augen, wieder nach hinten zu gehen, und er ging – sie wusste allerdings, dass er in der Nähe bleiben würde. Dann konzentrierte sie sich wieder auf ihre Mutter. »Antworte mir, Mom. Was hast du gerade gesagt?«

Ihre Mutter schniefte und hob das Kinn. »Dein Vater wollte zurückkommen. Er bat mich, zurückkommen zu dürfen. Viele Jahre lang.«

Brooke ging um die Theke herum und ließ sich auf den Stuhl fallen. »Er wollte zu uns zurückkommen?«

»Ja.«

Brooke schwieg ein paar Minuten. »Warum hast du mir das nie gesagt?«

»Du warst so wütend auf ihn und hast immer wieder gesagt, dass du ihn hasst. Ich hielt es nicht für gut, dass er zurückkommt.« Ihre Mutter wandte den Blick ab.

Brooke stand wieder auf und schüttelte den Kopf. »Du hast mich also in dem Glauben gelassen, dass er mich verlassen hätte?«

»Du hast ihn verlassen, Brooke. Er hat versucht, den Kontakt zu dir zu halten, aber du wolltest es nicht.«

Brooke schlug die Hände vors Gesicht, dann riss sie sie wieder weg. »Ich wollte ihn zurück! Natürlich war ich wütend, Mom – wütend, dass er dich gekränkt und seiner Familie das angetan hatte. Aber ich wollte immer, dass er wieder nach Hause kommt!« Sie beugte sich über die Theke und sah ihre Mutter an. »Wie konntest du das nur tun, Mom?« Vor lauter Tränen konnte sie nichts mehr sehen; sie sank wieder auf den Stuhl. »Hattest du ihm damals vergeben? Wenn nicht, dann sag es mir. Und sag nicht, du hättest ihm die Rückkehr verboten, weil es das Beste für mich war. Lass uns wenigstens ehrlich miteinander sein.«

Ihre Mutter wandte den Blick ab, setzte sich die Brille auf und schüttelte den Kopf. »Ich wünschte, wir bräuchten das alles nicht zu bereden. Ich wünschte, du könntest einfach glücklich darüber sein, dass ich glücklich bin.« Sie wandte sich wieder Brooke zu. »Und deinen Vater neu kennenlernen.«

»Du konntest ihm nicht vergeben, nicht wahr?« Brooke grinste schäbig. »Du predigst mir Vergebung, aber du konntest ihm selbst nicht vergeben. Deshalb hast du gesagt, es sei das Beste für mich, wenn er nicht da sei, und hast mich denken lassen, dass er uns verlassen hat.« Sie schüttelte wieder den Kopf. »Und die ganze Zeit wollte er eigentlich nach Hause kommen.«

»Er hat eine Närrin aus mir gemacht!« Ihre Mutter schlug sich mit beiden Händen auf die Beine. »Darüber bin ich nicht hinweggekommen.«

»Und warum hast du ihm jetzt vergeben?« Brooke senkte die Stimme, während sie versuchte, die Handlungsweise ihrer Mutter zu verstehen. »Und nervst mich jetzt unablässig, dass ich ihm vergeben soll?«

Ihre Mutter fing an zu weinen. »Weil ich ein Leben will, Brooke. Ich möchte nicht als verbitterte alte Frau sterben. Ich habe diesen Mann immer geliebt, immer, trotz allem, was er getan hat!« Damit drehte sie sich um und lief zum Ausgang. Die Ladenglocke klingelte heftig, als sie die Tür hinter sich zuschlug.

Brooke lief um die Theke herum und wollte ihr nachgehen, doch als sie sah, dass ihr Vater in dem alten blauen Chevy saß, der vor der Tür stand, blieb sie stehen. Der rechte Kotflügel des Autos hatte eine große Beule. Die Schultern ihres Vaters waren auf eine Weise herabgesackt, die sie nicht von ihm kannte.

Sie holte ihren Besen und fegte mit Inbrunst weiter. Ihr ganzes Leben lang war sie wütend auf ihren Vater gewesen, weil er sie verlassen hatte und nicht zurückgekommen war. Sie hatte so lange mit diesem Schmerz gelebt und jetzt stellte sich heraus, dass er nicht zurückgekommen war, weil ihre Mutter es ihm nicht erlaubt hatte?

Aber kann ich ihr das wirklich zum Vorwurf machen?

War sie denn nicht im Begriff, den gleichen Fehler zu machen wie ihre Mutter, indem sie ihrem Vater ebenfalls nicht verzieh? Offenbar ja, doch nun hatte diese neue Information alles auf den Kopf gestellt. Ihre Hand krampfte sich um den Besen, während sie eine dicke Staubwolke aufwirbelte.

Hunters Herz raste, als er und Owen gemeinsam neue Schindeln auf dem Dach von Owens Haus aufbrachten. Doch nach allem, was der Typ für ihn getan hatte, würde er ihm bestimmt nicht sagen, dass er unter Höhenangst litt.

Nach ein paar Minuten meinte Owen, sie seien fertig, und bedeutete Hunter, als Erster die Leiter hinunterzuklettern. Hunter konnte gar nicht schnell genug wieder festen Boden unter den Füßen spüren.

»Es ist zwar noch nicht perfekt, aber wenn der Sturm wirklich zu uns kommt, wird es wenigstens nicht reinregnen.« Owen sprang von der dritten Stufe der Leiter herunter. »Ich sterbe vor Hunger. Wie wär's mit Mittag?«

Hunter nickte. Er war immer hungrig.

»Wenn du die Leiter aufräumst und hier noch ein bisschen sauber machst, hole ich uns was zu essen.« Er deutete auf die alten Schindeln, die sie einfach vom Dach geworfen hatten. »Was hältst du von einem Barbecue-Sandwich von *Zimmerhanzel's*?«

Hunter nickte wieder und fing an, die Schindeln aufzusammeln. Er war damit fertig und hatte auch die Leiter weggestellt, doch Owen war noch nicht wieder da, deshalb ging er erst ins Badezimmer und schaute sich dann ein bisschen im Haus um. Es gab noch viel zu tun und Hunter war dankbar dafür. Er brauchte diesen Job. Er griff in seine Tasche und tastete nach dem Zwanzigdollarschein – der kümmerliche Rest, der ihm geblieben war. Er war froh, dass er es heute nicht für Essen ausgeben musste. Zum Glück hatte er Großmutter Geld für die Rechnungen gegeben, bevor seine Eltern beschlossen, ihr eigenes Kind auszurauben. Er schüttelte den Kopf, während er durch die Zimmer im Erdgeschoss wanderte.

Er versuchte sich vorzustellen, wie es wäre, wenn er in einem so großen Haus wohnte – vielleicht mit Jenny. Seit letzter Woche hatte er keinen Kontakt mehr mit ihr gehabt. Seine Mutter hatte den Laptop das ganze Wochenende über mit Beschlag belegt und dabei den Internetzugang der Nachbarn benutzt.

Owen brauchte vor allem Möbel. Im Moment hatte er lediglich ein Bett, einen Tisch und vier nicht zueinanderpassende Stühle, die meist im Wohnzimmer standen. Hunter ging ins Wohnzimmer und setzte sich auf den Gartenstuhl an dem kleinen Tisch. Der Tisch sah aus wie eine Müllhalde, so ähnlich wie die große Schale auf der Arbeitsplatte, in der Hunter und seine Großmutter Schlüssel und anderes Zeug ablegten.

Hunter nahm Owens Uhr, betrachtete sie genauer und sah, dass es eine Rolex war. Wahrscheinlich Hunderte von Dollar wert, vielleicht sogar Tausende. Er blickte über die Schulter zum Fenster, dann drehte er sich wieder um und streifte sich die Uhr über den Arm. So ein Teil würde er in seinem ganzen Leben nie besitzen. Nach einer Minute legte er sie zurück auf den Tisch. Da lag auch ein kleiner Stapel mit Rechnungen und darunter ein wenig Kleingeld. Er schluckte schwer und überlegte, wie er an Geld kommen sollte, bis er Ende der Woche wieder seinen Lohn erhielt. Er hatte seiner Großmutter genügend gegeben, dass sie die längst überfällige Stromrechnung bezahlen und etwas zu essen kaufen konnte; sie beide würden also über die Runden kommen. Und wenn er seine Eltern nie wiedersah, würde er ihnen keine Träne nachweinen. *Ich hoffe, sie bleiben für immer eingesperrt.*

Warum war das Leben so unfair? Warum hatte er nicht in eine andere Familie hineingeboren werden können? Er blickte sich abermals um, dann zählte er das Bargeld auf dem Tisch. Hundertzwanzig Dollar. Er warf einen Blick über die Schulter zum Fenster und schaute wieder das Geld an.

Ein Typ wie Owen würde zwanzig Dollar gar nicht vermissen.

Und vierzig auch nicht.

Siebzehn

Brooke schloss den Laden am Dienstag frühzeitig, damit alle sich auf das bevorstehende Unwetter vorbereiten konnten. Der Tropensturm Bill hielt direkt auf sie zu und nahm dabei ständig an Stärke zu. Wenn er seinen gegenwärtigen Kurs beibehielt, brachte er ihnen zwar den dringend benötigten Regen, aber auch starken Wind und möglicherweise sogar Tornados, vor allem, wenn er sich zu einem Hurrikan auswuchs, wie manche Experten befürchteten. Die Einwohner von Smithville wussten aus Erfahrung, dass ein schwerer Sturm sich keineswegs immer abschwächte, sobald er das Festland erreichte. Und dies war der erste starke Sturm seit Beginn der Hurrikansaison, der auf sie zukam.

Zu Hause halfen Meghan und Spencer Brooke, lose im Hof herumliegende Gegenstände, die der Sturm aufwirbeln konnte, zusammenzusuchen. Weitere Maßnahmen schienen im Moment noch übertrieben, da sie sich immerhin fast zweihundertfünfzig Kilometer im Landesinnern befanden. Die Leute in der Stadt hatten heute den ganzen Tag von fast nichts anderem gesprochen und gemeint, Smithville würde auf der »schmutzigen Seite des Sturms« liegen, das hieß auf der Seite mit dem Starkregen. Brooke war sich da nicht so sicher und vermutete, dass die Wetterexperten es auch nicht mit Sicherheit sagen konnten. Jeder, der an der Küste lebte, wusste, dass diese Stürme sich völlig unvorhersehbar entwickeln konnten. Brooke hasste Stürme, deshalb klammerte sie sich an die Möglichkeit, dass der Hurrikan, der auf sie zukam, genauso gut abdrehen und an ihnen vorüberziehen konnte.

Sie stieg auf einen Küchenstuhl, nahm ihr Schmetterlings-Glockenspiel ab und brachte es im Haus in Sicherheit. Dann trug sie ihre Topfpflanzen von der Veranda ins Wohnzimmer und stellte sie vor das Erkerfenster. Nur für den Fall.

»Kommt, wir schalten den Fernseher an und gucken mal, wie es steht.« Brooke winkte Meghan und Spencer ins Haus. Sobald sie alle auf dem Sofa saßen, schaltete sie den Fernseher ein und suchte nach einem Wetterkanal. Spencer hörte sich die Wettervorhersage an, doch Meghan bürstete ihrer Puppe das Haar und achtete nicht weiter auf das, was im Fernsehen gesagt wurde.

Der Sturm tobte fast über dem gesamten Golf von Mexiko; den Vorhersagen nach sollte das Auge des Sturms das Festland bei Galveston erreichen. Danach würde er sich zwar abschwächen, doch schon allein seine Ausdehnung ließ Brooke grübeln, ob sie sich wirklich ausreichend vorbereitet hatte.

In der Küche klingelte das Telefon; Spencer nahm ab. »Es ist Mr Saunders«, sagte er, gab ihr den Hörer und seufzte.

Brooke hatte Owen seit Samstagabend nicht mehr gesprochen, doch sie hatte zwei entgangene Anrufe von ihm auf ihrem Telefon gesehen. Sie hatte kurz in Erwägung gezogen, ihn zurückzurufen, doch er hatte keine Nachricht hinterlassen und eigentlich war sie gar nicht sicher, ob sie ihn wirklich sehen wollte. Was als einfache Freundschaft begonnen hatte, fühlte sich allmählich ziemlich kompliziert an.

Sie schienen beide viel zu viel Gepäck mit sich herumzuschleppen, um jemals eine gesunde Beziehung haben zu können. Dennoch hatte es ein paar sehr intime Augenblicke zwischen ihnen gegeben, in denen Brooke das Gefühl gehabt hatte, dass sich ihre Bekanntschaft durchaus in diese Richtung entwickeln könnte. Es war nichts Konkretes gewesen, nur die Art, wie sie einander anschauten und wie er manchmal den Arm um sie legte. Kleinigkeiten. Sie hatten beide keinen Zweifel an ihren Absichten gelassen, aber vielleicht wollte Owen nur sein Herz schützen, so wie sie? Und was war mit seiner Einstellung zu Gott? Die ganze Geschichte fing allmählich an, sie ein bisschen nervös zu machen.

»Bist du vorbereitet auf den Sturm?«, fragte er nach der Begrüßung.

Brooke lehnte sich zurück. »Ich glaube schon. Soweit man sich überhaupt vorbereiten kann jedenfalls. Aber ich habe gesehen, dass Mr Casper von gegenüber Isolierband auf seine Fenster klebt. Das mache ich nicht. Ich glaube, wir sind zu weit im Landesinnern für einen richtig schweren Sturm. Oder was meinst du?«

»Ich mache das auch nicht. Ich habe die zerbrochenen Scheiben im Obergeschoss ersetzt und das Dach so gut wie möglich repariert.« Er schwieg und fuhr dann fort: »Ich habe dich zwei Mal angerufen. Ich wollte nur wissen … wie es dir geht.«

»Es geht mir gut. Die Kinder und ich gucken gerade die Wettervorhersage und nachher essen wir Hotdogs.«

Ein langes Schweigen, dann fragte Owen: »Hättest du vielleicht gern ein bisschen Gesellschaft?«

Brooke zog ein Bein unter sich und biss sich kurz auf die Lippen, konnte jedoch ein Lächeln nicht unterdrücken. Trotz der Komplikationen wollte sie ihn wirklich gern sehen. »Sind Sie einsam in dem großen Haus, Mr Saunders?«

Meghan schmiegte sich an ihre Mutter. »Sag Mr Saunders, er soll kommen und Hotdogs mit uns essen!«

Brooke legte einen Finger auf die Lippen und sah Meghan an, dann wandte sie sich an Spencer. Ihr Sohn schien zunächst gut mit Owen ausgekommen zu sein – bis zu Brookes Verabredung zum Abendessen mit ihm. Seither hatte er nicht mehr gebettelt, noch einmal nach dem Geheimbunker suchen zu dürfen, und auch jetzt machte er ein finsteres Gesicht. Brooke vermutete, dass nicht einmal die Möglichkeit eines Geheimbunkers ihn mit dem Gedanken versöhnen konnte, dass seine Mutter ein zu enges Verhältnis zu einem anderen Mann hatte. Sie legte die Hand über das Mikro am Handy.

»Spence, bist du einverstanden, dass Mr Saunders zu uns rüberkommt?«

Spencer sah sie nicht an, sondern zuckte nur die Achseln. »Egal.«

Brooke mochte dieses Wort nicht und Spencer gebrauchte es in letzter Zeit immer öfter. »Ein bisschen Gesellschaft wäre sehr nett«, sagte sie schließlich, ohne die Augen von Spencer zu nehmen.

»Was darf ich mitbringen?«

»Nichts, es sei denn, du magst keine Hotdogs.«

Brooke legte auf. Eine halbe Stunde später klopfte es an der Haustür. Sie schluckte hart, als sie die Tür öffnete und einen wundervollen Strauß gelber Rosen sah.

»Bitte.« Owen gab ihr die Blumen. »Ich habe mich ein bisschen komisch gefühlt nach dem Essen am Samstag. Wahrscheinlich habe ich etwas Falsches gesagt oder …« Er zuckte die Achseln. »Ich weiß nicht. Aber …« Er zuckte noch einmal mit den Achseln. »Die sind für dich. Es sind nicht die Allerschönsten, aber außer dem Supermarkt war nirgends mehr offen.«

Brooke trat zurück, damit er hereinkommen konnte. »Danke. Sie sind sehr schön.« *Also hat Owen gemerkt, dass etwas nicht stimmte. Und es hat ihm etwas ausgemacht.*

Da stand auch schon Spencer neben ihr, die Arme vor der Brust verschränkt. Er deutete mit dem Kinn auf die Rosen. »Wofür sind die?«

Meghan kam barfuß herbeigetrottet. »Ooooh, wie hübsch!«

Brooke bedeutete den Kindern, Platz zu machen. »Lasst Mr Saunders doch reinkommen.«

Owen folgte den Kindern ins Wohnzimmer, Brooke stellte die Blumen in eine Vase. Sie wusste nicht so recht, was sie von dieser Geste halten sollte. Sie war irgendwie mehrdeutig und Brooke wusste nicht, welche Bedeutung ihr lieber war, deshalb war sie ein wenig durcheinander. Doch wie dem auch sei, sie liebte gelbe Rosen und überlegte kurz, ob sie es Owen je gesagt hatte. Sie glaubte nicht.

Sie einigten sich auf einen Film, den sie alle angucken wollten: *Ich – einfach unverbesserlich.* Owen legte die DVD ein und Brooke hackte noch ein paar Zwiebeln für die Hotdogs. Sie rief Owen und die Kinder in die Küche, damit sie ihre Teller holten, dann gingen sie alle ins Wohnzimmer. Owen setzte sich zwischen Brooke und Meghan aufs Sofa, Spencer, der ziemlich schweigsam war, verkroch sich im Schaukelstuhl. Brooke und die Kinder kannten den Film schon; es war ein Zeichentrickfilm, den sogar Brooke lustig fand; allerdings war sie es gewohnt, Filme anzugucken, die für sechs- bis zehnjährige Kinder geeignet waren. Doch auch Owen lachte ein paar Mal laut auf und schien sich köstlich zu amüsieren.

Als der Film zu Ende war, war Meghans und Spencers Schlafenszeit gekommen. »Ich komme gleich zu euch hinauf.« Brooke beugte sich vor, damit Meghan ihr einen Gutenachtkuss geben konnte. Spencer ging nach oben, ohne wie üblich noch über den frühen Zeitpunkt zu maulen, und Brooke überlegte, was wohl in seinem Kopf vorging. Owen wunderte sich offenbar ebenfalls; sie sah, wie er die Brauen zusammenzog, als er Spencer nachblickte.

Meghan warf Owen die Arme um den Hals und klammerte sich verzweifelt an ihn. Owen schaute Brooke leicht verunsichert an, doch dann legte er behutsam die Arme um sie. Meghan küsste ihn auf die Wange und Owen lächelte. Ein paar Sekunden hatte Brooke das Gefühl, Travis sei wieder da; es war plötzlich wie in alten Zeiten.

Owen wartete, bis Meghan oben war, dann drehte er sich auf dem Sofa um und sah Brooke an. »Ist mit Spencer alles in Ordnung? Er war so still.«

»Ja, das ist mir auch aufgefallen. Ich weiß es nicht.«

»Er war fest entschlossen, dafür zu sorgen, dass niemand seiner Mutter nachstellt, aber ich dachte, er sei einverstanden, dass wir Freunde sind.« Er hielt inne und runzelte die Stirn. »Vielleicht waren die Blumen keine so gute Idee.«

»Nein, sie sind wirklich schön. Ich rede morgen mit ihm.« Brooke schwieg kurz, dann stand sie auf. »Ich sage den beiden noch gute Nacht.«

Sie ging zuerst in Spencers Zimmer, doch er hatte bereits das Licht ausgemacht und sich beinahe ganz unter die Bettdecke verkrochen. Das ging nun schon fast einen Monat so, obwohl sie ihm erlaubt hatte, das Licht länger anzulassen als Meghan. Sie vermisste ihre alte Routine – ein bisschen Reden, ein Gebet und einen Kuss auf die Stirn. »Hast du schon gebetet?«, fragte sie leise in die Dunkelheit und Spencer antwortete mit einem gedämpften »Ja«.

Meghan zog sich gerade ihre Pyjamahose an, als Brooke hereinkam. Als sie fertig war, streifte Brooke das Gummi aus ihrem Pferdeschwanz, griff nach der Bürste, die auf dem Tisch lag, und bürstete die Knoten heraus. Dann knieten sie und Meghan sich vor dem Bett hin und sprachen ihre Gebete. Meghan bat Gott, auf die »Sturmleute« aufzupassen, was Brooke als die Menschen interpretierte, die von dem Unwetter betroffen sein würden.

Danach ging sie wieder nach unten, setzte sich aufs Sofa und schaltete auf einen Wetterkanal um. Als sie das Bild sah, schnappte sie nach Luft. Sie hatte gebetet, dass der Sturm abdrehte, doch die Vorhersage hatte sich nicht geändert. »Dieser Sturm ist wirklich riesig. Sieh doch nur.« Sie deutete auf den Bildschirm. »Es ist jetzt ein Hurrikan. Hurrikan Bill.«

»Wild Bill.«* Owen lachte, doch Brooke dachte an Wind in Sturmstärke, sintflutartige Regenfälle, Blitz und Donner und vielleicht sogar Stromausfälle und schauderte. Owen schien das nicht zu bemerken. Er lehnte sich entspannt zurück und legte die Füße neben die von Brooke auf den Sofatisch. Als sich ihre Waden berührten, zog Brooke ihre Füße langsam weg. Sie waren beide barfuß und als Owen seinen Fuß hinüberstreckte und sie an den Fußsohlen kitzelte, sprang sie beinahe auf.

»Nicht! Das kitzelt!« Sie wies anklagend mit dem Finger auf ihn und statt erneut mit seinem Zeh über ihre Fußsohle zu streicheln, legte er seinen Fuß neben ihren.

»Was für niedliche kleine Füße.«

Brooke machte ihre Füße so lang wie möglich. »So klein sind sie gar nicht. Deine sind einfach nur riesig.« Insgeheim war sie jedoch geschmeichelt. Owen ließ seinen Fuß neben ihrem liegen. Plötzlich lief ein Kribbeln an ihrem Bein hoch. Sie fragte sich, ob es ihm genauso ging.

Der Wettermann im Fernsehen redete weiter. Der Hurrikan sollte später am Abend aufs Festland treffen. Wenn er auf seinem gegenwärtigen Kurs blieb, würde Smithville die Auswirkungen morgen zu spüren bekommen. Sie hatte gebetet, dass die Vorhersagen sich irrten, doch als sie das Satellitenbild sah, bekam sie richtig Angst. Es sah

---

* Wild Bill (eigentlich James Butler Hickok; 1837-1876) war ein berüchtigter Revolverheld im Wilden Westen.

wirklich so aus, als lägen sie mitten auf dem Weg, den der Hurrikan nahm. Vielleicht sollte sie Big Daddy doch bitten, die Fenster des Ladens mit Brettern zu vernageln.

Bei ihrer Mutter hatte sie schon früher am Abend angerufen und sich vergewissert, dass im *Oaks* die nötigen Vorbereitungen getroffen wurden. Mom hatte gesagt, Brookes Vater habe ihre Topfpflanzen hereingeholt und alles andere, was sich auf der kleinen Terrasse befand, gesichert. Brooke verdrehte die Augen und bat ihre Mom, auf sich aufzupassen. Jetzt überlegte sie, ob sie sie nicht hätte bitten sollen, zu ihnen zu kommen.

Brooke hatte eine Heidenangst vor Stürmen und Gewittern. Als sie sieben Jahre alt war, war ein Nachbarsmädchen vom Blitz erschlagen worden, und als Travis verunglückt war, hatte es ebenfalls gestürmt. Brooke sah schon vor sich, wie sie sich oben mit den Kindern im Bett verkroch und sich die Bettdecke über den Kopf zog. Sie würde versuchen, sie zu trösten, wie sie es immer tat, doch sie würden sich wohl nicht täuschen lassen.

Der Gedanke daran machte sie müde und sie musste gähnen, als sie sich an Owen wandte. »Möchtest du noch einen Film angucken?«

»Ich gehe lieber, damit du schlafen kannst.«

Brooke blickte auf ihre Armbanduhr. Es war erst halb zehn. Sie war zwar müde, wollte ihn aber noch nicht gehen lassen. »Ich kann nicht so früh ins Bett gehen, dann würde ich bis um zwei wach liegen, so ist es jedenfalls meistens. Ich habe nicht mehr gut geschlafen, seit Travis …« Sie zuckte die Achseln.

»Ich schlafe auch nicht gut.« Owen legte einen Arm um sie. Brooke verspannte sich. Doch als er hinzufügte: »Wenn du willst, lasse ich dich wieder los, aber du kannst auch einfach die Augen zumachen und dich ausruhen«, konnte sie nicht widerstehen. Es fühlte sich einfach zu gut an, festgehalten zu werden.

Sie kuschelte sich in seine Armbeuge und gab ihm die Fernbedienung. »Ausruhen klingt gut.« Dann schloss sie die Augen. Ihr fiel auf, dass er ganz anders roch als Travis. Ein würziges Aroma, gemischt mit Weichspüler. Sie hatte ganz vergessen, wie angenehm es war zu kuscheln. Plötzlich wünschte sie sich, dass er morgen auch hier wäre, vor allem, wenn die Sturmwarnungen sich als zutreffend erwiesen.

Owen legte eine Hand an ihre Schläfe und strich ihr langsam übers Haar. Das wäre ein Grund gewesen, den Kopf zu heben und von ihm abzurücken, doch seine Berührung erfüllte sie mit einer Wärme, die sie seit langer Zeit nicht mehr gespürt hatte. Aber dieser Mann hatte gesagt, er würde nie wieder einer Frau vertrauen, und er hatte seinen Glauben an Gott verloren, wie konnte Brooke ihn also ins Herz schließen? Wollte sie das überhaupt?

Owen streichelte sie weiter, als sei es das Natürlichste auf der Welt, während er durch die Kanäle zappte. Brooke verlagerte ihr Gewicht. Sie fragte sich, ob er daraufhin mit dem Streicheln aufhören würde, doch er zog sie nur noch fester an sich und plötzlich küsste er sie auf die Stirn. Es war das Friedlichste, was sie seit zwei Jahren erlebt hatte, und es tat ihr unheimlich gut. Das Nächste, was sie mitbekam, war, dass sie die Augen aufschlug und nicht wusste, wie lange sie geschlafen hatte.

Sie drehte ihr Gesicht an seiner Schulter, bis sie ihn sehen konnte. Er schlief ebenfalls, leise schnarchend, den Kopf gegen das Sofa gelehnt. Sie beobachtete ihn ein paar Minuten, dann setzte sie sich auf und weckte ihn.

»Wow.« Owen nahm seine langen Beine vom Sofatisch, setzte sich auf und fuhr sich mit der Hand durchs Haar. Er sah auf die Uhr. »Es ist zwei Uhr morgens. Ich lasse dich jetzt ins Bett gehen. Tut mir wirklich leid.«

»Das muss es nicht.« Er war aufgestanden. Brooke erhob sich ebenfalls. »Das war der beste Schlaf, den ich seit Langem hatte.« Sie ging ihm nach zur Tür.

»Danke für die Hotdogs. Und für die Gesellschaft.« Owen gähnte, Brooke auch.

»Gern geschehen.« Sie öffnete die Tür und er wollte offenbar gehen, doch plötzlich drehte er sich um und nahm sie in den Arm.

Er küsste sie wieder auf die Stirn, dann auf die Wange, dann sah er ihr in die Augen. Brookes Herz klopfte heftig.

»Ich melde mich bald bei dir.« Er runzelte die Stirn und trat einen Schritt zurück. Dann drehte er sich um und lief hinaus.

Owen bog in seine Einfahrt ein und hielt an, stieg jedoch nicht aus, sondern blieb sitzen und dachte darüber nach, was sich zwischen ihm und Brooke anbahnte. Er hatte sich noch nie mit einer Frau zusammen so wohlgefühlt, nicht einmal mit seiner Exfrau. Wenn er bei Brooke war, war alles friedlich, und er wusste auch, warum. Sie erwartete nichts von ihm. So wie es war, war es gut. Virginia hatte immer irgendeine Absicht verfolgt.

Irgendwann stieg er dann doch aus und ging die Stufen zu dem großen, leeren Haus hinauf. Dabei fragte er sich wieder einmal, ob die ganze Idee nicht ein Riesenfehler gewesen war. Was wollte er überhaupt mit einem so großen Haus?

Als er den Schlüssel ins Schlüsselloch steckte, dachte er wieder an Brooke. Er hätte sie heute Abend sehr gern geküsst, richtig geküsst, auf eine Weise, die diesen kleinen Tanz, den sie offenbar zusammen aufführten, beendet hätte. Doch gleichzeitig empfand er das Bedürfnis, sich vor ihr zu schützen. Er war klug genug zu wissen, dass nicht alle Frauen wie Virginia waren, aber woher sollte man wissen, wem man vertrauen konnte? Und er wusste nicht, ob er einen solchen Verrat noch einmal ertragen würde.

Er machte einen Satz, als der Kater – Scooter – von der Hollywoodschaukel sprang, fauchte, die Stufen hinunterraste und verschwand. *Verrücktes Tier.* Der einzige Mensch, den Scooter liebte, war Hunter.

Hunter – darüber musste er ebenfalls noch einmal nachdenken. Owen war ein wenig gekränkt gewesen, als er entdeckt hatte, dass der Junge ihm vierzig Dollar weggenommen hatte. Er hätte ihm das Geld gegeben, wenn er gefragt hätte. Hatte er gedacht, es würde Owen nicht auffallen oder er könnte nicht zählen? Und was war überhaupt aus seinem Lohn für letzte Woche geworden?

Er hatte beschlossen, Hunter Zeit zu lassen, den Diebstahl zu gestehen oder das Geld zurückzulegen, doch nun war es schon drei Tage her und Hunter hatte noch immer kein Wort gesagt. Owen wusste nicht, was er tun sollte. Der Junge leistete gute Arbeit. Außerdem half schon allein die Tatsache, dass er hier war, die Einsamkeit in dem großen Haus in Schach zu halten. Doch konnte er es sich leisten, Hunter jeden Tag hier zu haben, wenn er nicht wusste, wann er ihn wieder bestehlen würde?

Früh am Freitagmorgen trug Brooke wieder ein Kreuz in den Küchenkalender ein, kritzelte »15« in die Ecke und schaute nach draußen in den Regen. Dann ging sie mit ihrem Kaffee ins Wohnzimmer, um sich den Wetterbericht anzusehen. Hurrikan Bill bewegte sich als Hurrikan der Kategorie 2 ins Stadtinnere von Houston. Ein Großteil der Stadt war bereits ohne Strom, überall kam es zu Überschwemmungen. Die lokale Vorhersage für Smithville sprach von Starkregen und Stürmen – bestenfalls.

Brooke hatte bereits Juliet und Big Daddy angerufen und ihnen gesagt, dass sie heute zu Hause bleiben sollten. Sie hatte Juliet gefragt, ob sie zu ihnen kommen wolle, doch diese würde den Tag bei ihrer neuen Flamme verbringen. Big Daddy hatte gestern Abend, nachdem sie gegangen war, noch die Fenster mit Brettern verschalt. Jetzt war er auf dem Weg zu seiner verwitweten Schwester in La Grange. Er wollte bei ihr bleiben, bis der Sturm vorüber war.

Brooke streifte ihre Flipflops ab und zog die Beine hoch. Vielleicht würde der Hurrikan Smithville doch nicht so schlimm treffen, wie befürchtet. Ihre Mutter hatte heute Morgen schon angerufen, weil sie wissen wollte, ob mit Brooke und den Kindern alles in Ordnung war. Brooke hatte ihr versichert, dass es ihnen gut ging, und sich schnell eine Entschuldigung ausgedacht, um wieder auflegen zu können. Doch sie war trotz allem froh, dass ihre Mutter in dieser Situation nicht allein war.

»Mommy, wird der Strom ausfallen?« Meghan war gerade nach unten gekommen. Brooke griff nach der Fernbedienung und schaltete den Fernseher aus.

»Ich weiß es nicht, aber denk doch nur, was für einen Spaß es machen wird, wenn wir die Kerzen herausholen und hier sitzen und Karten spielen.«

Meghan kamen die Tränen. »Ich will nicht, dass der Strom ausfällt.«

»Sei doch nicht so ein Baby!« Spencer warf sich aufs Sofa, nahm die Fernbedienung und stellte den Fernseher wieder an.

Brooke streckte die Hand aus. »Gib mir die Fernbedienung oder schalte um. Wir gucken immer mal wieder, wie es mit dem Sturm steht, aber wir lassen nicht die ganze Zeit den Wetterkanal laufen.«

Spencer schnaubte, fing aber an, durch die Kanäle zu zappen. Ihr Sohn benahm sich recht aufmüpfig in letzter Zeit; Brooke fragte sich, ob das mit Owen zusammenhing. Sie trat ans Fenster und schaute hinaus. Es regnete zwar, doch man spürte kaum ein Lüftchen. Die Bäume standen völlig unbewegt, als warteten sie auf etwas.

Während sie nervös durch das Haus ging, zog sie ihr Handy heraus, um Owen anzurufen. Aber was sollte sie sagen? Dass sie eine kindische Angst hatte und dass er kommen und bei ihr und ihren Kindern bleiben sollte, wenn der Sturm kam?

Warum eigentlich nicht? Sie waren schließlich Freunde, da durfte man so etwas sagen. Sie ging hinauf in ihr Zimmer und rief ihn an.

»Alles bereit für den Sturm?«, fragte sie, als er abnahm.

»Na ja, ich denke mir, dieses Haus steht schon seit hundert Jahren, es muss also schon einige Stürme überstanden haben. Ich hoffe nur, dass das geflickte Dach hält.« Er schwieg und Brooke glaubte, eine andere Stimme im Hintergrund zu hören, doch sie konnte nicht sagen, ob es ein Mann oder eine Frau war. »Und bei dir? Alles fertig? Ich habe heute Morgen gesehen, dass es jetzt Stufe zwei ist, wir kriegen also wahrscheinlich Sturm und Gewitter.«

»Allermindestens. Aber ja, wir sind vorbereitet.« Sie setzte sich auf ihr Bett, dann legte sie sich zurück und nahm kurz das Mikro vom

Mund, während sie seufzte. Er hatte jemand bei sich, also würde sie ihn nicht fragen, ob er zu ihr und den Kindern kommen könnte. »Ich hoffe, es wird nicht allzu schlimm.«

»Wird schon gut gehen.« Er schwieg wieder und Brooke hörte abermals die Stimme. Sie strengte sich an herauszufinden, ob es eine Frauenstimme war. »Kann ich dich nachher zurückrufen?«, fragte er schließlich. »Wäre das in Ordnung?«

»Natürlich, klar.« Sie setzte sich auf und wünschte, sie hätte nicht angerufen. »Kein Problem. Ich … ich habe nur … ich wollte nur wissen, ob alles in Ordnung ist.« Sie schloss die Augen vor Verlegenheit, weil es so albern klang.

»Gut, dann rufe ich dich zurück.«

Sechs Stunden später lagen Brooke, Meghan und Spencer oben in Brookes Schlafzimmer im Dunkeln und kuschelten sich unter der Bettdecke aneinander, während draußen die Blitze explodierten, eine Sintflut niederging und der Sturm tobte.

Und kein Wort von Owen.

Achtzehn

Owen war überrascht gewesen, als Hunter um acht Uhr zur Arbeit kam. Er hatte angenommen, der Junge würde zu Hause bleiben und zusammen mit seiner Großmutter den Sturm abwarten. Owen hatte ihn wiederholt gefragt, ob er nicht wieder nach Hause gehen wollte, doch Hunter sagte, sie würde böse werden, wenn er nicht arbeitete, und es ginge ihr gut.

Im Grunde war Owen richtig froh, dass Hunter da war. Sie hatten beide alle Hände voll zu tun, um eine Überschwemmung auf dem Dachboden zu verhindern. Knapp eine Stunde, nachdem der Sturm Smithville erreicht hatte, riss der Wind die frisch verlegten Schindeln vom Dach und die leeren Gefäße, die Hunter im Hinterhof gefunden und aufgestellt hatte, füllten sich in Windeseile mit Wasser. Die Tontöpfe waren zu schwer, um sie ständig die Treppen rauf und wieder runter zu schleppen, deshalb gossen sie sie, wenn sie voll waren, einfach aus dem Dachbodenfenster aus.

Er hatte den ganzen Morgen an den Geheimbunker denken müssen und sich gefragt, ob die letzten Mieter sich während der Stürme, die in dieser Gegend ja keine Seltenheit waren, vielleicht irgendwo versteckt hatten. Doch er bezweifelte es.

»Ich glaube, ich muss ein neues Dach ganz oben auf die Prioritätenliste für die Renovierungen setzen – eigentlich hätte ich es reparieren sollen, bevor die Hurrikansaison begonnen hat.« Owen hob einen Topf hoch, Hunter öffnete das Fenster. Sofort traf der heftige Regen sie beide voll ins Gesicht, doch das war immer noch das geringere der beiden Übel. Hunter schlug das Fenster wieder zu, Owen lief und stellte den Topf wieder unter die undichte Stelle im Dach. »Was für ein Chaos!« Er versetzte dem Topf einen Fußtritt. »Ich weiß nicht, warum ich das Haus überhaupt gekauft habe. Das war das Dümmste, was ich je gemacht habe.«

»Warum haben Sie es denn gekauft?« Hunter schob das Fenster hoch, als Owen mit einem anderen Topf kam. Beide schlossen die

Augen, während Owen ihn ausgoss und der Regen erneut auf sie eindrosch.

»Weil ich boshaft und gehässig bin.« Er fuhr sich mit dem Arm über die verschwitzte Stirn. Es war heiß hier oben, da es hier keine Klimaanlage gab. Und unvorstellbar feucht. Das Dach hatte zwei große Löcher. Heute war einfach alles ein bisschen zu viel.

»Ach übrigens …« Hunter griff in seine Tasche und zog zwei durchweichte Zwanzigdollarscheine heraus. »Die gehören Ihnen. Ich glaube, ich habe sie aus Versehen eingesteckt.« Er hielt sie Owen hin und dieser nahm sie. Er wusste, dass er dankbar sein sollte, dass Hunter die Sache geklärt hatte, doch im Moment ärgerte er sich einfach über alles.

»Aus Versehen eingesteckt?«, grunzte er. »Na ja, kann wahrscheinlich passieren.«

»Ich habe sie zurückgegeben, oder?« Hunter war klatschnass, wie Owen, und als dieser ihn fixierte, fing seine Unterlippe an zu zittern.

Owen hatte gehofft, wenn er ihm einen Job gab, bräuchte er nicht mehr zu stehlen. »Na ja, heute ist sowieso Zahltag. Jetzt kannst du wieder vierhundert Dollar verpulvern.«

»Ich hab sie nicht verpulvert!« Hunter ballte die Fäuste.

Owen bedeutete ihm, das Fenster zu öffnen, damit er den nächsten Topf ausleeren konnte. Dann trat er einen Schritt auf Hunter zu, der sich daraufhin gerade aufrichtete. »Es ist mir völlig egal, was du damit machst. Es gehört dir, und du kannst es ausgeben, wofür du willst.«

Hunter schüttelte den Kopf. »Das könnte man meinen, was?«

»Was soll das heißen?«

»Nichts. Egal.«

Owen überlegte. »Hat deine Großmutter das *ganze* Geld genommen?« Owen konnte verstehen, dass Hunter ihr mit den Rechnungen half und auch etwas zum Essen beisteuerte, aber sollte man dem Jungen nicht wenigstens ein bisschen lassen?

»Nein.« Hunter brachte den Topf wieder an seinen Platz. »Ich habe Großmutter etwas für ihre Tabletten, Essen und anderes Zeug gegeben. Die andere Hälfte soll ich behalten, hat sie gesagt, weil ich wirklich hart gearbeitet hatte.«

»Ja, das hast du. Deshalb ist es auch in Ordnung, wenn du ein bisschen Spaß damit hattest. Aber bestiehl mich nicht wieder.«

»Ich bestehle Sie nicht! Ich habe es zurückgegeben!« Hunters Unterlippe zitterte wieder. »Und ich habe mir nichts geleistet vom Rest des Geldes. Dafür hat mein Dad schon gesorgt!«

Owen stemmte die Hände in die Hüften, schaute auf den überschwemmten Fußboden und schüttelte den Kopf. »Dein Dad hat dir das Geld gestohlen?« Er hob den Blick und sah Hunter an, dem jetzt Tränen in den Augen standen. Owen konnte sich nicht vorstellen, dass sein Vater jemals so etwas getan hätte. Oder dass er ihm ein blaues Auge verpasst hätte.

Hunter blinzelte die Tränen zurück und streckte das Kinn vor; er atmete schwer. »Wie der Vater, so der Sohn.«

Owen merkte plötzlich, dass es aufgehört hatte zu regnen – es war, als hätte jemand eine Dusche abgestellt. Er sah Hunter in die Augen. »Du musst nicht werden wie dein Vater, Hunter. So etwas liegt nicht in den Genen. Du kannst dich für ein anderes Leben entscheiden.«

Doch Hunter schien auf einmal um Luft zu ringen, sein Mund öffnete sich weit. »Ich muss gehen.« Er lief zur Treppe, Owen eilte hinterher.

»Warte. Was ist denn los?«

Hunter drehte sich nicht um. »Ich muss gehen.« Doch als er unten an der Treppe war, blieb er stehen und beugte sich vornüber. »Ich krieg keine Luft mehr.«

Owen ging zu ihm und beugte sich zu ihm hinunter. Sein Herz fing an zu rasen. »Was soll das heißen? Hast du Asthma? Was ist los? Sag es mir.«

Hunter, noch immer vornübergebeugt, kämpfte um jeden Atemzug. »O Mann! Es passiert einfach und dann denke ich, ich muss sterben.«

Owen packte Hunter am Arm und richtete sie beide auf. »Beweg dich nicht. Ich rufe den Rettungsdienst.«

Hunter hielt ihn fest. »Nein! Nicht! Großmutter bringt mich um! Das kostet Geld und …« Er beugte sich wieder nach vorn. »Lassen Sie mich einfach nach Hause gehen, dann wird es besser.«

Owen blickte aus dem Fenster. Es regnete nicht mehr, aber der Sturm war noch immer ziemlich stark. Wild Bill war noch nicht mit ihnen fertig. »Was wird besser?«

»O Mann.« Hunter richtete sich wieder auf, schnappte nach Luft und griff mit beiden Händen nach Owens Arm. »Ich schaff das nicht, Mann. Ich werde ohnmächtig.«

Owen sprach langsam, weil er nicht wusste, was Hunter eigentlich fehlte, doch er erinnerte sich an ein paar Mal in seinem Leben, vor vielen Jahren, als ihm etwas Ähnliches passiert war. »Hunter, ist das ein Panikanfall?«

»So nennt Großmutter es, aber ich weiß es nicht. Ich weiß nur, ich hab das Gefühl, als ob …« Er drückte Owens Arm fester. »Als müsste ich sterben.«

»Komm. Ich bringe dich ins Krankenhaus. Mach dir keine Sorgen wegen des Geldes.« Owen legte einen Arm um Hunter und führte ihn zum Auto. Überall lagen abgebrochene Äste herum; Owen hoffte, dass sie ohne Unfall durchkamen. Er war froh, dass sein Auto nicht beschädigt war. In Gedanken setzte er eine Garage auf seine Liste. Wenn es wirklich eine Panikattacke war, käme Hunter wahrscheinlich auch so wieder in Ordnung, doch Owen wollte kein Risiko eingehen.

Sie fuhren ins Krankenhaus von Smithville. Unterwegs fiel Owen plötzlich ein, dass er Brooke nicht zurückgerufen hatte. *Ich hoffe, es geht ihnen allen gut.*

Als der Regen und das Gewitter nachließen, verließ Brooke das Bett. Meghan war eingeschlafen, doch Spencer stand ebenfalls auf und ging mit ihr zum Fenster. Ein Gartenstuhl, den sie draußen vergessen hatten, war mitten in den Hof geweht worden, wo er zwischen ein paar kleineren Ästen lag, doch sonst konnte sie keinen größeren Schaden entdecken.

»Ist es vorbei?« Spencer drückte seine Nase an die Scheibe.

»Ich weiß nicht.«

»Wann kriegen wir wieder Strom?«

Brooke trat vom Fenster weg. »Das weiß ich auch nicht. Aber ich muss uns was zu essen machen.«

Spencer folgte ihr nach unten. Brooke kämpfte gegen den Ärger an, der sich in ihr angestaut hatte. Sie war zornig auf sich selbst, weil es sie so kränkte, dass Owen nicht angerufen hatte. Sie konnte diese Gefühle, diese Verletztheit, nicht gebrauchen.

Sie öffnete die Tür zur Speisekammer und trommelte mit den Fingerspitzen auf den Holzrahmen, während sie sich umschaute. Nicht gerade viel Auswahl, ohne Herd oder Mikrowelle. Sie sah Spencer an, der am Küchentisch saß und eine Banane aß. »Ein Sandwich mit Erdnussbutter und Marmelade oder Schinken-Käse?«

»Keins von beidem«, sagte er mit vollem Mund.

Brooke überlegte, wie lange sie wohl ohne Strom sein würden. Sie wollte nicht, dass die Nahrungsmittel, die sich im Kühlschrank befanden, verdarben und es wurde schon jetzt richtig heiß im Haus. Hoffentlich war im Laden alles in Ordnung. Sie wäre gern schnell vorbeigefahren, aber sie war nicht sicher, ob der Sturm wirklich schon vorüber war, deshalb wollte sie die Kinder nicht mitnehmen und allein lassen konnte sie sie auch nicht.

»Ohne Herd kann ich nicht kochen.« Sie öffnete den Kühlschrank und ließ den Blick über den Inhalt schweifen, schloss ihn aber schnell wieder. Sie erinnerte sich noch gut, dass ihr Vater immer gesagt hatte, man müsse den Kühlschrank geschlossen halten, wenn der Strom ausfiel, damit es kalt darin blieb. Wie es wohl ihren Eltern ging? Sie seufzte und setzte sich an den Esstisch. Dann beschloss sie, die Gelegenheit, dass sie mit Spencer allein war, zu nutzen.

»Spencer, bedrückt dich etwas?« Sie stützte die Ellbogen auf den Tisch und legte das Kinn auf die Hände. »Ist es wegen Mr Saunders? Oder wegen etwas anderem?«

Spencer zuckte die Achseln.

»Ich dachte, du magst Mr Saunders, und du weißt doch, dass wir keine Beziehung haben, also …«

»Also warum hängt er dann dauernd bei uns rum? Und laufend telefonierst du mit ihm. Er hat dir Blumen mitgebracht, Mom. Das ist mehr als nur Freunde.« Spencer nahm sich eine Orange aus der Obstschale und drehte sie in den Händen.

Brooke versuchte nicht zu lächeln. Irgendetwas an den Sätzen ihres Sohns ließ eine zarte Freude in ihr aufsteigen, doch sie versuchte, beim Thema zu bleiben. »Das glaube ich nicht, Spence.« Sie schwieg und dachte nach. »Aber selbst wenn du recht hättest – kein Mann wird je den Platz deines Vaters einnehmen.«

»Ich weiß.«

Vielleicht brauchte Spencer einfach noch Zeit, um zu verarbeiten, was im Moment geschah. *Aber was geschieht denn eigentlich?* Brooke straffte sich und holte tief Luft. Nichts, anscheinend. Owen hatte sie nicht einmal zurückgerufen. Ihr Handy funktionierte, deshalb ging sie davon aus, dass das auch für seines galt. Sie entschied, dass es keinen Grund gab, dieses Gespräch mit Spencer überhaupt zu führen, stand auf und fing an, Sandwiches zu machen.

Wer wohl bei Owen war, als ich ihn angerufen habe? Sie schüttelte den Kopf und wünschte, sie müsste nicht die ganze Zeit an ihn denken.

Dann kam ihr ein beunruhigender Gedanke. Es war doch wohl nicht Tallie Goodry gewesen? Sie mochte vielleicht nicht Owens Typ sein, aber sie war schön. Und aufdringlich.

Owen fuhr langsamer und bremste schließlich vor Hunters Haus.

»Guck erst nach, ob es deiner Großmutter gut geht, bevor ich wieder fahre.« Er war froh, dass der Sturm und der Regen aufgehört hatten. Im Obergeschoss seines Hauses herrschte immer noch Chaos.

Hunter öffnete die Beifahrertür, dann drehte er sich noch einmal zu Owen um. »Glauben Sie wirklich, dass mir die Tabletten helfen?«

»Der Arzt hat es gesagt.« Owen hatte sich Sorgen gemacht, dass sie Hunter nichts geben würden, weil weder Hunters Eltern noch seine Großmutter dabei waren, aber er hatte ein Medikament bekommen, vielleicht, weil die Notaufnahme überfüllt war oder weil sie annahmen, dass Owen sein Vormund war. Oder vielleicht auch nur, weil keine Versicherung involviert war und Owen bar bezahlte. »Und, Hunter, ich hatte auch schon Panikattacken. Ich weiß, dass man sich furchtbar fühlt, aber ich bin froh, dass wir eine andere Ursache ausgeschlossen haben. Versuch es mit den Tabletten.«

»Sie haben gesagt, es ist nicht dasselbe, wie Drogen zu nehmen, stimmt's? Großmutter nimmt so Zeug, das sie völlig durchdrehen lässt. Ich will mich nicht auch so fühlen oder süchtig werden.«

Owen wusste Hunters Einstellung zu schätzen. »Nein. Du sollst die Tabletten regelmäßig jeden Tag nehmen. Sie lassen dich bestimmt nicht durchdrehen. Du hast doch gehört, was der Arzt gesagt hat. Manche Menschen haben ein chemisches Ungleichgewicht im Körper, da können die Tabletten helfen.«

Hunter seufzte. »Schön wär's.« Er stieg aus, schloss aber noch nicht die Tür. »Ich weiß nicht, ob ich Ihnen das Geld für das Krankenhaus je zurückzahlen kann.«

Owen lächelte. »Da mache ich mir keine Sorgen. Jetzt guck nach deiner Großmutter.«

Hunter rührte sich nicht. »Und das mit den vierzig Dollar … das tut mir echt leid.«

»Ich weiß.« Owen wollte gern losfahren, er musste unbedingt noch bei Brooke vorbeischauen und sehen, ob mit ihr und den Kindern alles in Ordnung war. Er hatte Schuldgefühle, weil er sie nicht zurückgerufen hatte, doch zwischen der Überschwemmung in seinem Haus und der Sorge um Hunter war er einfach nicht dazu gekommen. Und als es ihm dann wieder einfiel, war er nicht durchgekommen; vielleicht war ja ein Funkturm beschädigt.

Er nickte Hunter zu. »Geh rein.«

Hunter warf endlich die Tür zu und ging zur Vordertür. Eine Minute später steckte er den Kopf wieder heraus und winkte Owen, dass er fahren könne. Auf dem Weg zu Brooke nahm er plötzlich seinen eigenen Geruch wahr. Seine Kleidung war feucht, er war völlig verschwitzt. Doch bevor er noch überlegen konnte, ob er lieber zuerst duschen wollte, hielt er schon vor ihrem Haus.

»Ich kann nicht reinkommen, ich bin furchtbar dreckig«, sagte er, als sie die Tür öffnete. Hinter ihr war es dunkel. »Kein Strom? Das ist ärgerlich. Bei mir funktioniert er noch. Nur das Handy ist nicht in Ordnung.« Er hob es hoch.

Sie trug das rosa T-Shirt, das Owen so gefiel, und als sie ihr Haar über die Schulter zurückwarf, wurde ihm ganz schwummrig.

»Er ist gleich zu Anfang, als der Sturm kam, ausgefallen. Ich habe schon den Notdienst angerufen. Sie arbeiten daran, bis jetzt noch ohne Erfolg.« Sie trat einen Schritt zurück. »Komm doch rein.«

Er blickte an sich hinunter. »Ich weiß nicht so recht. Ich hatte alle möglichen Probleme bei mir zu Hause und bin in einem fürchterlichen Zustand.«

Sie winkte ihm hereinzukommen. »Wir sitzen bei Kerzenlicht in der Küche und essen Sandwiches mit Erdnussbutter und Marmelade. Möchtest du auch eins?«

Owen merkte plötzlich, dass er und Hunter den ganzen Tag noch nichts gegessen hatten. Seit der Überschwemmung waren sie nur noch herumgehetzt, um das Schlimmste abzuwenden. »Das wäre herrlich.«

Meghan und Spencer saßen am Tisch, als Owen mit Brooke in die Küche kam. »Hey, ihr zwei!«

»Sie haben uns nicht angerufen.« Spencer legte sein Sandwich hin und sah Owen anklagend an.

Brooke wies ihren Sohn zurecht. »Spencer, sei still. Mr Saunders hatte zu tun. Er hatte Probleme in seinem Haus.« Sie schwieg und runzelte die Stirn. »Was ist denn passiert?«

Bevor er antworten konnte, sagte Meghan: »Wir hatten solche Angst! Wir haben uns alle in Mommys Bett verkrochen und der Donner war so laut, dass ich die Hände auf die Ohren gedrückt und geweint habe!«

Owen schluckte schwer, dann ging er neben Meghan in die Hocke. »Es tut mir wirklich leid, Meghan.« Er blickte zu Brooke auf. »Es tut mir leid.«

»Ich hatte nicht solche Angst.« Spencer nahm sein Sandwich und biss hinein. »Aber Mom und Meghan haben geweint.«

Owen stand auf und sah Brooke an. Ihr Gesicht war ganz rot geworden. Sie starrte auf den Boden und schüttelte den Kopf. »Vielen Dank, Spencer.«

Spencer rutschte vom Stuhl. »Na ja, stimmt doch. Ich bin fertig. Kann ich Videospiele spielen?«

Brooke lächelte. »Nein, wir haben nämlich keinen Strom.«

Spencer seufzte schwer. »Komm, Meghan. Iss auf und dann spielen wir irgendwas.«

Brooke räumte die Teller ab. »Ich habe schon mit den Kindern gegessen, aber es steht noch alles auf dem Tisch. Setz dich und nimm dir.« Sie warf die Pappteller weg und drehte sich zu ihm um. »Was ist denn mit deinem Haus?«

Owen ging zur ihr, wobei er sich bewusst war, dass er wahrscheinlich genauso schmutzig roch, wie er sich fühlte. »Es tut mir schrecklich leid. Hattest du wirklich solche Angst?«

Sie biss sich auf die Lippen. »Was den Umgang mit Stürmen angeht, bin ich kein Vorbild für meine Kinder.«

»O Brooke.« Owen rieb sich einen Moment das Kinn. Er hätte sie gern in den Arm genommen, getraute sich aber nicht. »Wenn ich doch nur – oh, entschuldige.« Sein Handy klingelte. Er nahm ab, hörte eine Sekunde zu und seufzte genervt auf. »Schon wieder weg.«

»Das ist aber komisch. Meins funktioniert gut. Aber erzähl mir doch vom Haus.« Sie setzte sich und zog Erdnussbutter, Marmelade und Brot zu sich hin. »Setz dich hin, erzähle und ich mache dir ein Sandwich.«

Owen konnte sich nicht erinnern, wann er das letzte Mal ein Erdnussbutter-Marmelade-Sandwich gegessen hatte. Virginia hatte Erdnussbutter – überhaupt alles, was Erdnüsse enthielt – gehasst, deshalb hatten sie nie welche im Haus gehabt. Er sah zu, wie Brooke genau die richtige Menge Erdnussbutter und Marmelade auf zwei Scheiben Brot strich.

»Na ja, ich wusste ja, dass das Dach schadhaft ist und ich die Schindeln zum Teil ersetzen muss. Bei der ersten Besichtigung sagte mir der Makler, dass ein Hagelschaden vorläge.«

»Ja, ich erinnere mich an den Sturm. Riesige Hagelkörner. Ich hoffe, sie sind dir beim Preis entgegengekommen.«

Er nickte. »Das Problem ist, ich habe es zeitlich noch nicht geschafft, mich richtig darum zu kümmern. Das bisschen Regen, das wir seither hatten, war nicht weiter schlimm, aber als es hieß, dass ein Hurrikan kommt, habe ich mir doch Sorgen gemacht, deshalb habe ich versucht, das Dach wenigstens ein bisschen zu flicken.«

Er dankte ihr für das Sandwich, das sie auf einem Teller vor ihn hinschob. »Aber es hat nichts genützt. Es hat reingeregnet, nein, schlimmer, es gab eine richtige Überschwemmung. Jetzt ist wahrscheinlich auch noch die Decke im zweiten Stock komplett ruiniert.« Er nahm einen Bissen vom besten Erdnussbutter-Marmeladen-Sandwich der Welt. »Das ist das herrlichste Sandwich, das ich je gegessen habe.«

Brooke lachte laut auf, doch dann schlug sie die Hände vor den Mund. »Tut mir leid. Ich lache nicht wegen des Dachs. Ich habe nur noch nie erlebt, dass jemand wegen eines Erdnussbutter-Marmeladen-Sandwichs so aus dem Häuschen gerät.«

Owen nahm noch einen Bissen, schwelgte in dem Geschmack und nahm sich vor, Erdnussbutter zu seinen Vorräten hinzuzufügen. Er aß sein Sandwich auf und wischte sich mit einer Serviette, die Brooke ihm hingelegt hatte, den Mund ab.

»Noch eins?« Sie lächelte ihn an.

»Ja, bitte.«

Brooke machte ihm noch eins und Owen erzählte weiter. »Zum Glück habe ich letzte Woche diesen Jungen eingestellt, der mir bei den Arbeiten am Haus hilft, und er kam heute, trotz des Sturms. Einer von uns hat immer das Fenster aufgemacht, der andere hat die Töpfe mit Wasser ausgeschüttet. Stunde um Stunde.« Er schüttelte den Kopf. »Ich weiß wirklich nicht, was ich ohne Hunter gemacht hätte.«

Brooke, die gerade den Löffel in das Marmeladenglas gesteckt hatte, erstarrte. »Hunter?«

»Ja, ein Junge hier aus dem Ort, der Arbeit brauchte.« Owen wartete, dass sein Sandwich fertig wurde, doch sie zog den Löffel aus dem Glas und legte ihn hin.

»Bitte erzähl mir nicht, dass du Hunter Lewis eingestellt hast.«

»Ich weiß, dass er hier in der Gegend als Unruhestifter verschrien ist, aber ich glaube, er ist ein guter Junge. Er braucht einfach eine Chance und …«

»Ein guter Junge?« Sie lachte, aber ohne jede Heiterkeit. »Ich kann dir versichern, Hunter Lewis ist kein guter Junge.«

Owen starrte auf das unfertige Sandwich und blickte dann zu ihr auf in der Hoffnung, dass sie den Hinweis verstand und ihr Werk vollendete. »Seine Eltern sind in Schwierigkeiten und seine Großmutter hat ihr Leben auch nicht gerade im Griff. Aber er leistet wirklich gute Arbeit. Wir alle brauchen hin und wieder Hilfe.« Owen zuckte die Achseln. *Bitte, bitte, mach mein Sandwich fertig.*

Brooke stand auf und fing an, mit großen Schritten die Küche zu durchmessen. Owen wurde klar, dass er kein zweites Sandwich bekommen würde. Sie stemmte die Hände in die Hüften und presste die Lippen zusammen.

»Jetzt hör mir mal zu. Ich hätte auch ein bisschen Hilfe brauchen können, als Hunter mir vor ein paar Jahren eine Pistole an den Kopf hielt.« Sie blinzelte ein paar Mal. Ihr Gesicht war gerötet. Mit einem Mal hatte Owen jegliches Interesse an Sandwiches verloren.

Dann klingelte sein Handy wieder. Und ihres auch.

Brooke winkte Owen zum Abschied nach und drückte die Kurzwahltaste für die Nummer ihrer Mutter. Während das Telefon klingelte, mahnte sie sich zur Ruhe.

»Mom.« Brooke durchmaß schon wieder mit großen Schritten die Küche, eine Hand an die Stirn gepresst. »Mrs Doyle vom *Oaks* hat angerufen.«

Schweigen, dann sagte ihre Mutter: »Das dachte ich mir.«

»Sie hat gesagt, dass du ausziehst.« Brooke ging um den Küchentisch herum und gab dabei jedem einzelnen Stuhl einen Schlag mit der Hand. »Oder vielmehr, dass sie dich rauswerfen. Eine erwachsene Frau. Und du wirst rausgeworfen, weil ein Mann in deinem Apartment lebt.«

»Dieser Mann ist mein Ehemann. Und er lebt nicht hier. Er ist nur … hier. Meistens jedenfalls.«

Brooke blieb stehen, zog einen Stuhl heraus und setzte sich an den Tisch. »Du bezahlst aber nur für eine Person. Und deshalb werfen sie dich raus.«

»Ich weiß, mein Liebling. Wir haben versucht, ein Apartment für zwei Personen zu bekommen, aber es ist keines frei und die Warteliste ist ellenlang. Deshalb ziehe ich zu deinem Vater.«

Brooke glaubte nicht, dass sie jemals hohen Blutdruck gehabt hatte – bis jetzt. Ihr Kopf drohte zu platzen, ihr Herz raste. Sie war immer noch außer sich, dass ihre Mutter ihren Vater so viele Jahre nicht hatte zurückkommen lassen, ja dass sie ihr nicht einmal gesagt hatte, dass er zu ihnen zurückkommen wollte, doch das konnte sie gerade noch verstehen. Was sie nicht verstand, war, dass Mom ihn jetzt wieder in ihr Leben aufnahm. »Mom, komm doch nach Hause! Komm zu mir und den Kindern.«

»Mein Zuhause ist da, wo dein Vater ist.«

»Du hast die Kinder schon so lange nicht mehr gesehen. Sie vermissen dich. Wie kannst du ihnen das antun?«

»Ich komme sie bald besuchen, versprochen. Wenn du doch nur ein Mal mit deinem Vater reden würdest …«

»Hör auf, ihn meinen Vater zu nennen!« Brooke schloss die Augen, während sie auf die Antwort ihrer Mutter wartete.

»Wenn du mich anschreist, lege ich auf.«

Brooke kam ihr zuvor.

Patsy starrte noch ein Weilchen auf das Telefon, dann runzelte sie die Stirn. »Na bravo.« Sie schob ihre Brille hoch und setzte sich zu ihrem Mann aufs Sofa. »Dumm, dass das ausgerechnet jetzt passiert ist – unmittelbar nach dem Sturm. Stürme machen Brooke immer schwer zu schaffen.«

»Ich weiß.« Harold nahm ihre Hand und seufzte. »Ich halte das nicht aus, Patsy, diese Spannungen zwischen dir und Brooke. Und deine Enkelkinder siehst du auch kaum. Ich glaube, das Ganze ist ein Fehler.«

Patsy würgte das Aufschluchzen hinunter, das ihr in die Kehle gestiegen war. »Das darfst du nicht sagen, Harold Miller. Ich will mit dir zusammen sein. Ich werde noch viel Zeit mit Brooke und den Kindern haben, aber jetzt haben wir beide Vorrang. Hast du mich verstanden?«

»Du bist wirklich die einzige Frau, die ich je geliebt habe. Und ich habe euer Leben ruiniert.« Er schwieg und blinzelte ein paar Mal. »Und trotzdem bist du bei mir.«

»Ich möchte auch gar nirgends anders sein.« Sie schlang die Arme um seinen Hals und küsste ihn.

Harold schob sie sanft weg. »Unter anderen Umständen hätten wir wahrscheinlich nicht mehr zueinandergefunden.«

»Ich hätte dir schon vor zwanzig Jahren vergeben sollen, dann wären wir noch eine Familie.« Sie sah ihn an. »Ich habe dich immer geliebt und ich habe auch immer gewusst, dass du mich liebst. Und ich muss die Rolle akzeptieren, die ich in dem Ganzen gespielt habe.« Sie tätschelte sein Bein. »Jetzt werde ich fertig packen. Du ruhst dich aus.«

Patsy ging ins Schlafzimmer und schloss die Tür hinter sich, dann schlug sie die Hände vors Gesicht und weinte herzzerreißend. Sie vermisste Brooke, Meghan und Spencer so sehr, dass sie es kaum aushielt. Aber sie hatte nicht mehr viel Zeit mit Harold.

Neunzehn

Brooke war überrascht, als Owen am Samstagnachmittag im Laden auftauchte. Sie hatte ziemlich schroff reagiert, als sie erfuhr, dass er Hunter eingestellt hatte, und wusste, dass sie ihm die ganze Geschichte gleich hätte erzählen sollen, doch sein Onkel hatte angerufen und er hatte sofort gehen müssen.

»Hey.« Jetzt kam er in seinem Arbeitsoverall und dem weißen T-Shirt zu ihr an den Ladentisch geschlendert. »Ich brauche einen Dachdecker. Mit dieser Aufgabe bin ich nämlich endgültig überfordert.«

Brooke suchte eine Visitenkarte aus einem Stapel neben der Kasse heraus. »Diese Firma hat mein Haus gemacht. Sie sind gut – und die Preise sind auch vernünftig.«

Owen studierte die Karte einen Moment und spielte dann mit ihr herum. »Tut mir leid, dass ich gestern so schnell wegmusste.«

»Ist alles in Ordnung?« Sie setzte sich auf den Stuhl hinter der Theke und schob ihre Baseballkappe zurück.

»Ja.« Er schob die Hände in die Taschen. »Mein Onkel will mich besuchen. Er kommt gegen Ende der Woche. Er wollte es mir noch genauer sagen, aber meine Handyverbindung war immer wieder unterbrochen.«

Brooke straffte sich. »Wie lange wird er bleiben?«

»Ich weiß nicht. Er ist ein bisschen exzentrisch.« Owen lachte. »Er ist der Bruder meines Vaters. Er reist durch die Weltgeschichte und lässt sich immer wieder für ein Weilchen irgendwo nieder, um an seinen Memoiren zu arbeiten. Manchmal wohnt er bei meinen Eltern in Florida, manchmal bei Freunden. Jetzt kommt er zum ersten Mal zu mir.« Owen verzog das Gesicht. »Weißt du, er konnte Virginia nicht leiden – wie überraschend! Na ja, ich habe ja genügend Platz und als ich erfuhr, dass er in unsere Gegend kommt, habe ich ihn eingeladen.« Er schwieg kurz und fuhr dann fort: »Vielleicht kann er uns bei der Renovierung des Hauses helfen. Obwohl ich eigentlich gehofft hatte, dass dieses Projekt mich längere Zeit beschäftigt. Was mache ich, wenn wir fertig sind?«

»Ich muss noch kurz mit dir reden.« Sie sah ihn nicht an, sondern schob einen Stapel Papiere auf der Theke hin und her, während sie sprach. »Ich muss dir noch das mit Hunter erklären.«

Owen seufzte. »Ich habe wahrscheinlich schon genug gehört.«

»Es war keine richtige Waffe, nur eine Wasserpistole, über die er eine Tüte gestülpt hatte.« Jetzt sah sie ihn an. Er wirkte erleichtert.

»Eine Wasserpistole?« Er schüttelte den Kopf. »Das geht ja noch, oder? Besser als eine echte.«

»Wie auch immer, du verstehst sicher, dass ich nicht will, dass meine Kinder Kontakt mit Hunter haben.«

Owen schwieg eine Weile, dann sagte er: »Jeder verdient eine zweite Chance. Ich habe das Gefühl, dass Hunter im Grunde ein guter Kerl ist. Ich will einfach nur, dass er eine faire Möglichkeit hat, sich zu bewähren.«

»Ich finde auch, dass jeder Mensch eine zweite Chance verdient, aber der Anblick von Hunter, wie er eine Skimaske trägt und mit einer, wie ich damals annehmen musste, echten Waffe auf mein Gesicht zielt – ich kann das einfach nicht vergessen. Er macht mir Angst, Owen.«

»Das kann ich gut verstehen.« Er sagte nichts mehr, sondern sah sie nur unverwandt an.

Brooke wartete. Ihr wäre sehr viel wohler gewesen, wenn er Hunter nie eingestellt hätte. Die letzten Jahre hatte sie nach Möglichkeit jeden Kontakt mit ihm vermieden. Sie wusste Bescheid über seine häusliche Situation und sie und Travis hatten versucht, ihm zu helfen und ihn häufig eingeladen. Doch Hunter hatte ihnen ihre Freundlichkeit schlecht vergolten. »Wundere dich nur nicht, wenn dein Versuch, ihm eine zweite Chance zu geben, fehlschlägt. Er ist …«

Ihre Stimme erstarb, als sie merkte, dass Owen sie immer noch anstarrte. Sein Blick wanderte an ihrem Körper nach unten und wieder hinauf, bis sich ihre Blicke trafen. Er trat einen Schritt näher. »Ich glaube aber trotzdem unumstößlich an eine zweite Chance.«

Brooke schluckte, plötzlich verunsichert durch Owens verführerischen Ton. *Was geht hier vor?*

Owen beugte sich vor, nahm ihr Gesicht in die Hände und presste seine Lippen auf ihre, sanft und unglaublich zärtlich. Das Ganze geschah völlig beiläufig und kam absolut unerwartet. Zuerst wollte sie sich ihm entziehen, doch seine Lippen waren unwiderstehlich. Seine Berührung löste ein so intensives Schwirren von Schmetterlingsflügeln in ihrem Bauch aus, dass sich ihr unwillkürlich ein kleiner Seufzer entrang. Als er sie losließ, war sie völlig benommen.

»Und jetzt« – er lächelte – »muss ich dringend den Dachdecker anrufen.« Er salutierte spielerisch. »Ich wünsche Ihnen einen wunderschönen Tag, Brooke Holloway.«

»Ich dir auch«, murmelte sie, während er sich umdrehte. Als er weg war, legte sie einen Finger auf ihre Lippen. *Verliebe ich mich vielleicht in meinen neuen Freund?*

Und, noch erstaunlicher: *Verliebt er sich womöglich in mich?*

Owen hatte sie nur noch küssen wollen. In letzter Zeit hätte er am liebsten jede Minute mit Brooke verbracht, aber was er jetzt getan hatte, verstieß endgültig gegen alle ihre Abmachungen. Er kannte sie erst einen Monat und hatte ständig das Gefühl, dass sein Herz eine Leiter hinaufkletterte und auf ein Sprungbrett hinaustrat. Sie war eine Frau, in die er sich verlieben könnte. *Aber könnte ich denn einer Frau, irgendeiner Frau, jemals wieder vertrauen?*

Jetzt hatte er genau das getan, was er versprochen hatte, nicht zu tun: Er hatte ihr falsche Hoffnungen gemacht. Oder? Vielleicht empfand sie ja gar nichts für ihn, dann konnte man auch nicht von falschen Hoffnungen reden. Sein Kopf und sein Herz waren völlig durcheinander; er fing sogar an, sich allen Ernstes zu fragen, ob er tatsächlich an eine zweite Chance glaubte – für sich selbst.

Den Rest des Wochenendes arbeitete er am Haus. Am Montag beschloss er, in der nächsten Woche das Dach neu decken zu lassen.

Von Brooke hatte er nichts mehr gehört und er hatte sie auch nicht angerufen.

Doch er musste die ganze Zeit an sie denken.

Am Dienstagmorgen – Owen und Hunter waren gerade dabei, die Küchenschränke herauszureißen – beschloss er, den Jungen nach Brooke zu fragen.

»Was ist eigentlich vor ein paar Jahren in Millers Eisenwarenhandlung passiert?« Owen zerrte einen der zerlegten Schränke über den Küchenfußboden und warf ihn auf die Bestandteile zweier anderer Schränke.

Hunter war dabei, mit einem Akkuschrauber Schrauben aus einem Schrank zu drehen. Er hielt kurz inne, dann arbeitete er weiter, ohne aufzublicken. »Gehen Sie mit ihr?«

»Sie ist nur eine Freundin.« Owen zog ein Tuch aus der Tasche und fuhr sich damit über das Gesicht. »Sie hat gesagt, du hättest sie mit einer Waffe bedroht.«

Hunter stand auf, den Akkuschrauber in der Hand. »Das habe ich nicht!«

Owen legte den Kopf schräg. »Wirklich? Hat sie mich angelogen?«

Hunter zerrte den Schrank, an dem er gearbeitet hatte, von der Wand und schob ihn über den Boden. »Es war nicht, wie Sie denken.«

Owen wartete, doch Hunter sagte nichts mehr. »Wie war es dann?«, fragte er schließlich.

Hunter strich sich das rote Haar zurück und stand auf. »Es war eine Wasserpistole mit einer Papiertüte darüber. Ich hätte Mrs Holloway niemals etwas getan. Sie und ihr Mann waren immer sehr nett zu mir.«

Damit wandte er sich wieder den Schränken zu. Owen stand einfach da, völlig verdutzt. »Du wolltest also Leute ausrauben, die immer nett zu dir waren?«

»Ich hab's Ihnen ja gesagt, ich bin Abschaum.« Hunter zog die Schraube, die er gelöst hatte, heraus und warf sie auf den Boden.

»Ich versuche doch nur, es zu verstehen.« Doch Owen glaubte, die Beweggründe für das Verbrechen bereits zu kennen.

Hunter drehte eine weitere Schraube heraus. »Ich hab Geld gebraucht, okay? Und ich hatte gesehen, dass sie die Kasse gerade gefüllt hatte.« Er deutete mit dem Hammer auf Owen. »Aber ich hätte ihr nie etwas getan. Niemals.«

Owen grunzte. »Hunter, ich kann mir vorstellen, für wen du das Geld gebraucht hast, aber weißt du auch, was du ihr für Angst gemacht hast?«

»Ich denke praktisch jeden Tag daran.«

Owen beschloss, das Thema fallen zu lassen. Wahrscheinlich hatte Hunter sich schon selbst genug gestraft.

»Nachher werden noch ein paar Möbel geliefert. Mein Onkel Denny wird eine Zeit lang bei mir wohnen.« Owen öffnete die Tür zum Hinterhof und trug ein paar Schrankteile hinaus. Als er zurückkam, riss Hunter gerade den letzten Schrank von der Wand.

»Wird er Ihnen dann im Haus helfen? Brauchen Sie mich dann überhaupt noch?« Hunter wischte sich die Hände an seinem Overall ab und gab dem Schrank einen letzten Schubs.

»Ich hoffe, dass er mir hilft. Wir können jede Hilfe brauchen, oder?« Owen schwieg, doch Hunter sagte nichts. »Hunter, du leistest hier gute Arbeit. Ich werde dich nicht entlassen. Und am Freitag bekommst du eine Gehaltserhöhung, wie wir es besprochen haben.«

Das Gesicht des Jungen leuchtete auf. »Danke, Owen.«

Am Abend befand sich kein einziger Schrank mehr in der Küche und Miltons Möbelhaus hatte ein paar Einrichtungsgegenstände für das obere Stockwerk geliefert. Onkel Denny sollte das große Zimmer am Ende des Gangs bekommen. Owen hatte ein Bett, eine Kommode, zwei Nachttischchen und einen Kleiderschrank gekauft und wo er schon einmal dabei war, hatte er für sich selbst noch eine Kommode und zwei Tischchen bestellt, außerdem ein Sofa und einen Couchtisch fürs Wohnzimmer. Das war nicht viel, wenn man die Größe des Hauses bedachte, doch jetzt würde es hoffentlich ein wenig wohnlicher werden.

Beim Aussuchen der Möbel hatte er an Brooke gedacht und sich gewünscht, dass sie ihm helfen würde. Doch jedes Mal, wenn er über die bloße Möglichkeit einer Beziehung mit ihr nachdachte, musste er an Virginia denken.

Am Mittwochmorgen stand Hunter vor Richter Landreth. Er trug seine beste Jeans, ein neues, kurzärmeliges blaues Hemd und neue Tennisschuhe, die er sich extra gekauft hatte. Großmutter hatte noch mehr Geld für ihre Medikamente und für die Reparatur der Klimaanlage gebraucht – und er hatte zwei frische Flaschen Wodka gefunden, aber es war trotzdem das erste Mal in seinem Leben, dass Hunter etwas Geld in der Tasche hatte. Und er war beim Friseur gewesen.

Es war auch das erste Mal, dass ihn jemand aufs Gericht begleitete.

»Bei allem Respekt, Euer Ehren« – Owen, der neben Hunter vor dem Richter stand, hob einen Stapel Papiere hoch – »es gibt nicht einen einzigen Beleg dafür, dass Hunter in diesen Laden eingebrochen ist. Dass er in der Nähe des Tatorts vorbeikam, macht ihn noch nicht schuldig. Außerdem haben Sie doch schon eine Zeugin, die aussagt, dass der Junge, den sie gesehen hat, nicht Hunter war. Wie können Sie da Anklage gegen ihn erheben?«

Hunter hatte noch nie jemanden gehabt, der für ihn eingetreten war. Und oft, das musste er zugeben, hatte er auch gar keine Unterstützung verdient. Doch Owen hatte ihm geglaubt, als er sagte, dass er einfach nur losgelaufen war, als er das zerbrochene Glas sah und die Polizeisirene hörte. Owen hatte gesagt: »Ich glaube dir nicht nur, ich glaube *an* dich.« Hunter hatte sich noch nie in seinem Leben leidenschaftlicher gewünscht, ein besserer Mensch zu sein. Für Owen Saunders.

»Mr Lewis ist in Smithville kein unbeschriebenes Blatt, Mr Saunders. Ich weiß, dass Sie neu in der Stadt sind, aber wir haben Grund anzunehmen, dass Mr Lewis auch in dieses Verbrechen verwickelt ist.« Richter Landreth war ein alter Mann mit grauem Haar und vielen Falten. Er nahm seine Brille ab. »Waren Sie es nicht sogar, der ihn gefasst und uns übergeben hat?«

Owen trat einen Schritt vor. »Ja, ich habe ihn der Polizei übergeben. Aber ich habe auch die Akte gelesen und bin bereit, einen Anwalt zu engagieren, der Hunter verteidigt. Es gibt in diesem Fall keinerlei Beweise gegen ihn.«

Hunter konnte es nicht fassen. Wieder einmal fragte er sich, warum er nicht einen Vater wie Owen haben konnte.

Zehn Minuten später verließen Owen und er den Gerichtssaal; sämtliche Anklagen gegen ihn waren fallen gelassen worden.

»So was hab ich noch nie erlebt.« Das breite Grinsen, das auf Hunters Gesicht getreten war, schien gar nicht mehr verschwinden zu wollen.

»Das war ja auch barer Unsinn. Sie wollten einfach ausnutzen, dass du keinen Rechtsbeistand hast.« Owen ging an seinem Auto vorbei und Hunter folgte ihm.

»Wo gehen wir hin?«

»Ich muss noch etwas erledigen und es ist nah genug, um zu Fuß hinzugehen.«

Hunter war überglücklich – bis Owen vor Millers Laden stehen blieb.

»Ich kann da nicht reingehen.« Er spähte durchs Ladenfenster. Mrs Holloway saß mit ihrem Sohn am Ladentisch.

Owen ging einfach weiter, griff nach der Türklinke und drehte sich noch einmal um, bevor er die Tür aufzog. »Doch, das kannst du. Komm.«

Hunter hatte schon wieder das Gefühl, als würde ihn etwas ersticken. Das Medikament, das er bekommen hatte, half zwar meistens, doch er wusste nicht, ob es ihm in dieser Situation ebenfalls helfen würde. Er erinnerte sich noch gut an den verängstigten Ausdruck auf Mrs Holloways Gesicht. Und daran, wie sein Vater ihm einen Faustschlag in den Magen versetzt und ihm befohlen hatte, den Laden zu überfallen und auszurauben. Nächtelang war er schweißgebadet aufgewacht und hatte daran gedacht, was er Mrs Holloway angetan hatte. Er konnte ihr einfach nicht gegenübertreten, er konnte es nicht. Seit fast zwei Jahren war er ihr in der Stadt aus dem Weg gegangen.

»Ich kann das nicht.« Er schüttelte den Kopf. »Ich warte hier draußen.«

Owen ließ die Türklinke los und kam zu Hunter zurück. »Du bist im Begriff, dein Leben zu ändern, und dazu gehört auch die Aussprache mit Brooke. Hast du dich jemals bei ihr entschuldigt?«

Hunter spürte, wie seine Unterlippe anfing zu zittern wie immer, wenn er sich wie ein verängstigtes Baby verhielt. »Nein und das werde ich auch jetzt nicht tun. Sie wird mich rauswerfen, sobald ich einen Fuß über die Schwelle setze. Oder schlimmer noch, Big Daddy wird es für sie machen.« Er schluckte schwer. »Ich geh da nicht rein.«

Owen ging auf dem Bürgersteig auf und ab, rieb sich das Kinn und blieb dann vor Hunter stehen. »Du musst anfangen, den Menschen zu zeigen, wie du wirklich bist. Der Junge, den ich sehe, hat Eltern, die diesen Namen wahrscheinlich nicht verdienen, aber er versucht, ein anständiger Mensch zu werden. Das hier ist ein großer Schritt, ich weiß, aber es ist wichtig.«

Hunter wusste nicht, was er tun sollte. Owen war so gut zu ihm gewesen und er wollte ihn nicht enttäuschen, doch er hatte Angst, ohnmächtig zu werden, wenn er Mrs Holloway gegenübertreten musste. Er zögerte, dann nickte er langsam. Sein Herz raste, als er hinter Owen den Laden betrat, und er zuckte zusammen, als die Türglocke hinter ihnen erklang. Er wagte nicht, den Kopf zu heben. Mrs Holloway hasste ihn und er wusste beim besten Willen nicht, warum Owen ihn zu diesem Schritt zwang.

»Guten Morgen.« Owen ging zur Theke. Hunter blieb nichts anderes übrig, als ihm zu folgen.

»Guten Morgen.« Mrs Holloway klang genau so, wie er es in Erinnerung hatte. Er blickte genau in dem Augenblick auf, als sie den Arm um ihren Sohn legte und ihn näher an sich zog. Daraufhin ließ er den Kopf wieder sinken.

»Sind meine Schränke schon gekommen?« Owen schob die Hände in die Taschen seiner schwarzen Hose. Er hatte sich für die Gerichtsverhandlung heute richtig gut angezogen. Er trug sogar ein weißes Hemd und eine Krawatte.

»Ja. Big Daddy kann sie heute Vormittag noch liefern, wenn du möchtest.« Mrs Holloway schien Hunter ebenso wenig ansehen zu wollen wie er sie.

»Hey, Spencer.« Owen beugte sich ein wenig nach links, bis Mrs Holloways Sohn aufblickte. »Was hast du denn da?«

Spencer seufzte. »Ein Flugzeug. Es hat meinem Dad gehört. Aber es fliegt nicht.«

»Was ist denn kaputt?« Hunter war selbst überrascht beim Klang seiner Stimme, doch als Mrs Holloway ihren Sohn noch näher an sich zog, wünschte er, er hätte den Mund gehalten. Er fühlte sich keineswegs besser, wie Owen ihm prophezeit hatte, sondern sehr viel schlechter.

Spencer entzog sich seiner Mutter. »Lass mich, Mom.« Er streckte Hunter das Flugzeug hin. »Ich weiß nicht. Ich glaube, es fehlen ein paar Teile.«

»Es sieht alt aus.« Hunter untersuchte die etwa sechzig Zentimeter langen Tragflächen und fand ein Datum, das darauf eingraviert war. »Hier steht 1963.«

»Glaubst du, es kann fliegen?« Spencer stand von dem Stuhl auf, auf dem er saß, obwohl seine Mutter die Stirn runzelte.

Hunter zuckte die Achseln und reichte ihm das Flugzeug zurück. »Ich weiß nicht. Vielleicht.« Er war ziemlich sicher, dass er es, wenn er ein bisschen Zeit hatte, wieder zum Fliegen bringen würde. Bis jetzt hatte es noch keine Maschine gegeben, die er nicht hatte reparieren können.

»Hey, Spencer.« Owen beugte sich weiter zu Spencer herunter. »Geh doch mal zu Big Daddy und schau mit ihm zusammen nach meinen Schränken. Ich muss deine Mutter kurz allein sprechen.« Er blickte zu Mrs Holloway hinüber. Sie nickte und schob ihren Sohn regelrecht in Richtung des hinteren Ladenbereichs.

Hunter wusste nicht, ob er sich schon jemals in seinem Leben so geschämt hatte, dabei stand ihm das Schlimmste sicher noch bevor. Er schaute Owen an, doch der nickte nur. Hunter zwang sich, Mrs Holloway anzusehen.

»Mrs Holloway, es tut mir leid, was ich getan habe. Sie und Mr Holloway waren immer sehr gut zu mir und ...« Seine Unterlippe fing an zu zittern und er brauchte seine ganze Selbstbeherrschung, um nicht in Tränen auszubrechen. *Warum bin ich nur so ein verdammtes Baby?* »Jedenfalls, es tut mir sehr leid.« Er holte tief Luft. »Vor allem, dass ich Ihnen Angst gemacht habe. Es tut mir leid, wirklich.«

Es war schwer, doch er wandte seinen Blick nicht von ihr. Ob sie ihm wohl vergeben konnte? Er war damals nicht mit dem Geld davongekommen, dafür hatte Big Daddy schon gesorgt. Und die Holloways hatten keine Anzeige erstattet. *Aber trotzdem.*

Sie hob ein wenig das Kinn, doch sie lächelte nicht. »Danke, Hunter. Ich weiß das zu schätzen.«

Owen griff in seine Tasche und zog seine Schlüssel heraus. »Hunter, könntest du zum Auto zurückgehen und es hierherholen?«

Hunter bekam große Augen. »Wirklich?«

Owen lächelte und nickte. Hunter dachte, dass er wahrscheinlich mit Mrs Holloway allein sein wollte, doch das war ihm egal. Er durfte wieder Owens Nobelkarosse fahren – auch wenn es nur um die Ecke war.

Brooke konnte ihre Augen kaum von Owen abwenden, wie er vor ihr stand, in der langen Hose, dem makellosen weißen Hemd und der Krawatte. Beinahe hätte sie ihm gesagt, wie gut er aussah.

»Wie geht es dir?« Auf Owens Stirn erschienen Falten, als er das fragte, und seine Stimme klang besorgt.

»Gut. Und dir?«

»So weit in Ordnung.« Er hielt kurz inne und fuhr dann fort: »Ich weiß, das war schwer für dich, und ich möchte dir danken, dass du Hunters Entschuldigung angenommen hast. Er ist wirklich kein schlechter Mensch, er hat nur ein ganz schlimmes Elternhaus.« Er grinste. »Ich kann es kaum glauben, dass er dich mit einer Wasserpistole bedroht hat.«

Brooke schob ihre Baseballkappe zurück. »Ja, aber es war genauso angsteinflößend wie mit einer richtigen Pistole. Und überhaupt nicht lustig.«

»Ich weiß. Entschuldigung. Ich wollte keine Scherze darüber machen.« Owen seufzte. »Ich möchte nur, dass Hunter sein Leben ändert.«

Brooke schwieg kurz, dann sagte sie: »Du bist ein guter Mensch, Owen Saunders.«

Er lachte leise. »Na, ich weiß nicht. Aber Hunter soll eine echte Chance haben. Und die hätte er nicht gehabt, wenn ich heute Morgen nicht mit ihm aufs Gericht gegangen wäre.« Er schwieg, dann sagte er: »Sämtliche Anklagen wurden fallen gelassen.«

Brooke konnte ihren Blick nicht von seinem Mund abwenden. Sie überlegte fieberhaft, wie sie es anstellen konnte, ihn wiederzusehen. Doch seit er sie am Samstag geküsst hatte, hatte sie nichts mehr von ihm gehört, und sie wusste nicht, was sie davon halten sollte.

Owen stützte die Hände auf die Theke und beugte sich zu Brooke hinüber. »Ich möchte dich unbedingt küssen. Genauso sehr wie letztes Mal.« Er lächelte. »Was bedeutet das, Brooke Holloway?«

Sie biss sich auf die Unterlippe, als es in ihrem Bauch wieder anfing zu kribbeln. »Was es bedeutet?« *Küss mich.*

Owen beugte sich noch weiter zu ihr hinüber. Sein Blick war so sanft, als streichle er sie mit seinen Augen. Sie roch sein würziges, berauschendes Eau de Toilette, als er seine Lippen auf ihren Mund legte. Brooke genoss jede Sekunde. Dann löste er sich von ihr, beugte sich vor, um sie noch einmal zu küssen, und richtete sich wieder auf.

»Möchtest du mit den Kindern vielleicht morgen Abend mit mir essen gehen?«

Brooke starrte in Owens leuchtend blaue Augen und ihr wurde klar, dass jegliches Gepäck, das Owen Saunders noch von seiner ersten Ehe mit sich schleppte, keine Rolle mehr spielte. Sie hatte ihr Herz nur einem einzigen Mann geschenkt.

Bis jetzt.

Zwanzig

Am Donnerstagabend bei *Mexico Lindo* beobachtete Brooke, wie Owen mit ihren Kindern scherzte und spielte. Bei dem Anblick wurde ihr richtig warm ums Herz, obwohl sie alle drei schon mehrmals hatte ermahnen müssen, sich ein bisschen zusammenzunehmen. Zwischen Owen und ihr entwickelte sich gerade etwas Neues, obwohl sie sich versprochen hatten, nur Freunde zu sein. Sogar Spencer schien sich zu amüsieren. Doch Brooke kannte ihren Sohn und wusste, dass er noch immer auf der Hut war, wie sich schon daran zeigte, dass er immer wieder fragend zwischen Owen und ihr hin und her blickte.

»Ich wollte dich schon die ganze Zeit etwas fragen.« Owen wischte sich den Mund mit einer Serviette ab. »Warum steht eigentlich dieser riesige Lebkuchenmann vor dem Büro der Handelskammer?«

»Das ist Smitty!« Meghan leckte sich Vanilleeis von den Lippen.

Brooke nahm Meghans Serviette und wischte ihrer Tochter das Eis aus dem Gesicht, während sie sprach. »2006 beschloss die Stadt, etwas ganz Besonderes für unser alljährliches Lichterfest zu tun, deshalb haben wir diesen gigantischen Lebkuchenmann gebacken. 2009 kamen wir dafür sogar ins *Guinnessbuch der Rekorde*. Danach wurde die Backform, in der er gebacken wurde, zum Denkmal ernannt, das an den Rekord erinnern soll.« Sie legte die Serviette hin und nahm einen Schluck Kaffee. »Später hat eine Ikea-Filiale in Norwegen unseren Rekord gebrochen, aber wir sind ziemlich sicher, dass wir den Rekord in Amerika noch immer halten.«

»Du meine Güte!« Owen lachte. »Da muss aber eine ganz schöne Menge Mehl verbacken worden sein!«

»Er wog knapp sechshundert Kilo und war ungefähr sechs Meter hoch. Wir haben sechshundertachtzig Pfund Mehl, hundertfünfundachtzig Liter Sirup und achthundertvierundsechzig Eier verbraucht.« Sie deutete mit dem Finger auf ihn. »Und die Eier mussten getrennt werden!«

Owen lachte wieder. »Ganz schön cool! Das hätte ich gern gesehen!«

»Es gibt ein Video, ich zeige es dir gern mal.« Brooke nahm noch einen Schluck Kaffee. »Dein Onkel kommt also morgen?«

»Ja. Ich habe ein paar Möbel in das obere Schlafzimmer stellen lassen, das die wenigsten Reparaturen brauchte. Und ich habe ein Sofa gekauft. Aber das Haus ist noch immer in fürchterlichem Zustand, zumal Hunter und ich kürzlich alle Einbauschränke herausgerissen haben.« Er schwieg und nahm ebenfalls einen Schluck Kaffee. »Sag Big Daddy noch einmal Danke, dass er die Sachen gebracht hat.«

»Gern geschehen. Das machen wir für all unsere Kunden.« Brooke grinste und wünschte sich, dass dieser Abend nie vorüberginge. Sie fragte sich, ob sie Owen in Zukunft wohl sehr viel seltener zu sehen bekäme, jetzt da sein Onkel bei ihm wohnen würde.

Owen drohte an, sich bei Meghans Eis zu bedienen, und alle lachten und alberten herum, als Brooke plötzlich heftig die Luft einsog.

»O nein.« Sie legte eine Hand auf ihre Brust. Bevor sie Owen sagen konnte, was los war, sprangen Meghan und Spencer auch schon auf und liefen zum Eingang des Restaurants.

Owen drehte sich auf seinem Stuhl um und blickte den Kindern nach. »Was ist denn? Kennst du diese Leute?«

»Es ist meine Mutter.« Sie holte tief Luft, während sie zusah, wie ihre Mutter Meghan und Spencer freudig umarmte. »Und mein Vater.« Sie wandte den Blick ab. »Owen! Sie kommen her. Was soll ich nur tun?«

Owen stand auf, als Brookes Eltern an ihren Tisch traten. Er streckte Brookes Mutter die Hand hin. »Hallo. Ich bin Owen Saunders.«

Moms Augen leuchteten auf und sie lächelte. »Nett, Sie kennenzulernen, Owen. Ich bin Patsy Miller. Und das ist Brookes Vater Harold.«

Brookes Innerstes zog sich zusammen, als ihr Vater und Owen sich die Hände schüttelten.

»Bist du mein Opa?« Meghan machte große Augen.

Brooke tat ihr Vater beinahe leid, als er mit knallrotem Gesicht nickte, doch sie brachte es einfach nicht über sich, ihn zu begrüßen. Die Augen ihrer Mutter flehten sie an, etwas zu sagen, aber sie konnte einfach nicht. Sie hielt die Augen fest auf ihre Kaffeetasse gesenkt und schaute nicht auf.

»Ich glaube, unser Tisch ist bereit«, sagte ihre Mutter schließlich und schaute Brooke vielsagend an. »Owen, es war schön, Sie kennenzulernen. Wir sehen uns bald wieder, Kinder, versprochen. Ich habe Heimweh nach euch.« Dann gingen sie und Brookes Vater quer durch das Restaurant zu ihrem Tisch.

Brooke zwang sich zu einem Lächeln. »Können wir gehen?« Owen nahm ihre Hand und drückte sie – eine rührende Geste, die ihr die Tränen in die Augen trieb. Sie blickte zu ihren Eltern hinüber und dachte, welch eine bizarre Situation dies doch war, doch dann sah sie Owen an, diesen überaus gut aussehenden, fürsorglichen Mann, der ihr vor Kurzem gesagt hatte, dass er seine Exfrau noch immer liebe und nie wieder einer anderen Frau vertrauen könne. Sie blickte ihn an, und er bat um die Rechnung.

Owen legte das Geld auf den Tisch und scheuchte sie alle zum Auto. Er fuhr sie nach Hause. Als er vor Brookes Haus hielt, fragte er: »Soll ich noch mit reinkommen?«

»Ja! Ja!«, rief Meghan vom Rücksitz. »Kommen Sie mit rein, Mr Saunders!«

Brooke wartete, dass Spencer etwas sagte, doch der schwieg.

Owen drehte sich nach hinten um. »Ich glaube, es wird Zeit, dass ihr Owen zu mir sagt.« Er sah Brooke an. »Wenn eure Mutter einverstanden ist.«

»Wie wäre es mit Mr Owen?«, schlug Brooke vor. Dann biss sie sich auf die Lippen, weil sie einerseits wollte, dass er mit hereinkam, aber andererseits dachte, dass die Kinder wohl eine Menge Fragen über ihre Großeltern hätten. Außerdem hatte sie einen Kloß im Hals und würde jeden Moment in Tränen ausbrechen. Es war etwas Verletzliches an ihrem Vater gewesen, mit dem sie nicht gerechnet hatte. Er hatte tiefe dunkle Schatten unter den Augen und ging gebeugter, als sie in Erinnerung hatte. Trotz ihrer Wut und ihrer Verletztheit überlegte sie, ob sie nicht doch mit ihm reden sollte.

Es war noch hell. Meghan und Spencer sprangen aus dem Auto und liefen zur Veranda. »Ich fände es schön, wenn du noch ein Weilchen mit reinkommst.«

Owen stellte sofort den Motor ab. »Großartig. Die Vorstellung, ganz allein in mein großes altes Haus zurückzukehren, reizt mich gar nicht.«

Im Haus folgte dann dieselbe Routine wie immer. Meghan und Spencer wollten nicht ins Bett, doch schließlich gaben sie nach. Meghan gab Owen einen Gutenachtkuss und Owen umarmte sie liebevoll; dann lief sie hinauf.

Als Brooke sie zudecken kam, musste sie sich noch einige Fragen über ihren Vater anhören, denen sie jedoch mit dem Versprechen auswich, sie später zu beantworten. Schließlich kam sie wieder herunter mit dem Gefühl, eine gefährliche Klippe umschifft zu haben – vorläufig. Leider hatte sie nicht die geringste Ahnung, wie sie mit der Tatsache umgehen sollte, dass Meghan und Spencer jetzt wussten, dass ihr Großvater in der Stadt war.

Erleichtert warf sie sich aufs Sofa, öffnete die Riemen ihrer Sandalen und schleuderte sie von den Füßen. »Das darfst du gern auch«, meinte sie dann mit einem Nicken in Richtung von Owens Slippern.

»Ich liebe dieses Sofa.« Er streifte seine Schuhe ab und runzelte die Stirn. »Das Sofa, das ich gekauft habe, mag ich überhaupt nicht. Es ist zu … hart oder so.«

Er lehnte sich zurück und legte einen Arm um sie. »Dies ist wahrscheinlich das bequemste Sofa der ganzen Welt.«

Brooke lachte. »Ich habe es vor etwa zehn Jahren bei einem Abverkauf bei Miltons erstanden. Es ist einfach nur gut eingesessen.«

»Schön, dich lachen zu hören. Ich habe gemerkt, dass du vorhin völlig außer dir warst.« Owen strich ihr über die Schulter, als wären sie ein Paar.

»Damit hatte ich überhaupt nicht gerechnet – dass sie einfach in das Lokal hereinspaziert kommen. Obwohl ich es mir hätte denken können …« Dann hielt sie es plötzlich nicht mehr aus. Sie sah ihm gerade in die Augen. »Owen, was tun wir da?«

Er lächelte. »Ich wusste, dass das kommt.«

»Das Kuscheln, die … die Küsse.« Sie schwieg und fuhr dann fort: »Ich dachte, wir hätten beschlossen, nur Freunde zu sein, aber …«

Er berührte ihre Wange. »Ich habe keine Ahnung, was wir tun. Aber ich weiß, dass ich in letzter Zeit am glücklichsten bin, wenn ich bei dir bin. Und wenn nicht, dann … dann vermisse ich dich. Deshalb bin ich nach Möglichkeit bei dir.« Er küsste sie leicht auf den Mund und Brooke gab der Versuchung nach. Sie ignorierte das Bedürfnis, wie immer alles genau zu analysieren, und gestattete es sich, einfach nur glücklich zu sein.

Er wanderte mit den Lippen zu ihrer Nase hinauf, nahm ihr Gesicht in die Hände, presste seinen Mund erneut auf ihren und entführte Brooke auf diese Weise an einen Ort, dessen Existenz sie vergessen hatte. Owen zog sie näher an sich und Brooke fühlte sich wie ein Teenager, der auf dem Sofa der Eltern herumknutscht. Doch das war ihr Sofa und sie hatte zwei kleine Kinder oben im Haus. Sie entzog sich ihm.

»Tut mir leid.« Er lehnte sich zurück und griff nach ihrer Hand. »Ich glaube, ich könnte dich ewig küssen.« Er küsste ihre Handfläche. »Ich weiß schon – wir sollten darüber reden, was wir tun.« Er holte tief Luft. »Aber wir sind beide gebrannte Kinder. Du bist nicht bereit für eine neue Beziehung. Ich habe Probleme damit, wieder Vertrauen zu fassen.« Er grinste flüchtig, wurde aber gleich wieder ernst. »Aber vielleicht können wir ja einfach so weitermachen, ganz vorsichtig, und mal gucken, was dabei rauskommt. Ich bin so gern hier.«

Brooke nickte. Es war schön, wenn er da war. Aber sie musste sich trotzdem die Frage stellen, ob sie beide einfach eine leere Stelle im Leben des anderen füllten, mehr nicht. War Owen vielleicht nur deshalb so gern bei ihr zu Hause, weil sein Haus groß und einsam war? Und doch fiel ihr auf, dass Owen zwar gesagt hatte, dass er Schwierigkeiten hätte zu vertrauen, doch dass er nicht mehr gesagt hatte, dass er seine Exfrau noch immer liebe.

»Das klingt gut.« Brooke lächelte und Owen legte wieder den Arm um sie. Sie ließ den Kopf gegen seine Schulter sinken. *Könnte das meine zweite Chance auf Glück sein?*

Am Freitagmorgen bauten Owen und Hunter gerade die neuen Küchenschränke ein, als es an der Tür klopfte.

»Das könnte mein Onkel sein.« Owen schob den Schrank noch ein paar Zentimeter nach links und wischte sich die Hände am Overall ab. Dann ging er auf den Flur und durch das Wohnzimmer in die Eingangshalle. Er freute sich sehr auf Onkel Denny. Doch als er die Tür aufriss, stand Tallie Goodry vor ihm, mit einem Korb in der Hand.

»Tallie.« Owen hob eine Braue. »Hi.«

»Die sind für Sie.« Sie hielt ihm den Korb hin und lächelte. Ihr Haar mit den platinfarbenen Strähnchen war zu einem Knoten aufgesteckt, ihre tief ausgeschnittene weiße Bluse und die Caprijeans enthüllten einen gebräunten, straffen Körper. In ihren weißen Sandaletten mit den gefährlich hohen Absätzen war sie fast so groß wie Owen. »Ich habe gehört, dass Sie Hunter Lewis eingestellt haben, und finde das wahnsinnig nett von Ihnen. Ich wollte euch Jungs nur eine Kleinigkeit zu essen vorbeibringen.«

Owen nahm das Geschenk an. »Danke. Hunter leistet gute Arbeit.« Er hob eine rot karierte Serviette hoch und inspizierte den Inhalt des Korbes.

Tallie trat einen Schritt näher, dicht genug, dass er ihr stark nach Moschus duftendes Parfum roch. Es erinnerte ihn an Virginia. Vieles an Tallie erinnerte ihn an Virginia, sodass er sich erneut fragte, warum er seine Exfrau überhaupt geheiratet hatte. Hatte sie sich im Laufe der Zeit geändert oder er?

Tallie deutete auf den Korb. »Selbst gemachte Kolatschen, Muffins und Schokoladenkekse.«

Das war etwas, was Virginia nie gemacht hatte. Backen. Owen beäugte das Angebot. »Noch mal vielen Dank. Wir werden sie genießen.« Er lächelte und hoffte, dass er sie nicht hereinbitten musste. »Ich werde sie mir mit Hunter teilen.«

»Ach, noch eins.« Sie hob einen Finger. »Morgen in einer Woche gebe ich eine kleine Party bei mir zu Hause. Ganz informell, nur ein paar Freunde aus Smithville. Ich würde mich freuen, wenn Sie auch kämen. Es wäre eine Gelegenheit, alle kennenzulernen.«

Alle? Hieß das, auch Brooke? Wahrscheinlich. Sie und Tallie waren doch Freundinnen, oder?

Owen überlegte einen Moment. »Ich muss leider ablehnen, Tallie. Mein Onkel wird jede Minute hier sein und er wohnt für eine Weile bei mir.«

Sie winkte ab. »Ihren Onkel bringen Sie natürlich mit! Dann lernt er auch gleich alle hier kennen. Cocktails und Aperitifs um sieben, Abendessen um acht. Kann ich auf Sie beide zählen?« Sie klimperte mit ihren langen Wimpern. Owen zögerte. Er konnte mit Partys eigentlich nichts anfangen, vor allem mit Partys bei Typen wie Tallie. Aber Brooke würde da sein, also könnte es Spaß machen.

»Klar. Wir kommen. Morgen in einer Woche.« Owen trat einen Schritt zurück. »Danke noch mal, Tallie. Bis nächstes Wochenende.«

Sie lächelte ihn mit blendend weißen Zähnen an und wandte sich zum Gehen; dabei winkte sie beiläufig über die Schulter zurück.

Owen nahm sich ein mit Käsesahne gefülltes Hefeteilchen aus dem Korb und biss hinein. *Vorzüglich.* »Hunter, guck mal, was wir bekommen haben«, sagte er, als er zurück in die Küche kam. Er stellte den Korb auf die einzige Arbeitsplatte, die sie bis jetzt installiert hatten. »Kolatschen, Muffins und Kekse.«

Hunter spähte in den Korb und wählte ein Blaubeermuffin. »Cool. Von wem ist das?«

»Tallie Goodry.« Owen griff nach einem Keks. »Sie hat gesagt, sie seien alle selbst gemacht.«

»Das stimmt, sie sind selbst gemacht – von Weikels Bäckerei in La Grange. Diese Muffins und Kolatschen würde ich überall wiedererkennen.« Hunter runzelte die Stirn. »Tallie Goodry ist eine …« Er hielt plötzlich inne und presste die Lippen zusammen, dann seufzte er. »Sie mag mich nicht, dabei habe ich ihr nie was getan.«

»Nun, sie meinte, sie freue sich für dich, dass du hier arbeitest. Sie hat nichts Schlechtes über dich gesagt.« Owen nahm sich noch einen Keks. »Sie hat das ganze Zeug also nicht selbst gemacht? Irgendwie schien sie den Eindruck erwecken zu wollen.«

»Nein, das ist von Weikel. Und die machen die Besten.« Hunter nahm sich auch ein Hefeteilchen. »Vor Tallie sollten Sie sich lieber in Acht nehmen. Sie ist auf Männerjagd und wer auch immer ihr schließlich ins Netz geht, tut mir echt leid.«

»Ist das nicht ein bisschen übertrieben?« Owen grinste, doch er musste zugeben, dass das, was er so allmählich über die Frau erfuhr, seiner ersten Einschätzung zu entsprechen schien.

Hunter zuckte die Achseln. »Vielleicht.« Er wischte sich ein paar Krümel vom Mund. »Ich dachte, Sie sind mit Brooke Holloway zusammen.«

Owen überlegte einen Moment. »Ich weiß nicht, ob ich mit ihr zusammen bin, aber ich glaube, sie ist inzwischen mehr als nur eine Freundin.« Er schüttelte den Kopf. »Was soll's, ich bin mit ihr zusammen.« Er seufzte. »Ich weiß nicht. Vielleicht auch nicht.«

Hunter lachte. »Wow, Mann, die hat Ihnen aber ganz schön den Kopf verdreht!«

»Ich glaube ja.« Owen lächelte und dachte bei sich, dass das wahrscheinlich positiv zu werten war – noch vor einem Monat hätte er es für völlig ausgeschlossen gehalten.

Hunter hatte das Hefeteilchen vertilgt und griff nach einem Keks. »Ich habe auch ein Mädchen. Sie heißt Jenny. Ich habe sie im Internet kennengelernt.« Er wurde rot. »Wir treffen uns bald, hoffe ich. Ich meine, persönlich.«

»Cool.« Owen holte zwei Flaschen Wasser aus seinem kleinen Kühlschrank und gab eine davon Hunter. »Wie ist sie denn so?«

»Sie ist total hübsch. Blond. Und sie weiß, dass ich einen richtig guten Job habe.« Hunter lächelte. Er lächelte nicht oft.

»Ein neuer Anfang kann etwas sehr Gutes sein.« Noch während

sich Owen diesen Satz sagen hörte, wurde ihm klar, das der Ausspruch auch für ihn eine gewisse Relevanz hatte.

Es klopfte und Owen legte seinen angeknabberten Muffin zurück in den Korb. »Das muss mein Onkel sein.«

Er lief zur Haustür und öffnete sie. Onkel Denny sah noch genau so aus, wie Owen ihn in Erinnerung hatte; er war höchstens ein wenig grauer geworden. Die grauen Haarsträhnen hingen ihm in unordentlichen Wellen bis auf die Schultern. Er hatte hoch gewölbte, buschige graue Brauen und sein Mund kräuselte sich auf einer Seite, ob er lächelte oder nicht. Er trug ein dunkelbraunes Hemd; seine hellbraune Hose hing tief unter einem sich mächtig vorwölbenden Bauch.

»Owen!« Onkel Denny schlang die Arme um Owen und drückte ihn an sich. Er roch nach Zigarren und Knoblauch.

»Schön, dich zu sehen, Onkel Denny.« Owen machte sich los und griff nach dem roten Koffer, der neben seinem Onkel auf der Veranda stand. »Ist das alles, was du mithast?«

»Mehr brauche ich nicht.« Onkel Dennys linkes Auge zuckte beim Sprechen, ein Tick, den er schon hatte, seit Owen ihn kannte.

»Ich freue mich, dass du da bist.« Owen trat beiseite, damit sein Onkel hereinkommen konnte. »Wie ich dir erzählt habe, als du angerufen hast – ich habe das Haus erst kürzlich gekauft. Es herrscht noch das reinste Chaos.«

»Ich bin sicher, verglichen mit meinen letzten Unterkünften ist es der pure Luxus.«

Hunter kam ihnen entgegen. »Onkel Denny, das ist Hunter Lewis. Er arbeitet die Woche über für mich.« Owen nickte zu Hunter hinüber: »Hunter, das ist Onkel Denny.«

Denny und Hunter gaben sich die Hand, dann fragte Owen: »Wo bist du denn diesmal gewesen?«

»Im Kreis Motuo, im Regierungsbezirk Nyingchi im Südosten von Tibet.« Onkel Denny rollte von den Fußspitzen zurück auf die Fersen und schloss die Augen; plötzlich lag ein seliger Ausdruck auf seinem Gesicht. »Ein Stück Himmel, sage ich euch.«

Owen wandte sich an Hunter. »Onkel Denny arbeitet seine Liste von Dingen, die er noch erleben will, ab, und dazu gehört der Besuch der zehn abgelegensten Orte auf der Welt.«

Hunter lächelte. »Wirklich? Cool!«

Onkel Denny lachte. »Es ist schon cool, aber in letzter Zeit kommt es mir bedeutend anstrengender vor als früher. Ich bin auch nicht mehr der Jüngste, wisst ihr. Deshalb will ich erst einmal ausruhen und an meinen Memoiren weiterschreiben, bevor ich nach Peru aufbreche.«

»Wann soll's denn losgehen?«, fragte Hunter.

»Wenn ich Lust habe!« Onkel Denny lachte und schlug Hunter so hart auf den Rücken, dass dieser das Gleichgewicht verlor. »Wo ist mein Zimmer, Owen? Ich glaube, ich muss erst einmal ein paar Tage schlafen.«

Owen winkte seinem Onkel, ihm nach oben zu folgen. »Was ist denn da drin?«, fragte er, als er den schweren Koffer aufhob. »Backsteine?«

»Vielleicht ein oder zwei.«

Der Koffer wog mindestens dreißig Kilo und es kostete Owen einige Mühe, ihn hinaufzutragen. Oben zeigte er seinem Onkel sein Zimmer, dann ging er lächelnd wieder nach unten. Er hatte seinen Onkel Denny immer sehr gern gemocht; es würde bestimmt Spaß machen, eine Weile Gesellschaft zu haben – vor allem so anregende Gesellschaft wie Onkel Denny. Owen freute sich schon darauf, irgendwann seine Memoiren zu lesen. Im Moment zeigte Denny sie noch keinem.

Als er in die Küche kam, war Hunter schon wieder bei der Arbeit; er hatte mit der Arbeitsplatte weitergemacht. Jetzt hielt er inne und wischte sich den Schweiß von der Stirn. »Ihr Onkel muss ganz schön Kohle haben, wenn er all diese fernen Orte besuchen kann.«

Owen grinste. »Nach dem Tod meiner Tante hat Onkel Denny alles verkauft, was er besaß – Haus, Möbel, Boot, einfach alles, was sich in vierzig Jahren Ehe angesammelt hatte, und ist von dem Geld auf Reisen gegangen. Mein Dad sagte, dass er ganz schön was gespart hatte, und Kinder hatten sie auch keine.« Owen schwieg und dachte an seinen Onkel als jungen Mann – er war dünner gewesen und hatte noch keine grauen Haare, aber er war schon immer so laut und fröhlich. »Ein Jahr nach dem Tod meiner Tante verkündete er seiner Familie, dass er eine Liste gemacht habe – du weißt schon, eine Liste der Dinge, die er vor seinem Tod noch machen wollte. Ich glaube, an fünf der zehn Orte, die auf dieser Liste stehen, ist er schon gewesen. Gewöhnlich ist er eine Zeit lang unterwegs, dann kommt er zurück in die Staaten und ruht sich eine Weile aus, dann geht er wieder auf Reisen. Diesmal hat er mich gefragt, ob er bei mir wohnen kann, weil er weiß, dass ich kürzlich geschieden wurde.« Owen schwieg, dann sagte er: »Er und meine Frau sind nicht gut miteinander ausgekommen.«

»Er ist ein ulkiger Vogel«. Hunters breites Lächeln ließ ihn noch jünger wirken als sonst.

Owen verbarg sein Lächeln hinter der Hand, mit der er sich am Kinn kratzte. »Ja. Kann man so sagen.«

Hunter nahm einen Hammer und arbeitete weiter, als hätte er sein ganzes Leben nichts anderes getan, als Küchenschränke einzubauen. »Wahrscheinlich wird's einem nicht langweilig, wenn er da ist.«

Owens Grinsen wurde noch breiter. *Ganz bestimmt nicht.*

Einundzwanzig

Nur noch zwei Tage.

Brooke starrte auf das Kreuz, das sie gerade in den Küchenkalender eingezeichnet hatte, dann reckte sie sich und trug die Ziffer in der Ecke ein. Anschließend holte sie sich eine Tasse Kaffee, doch der Kloß in ihrer Kehle bewirkte, dass sie kaum schlucken konnte. Sie nahm den Kaffee mit nach oben in ihr Schlafzimmer, wo sie ein paar Kleidungsstücke zur Auswahl auf dem Bett ausgebreitet hatte. Sie starrte sie an und überlegte, was sie am Samstagabend anziehen sollte. In dem Moment klingelte ihr Telefon. Sie nahm beim zweiten Klingeln ab. Es war Owen.

»Wie geht es Meghan?«, fragte er.

»Gut. Ich glaube, sie hat das Schlimmste überstanden. Auf jeden Fall ist sie nicht mehr ansteckend. Geht es dir gut?«

Brooke und ihre Kinder waren seit Samstagmorgen, als Meghan Brooke mit roten Flecken im Gesicht überrascht hatte, mehr oder weniger in Quarantäne gewesen. Brooke hatte ihre Kinder zwar beide impfen lassen, doch anscheinend gehörte Meghan zu den zwei oder drei Prozent der Bevölkerung, die die Krankheit trotzdem bekamen. Owen hatte die Windpocken nicht gehabt und war auch nicht geimpft, deshalb hatte Brooke darauf bestanden, dass er sich impfen ließ und sich von ihnen fernhielt, nur zur Vorsicht. Brooke war die ganze Woche nicht zur Arbeit gegangen, sondern hatte Meghan gepflegt. Spencer hatte mit Judys Familie die Parade zum Vierten Juli besucht, doch ansonsten war er ebenfalls zu Hause geblieben.

»Mir geht es auch gut. Sag Miss Meghan, dass ich sie fast genauso sehr vermisse wie ihre Mutter.« Er schwieg und fügte hinzu: »Und Spencer natürlich auch.«

Brooke lächelte, als sie spürte, wie die inzwischen schon vertraute Wärme sie erfüllte. »Wir sehen uns ja bald. Wie läuft es mit deinem Onkel?«

Owen lachte. »Ich kann es kaum erwarten, dass du ihn kennenlernst. Er hat zwei Tage durchgeschlafen und jetzt hilft er Hunter und mir im Haus. Er ist ziemlich kräftig für sein Alter.« Owen schwieg einen Moment, dann sagte er: »Und er bringt Hunter zum Lachen; das ist sehr schön.«

Brooke hatte sich nach Kräften bemüht, ihre Meinung über den Jungen zu ändern. Seine Entschuldigung hatte ihr dabei geholfen. Und Owen sagte von ihm, dass er ein guter Arbeiter sei. »Also scheint Hunter sich ganz gut zu machen?«

»Ja. Der Junge hat sämtliche Gene, die mir fehlen – das Mechanikergen, das Schreinergen und so weiter. Er kann fast alles reparieren und hat eine natürliche Begabung für handwerkliche Arbeiten. Es ist für uns beide ein ausgezeichnetes Abkommen.«

»Das freut mich zu hören«, konnte Brooke fast aufrichtig antworten.

»Hast du schon entschieden, ob du mit deinem Vater reden wirst?«

Brooke hatte Owen jeden Abend, wenn sie – manchmal für über eine Stunde – miteinander telefoniert hatten, gesagt, dass sie mit ihrem Vater reden wolle, schon ihrer Mutter zuliebe. Mom hatte Brooke und die Kinder Anfang der Woche besucht, doch sie hatte sehr traurig gewirkt und Brooke war sich bewusst, dass das ihre Schuld war. Aber Mom konnte doch bestimmt verstehen, dass die Tatsache, dass sie Brooke so viele Jahre nicht die Wahrheit gesagt hatte, mit zu ihrer Entfremdung beigetragen hatte.

»Ja, mache ich. Bald.«

Schweigen. Mehrere Sekunden.

»Brooke, ich vermisse dich.«

»Ich vermisse dich auch.«

»Oh!«, sagte Owen, dann hielt er inne und fuhr schließlich fort: »Ich habe die ganze Zeit vergessen, dich zu fragen: Gehst du auch zu der Party bei Tallie am Samstagabend? Du könntest mit Onkel Denny und mir mitfahren.«

Brooke schluckte schwer. »Wessen Party?«

»Tallie Goodry. Sie ist letzten Freitag vorbeigekommen und hat uns eingeladen.« Er schwieg kurz, dann fuhr er fort: »Es klang, als ob praktisch die ganze Stadt eingeladen sei. Willst du mir erzählen, dass du nicht kommst?«

Brooke war überrascht, dass er die Sache nicht früher erwähnt hatte, aber keineswegs überrascht, dass Tallie sie nicht eingeladen hatte. »Ich stand ganz bestimmt nicht auf Tallies Liste.«

»Dann gehe ich auch nicht hin. Du kennst ja meine Einstellung zu ihr. Aber sie hat uns den Korb mit Kuchen gebracht und gesagt, dass praktisch jeder käme und dass es eine Gelegenheit für mich sei, die Leute hier am Ort kennenzulernen, also habe ich angenommen, weil ich dachte, wir beide könnten zusammen hingehen. Unter diesen Umständen gehe ich natürlich nicht.«

»Das ist doch lächerlich. Natürlich gehst du. Tallie kennt hier praktisch jeden; es ist wirklich eine gute Gelegenheit, die Leute hier kennenzulernen.« Brooke schob die Vorstellung von Owen auf Tallies Party entschlossen beiseite. Brooke und Owen waren bestimmt oft genug gesehen worden; es musste sich eigentlich herumgesprochen haben, dass sie oft gemeinsam etwas unternahmen; andererseits waren sie offenbar nicht so häufig gesehen worden, dass Tallie ihre Versuche aufgab, sich Owen zu angeln.

»Ich rufe sie an und sage ihr, dass ich meine Freundin mitbringe.«

Die Wärme kehrte zurück, aber nur kurz. »Tallie und ich haben dieselben Freunde. Sie hat mich sicher nicht eingeladen, weil sie es auf dich abgesehen hat.«

»Du bist also eifersüchtig?«, kicherte Owen.

»Eifersucht ist eine Sünde.« Brooke schloss die Augen, weil sie nur zu genau wusste, dass sie eine Sünderin war. »Du solltest hingehen und ein paar Leute kennenlernen. Deinem Onkel würde es bestimmt auch gefallen.«

»Du bist die Einzige, mit der ich meinen Onkel bekannt machen möchte.«

Wieder das warme, kuschelige Gefühl, aber … »Außerdem muss ich Samstagabend woanders hin.« Brooke warf einen Blick auf die Klamotten auf ihrem Bett, dann ging sie zum Schrank und zog etwas anderes heraus.

»Wohin denn?«

Sie rieb sich eine Wange und blinzelte, weil sie nicht lügen, es ihm aber auch nicht sagen wollte. »Eine Sache, die ich schon vor Monaten ausgemacht habe. Ein Essen.«

»Oh.«

Brooke wusste, dass er auf weitere Informationen wartete, aber sie fand es nicht richtig, mit Owen über Travis zu reden.

»Wer passt auf die Kinder auf?«, fragte er schließlich.

»Sie kommen mit. Es ist eine Familienangelegenheit. Der Arzt hat ja gesagt, dass Meghan nicht mehr ansteckend ist. Man ist nur bis vier oder fünf Tage nach Ausbruch der Krankheit ansteckend.«

»Ich habe mich gleich impfen lassen, als du es gesagt hast. Die zweite Impfung ist in vier Wochen, aber ich bin sicher, dass ich mich sowieso nicht angesteckt hätte.« Er schwieg kurz. »Darf ich vielleicht morgen Abend kurz zu dir rüberkommen? Oder am Samstag nach der Party?«

»Mal sehen, wie Meghan sich morgen fühlt, aber am Samstag kommen wir wahrscheinlich ziemlich spät nach Hause.« Sie schloss die Augen und hoffte, dass er nicht noch mehr Fragen stellte.

Owen ließ einen übertriebenen Seufzer vernehmen. »Okay.«

»Ich melde mich wieder.« Lächelnd beendete sie das Gespräch. Als sie die Kleidungsstücke auf ihrem Bett ansah, kehrte der Kloß in ihrer Kehle jedoch zurück.

Patsy ging in der winzigen Wohnküche in Harolds schäbiger Mietwohnung hin und her und wünschte sich, das nervige Tropfen des Wasserhahns würde aufhören. Sie ging vorsichtig über den unebenen Kunststoffboden und fragte sich, wie sie den Modergeruch aus der Wohnung herausbekommen sollte. Verglichen mit diesem Loch war das Apartment im *Oaks* der pure Luxus. Und das Schlimmste war, dass die Klimaanlage so gut wie gar nicht funktionierte. Sie hatten die Temperatur so niedrig gestellt wie möglich, aber es herrschten trotzdem über dreißig Grad in der Wohnung. Sie hatte den Hausverwalter schon drei Mal angerufen.

Harold lag auf dem Sofa, schweißgebadet. Patsy wusste nicht, ob die Hitze schuld war oder das Fieber, unter dem er nun schon mehrere Tage litt.

»Ich hätte dich zu Brooke fahren sollen, Patsy.« Harold war so schwach. Sie waren gestern beim Arzt gewesen; Harold hatte eine bakterielle Infektion, wie es bei fortgeschrittenen Lebererkrankungen häufig vorkam.

Sie legte ihrem Mann ein feuchtes Tuch auf die Stirn. »Du bist nicht in der Verfassung zu fahren. Außerdem hätte ich dich sowieso nicht fahren lassen. Aber sobald ich ein bisschen Zeit habe zu suchen, ziehen wir in eine bessere Wohnung.«

»Ich habe ein bisschen Geld gespart und dir schon Vollmacht über alle meine Konten eingeräumt.« Er atmete schwer.

Patsy fragte sich, wie viel das wohl sein mochte, wo er doch ein so billiges Apartment gemietet hatte. Aber es spielte keine Rolle, wie viel Geld er hatte. Der Laden lief auf ihren und Brookes Namen. Sie hatte ebenfalls etwas gespart und ganz gut angelegt. Sie würden schon zurechtkommen.

Sie tupfte ihm den Schweiß von den Wangen und lächelte. »Erinnerst du dich noch an die erste Wohnung, in der wir gleich nach der Hochzeit gewohnt haben? Seit ich hier bin, muss ich daran denken.«

Er lächelte ebenfalls. »Dort hatten wir wenigstens eine bessere Klimaanlage.«

Patsy schüttelte den Kopf und sah auf die Uhr. »Es ist schon drei Stunden her, seit ich den Hausverwalter angerufen habe. Was ist nur los mit diesen Leuten? Wissen sie denn nicht, dass wir morgen an die vierzig Grad bekommen sollen?«

Sie machte sich große Sorgen um Harold. Das Fieber war auch von den Antibiotika nicht gesunken. Sollte sie den Notarzt rufen oder bis Montag warten und ihn dann gleich zum Arzt bringen? Brooke konnte sie wohl kaum bitten, sie hinzufahren; wahrscheinlich war sie ohnehin schon auf dem Weg nach Houston. Heute war der Tag.

Patsy wusste, dass Brooke diesen Abend herbeisehnte und gleichzeitig fürchtete; sie hatte die Tage bis zu seiner Ankunft gezählt. Sie hoffte, dass es ein guter Abend für Brooke und die Kinder würde, war aber dennoch ein wenig besorgt, weil ihre Tochter so weit fort war.

Seufzend lauschte sie auf den tropfenden Wasserhahn in der Küche, während die Temperatur ständig stieg, und hoffte, dass der Hausverwalter bald zurückrief.

Brooke bürstete Meghans Haar und drehte es zu einem Knoten auf dem Oberkopf.

»Daddy hat es immer gefallen, wenn du mich so frisiert hast. Er hat gesagt, so sehe ich aus wie eine Prinzessin.«

Brooke lächelte und hoffte, dass Meghan sich immer an diese Dinge erinnern würde, wenn sie an Travis dachte. »Du siehst wirklich wie eine wunderschöne Prinzessin aus.« Sie küsste ihre Tochter auf die Wange, froh, dass nur noch wenige kleine Punkte zu sehen waren, dann strich sie mit der Hand über die weißen Rüschen am Saum von Meghans rosafarbenem Kleid.

Spencer kam zu ihnen ins Wohnzimmer; er trug eine schwarze Hose, ein langärmeliges weißes Hemd und keinen Gürtel, obwohl Brooke es ihm gesagt hatte. Spencer hasste Gürtel. *Beschränk dich auf das Wesentliche!* Sie ließ es ihm durchgehen. Heute war nicht der Tag, einen Streit mit ihrem Sohn anzufangen. »Du siehst sehr gut aus.«

Spencer zupfte an seinen Hosenbeinen und zappelte ein wenig herum; dabei vermied er es, sie anzusehen. »Du siehst auch hübsch aus.« Er sprach leise, doch Brooke wusste nicht, ob sie jemals in ihrem Leben wieder so gerührt sein würde.

»Danke«, flüsterte sie. Sie war froh, dass sie ihren pfirsichfarbenen Hosenanzug trug. Es war Travis' Lieblingskleidungsstück gewesen.

»Seid ihr fertig?« Sie schaute zwischen ihren Kindern hin und her und wusste, dass ihnen allen ein paar schwere Stunden bevorstanden.

Meghan und Spencer nickten; dann brachen sie auf zu der zweistündigen Fahrt. Brooke hatte gestern Abend noch kurz mit Owen gesprochen und heute Morgen hatte er ihr eine Nachricht hinterlassen, doch sie hatte nicht zurückgerufen. Dieser Tag war ganz der Erinnerung an Travis gewidmet. Doch je weiter sie die Stadt hinter sich ließ, desto intensiver dachte sie an Tallies Party und daran, dass Owen dort sein würde.

Als es auf dem Weg nach Houston zu regnen begann, war sie nicht im Geringsten überrascht. Am Tag von Travis' Beerdigung hatte es ebenfalls geregnet. Ihre Mutter hatte gesagt, wenn es auf einer Beerdigung regnete, trugen die Engel die Seele des Verstorbenen in den Himmel hinauf. Brooke musste lächeln bei diesem Gedanken; sie hoffte, die Engel würden heute auch bei ihnen sein.

Es war schon fast sechs Uhr, als sie vor *Carrabba's Italian Grill* in Houston hielten. Brooke holte tief Luft. Sie hatte Travis' Eltern seit dem vorletzten Weihnachtsfest nicht mehr gesehen, obwohl LeeAnn und Chuck Brooke und die Kinder wiederholt nach Colorado eingeladen hatten, wo sie seit vier Jahren lebten. Es war eine Tortur für sie, ohne Travis mit ihren Schwiegereltern zusammen zu sein. Doch als LeeAnn Brooke vor ein paar Monaten mitgeteilt hatte, dass sie auf dem Weg zu einer Kreuzfahrt durch Houston kommen würden, war ihr keine Ausrede eingefallen, warum sie sich nicht dort treffen könnten.

Auf dem Weg über den Parkplatz nahm sie Meghans Hand. »Beeil dich, Spencer. Wir sind ein bisschen spät dran.« Sie ging schneller, weil sie wusste, wie sehr LeeAnn Zuspätkommen hasste. Ihr Magen brannte, teils vor Hunger, vor allem jedoch bei dem Gedanken an die Überraschung, die ihre Schwiegereltern ihr und ihren Kindern versprochen hatten.

Chuck und LeeAnn waren stets voller Überraschungen gewesen – guten wie schlechten. Sie erinnerte sich noch gut daran, wie Travis' Eltern ihnen eine Rundreise durch Europa geschenkt hatten. Meghan war damals knapp sechs Monate alt und weder Brooke noch Travis hätten ihre Läden für länger als einen oder zwei Tage verlassen können. Doch als sie die Tickets höflich ablehnten, bekam LeeAnn beinahe einen Anfall und hörte gar nicht mehr auf, ihnen Vorhaltungen wegen ihrer Undankbarkeit zu machen. LeeAnn und Chuck hatten damals fast den gesamten Betrag für die Tickets vom Reisebüro zurückbekommen, doch Brooke und Travis hatten sich trotzdem noch lange ihre Vorwürfe anhören müssen.

Sie öffnete die Tür des Restaurants. »Wir sind hier mit jemand verabredet«, sagte sie zu der Kellnerin. »Chuck und LeeAnn Holloway.«

Brooke ließ rasch noch einmal den Blick über ihre Kinder schweifen und strich ihre Hose glatt, dann folgte sie der jungen Frau zu einem Tisch im rückwärtigen Teil des Restaurants. Chuck stand auf, als sie näher kamen; er schloss Meghan freudig in die Arme und hob sie hoch. LeeAnn blieb sitzen.

»Da ist ja mein süßes kleines Mädchen.« Chuck küsste Meghan auf die Wange und setzte sie wieder ab. Dann schüttelte er Spencer die Hand, bevor er Brooke umarmte.

»Tut mir leid, wir sind ein bisschen spät dran.« Brooke ging um den Tisch herum zu LeeAnn. Ihre Schwiegermutter tupfte sich den Mund mit einer Serviette ab und stand auf.

»Wir waren dafür recht früh dran.« LeeAnn umarmte Brooke unbeholfen und tauchte sie sofort in den vertrauten Duft ihres Parfums. Dann umarmte sie kurz die beiden Kinder. Danach nahmen alle Platz.

Brooke hatte nie verstanden, wie Travis die gleichen Gene wie diese beiden Menschen besitzen konnte. LeeAnn war die verklemmteste Frau, der sie je begegnet war, meinte es jedoch meistens gut. Chuck war freundlich, aber ein wenig steif. Travis dagegen war der entspannteste, sanftmütigste Mann gewesen, den man sich vorstellen konnte; er regte sich so gut wie nie auf und trug gewöhnlich sein Herz auf der Zunge.

Chuck und LeeAnn hatten Smithville verlassen, nachdem beide pensioniert waren. Chuck war stellvertretender Schulleiter gewesen und LeeAnn Biologielehrerin. Brooke gab es nur ungern zu, aber sie war richtiggehend erleichtert gewesen, als die beiden die Gegend verließen. Und auch wenn Travis nie etwas Derartiges hatte verlauten lassen, war sie doch ziemlich sicher, dass es ihm ebenso gegangen war. Travis und Brooke hatten genau das Leben geführt, das sie sich gewünscht hatten, doch seine Eltern hatten nie aufgehört zu sticheln, weil er nicht aufs College gegangen war. Er hatte die beiden geliebt, aber es war schwer gewesen, ständig mit ihrer Enttäuschung leben zu müssen.

»Wie geht es deiner Mutter, Brooke?« LeeAnn nahm einen Schluck Weißwein. Brooke fragte sich, ob sie vielleicht ein Radar hatte, das ihr zuverlässig anzeigte, worüber Brooke am wenigsten reden wollte.

»Gut. Ich soll euch ganz lieb von ihr grüßen.« Brooke suchte sich etwas zu essen aus, froh, dass unter den vielen italienischen Gerichten auch Pizza aufgeführt war. Sie wandte sich an Spencer, der links von ihr saß. »Wollt ihr gern Pizza?«

LeeAnn fing an, die Kinder auszufragen – was sie den Sommer über getan hatten und ob sie sich gut auf das neue Schuljahr vorbereitet hatten. Dann bestellten sie alle, gleich darauf kam das Essen und Brooke fing an, sich ein wenig zu entspannen, bis die süße kleine Meghan plötzlich ungefragt mit Informationen herausrückte.

»Unser Freund Mr Owen mag auch Pizza«, sagte sie, bevor sie herzhaft in ein dick mit Salami belegtes Stück biss. Brooke schluckte krampfhaft und hoffte, dass Meghan es damit gut sein ließ. Aber nein. »Wenn wir bei ihm zu Hause sind, essen wir Pizza und suchen nach dem Geheimbunker.«

Brooke zwang sich zu einem Lächeln, schob sich ein großes Stück Hähnchen mit Parmesan in den Mund und vermied es, LeeAnn anzusehen. *Jetzt reicht es, Meghan.*

»Er ist nicht Moms Freund oder so was.« Spencer nahm einen Schluck Cola. »Ihr braucht euch also keine Sorgen zu machen, dass jemand Dads Stelle einnimmt. Mom sagt, das wird nie geschehen.«

»Ich bin sicher, irgendwann wird eure Mutter einen anderen Mann kennenlernen, mit dem sie sich eine Bindung vorstellen kann.« LeeAnn lächelte Brooke an. »Natürlich erst, wenn sie dazu bereit ist. Im Moment ist es noch viel zu früh für so etwas.«

Es ist zwei Jahre her. Brooke dachte an das, was ihre Mutter ihr immer wieder gesagt hatte – dass sie rausgehen, unter Menschen gehen sollte. Und dann musste sie an Owen denken – an die Küsse, das Kuscheln. Hatte LeeAnn recht? War es zu früh?

Chuck räusperte sich. »Ihr sprecht doch nicht etwa von der Hadley-Villa?« Er schwieg kurz, dann sagte er: »Die Leute erzählen sich, dass es einen Bunker in dem Haus gibt. Hat es jemand gekauft?«

Brooke nickte, kaute und schluckte. »Ja. Ein Mann aus Austin. Er wohnt darin und renoviert es.«

»Es ist ein riesiger alter Kasten«, sagte LeeAnn. »Er muss eine große Familie haben.«

»Er hat keine Kinder.« Meghan setzte sich aufrecht hin. »Und eine Frau hat er auch nicht mehr.«

Brooke spürte, wie LeeAnn sie ansah, doch sie hielt den Kopf gesenkt und schnitt ein weiteres Stück vom Hähnchen ab.

»Ich verstehe.« LeeAnn trank einen Schluck Wein.

Brooke wusste, dass ihre Kinder noch Nachtisch essen würden, wenn man es ihnen anbot. Sie wünschte, Travis' Eltern würden ihr einen Hinweis auf die Überraschung geben, von der sie gesprochen hatten. »Und wann legt euer Schiff morgen früh ab?«

Chuck ließ die Eiswürfel in seinem Glas klirren – er trank anscheinend Cola mit Rum, wie gewöhnlich. »Wir fahren von hier nach Galveston und gehen dort gegen elf Uhr vormittags an Bord.« Brooke warf einen Blick auf sein Glas und hoffte, dass einer der beiden noch fähig sein würde, nach Galveston zu fahren. Es wurde allmählich spät. Sie fragte sich unwillkürlich, wie viel die beiden wohl schon getrunken hatten, bevor sie und die Kinder eintrafen.

Jetzt klopfte LeeAnn mit ihrer Gabel gegen ihr Weinglas, um die Aufmerksamkeit auf sich zu lenken. Sie lächelte Brooke liebevoll an. Brooke erwiderte ihr Lächeln, blieb aber auf der Hut.

»Wir freuen uns so, dass wir uns hier treffen konnten. Es ist sehr schade, dass wir euch nicht öfter sehen können.«

Brooke setzte sich aufrechter hin. *Wollen sie etwa wieder nach Smithville ziehen? Ist das vielleicht die Überraschung?* Sie liebte ihre Schwiegereltern von Herzen, aber sie hoffte inständig, dass das nicht der Fall war.

Spencer schien ihre Gedanken zu lesen. »Wo ist denn die Überraschung, Oma?« Er stützte die Ellbogen auf den Tisch und legte das Kinn auf die Hände, bis Brooke ihn am Arm berührte, um ihn daran zu erinnern, dass das ungehörig war.

LeeAnn griff neben sich und hob einen großen, in braunes Packpapier gewickelten Gegenstand hoch. »Travis hat an etwas ganz Besonderem gearbeitet, bevor er starb, etwas, das für euch alle bestimmt war. Er wollte es euch zu Weihnachten schenken.« Sie tupfte sich mit ihrer Serviette die Augen. »Als wir zum Begräbnis kamen, haben wir uns in dein Zimmer geschlichen – wofür wir uns im Übrigen entschuldigen möchten. Aber Travis hatte uns von seinem Geschenk erzählt und war ganz aufgeregt deswegen. Wir wussten, dass es unter deinem Bett versteckt war, und nahmen es mit, um es fertig zu machen. Als Chuck dann krank wurde, mussten wir das Projekt erst einmal verschieben, aber jetzt ist es vollendet.«

Brooke empfand ein leichtes Schuldgefühl wegen Chucks Herzinfarkt, den er kurz nach ihrem Besuch an Weihnachten gehabt hatte. Sie hatte Blumen geschickt und die Kinder Karten basteln lassen, aber wahrscheinlich hätte sie mehr tun sollen, sehr viel mehr. Zum Glück hatte er sich wieder vollständig erholt und jetzt ging es ihm sogar richtig gut.

LeeAnn wandte sich zu Brooke und überreichte ihr das Paket. »Wir haben unser Bestes getan. Ich weiß, dass Travis wollte, dass du es bekommst.«

Der Gegenstand war schwer. Brooke konnte sich nicht vorstellen, was Travis angefangen hatte, das seine Eltern fertig machen konnten. Sie fing an, das braune Papier abzuwickeln. Meghan und Spencer standen auf und kamen zu ihr. Als sie das Papier entfernt hatte, lag der hölzerne Gegenstand auf ihrem Schoß und sie und die Kinder schauten ihn an. Er sah aus wie ein sehr tiefer Bilderrahmen oder ein flacher kleiner Schrank, etwa acht Zentimeter dick und so hoch, dass sie LeeAnn darüber nicht sehen konnte. Wie es für Travis typisch war, war er sehr alt und befand sich in seinem ursprünglichen Zustand, war also weder abgeschliffen noch neu gestrichen.

Er hatte neun hölzerne Türen, jede mit einem kleinen Türknauf und einem Fenster versehen. In jedem Fenster stand ein Name – Travis, Brooke, Meghan, Spencer, Chuck, LeeAnn, Patsy … und Harold. In der Mitte war eine Tür, auf der einfach nur das Wort »Familie« stand. Diese Tür öffnete sie zuerst. Dahinter befand sich ein kleines Buch mit Fotos von ihnen allen bei verschiedenen Anlässen das Jahr über.

Sie beantwortete die Fragen der Kinder zu den einzelnen Fotos und kämpfte dabei verzweifelt gegen den Schmerz an, der ihr Herz gepackt hatte. Es kam ihr vor, als sei es gestern gewesen, dass Travis sie verlassen hatte.

»Mach meine Tür auf.« Spencer griff nach dem kleinen Türknauf. Das Büchlein hinter der Tür enthielt Babyfotos von Spencer, Schnappschüsse von seinen ersten Gehversuchen, seinem ersten Haarschnitt, seinem ersten Schultag, Baseballspielen – von seinem ganzen Leben. Die nächste Tür war die von Meghan, hinter ihr befanden sich etwa dreißig Bilder von ihr. Als Brooke ihre eigene Tür öffnete, fing sie an zu weinen beim Anblick von Fotos, die sie längst vergessen hatte – Aufnahmen von ihr und ihren Eltern in glücklicheren Zeiten, von ihren und Travis' ersten Verabredungen und eine Auswahl ihrer Hochzeitsbilder. Hinter Travis' Tür steckten weitere Fotos von ihnen beiden, außerdem Baby- und Jugendfotos von Travis. Chucks und Lee-Anns Seiten enthielten Hochzeitsfotos, ein paar Fotos aus jüngerer Zeit und Bilder von einer Jubiläumsfeier, an der Brooke und die Kinder nicht teilgenommen hatten.

Brookes Herz klopfte heftig, als sie die Tür ihrer Mutter öffnete, hinter der sich Fotos aus dem Leben ihrer Mutter befanden, bevor ihr Vater sie verlassen hatte. Sie betrachtete lange die Hochzeitsfotos ihrer Eltern und öffnete dann die Tür mit der Aufschrift »Harold Miller«. Dahinter befanden sich lediglich das gleiche Hochzeitsfoto wie das hinter der Tür ihrer Mutter und ein paar Fotos, auf denen er zusammen mit Brooke zu sehen war.

»Brooke, wir hatten leider kaum Fotos von deinem Vater. Travis hat die Fotos von dir und den Kindern gemacht und hatte auch bereits die Bilder von dir und deiner Mutter ausgesucht; sie waren lose in einer Tasche unter dem Bett. Wir wussten einfach nicht, was wir wegen deines Vaters tun sollten.«

Chuck legte Brooke die Hand auf den Arm. »Vielleicht möchtest du sie ja irgendwann noch ergänzen.«

Brooke dachte an die Tasche mit den Fotos, die Spencer in Travis' Laden gefunden hatte. Doch die fehlenden Bilder spielten keine Rolle. Es war das erlesenste, wundervollste Geschenk, das Brooke je bekommen hatte. Travis hatte sein ganzes Herz in diese Arbeit gelegt und sie vermisste ihn in diesem Moment schmerzlicher denn je.

»Ich danke euch so sehr«, konnte sie gerade noch stammeln, bevor die Reue sie überwältigte. Sie hätte sich mehr um die beiden kümmern müssen, vor allem, als Chuck krank war. Das wäre sie ihnen schuldig gewesen, doch stattdessen hatte sie sich in ihrem eigenen Schmerz vergraben. Es waren schließlich Travis' Eltern und wenn sie auch ein bisschen schwierig waren, hatten sie Travis doch sehr geliebt. Für sie war sein Verlust genauso schlimm wie für Brooke. Und nun hatten sie so viel Sorgfalt darauf verwandt, diesen Schrein, der ihrer aller Leben enthielt, fertig zu machen …

Sie fuhr sich mit dem Handrücken über die Augen. »Ich weiß gar nicht, was ich sagen soll. Es ist ein ganz, ganz besonderes, außergewöhnliches Geschenk!«

LeeAnn kam um den Tisch herum zu Brooke und nahm sie in die Arme. Es war schon spät und das Restaurant schon ziemlich leer, aber sie merkte, dass sich dennoch mehrere neugierige Augenpaare auf sie richteten. »Wir lieben euch alle und wir vermissen euch so sehr. Bitte, kommt uns bald wieder besuchen.«

Brooke versprach es. Sie betrachtete noch einmal den antiken Rahmen mit den vielen Türen und wusste auch schon, wo sie ihn aufhängen würde, doch gleichzeitig überlegte sie, wie sie den Namen und die Tür ihres Vaters ersetzen konnte. Er gehörte nicht mehr zur Familie.

Dann fiel ihr plötzlich wieder Owen ein. Er gehörte ebenfalls nicht zur Familie.

Was hatte sie nur getan? Wie hatte sie ihn nur küssen können? Es war wie ein Verrat an Travis. Oder an ihrer Liebe.

Ein Gefühl von Schuld legte sich auf sie wie eine schwere Decke, die sie zu ersticken drohte; sie glaubte, ohnmächtig zu werden. Und dann gab sie sich ein Versprechen.

Ich muss Schluss mit ihm machen. Es ist wirklich noch zu früh.

Zweiundzwanzig

Owen hatte seinem Onkel gesagt, dass eine Fliege für die Party nicht erforderlich sei, doch Onkel Denny ließ sich nicht beirren. Er kombinierte seine schwarze Fliege mit einem frisch gebügelten, langärmeligen weißen Hemd, das er sich eigens für diese Gelegenheit in der Stadt gekauft hatte, und einer langen schwarzen Hose. Schwarze Tennisschuhe vervollständigten das Ensemble. Sein graues Haar hatte er mit Pomade zurückgenommen und zum Pferdeschwanz gebunden. Owen hatte sich für eine Leinenhose, ein kurzärmeliges gelbes Hemd und seine üblichen braunen Slipper entschieden.

Owen vermisste Brooke schon, als sie bei Tallie eintrafen. Er hatte ihr heute Nachmittag zwei Nachrichten hinterlassen, aber sie hatte sich nicht gemeldet. Nun wusste er nicht, welches Gefühl ihn stärker plagte – Gekränktsein oder Verärgerung. Er hätte sie im umgekehrten Fall nämlich ganz bestimmt zurückgerufen.

Tallie begrüßte Owen mit einer Umarmung und einem Kuss, was ihm ein wenig übertrieben vorkam, doch er machte gute Miene zum bösen Spiel. Dann stellte er ihr seinen Onkel vor. Owen hatte Onkel Denny bereits von Tallie – und von Brooke – erzählt.

»Sehr erfreut, Sie kennenzulernen.« Onkel Denny verbeugte sich leicht, griff nach Tallies Hand und pflanzte einen Kuss darauf. Owen unterdrückte ein Grinsen. Vielleicht wollte Onkel Denny selbst mit Tallie anbandeln. Sie sah aber auch recht aufreizend aus in ihrer engen blauen Bluse, der schwarzen Hose und High-Heel-Sandaletten, wie Virginia sie zu tragen pflegte: die Sorte mit den vielen schmalen Riemchen.

Tallie hakte sich bei Owen ein, führte ihn durchs Zimmer und machte ihn mit den anderen Gästen bekannt; Denny ging ihnen einfach nach. Sämtliche Anwesende bis auf Tallie, Owen und Onkel Denny schienen paarweise da zu sein. *Vielleicht hatte Brooke tatsächlich recht.*

Tallie blieb die ganze Zeit in Owens Nähe, zog ihn zur Bar – runzelte allerdings die Stirn, als er lediglich um ein Glas Mineralwasser bat. Sie brachte ihm stattdessen ein Glas Weißwein, doch Owen hatte noch nie gern Alkohol getrunken und sah keinen Grund, jetzt damit anzufangen. Onkel Denny hingegen bestellte einen doppelten Scotch auf Eis, kippte ihn und bestellte gleich noch einen. Owen hob eine Braue, sagte jedoch nichts. Er kannte Denny gut genug, um zu wissen, dass er nicht mit seiner Meinung hinter dem Berg hielt, und fürchtete, dass ein paar Drinks diesen Wesenszug noch stärker hervortreten lassen würden.

»Nun, Denny …« Tallie wandte sich an Onkel Denny, hatte sich jedoch nach wie vor bei Owen eingehakt, der verzweifelt überlegte, wie er sich ihr entziehen könnte. »Owen sagt, dass Sie eine Zeit lang bei ihm wohnen werden. Geschäft oder Vergnügen?« Sie zeigte ihre strahlend weißen Zähne und klimperte mit den Wimpern, während sie an ihrem Glas nippte.

Onkel Denny beugte sich vor. »Ich sehe ein wenig von beidem vor mir.« Owen lächelte unwillkürlich angesichts dieses unverfrorenen Flirtangriffs, musste jedoch zugeben, dass Denny sich für einen Mann mit fast siebzig ganz gut gehalten hatte. Er hoffte, dass er eine ganze Weile bei ihm blieb, denn sein origineller Sinn für Humor und seine Bereitschaft, bei der Renovierung des Hauses mitzuhelfen, waren eine echte Bereicherung. Wenn Denny und Hunter ihm halfen, bestand wahrhaftig die Aussicht, dass sie bis zum Herbst fertig wurden.

Und was mache ich dann?

Während Tallie und Denny plauderten, nutzte Owen die Gelegenheit, sich mit der Entschuldigung, dass er einen Anruf tätigen müsse, von Tallie fortzustehlen. Er war zwar ein bisschen ärgerlich auf Brooke, aber allmählich fing er doch an, sich Sorgen zu machen.

Er schloss die Terrassentür hinter sich und entfernte sich ein Stückchen von der kleinen Gruppe Menschen, die draußen standen. Dann ließ er das Telefon klingeln, bis sich die Mailbox einschaltete. Bevor er sprach, blickte er sich kurz um, um sicherzugehen, dass ihn niemand hörte.

»Brooke, wo steckst du? Ich habe dir mehrere Nachrichten hinterlassen und jetzt fange ich an, mir Sorgen zu machen. Ruf mich doch bitte zurück.«

Er legte auf und ging langsam wieder hinein in der Hoffnung, dass sein Onkel nicht länger bleiben wollte als unbedingt nötig war, um der Höflichkeit Genüge zu tun.

Als Brooke und die Kinder im Auto saßen, rief sie erst einmal ihre Mailbox ab. Noch eine Nachricht von Owen – die sie mit einem entschlossenen Seufzer löschte.

Es war alles ein Fehler gewesen, das Kuscheln, die Küsse, die gemeinsam verbrachte Zeit. Sie und Owen – das war nicht richtig. Sie waren keine Familie und sie hätten nicht so tun dürfen, als seien sie eine. Wie weit sie in dieser Beziehung wohl gegangen wäre, überlegte sie. Brooke war in ihrem Leben erst mit einem einzigen Mann zusammen gewesen. Hätte sie all ihre Wertvorstellungen über Bord geworfen, nur weil sie einsam war? Die Versuchung war an sie herangetreten und sie hatte ihre gefährlichen Vorzeichen nicht erkannt. Sie hatte ihr Herz einem anderen Mann geöffnet. Einem Mann, der keinen Zweifel daran gelassen hatte, dass sie keine gemeinsame Zukunft hatten.

Tief in ihrem Herzen wusste sie, dass Travis sich wieder einen Mann für sie gewünscht hätte, einen guten Mann, der ihr half, ihre Kinder großzuziehen, der sie und die Kinder liebte. In dieser Hinsicht hatte Owen sich durchaus qualifiziert. Doch sie hätte niemals einem Mann so nahekommen dürfen – und hätte es auch ihren Kindern nicht erlauben dürfen, ohne die Gewissheit, dass das Ganze auch eine Zukunft hatte. Und Owen hatte selbst zugegeben, dass er seine Scheidung noch nicht verarbeitet hatte; er war noch immer zutiefst verbittert. *Bin ich vielleicht einfach eine Lückenbüßerin für ihn?*

Es war schon fast zehn Uhr, als Brooke mit zwei auf dem Rücksitz schlafenden Kindern in die Einfahrt zu ihrem Haus einbog. Als sie sah, dass Owens Auto vor dem Haus stand, erschrak sie zu Tode. Er kam ihr entgegen, als sie ausstieg.

»Gott sei Dank«, sagte er. »Ich habe mir solche Sorgen um dich und die Kinder gemacht.«

»Es geht uns gut.« Sie öffnete die hintere Tür, weckte Meghan und Spencer und wartete, dass sie ausstiegen. Als Meghan stolperte und sich die Augen rieb, hob Owen sie hoch und trug sie zum Haus. Als gehörte es ihm.

Brooke brachte ihre Kinder ins Bett, doch sie hatte dabei ein flaues Gefühl im Magen. Sie musste unbedingt festbleiben, wenn sie mit Owen sprach.

»Bist du wegen irgendetwas böse auf mich?«, fragte er, als sie ins Wohnzimmer kam.

Brooke biss sich auf die Unterlippe. Am liebsten wäre sie nach oben gegangen, hätte sich ins Bett verkrochen und sich die Augen ausgeweint. »Ich bin nicht böse auf dich. Ich … ich bin nur …« Sie verschränkte die Arme vor der Brust und schlug die Augen nieder. »Ich glaube einfach nur, dass wir ein paar Schritte zurückgehen sollten, das ist alles.«

Owen starrte sie an und rieb sich das Kinn. Brooke fragte sich, wie es wohl auf Tallies Party gewesen war, doch sie wollte keinen falschen Eindruck erwecken, indem sie danach fragte.

Owen trat näher zu ihr. Zu nahe. »Ein paar Schritte zurückgehen. Was genau meinst du damit?« Seine Stirn legte sich in Falten, als er die Augen zusammenkniff.

Brooke wusste, dass sie jetzt ganz offen sein musste. »Owen, ich habe die Zeit, die wir zusammen verbracht haben, sehr genossen, aber ich kann mir nicht vorstellen, eine Beziehung mit dir einzugehen.«

Owen rieb sich noch immer das Kinn. »Nein?«

Brooke schüttelte den Kopf. »Ich habe es dir von Anfang an gesagt, weißt du noch? Ich trauere noch immer um meinen Mann. Und du schleppst auch noch dein Päckchen mit dir herum. Du hast mir gesagt, dass du nie mehr einer Frau vertrauen kannst und dass du deine Exfrau immer noch liebst.« Sie zuckte zusammen, als sie sich das sagen hörte, doch wenn sie Owen Saunders dadurch auf Distanz halten konnte, musste es eben sein.

Owen trat noch näher, doch diesmal wich Brooke nicht zurück. Er strich ihr das Haar hinter die Ohren, betrachtete ihren Hosenanzug und sagte: »Du siehst wunderschön aus heute Abend.« Dann küsste er sie auf die Stirn. Brooke blinzelte die Tränen zurück, die ihr in die Augen stiegen. »Wenn du das wirklich willst, Brooke, werde ich deinen Wunsch selbstverständlich respektieren.« Er küsste sie auf die Wange und küsste die Träne fort, die in diesem Moment herunterrann. »Aber dahinter steckt doch noch etwas anderes.«

Sie schob ihn sanft fort und fuhr sich mit der Hand über die Augen. »Ich kann einfach nicht mit dir zusammen sein, Owen, ich kann nicht. Und so, wie ich mich in letzter Zeit verhalten habe … nun, es war einfach nicht richtig.«

Owen ließ den Kopf sinken. Seine Arme hingen lose herunter. Als er wieder aufsah, war sein Kiefer angespannt, doch seine Augen blickten sanft. Sie wusste nicht, ob er wütend oder traurig war. Er wies mit einem Finger auf sie. »Brooke …« Dann schüttelte er den Kopf. »Es gibt nur wenige Dinge, derer ich mir ganz sicher bin. Mein Leben war in letzter Zeit das reinste Chaos. Aber eines weiß ich gewiss – etwas, von dem ich bis gerade eben noch nicht wusste, dass ich es weiß.«

Sie wartete und zwang sich, nicht zu weinen.

Er beugte sich dicht zu ihr, doch ohne sie zu berühren, obwohl sie sich in diesem Augenblick nichts sehnlicher wünschte, als dass er sämtliche Regeln brach und sie in seine Arme riss. Er sprach leise und sah ihr dabei in die Augen.

»Ich liebe meine Exfrau nicht mehr. Ich liebe eine andere.«

Es war eine Lüge gewesen. Oder eine Halbwahrheit. Es waren zwei Gewissheiten, nicht nur eine.

Die erste war, dass er Virginia nicht mehr liebte. Das stimmte.

Doch die zweite Tatsache, die er ganz sicher wusste – sicherer noch als die erste, war, dass er Brooke Holloway sein Herz nicht hätte öffnen dürfen, dass er mit ihr nicht über seine Gefühle hätte sprechen dürfen. Denn wenn sie sich jetzt so einfach von ihm abwenden konnte, dann hatte sie nie irgendwelche Gefühle für ihn gehabt.

Er schloss leise die Vordertür und ging in die Küche, überrascht, dort seinen Onkel vorzufinden, der noch eine Tasse Kaffee trank. Owen hatte den Küchentisch wieder in die Küche gebracht und sogar ein paar passende Stühle dazu gekauft.

»Na, wie lief's bei deiner Freundin Brooke?« Onkel Denny deutete auf seine Tasse. »Willst du auch? Ist Entkoffeinierter.«

Owen brauchte keinen Kaffee. Im Moment wünschte er sich, er hätte jetzt ein paar Gläser von dem Wein oder dem Scotch von der Party. Er wusste zwar sehr gut, dass es keine Lösung war, seine Sorgen in Alkohol zu ertränken, aber er hatte einfach keine Lust, jetzt darüber nachzugrübeln.

»Mehr werden wir anscheinend nie sein.« Er holte sich eine Flasche Mineralwasser aus dem Kühlschrank. »Freunde.«

»Hmm.« Onkel Denny trank einen Schluck. Owen zog sich einen Stuhl heran und setzte sich zu ihm. »Frauen. Tun weiter nichts, als einem das Leben in Unordnung zu bringen.«

Owen nickte. Im Moment war er vor allem wütend, weil er so viel für sie empfand. Er hätte eigentlich klüger sein und ihr nicht so sehr vertrauen sollen. »Ich glaube, wir beide sind einfach noch nicht reif für eine neue Beziehung.« *Nein, stimmt nicht – ich bin ziemlich sicher, dass ich bereit dafür war.*

»Vielleicht solltest du ihr noch ein bisschen Zeit lassen. Hast du nicht gesagt, dass sie Witwe ist?«

»Ja. Ihr Mann starb vor ein paar Jahren.« Owen sprang auf, als Scooter an ihnen vorbeiraste.

»Das ist das schreckhafteste Vieh, das ich je gesehen habe.« Onkel Denny lachte.

Owen schüttelte den Kopf. »Ich glaube, er ist verrückt. Der einzige Mensch, den er an sich heranlässt, ist Hunter.«

»Ein guter Junge, dieser Hunter. Scheint mir ein feiner Typ zu sein.«

Owen nickte. »Er hatte es nicht leicht.« Er erzählte Denny von Hunters Vergangenheit.

»Klingt, als sei es ein Segen für ihn, dass er dir begegnet ist«, sagte Denny nach einem weiteren Schluck. »Apropos Segen, in welche Kirche gehen wir denn morgen früh? Die Konfession ist mir eigentlich egal – Gott geht es im Übrigen genauso, denke ich.« Er lachte leise.

»Ich glaube, Brooke und ihre Familie gehören zu einer nicht konfessionsgebundenen Gemeinde in der Stadt. Ich selbst war allerdings noch in keiner Kirche, seit ich hierhergezogen bin.«

»Na, dann wäre morgen doch ein guter Zeitpunkt, um damit anzufangen, oder?« Onkel Denny sprach mit Autorität, doch Owen wollte sich nicht umstimmen lassen.

»Für mich ist das im Moment nichts, Onkel Denny.« Vor allem jetzt nicht. Gott hatte ihm ermöglicht, über Virginia hinwegzukommen, nur um ihn in noch größeren Kummer zu stürzen. Er war eindeutig nicht auf seiner Seite.

Onkel Denny hob das Kinn und schaute Owen an. Nach einem Weilchen sagte er: »Gut. Darf ich mir morgen früh dein Auto leihen?«

»Klar.« Er beschrieb ihm den Weg zu der Kirche, in die Brooke ging. Und dann – ein Themenwechsel schien ihm angemessen – erzählte er seinem Onkel die nächste halbe Stunde von dem Geheimbunker, den es möglicherweise in diesem Haus gab.

»Klingt faszinierend. Du hast sicher schon überall nachgesehen?« Denny stand auf und stellte seine Tasse in die Spüle – die momentan noch auf dem Boden lag, weshalb Owen nicht so recht wusste, was das bringen sollte. Wenn alles gut ging, würden sie morgen die Schränke fertig einbauen und am Montagmorgen die neue Spüle aufstellen.

»Jawohl. Wir haben alles durchsucht. Ich glaube nicht, dass es ihn gibt.« Owen grinste. »Brookes Sohn, Spencer, war ganz wild darauf, ihn zu finden. Um seinetwillen hätte ich es mir auch gewünscht. Der Junge war ganz außer sich.«

»Verstehe.« Denny lächelte. Dann zog er die Brauen hoch. »Du hast dich also auch in ihre Kinder verliebt?«

Owen runzelte die Stirn. »Ich habe nicht gesagt, dass ich mich in Brooke verliebt habe. Wir kennen uns ja erst sechs Wochen.« *Aber ich habe das Gefühl, sie schon immer zu kennen.* »Auf jeden Fall hat sie großartige Kinder.«

»Ich habe mich innerhalb von zwei Wochen in deine Tante verliebt und sie in der dritten Woche geheiratet.« Er nickte bekräftigend. »Und wir waren zweiundfünfzig Jahre verheiratet.«

»Das ist großartig.« Owen grunzte. »Kommt heutzutage aber nur noch selten vor.«

Eine oder zwei Minuten saßen sie schweigend beieinander. Dann klatschte Onkel Denny in die Hände und stand auf. »Also ich gehe jetzt ins Bett. Weißt du, wann der Gottesdienst morgen früh anfängt?«

Owen überlegte. »Ich glaube, Brooke hat gesagt, um zehn.« Er blickte auf die Uhr und fragte sich, ob sie wohl noch wach war. Aber das spielte sowieso keine Rolle, nahm er an.

»Bis morgen dann. Gute Nacht, Owen.«

Owen folgte seinem Onkel aus der Küche und ging hinauf in sein Zimmer. Wenn er die Absicht gehabt hätte, heute Abend zu beten, hätte er wahrscheinlich gesagt: *Danke, Gott … dass du mich wieder in den Staub getreten hast. Warum hast du eigentlich zugelassen, dass ich mich in Brooke verliebe?*

Als er ins Bett ging, wünschte er sich nur noch, nicht mehr an sie denken zu müssen. Doch sie ging ihm nicht aus dem Kopf. Der Gedanke, nicht mehr mit ihr zusammen zu sein, sie nie mehr zu küssen, festzuhalten, … zu lieben … ließ eine nie gekannte Traurigkeit in ihm aufsteigen.

Dreiundzwanzig

Am Sonntagmorgen trieb Brooke die Kinder zur Eile an. Als sie schließlich das Haus verließen, blieben ihnen nur noch zehn Minuten, um zur Kirche zu fahren.

Auf der Schwelle vor der Haustür lag ein Blumenstrauß; beinahe wäre sie darüber gestolpert. Die Blumen sahen aus wie frisch gepflückt; die Stiele waren in Aluminiumfolie gewickelt. Sie kannte die roten Blüten mit den gelben Spitzen. Es waren Kokardenblumen. Ihre Mutter hatte sie früher angepflanzt. Inzwischen kannte Brooke sie nur noch als Wildpflanzen; in ihrem eigenen Garten wuchsen keine. Von wem mochte der Strauß sein?

»Sind die von Owen?« Spencer schien nicht böse darüber zu sein, aber sie hörte doch eine gewisse Sorge in seiner Stimme.

»Ich weiß es nicht.« Sie hob sie auf; dabei lösten sich zwei Blumen aus dem Arrangement. »Ich glaube aber nicht.« Sie nahm auch die losen Blumen auf und drehte sich um. »Ich muss sie rasch ins Wasser stellen. Bin gleich wieder da.«

Ein paar Minuten später schloss sie die Vordertür ab und ging mit Spencer und Meghan zum Auto.

»Jemand hat das Gras gemäht.« Spencer deutete auf den Rasen.

Brooke blieb abrupt stehen. Den Rasen zu mähen, war ihre Aufgabe; sie machte es normalerweise mittwochs. »Das ist ja komisch. Es muss gestern passiert sein, am Spätnachmittag, nachdem wir weggefahren waren. Ich frage mich …« Sie ging weiter. »Egal jetzt. Los, kommt. Wir kommen zu spät zur Kirche, wenn wir uns nicht beeilen.«

Als sie durch den Garten gingen, sah sie, dass irgendjemand auch das Unkraut gejätet, zusammengerecht und beseitigt hatte – sogar in den schwer erreichbaren Ecken, die Brooke meistens ausließ.

Auf der Fahrt zur Kirche sagte sie sich ein weiteres Mal, dass es richtig gewesen war, die Sache mit Owen zu beenden. Das hatte sie sich schon die ganze Nacht einzureden versucht, doch als sie in den

Parkplatz einbogen, fiel ihr Owens Einstellung zu Gott wieder ein – noch ein Grund, warum sie beide am besten getrennte Wege gingen. Er glaubte nicht an Gott, so wie sie.

Brooke nahm in der Kirchenbank Platz und sah sich suchend nach ihrer Mutter um. Mom war letzte Woche nicht im Gottesdienst gewesen; daran war bestimmt ihr Vater schuld. Er hatte seinen Glauben wahrscheinlich schon vor langer Zeit verloren und brachte jetzt auch ihre Mutter davon ab.

Nach dem Gottesdienst trat ein großer Mann mit einem langen grauen Pferdeschwanz zu Brooke und den Kindern.

»Brooke Holloway?«

»Ja.« Brooke kannte den Mann nicht, vermutete aber, dass es Owens Onkel war. Es gab nicht viele Männer – wenn überhaupt einen – in Smithville, die Pferdeschwanz trugen.

»Ich freue mich sehr, Sie kennenzulernen, Brooke.« Er streckte ihr die Hand hin. »Ich bin Dennis Saunders. Ich habe ganz wunderbare Dinge über Sie gehört.« Brooke nickte und schüttelte ihm die Hand. Dann bückte sich Dennis und sprach die Kinder an. »Ich weiß Bescheid über den Geheimbunker. Spencer, wann kommst du wieder mal vorbei, damit wir weitersuchen können?«

»Heute!« Spencer sah mit bittenden Augen zu Brooke auf. »Können wir, Mom?«

Doch Brooke schüttelte schon den Kopf. »Tut mir leid. Wir können heute nicht.«

Spencer stampfte auf.

»Dann ein andermal.« Dennis lächelte sie freundlich an. »Ich bin ganz sicher, dass wir ihn finden. Das wird fantastisch!« Er stand auf und fing Brookes Blick ein. »Es ist immer fantastisch, wenn man etwas Besonderes und völlig Unerwartetes findet.« Dann zwinkerte er ihnen zu und ging. Brooke glaubte nicht, dass der letzte Satz sich noch auf John Hadleys Bunker bezogen hatte.

Sie vermisste Owen schon jetzt, obwohl sie immer noch glaubte, richtig gehandelt zu haben, als sie den Kontakt abbrach. Doch seine Abwesenheit im Verein mit der kürzlich entstandenen Entfremdung zwischen ihr und ihrer Mutter forderte ihren Tribut. Sie beschloss, ihre Mutter zu besuchen; es wurde ohnehin Zeit. Mom hatte ihr nicht genau gesagt, wo sie wohnten, nur dass es am Stadtrand war, aber im *Oaks* hatten sie sicher eine Nachsendeadresse.

Sie ging mit den Kindern einen Burger essen, dann rief sie den Empfang des *Oaks* an, ließ sich die neue Adresse ihrer Mutter sagen und gab sie in ihr Navi ein. Die Dame, die am Wochenende Dienst hatte, hatte sie ihr schließlich doch noch gegeben, nachdem sie sich erst geweigert hatte, weil es gegen die Vorschriften war, eine Nachsendeadresse einfach weiterzugeben. Sie musste es seltsam gefunden haben, dass Brooke die Adresse nicht von ihrer Mutter bekommen hatte.

Zehn Minuten später bogen sie in eine verwahrloste Wohnsiedlung ein. »Wartet kurz«, sagte sie zu Spencer und Meghan, stieg aus und ließ den Blick über den Parkplatz schweifen, um zu prüfen, ob sie ihre Kinder unbesorgt mitnehmen konnte. Sie kannte die Siedlung vom Vorbeifahren und wusste, dass es nicht gerade eine sichere Wohngegend war. Nach ein paar Minuten sagte sie ihnen, sie sollten aussteigen und mitkommen, aber dicht bei ihr bleiben.

Sie irrten durch den Komplex, bis Brooke Apartment 145 fand. Gut, dass es im ersten Stock war. Mom hatte manchmal Schmerzen im Knie.

Brooke klopfte an die Tür. Sie fürchtete sich vor der Begegnung mit ihrem Vater, aber sie musste einfach wissen, wie es ihrer Mutter ging. Als ihre Mom die Tür öffnete, schnappte sie vor Schreck nach Luft. Sie war kein bisschen zurechtgemacht wie sonst immer in letzter Zeit, sondern war völlig ungekämmt und hatte zudem tiefe Schatten unter den Augen. Verbrachten die beiden einfach den ganzen Tag im Bett? Brooke war hin- und hergerissen zwischen Abscheu und Sorge.

»Jetzt ist kein guter Zeitpunkt, Brooke.« Ihre Mutter zupfte an ein paar Strähnen, die ihr ins Gesicht fielen und, wie Brooke jetzt erst sah, klatschnass von Schweiß waren.

»Mom, bist du krank?« Brooke versuchte, über die Schulter ihrer Mutter hinweg in die Wohnung zu spähen, doch das Zimmer war dunkel. Es dauerte einen Moment, bis sie merkte, dass keine kühle Luft aus der Wohnung drang. »Und warum ist es so heiß hier drin?«

»Ach, die Klimaanlage funktioniert nicht richtig. Die Hausverwaltung wollte eigentlich jemand vorbeischicken.«

»Die Hitze macht uns nichts aus.« Brooke drückte gegen die Tür, bis sie aufschwang, obwohl ihre Mutter versuchte, ihr den Eingang zu verstellen. »Meghan, Spencer, kommt rein.« Sie winkte den Kindern, ihr zu folgen. Drinnen blinzelte sie erst ein paar Mal, bevor sie überhaupt etwas erkennen konnte. Wo kam dieser Geruch her? Doch der Geruch wurde rasch ihre geringste Sorge, als sie ihren Vater auf dem Sofa liegen sah, mit blassem, schweißüberströmtem Gesicht, die Augen halb geschlossen. Er schien sie nicht zu erkennen. Sie lief zu ihm und legte ihm eine Hand auf die Stirn.

»Mom, er glüht vor Fieber.« Brooke wandte sich an Spencer. »Hol mir einen kalten nassen Lappen.«

Seine Augen waren weit aufgerissen. »Was für einen Lappen?«

»Einen Waschlappen oder ein kleines Handtuch oder so was. Lass kaltes Wasser darüber laufen.«

Dann drehte sie sich wieder um zu ihrem Vater, dessen Augen noch immer fast geschlossen waren. »Daddy, ich bin's, Brooke. Kannst du dich aufsetzen?«

Ihre Mutter eilte ihr zu Hilfe. Zusammen brachten sie ihren Vater in eine sitzende Position. Spencer gab ihr ein nasses Küchenhandtuch, mit dem sie ihrem Vater die Stirn abtupfte.

»Muss Großvater sterben?« Meghan schlug die Hände vors Gesicht. »So wie Daddy?«

»Niemand wird sterben, Meghan.« Sie sah ihre Mutter an. »Pack ein paar Sachen zusammen. Hier kannst du nicht bleiben. Draußen haben wir fast vierzig Grad und hier drin fühlt es sich noch heißer an.«

»Ich lasse deinen Vater nicht allein, Brooke. Ich wollte mit ihm in ein Hotel ziehen, wenn nicht bald jemand kommt, um die Klimaanlage zu reparieren.« Die Stimme ihrer Mutter brach. »Ich wusste nicht, was ich tun sollte.« Sie deutete auf den schäbigen Couchtisch, der vor dem Sofa stand. »Er muss diese vielen Tabletten nehmen und ich weiß nicht, ob ich sie ihm richtig gegeben habe, und es ist so heiß und ich …«

Sie packte Brookes Arm und schaute sie flehend an. Ihre Lippen zitterten. »Ist es meine Schuld? Glaubst du, dass ich alles richtig mache? Ich habe noch nie so viele Medikamente gesehen und …« Sie schüttelte den Kopf und blinzelte, weil ihr die Tränen in den Augen standen. »Ich verlasse ihn nicht.«

Brooke versuchte, ihren Vater nicht anzusehen, doch das war fast unmöglich, denn nachdem er die Augen aufgeschlagen hatte, starrte er sie unentwegt an. »Mom, geh packen.« Sie holte tief Luft. »Für dich und Daddy. Ihr kommt beide mit uns nach Hause.«

»Meghan, hilf Großmutter packen.« Brooke deutete auf die Tür, hinter der ihre Mutter verschwunden war. Dann zeigte sie auf die vielen Pillenfläschchen auf dem Couchtisch – es mussten mindestens zwanzig sein. »Spencer, guck mal, ob du etwas findest, wo du die alle reinstecken kannst.«

Als sie ihrem Vater mit dem feuchten Tuch über den Nacken und über die Stirn fuhr, nahm er ihre Hand. »Nimm deine Mutter mit. Ich versuche sie seit Tagen zu überreden, dass sie zu euch geht.«

Brooke konnte ihm nicht in die Augen sehen. »Ihr kommt beide mit.«

Er ließ ihren Arm los und suchte in seiner Hemdtasche nach einem Taschentuch. Solange Brooke denken konnte, hatte ihr Vater stets ein kurzärmeliges weißes Hemd getragen und ein Taschentuch in seiner linken Tasche gehabt. Er hustete in den winzigen Stofffetzen. Es war ein schrecklicher, feuchter Husten, der tief aus der Lunge zu kommen schien. Seine Augen und seine Haut hatten eine gelbliche Tönung und sein Bauch über der knochigen Gestalt war stark aufgetrieben.

Ihre Mutter kehrte zurück und Brooke half ihm aufzustehen. »Spencer, du nimmst den Koffer und du, Meghan, die Medizintasche. Sie sah ihrer Mutter ins Gesicht, in das Verwirrung und Erschöpfung tiefe Furchen gegraben hatten. »Und du, Mom, hilfst mir, Daddy zum Auto zu schaffen.«

Ihre Mutter fing an zu weinen. Ihr Vater ließ Brooke los und nahm seine Frau in die Arme. »Weine nicht, Patsy. Bitte, wein doch nicht.«

Brooke konnte das Gesicht ihres Vaters nicht sehen, doch sie war ziemlich sicher, dass er ebenfalls weinte. Sie ließ ihnen einen Moment Zeit, dann klopfte sie ihm auf den Rücken und fragte sich, warum das jetzt auch noch geschehen musste, ausgerechnet jetzt.

Hunter wässerte den kleinen Flecken mit den Kokardenblumen, die hinter ihrem Haus wuchsen, wie er es seit ein paar Wochen sorgfältig tat. Die kleinen Blumen waren das einzig Hübsche an diesem Haus und jetzt hatte er auch eine Verwendung dafür gefunden. Als er fertig war, ging er nach seiner Großmutter sehen. In den letzten Tagen hatte sie nichts gekocht, deshalb hatte Hunter Fertigprodukte in der Stadt gekauft. Aber sie wollte nichts essen. Sie schien auch keinerlei Interesse mehr zu haben, vom Sofa aufzustehen. Er fand, dass sie allmählich dringend ein Bad brauchte.

»Großmutter, kannst du nicht die Suppe essen, die ich dir gebracht habe?« Hunter hob die Wodkaflasche neben dem Sofa auf, froh zu sehen, dass sie noch halb voll war. Er wusste nicht genau, wer ihr den Alkohol brachte, hatte aber Pete Jasper in Verdacht. Der Typ würde alles tun für ein paar Kröten. Hunter hatte einmal beobachtet, wie Pete ihr auf der Veranda eine Tüte gab und Großmutter ihm Geld zusteckte, doch als Hunter sie danach gefragt hatte, hatte sie nur gemeint, er solle sich um seine eigenen Angelegenheiten kümmern.

Wie auch immer sie es anstellte, sie schien jederzeit mit Wodka versorgt zu sein, deshalb hatte Hunter kürzlich angefangen, die Flasche regelmäßig mit ein wenig Wasser aufzufüllen, um den Alkohol wenigstens zu verdünnen. Doch heute schien sie überhaupt nicht davon getrunken zu haben. »Großmutter?«

Sie schlug die Augen auf. »Ich hab keinen Hunger, aber du solltest was essen. Ich habe dir Spaghetti aufgewärmt, sie stehen auf dem Herd.«

Das sagte sie nun schon seit einer Woche jeden Tag. »Okay, Großmutter.« Er schwieg, dann sagte er: »Vielleicht würdest du dich besser fühlen, wenn du ein Bad nehmen würdest.«

»Ich hab heute Morgen schon gebadet.«

Hunter sammelte gebrauchte Papiertaschentücher, zwei Gläser und eine Schachtel Cracker auf. Vielleicht hatte sie ja tatsächlich etwas gegessen. Er trug alles in die Küche und fing dann mit dem Abwasch an. So ganz allmählich gelang es ihm, hier ein bisschen aufzuräumen und sauber zu machen. Es würde nie so toll werden wie bei Owen, aber er war doch überrascht, was man mit ein wenig Einsatz bewirken konnte. Das Badezimmer blitzte förmlich vor Sauberkeit, bis auf die Verfärbungen in der Wanne, die er nicht wegbekam.

Er zertrat eine Küchenschabe, die über den Boden lief, und warf den Müll in eine Tüte, die er vors Haus brachte. Seit er einen Job hatte, bezahlte er die Müllabfuhr, die nun auch bei ihnen, wie bei allen anderen, allwöchentlich den Müll abholte.

Als er auf dem Weg nach draußen durchs Wohnzimmer ging, war er ziemlich sicher, dass der Gestank eher von seiner Großmutter als von der Mülltüte kam, doch er wusste nicht, was er dagegen tun sollte. Sie ging überhaupt nicht mehr ins Bett, sondern lag Tag und Nacht nur noch auf dem Sofa und schlief.

Als er wieder hereinkam, sah er, dass sie sich nicht bewegt hatte. »Großmutter, wann hast du deinen nächsten Arzttermin?«

Sie verlagerte das Gewicht, öffnete aber nicht die Augen. »Hunter, ich versuche zu schlafen.«

Er konnte sich nicht mehr erinnern, wann sie das letzte Mal beim Arzt gewesen war, war aber sicher, dass ein Kontrolltermin in allernächster Zeit anstand. Ihre Nachbarin, Mrs Kemp, hatte Großmutter ein paar Mal hingefahren und manchmal wurde sie auch von der Sozialstation hingebracht. Hunter war ziemlich sicher, dass Owen sie hinfahren würde, wenn es nötig war.

Er setzte sich in den Sessel gegenüber vom Sofa – im Hintergrund lief wie immer der Fernseher – und überlegte, was er tun sollte. Er hatte die Verantwortung. Er war müde, weil er den ganzen Tag geputzt hatte, doch als er seine Großmutter ansah, wusste er, dass er etwas tun musste.

Er stand auf, ging zu ihr und legte ihr sanft die Hand auf den Arm. »Steh auf, Großmutter. Du musst baden.«

Sie schüttelte ihn ab. »Ich habe gebadet.«

»Großmutter, steh auf. Ich helfe dir baden und dann gucken wir, ob wir ein bisschen Suppe in dich reinkriegen. Hörst du mich? Ich helfe dir.«

»Okay, Hunter.« Sie seufzte. »Okay.«

Hunter legte den Arm um sie, unsicher, wie er vorgehen sollte, doch er konnte nicht mehr mitansehen, wie sie in ihrem eigenen Dreck lag. Er wünschte, er hätte normale Eltern, einen Bruder oder eine Schwester, oder Freunde.

Irgendjemand.

Vierundzwanzig

Brooke hatte ihre Eltern im alten Zimmer ihrer Mutter im Erdgeschoss untergebracht; sie hatte hier nichts geändert, seit ihre Mom ausgezogen war. Sie bezog das Bett frisch, brachte ein paar zusätzliche Handtücher und half ihrer Mutter, einen Plan aufzuschreiben, wie ihr Vater seine Tabletten nehmen musste. Dann kochte sie ein leichtes Essen – Huhn mit Reis, das ihre Mutter sehr mochte, und brachte es ihnen auf einem Tablett auf ihr Zimmer. Sie hatte Juliet angerufen und ihr gesagt, dass sie die nächsten Tage nicht kommen konnte. Danach verbrachte sie eine Menge Zeit damit, Spencers und Meghans Fragen zu beantworten. Doch sie vermied es, mit ihrem Vater allein zu sein.

Als Brooke die Kinder endlich beruhigt und ins Bett gebracht hatte, war es schon fast zehn Uhr. Danach hätte sie sich am liebsten in ihr Zimmer verkrochen und geweint – um Travis, Owen, ihre Eltern, einfach alles. Stattdessen beschloss sie, sich erst einmal eine Tasse Tee zu kochen. Sie setzte sich gerade hin, um zu trinken, als ihre Mutter hereinkam.

»Was fehlt ihm?« Brooke nahm einen Schluck und starrte geradeaus.

Mom zog sich einen Stuhl heran. »Er hat eine Infektion – daher das Fieber. Und außerdem hat er Leberkrebs.«

Brooke schluckte schwer. »Muss er …«

»Sterben?« Ihre Mutter holte tief Luft. »Ja. Er hat mehrere Chemotherapien hinter sich und hat sich gegen weitere Behandlungen entschlossen. Er könnte nur noch ein paar Monate leben, vielleicht aber auch ein Jahr.«

Sie schwiegen eine Weile. Brookes Mutter machte sich ebenfalls eine Tasse Tee. Dann setzte sie sich wieder hin und sagte: »Der Arzt meint, er hätte noch sechs Monate, doch der Verfall scheint schneller zu gehen. Die Infektion ist natürlich ganz schlecht.«

Brooke blieb für ein paar Sekunden buchstäblich die Luft weg. Sie hatte angenommen, dass sie den Rest ihres Leben – und des Lebens ihres Vaters – hätte, um ihm zu grollen.

»Hast du ihn deshalb so einfach wieder in dein Leben aufgenommen?«

Mom blickte auf ihre Tasse hinunter und fuhr mit dem Finger über den Rand. »Nichts daran war einfach.«

Brooke musste unwillkürlich denken, wie anders ihrer aller Leben wohl verlaufen wäre, wenn ihre Mutter ihren Vater nach der Affäre hätte zurückkehren lassen. Was, wenn Travis sie betrogen hätte? Hätte sie ihn wieder aufgenommen? Hätte sie ihm vergeben können?

Sie wusste es nicht.

»Ich hätte dir die Wahrheit sagen sollen … dass er wieder nach Hause kommen wollte. Aber damals … es war einfach alles zu viel. Du hast ihn gehasst.« Sie schwieg, dann zuckte sie die Achseln. »Und ich dachte, dass ich ihn ebenfalls hasse. Doch das alles ist jetzt so lange her. Wir wollen die Zeit, die er noch hat, zusammen verbringen.« Sie pustete in ihren heißen Tee. Ein Weilchen saßen sie schweigend beisammen, dann wechselte ihre Mom das Thema. »Wie steht es mit deinem Freund Owen?«

Brooke schluckte schwer, sie wollte nicht darüber reden. »Wir sind nur Freunde, es gibt also nichts zu erzählen.« Sie zuckte die Achseln.

»Schade.«

Brooke starrte ihre Mutter über den Tisch an. »Ich werde Travis nicht durch einen anderen Mann ersetzen, Mutter.«

»Davon hat auch niemand geredet. Das ist deine Formulierung.«

Doch Brooke schüttelte den Kopf und sagte: »Du weißt, wie verschieden wir sind, Mutter.«

»So verschieden sind wir gar nicht.« Ihre Mutter schob ihren Stuhl zurück, stand auf und nahm ihre Tasse. »Du klammerst dich an einen Mann, der dein restliches Leben lang nicht da sein wird. Kommt dir das nicht bekannt vor?« Damit ging sie und ließ Brooke mit offenem Mund sitzen.

Die nächsten drei Tage fand Owen immer neue Gründe, Millers Eisenwarenhandlung aufzusuchen, obwohl Brookes Angestellter – der Riese, den sie Big Daddy nannte, kein Wort darüber verlauten ließ, wo Brooke war. »Sie hat sich freigenommen«, mehr sagte er nicht. Ganz gleich, was an ihrem letzten Abend gesagt worden war, Owen vermisste sie und hoffte, dass es ihr und den Kindern gut ging.

Er beschloss, am Donnerstag trotzdem wieder in den Laden zu gehen, und war froh, dass diesmal Juliet an der Theke saß. *Bingo.* Von Juliet würde er sehr viel leichter etwas über Brooke erfahren – hoffte er jedenfalls.

»Hi, Mr Saunders. Was kann ich für Sie tun?« Sie warf ihr langes blondes Haar über die Schulter zurück, setzte sich aufrechter hin und schenkte ihm ein strahlendes Lächeln.

»Ich habe hier eine kleine Liste.« Er deutete auf ein Stück Papier in seiner Hand, doch dann verlor er die Geduld mit seiner Ausrede. »Wo ist Brooke?«

Juliet runzelte die Stirn. »Äh – sie hat sich ein paar Tage freigenommen.«

»Ist sie krank?«

»Nein.« Juliet schlug die Augen nieder und rutschte verlegen auf ihrem Stuhl herum.

»Wo ist sie dann?«

Juliet blickte auf. »Ich weiß nicht, was zwischen Ihnen beiden vorgefallen ist, aber warum rufen Sie sie nicht einfach an?«

Wusste Juliet etwas, das Owen nicht wusste – vielleicht, dass Brooke ihre Meinung geändert hatte? Er hatte die seine jedenfalls geändert und beschlossen, dass er um sie kämpfen würde. Er wandte sich zum Gehen.

»Was ist mit Ihrer Liste?«, rief Juliet ihm nach. Er winkte ab und machte sich auf den Weg zu Brooke.

Meghan öffnete die Tür, riss sie weit auf und schlang die Arme um Owens Beine. Instinktiv hob er sie hoch und küsste sie auf die Wange, überrascht, wie sehr er alle drei vermisst hatte. »Wie geht's deiner Mommy?«

Meghan ließ den Kopf auf seine Schulter sinken. »Sie ist traurig.«

Owen setzte sie ab. »Ist sie da?«

Meghan nickte und trat zurück, damit Owen hereinkommen konnte, doch er wusste nicht recht, was er tun sollte. Dann erschien Brooke in der Tür.

»Owen. Hi.« Ihr Haar war zum Pferdeschwanz gebunden, doch mehrere Strähnen hingen ihr ins Gesicht und sie hatte dunkle Schatten unter den Augen.

»Geht es dir gut? Ich habe dich im Laden nicht angetroffen und … und ich habe mir Sorgen um dich gemacht.« *Bitte sag, dass wieder alles so ist wie früher. Dass du mich genauso vermisst hast wie ich dich.*

Brooke schob Meghan sanft nach drinnen. »Geh und schau nach Großvater.«

Owen spitzte die Ohren. »Dein Dad ist hier?«

Brooke trat heraus auf die Veranda und schloss die Tür hinter sich; offenbar wollte sie ihn nicht hereinbitten. »Meine Eltern sind beide hier.« Sie rieb sich die Stirn, als hätte sie Kopfschmerzen. »Sie haben im Apartment meines Vaters – nun ja, gehaust, würde ich sagen. Und mein Dad ist krank, sehr krank.« Sie schwieg, dann fuhr sie fort: »Er hat Leberkrebs. Ich versuche, für ihn zu sorgen, so gut ich kann, weil ich weiß, dass es das Richtige ist.«

»Weil er dein Vater ist«, sagte er leise, streckte die Hand aus und berührte ihren Arm. »Kann ich irgendetwas tun?«

Sie blinzelte ein paar Mal und Owen sah, dass sie gegen die Tränen ankämpfte. »Nein, aber trotzdem vielen Dank. Meine Mutter konnte ihn nicht mehr allein pflegen. Ich habe mir Sorgen um ihre Gesundheit gemacht, deshalb habe ich sie beide hierhergeholt und …«

Sie seufzte, offensichtlich war sie völlig erschöpft. Er streckte die Hand aus und nahm sie in die Arme. Sie ließ es geschehen. »Ich habe dich vermisst«, sagte er und küsste sie auf den Scheitel. »Bitte, lass mich dir helfen.«

Sie klammerte sich fester an ihn und Owen hielt sie einfach ein Weilchen im Arm. Schließlich straffte sie sich und entzog sich ihm. »Es geht uns gut, wirklich.«

Owen hielt es nicht länger aus. »Brooke, habe ich mich geirrt, was uns betrifft? Ich dachte, dass sich alles ganz wunderbar entwickelt. Ich möchte keinen Schritt zurückgehen und verstehe nicht, warum du das willst. Bitte, rede mit mir.«

Eine Träne lief ihr über die Wange. Sie biss sich auf die Lippen.

»Baby …« Er trat einen Schritt auf sie zu. Er hatte sie noch nie so genannt, aber es schien völlig selbstverständlich. »Was ist denn los?« Er wischte ihr mit dem Daumen die Träne von der Wange.

»Ich … kann noch nicht darüber reden. Ich habe gerade so viel am Hals und …« Sie blickte ihn an; jetzt weinte sie richtig. »Ich habe meinen Mann geliebt, Owen. Ich habe ihn von ganzem Herzen geliebt. Er war ein Teil von mir. Ich weiß nicht, ob ich jemals wieder so lieben kann.« Sie schwieg kurz, dann sagte sie: »Oder ob ich es überhaupt will.«

Owen legte ihr die Hände auf die Schultern. »Das verstehe ich. Ich verstehe es wirklich. Aber zwischen uns ist auch etwas, Brooke. Ich spüre es und ich weiß, dass du es auch spürst. Und ich bin bereit, dem, was ich da spüre, so viel Zeit zu geben wie nötig, aber bitte, schick mich nicht weg. Lass mich dir helfen mit deinen Eltern und wenn sich alles ein wenig beruhigt hat, überlegen wir, wie es um uns steht.« Er strich ihr die Haare aus dem Gesicht. »Du bist völlig erschöpft, das sehe ich. Lass mich helfen. Was kann ich tun?«

Sie zuckte die Achseln. »Ich weiß es wirklich nicht. Das Fieber, das mein Vater hatte, ist letzte Nacht gesunken, aber er kann nicht schlafen. Er braucht rund um die Uhr Medikamente. Mom und ich wechseln uns bei seiner Pflege ab. Die Kinder machen mich wahnsinnig, sie wollen raus und etwas unternehmen und …«

»Meghan und Spencer könnten morgen zu mir kommen, was hältst du davon? Ich kann sie gleich morgens abholen und unternehme etwas Schönes mit ihnen.«

»Und was ist mit der Arbeit an deinem Haus?« Brooke fuhr sich mit der Hand über die Augen.

»Onkel Denny und Hunter haben sich richtig in die Arbeit gekniet, wir können alle einen Tag freinehmen und uns etwas gönnen.«

Bei der Erwähnung von Hunter veränderte sich Brookes Gesichtsausdruck. »Ich weiß nicht …«

»Ich weiß, was du denkst, aber es wird nichts passieren. Versprochen. Hunter ist ein guter Junge, er brauchte einfach nur ein wenig Unterstützung. Und außerdem bin ich ja die ganze Zeit dabei. Überlasse einfach alles mir.« Owen nahm ihr Gesicht in die Hände, beugte sich vor und küsste sie auf den Mund. Sie wehrte sich nicht und Owen merkte plötzlich, dass er Gott dafür dankte – was ihn nicht wenig überraschte. Es war ihm einfach so in den Sinn gekommen. Er war wirklich dankbar. Mehr noch, er freute sich wie ein Schneekönig.

»Und du wirst sie nicht aus den Augen lassen?«

»Ich verspreche es. Soll ich sie um acht Uhr morgen früh abholen?«

Sie zögerte noch eine Sekunde, dann warf sie ihm die Arme um den Hals. »Danke. Für alles. Mein Leben ist im Moment ein riesiges Durcheinander.« Sie bog sich zurück und schaute ihn mit einem kleinen Lächeln an. »Ich habe dich auch vermisst.«

Er konnte nicht anders, er musste sie einfach noch einmal küssen. »Bis morgen dann.«

Als er ging, dachte er, dass er die ganze Situation analysieren konnte bis in alle Ewigkeit und doch immer nur zu dem einen Schluss kommen würde: Er liebte Brooke Holloway. Wenn er mit ihr zusammen war, spürte er, wie alles Gepäck, das er mit sich schleppte, alle Last ein wenig leichter wurde. Und mit jedem Tag wurde die Erinnerung an Virginia ein wenig blasser.

Vielleicht hätte Brooke Owens Angebot doch ablehnen sollen, aber im Moment hatte sie einfach nicht die Kraft, gegen ihre immer stärkeren Gefühle für ihn anzukämpfen. Außerdem musste sie zugeben, dass die Vorstellung, einen Tag ohne die Kinder zu sein, eine Riesenerleichterung bedeutete. Die beiden waren verwirrt und unruhig; ein kleiner Ausflug würde ihnen guttun.

Sie ging zurück ins Wohnzimmer, wo ihre Mutter auf dem Sofa döste. Die Kinder waren nirgends zu sehen; wahrscheinlich spielten sie oben Videospiele. Sie schaute in den Flur zum Zimmer ihrer Eltern und gab sich einen Ruck. Ihrem Vater ging es ein bisschen besser, aber er war immer noch sehr schwach. Keiner wusste, wie viel Zeit ihm noch blieb.

So stand sie ein Weilchen und haderte mit sich selbst. Dann ging sie über den Flur, klopfte leicht an die Schlafzimmertür und öffnete sie vorsichtig. »Daddy?« So nannte sie ihn nun ständig. »Bist du wach?« Sie trat an sein Bett. Er blinzelte sie an, schien verwirrt, und sie sah, dass sie ihn aufgeweckt hatte. Aber sie musste das jetzt tun, solange sie den Mut dazu aufbrachte.

»Ja, ich bin wach.« Er richtete sich mühselig in eine sitzende Position auf. »Es geht mir viel besser. Danke für alles.« Er griff nach seiner Brille auf dem Nachttisch. »Ich glaube, deine Mutter hatte es sehr schwer mit mir.« Stöhnend versuchte er, seine Beine auf den Boden zu setzen. »Sie soll bleiben; ich werde jetzt gehen.«

»Keiner geht hier irgendwohin.« Sie legte ihm eine Hand auf die Schulter. »Ruh dich aus.«

Dann zog sie sich einen Stuhl ans Bett, setzte sich hin, schaute ihn an und wartete, dass ihr die richtigen Worte einfielen. *Doch ihr fiel gar nichts ein.*

»Was kann ich tun, Brooke? Ich habe dich so sehr verletzt. Ich tue alles, was du willst.« Er beugte sich vor. »Aber du sollst wissen, dass ich dich und deine Mutter immer geliebt habe. Und ich werde euch lieben, bis …« Er hielt inne, wandte den Blick ab und fuhr sich mit der Zunge über die trockenen, aufgesprungenen Lippen. Dann hob er die Augen und sah Brooke an. »Deine Mutter wird es schwer haben, wenn ich tot bin. Du musst sie ermutigen, sich jemand anderen zu suchen. Sie ist zwar bald siebzig, aber sie ist noch so lebendig. Ich versuche schon seit Jahren sie dazu zu bewegen, sich einen anderen Mann zu suchen, jemand, der besser ist als ich.«

Das hatte Brooke nicht gewusst, doch sie hörte ruhig zu, wie ihr Vater weiterredete.

»Sag mir, was ich tun kann, um ein wenig an eurem Leben teilzuhaben, um meine Enkel kennenzulernen. Ich tue alles.«

Brookes Augen füllten sich mit Tränen, als sie die Antwort fand. »Es gibt nichts für dich zu tun, Daddy. Gar nichts.«

Die Furchen auf seiner Stirn wurden tiefer. Er sah sie an. »Aber es muss etwas geben.«

Brooke lächelte. »Nein. Ich bin diejenige, die etwas tun muss.« Sie beugte sich vor und zog ihren hinfälligen Vater in ihre Arme, bis sie sich beide fest umarmten. Dann flüsterte sie: »Ich vergebe dir.«

Ihr Vater weinte in ihren Armen. Und Brooke weinte ebenfalls – befreiende Tränen, wie ein Mensch sie nur weint, wenn er sich von etwas befreit hat, das ihn hindert, die Zukunft anzunehmen.

Hunter fand eine alte Badehose, die er seit Jahren nicht getragen hatte, aber sie passte ihm noch. Er war richtig aufgeregt bei dem Gedanken an einen freien Tag – einen bezahlten freien Tag. Owen sagte, sie würden die Arbeit heute Arbeit sein lassen und mit Mrs Holloways Kindern in ein Schwimmbad fahren. Denny kam auch mit. Er lächelte, als er sich den älteren Mann mit dem langen grauen Haar und dem dicken Bauch in einer Badehose vorstellte.

Er ging durchs Wohnzimmer und war froh, dass seine Großmutter nicht auf dem Sofa lag. Anscheinend hatte sie heute Nacht in ihrem Bett geschlafen. Nachdem sie gebadet und eine Kleinigkeit gegessen hatte, schien es ihr ein wenig besser zu gehen. Er war schon fast draußen, als ihm auffiel, dass die Wodkaflasche, die neben dem Sofa gelegen hatte, fort war. Die letzten Tage hatte er sie immer gesehen.

Er ging auf Zehenspitzen zu ihrem Zimmer und öffnete leise die Tür. Da war die Flasche, neben dem Nachttischchen, umgekippt und leer. Gut, dass er sie mit Wasser aufgefüllt hatte. Er schüttelte den Kopf und ging quer durchs Zimmer zum Bett. Konnte denn keiner in dieser Familie länger als eine Woche nüchtern bleiben? Er hob die Flasche auf. »Wie geht's dir, Großmutter?«, fragte er leise.

Als seine Großmutter nicht antwortete, trat er zu ihr ans Bett und berührte sie leicht, weil sie auf der Seite lag, das Gesicht von ihm abgewendet. Sie hatte sich richtig in die Bettdecke verkrochen. »Ich gehe jetzt.«

Sie bewegte sich nicht, deshalb gab er ihr einen leichten Schubs. Und noch einen. Dann ging er um das Bett herum auf die andere Seite, damit er ihr Gesicht sehen konnte. Es war weiß wie ein Laken und ihre Augen waren weit offen.

»Großmutter!« Hunter stolperte zurück, fiel über den Schaukelstuhl in der Ecke und schlug sich den Kopf an der Wand an. Als er aufstand, bekam er keine Luft mehr – er hatte wieder das Gefühl, zu ersticken. Er zwang sich trotzdem, näher zu gehen und ihr Gesicht zu berühren. Es war eiskalt.

»Nein!« Er trat gegen das Bett, einmal, noch einmal. »Nein! Nein!«

Er rannte aus dem Haus. Diesmal weinte er tatsächlich wie ein Baby. Er lief, so schnell er konnte, zu dem einzigen anderen Menschen – außer seiner Großmutter –, dem je etwas an ihm gelegen hatte. Als Owen ihm in blauer Badehose und weißem T-Shirt die Tür öffnete, fiel er vor ihm auf die Knie.

»Owen, ich krieg keine … Luft. Und … und …« Tränen liefen ihm über das Gesicht, doch da kniete Owen auch schon neben ihm. Im Hintergrund hörte er Denny fragen, was passiert sei.

»Großmutter. Sie ist gestorben. Sie ist tot.« Er blickte auf, schaute Owen an. »Ich dachte, ich hätte gut für sie gesorgt, und jetzt ist sie tot. Sie ist tot!«

Owen packte ihn an der Schulter und zog ihn hoch. »Bist du sicher?«

»Ja, ich bin sicher! Ihre Augen waren weit aufgerissen wie in den Filmen im Fernsehen.« Er beugte sich nach vorn. »Ich glaub, ich sterb auch.«

Hunter hörte, wie Owen Denny über die Panikattacken informierte, doch er blickte nicht auf.

»Onkel Denny, du bleibst bei Hunter. Ich gehe zum Haus hinüber und kümmere mich um alles. Hunter, brauche ich die Schlüssel?«

»Tür ist offen«, keuchte Hunter.

»Komm mit, mein Junge. Wir gehen rein und holen dir was Kaltes zu trinken.« Denny legte den Arm um Hunter und führte ihn durchs Wohnzimmer in die Küche.

Hunter konnte nicht aufhören zu zittern. Seine Großmutter. Tot. Es durfte einfach nicht sein. Er legte den Kopf auf den Tisch und weinte.

Brooke hatte dafür gesorgt, dass Meghan und Spencer am Freitagmorgen pünktlich um acht Uhr abholbereit waren. Als Owen um acht Uhr dreißig noch immer nicht da war, rief sie ihn auf dem Handy an. Keine Antwort.

»Wo ist Owen?« Spencer hatte schon seinen Rucksack auf dem Rücken, der Handtuch, Sonnenschutz und ein paar Wasserspielzeuge enthielt.

»Er kommt sicher gleich; wahrscheinlich hat er sich nur ein bisschen verspätet.« Trotzdem fing sie allmählich an, sich zu wundern.

Um neun saß sie mit zwei unglücklichen Kindern da und wurde allmählich ärgerlich. Sie versuchte es wieder auf Owens Handy. Diesmal nahm er ab.

»Brooke, es tut mir so leid. Ich habe völlig die Zeit aus den Augen verloren. Hunters Großmutter ist gestorben. Ich bin zusammen mit der Polizei bei ihm zu Hause. Sie gehen von einer Überdosis Tabletten und Wodka aus, aber sie hatte auch Krebs, man weiß es also einfach noch nicht genau.«

»O nein!« Brookes Innerstes zog sich zusammen, als sie an die Vermutungen dachte, die ihr durch den Kopf gegangen waren, nachdem Owen nicht gekommen war. »Wie geht es Hunter?«

»Ich weiß nicht. Er war völlig fertig. Ich habe ihn zu Hause bei Onkel Denny gelassen. Als er heute Morgen sah, dass sie tot war, kam er zu mir und ich versuche jetzt, mich hier um alles zu kümmern. Es tut mir wirklich leid.«

Brooke hielt zwar nicht viel von Hunter, aber er tat ihr trotzdem sehr leid. Er war praktisch bei seiner Großmutter aufgewachsen, wie jedermann in der Stadt wusste, und Brooke konnte sich denken, dass es ihm sehr schlecht ging. »Mach dir keine Gedanken, du kannst ja ein andermal etwas mit den Kindern unternehmen. Kümmere dich erst einmal um Hunter.«

»Ich rufe dich an, wenn ich hier fertig bin.«

Brooke legte auf und sagte Meghan und Spencer, was geschehen war. Die Kinder waren enttäuscht, doch sie wussten, was ein solcher Verlust bedeutete, und Brooke war sehr stolz auf sie, weil sie beide vor allem an Hunter dachten und daran, wie es ihm wohl ging. Sie versuchte, sich vorzustellen, wie Denny sich um Hunter kümmerte, der doch eigentlich noch ein Kind war.

Daraufhin ging sie ihre Mutter suchen und fand sie bei ihrem Vater auf dem Bett sitzend; die beiden betrachteten Fotos von Brookes Hochzeit. Brooke schluckte schwer; sie wusste nicht, wie viele emotionale Momente sie noch ertragen konnte.

»Seid ihr einverstanden, wenn ich euch die Kinder ein Weilchen überlasse? Owen hat gesagt, Hunters Großmutter ist gestorben. Ich würde gern rübergehen und gucken, ob ich helfen kann.«

Mom runzelte die Stirn. »Das ist ja schrecklich. Natürlich gehst du hin. Uns geht es gut, meine Liebe. Und …« Ihre Mutter schien nach Worten zu suchen, doch dann sagte sie nur: »Du tust das Richtige.«

Brooke winkte ihnen, band ihr Haar zum Pferdeschwanz, sagte Meghan und Spencer, dass sie bald zurück sei, und verließ das Haus.

Als sie in Owens Einfahrt einbog, fiel ihr ein, dass Hunter vielleicht nicht gerade froh sein würde, sie zu sehen. Die Menschen gingen unterschiedlich mit Schmerz um und sie und Hunter waren alles andere als Freunde – dafür hatte Brooke in den letzten Jahren gesorgt. Doch wo sie schon einmal da war, klopfte sie auch. Denny öffnete.

»Ich wollte mich nur nach Hunter erkundigen. Owen hat mir gesagt, was passiert ist.« Jetzt wünschte Brooke doch, sie wäre nicht gekommen. Sie verstand zwar, was ein Verlust bedeutete, aber sie verstand Hunter nicht.

»Das ist nett von Ihnen«, sagte Denny und trat zurück, damit Brooke hereinkommen konnte. »Hunter ist in der Küche. Er ist völlig fertig. Anscheinend war seine Großmutter alles, was er noch hatte.«

Brooke sah, welche Fortschritte die Arbeiten am Haus gemacht hatten, seit sie das letzte Mal hier gewesen war. »Hier sieht es ja richtig gut aus«, sagte sie, als Denny sie durchs Wohnzimmer führte.

»Ja, wir waren ziemlich fleißig.« Denny blieb in der Küchentür stehen. »Hunter, du hast Besuch.«

Hunters sommersprossiges Gesicht war gerötet vom Weinen, seine Unterlippe zitterte. Er sah sie mit großen Augen an. Dann setzte er sich schnell aufrecht hin und fuhr sich mit der Hand über die Nase. »Mrs Holloway, was machen Sie denn hier?«

Brooke zog sich einen Stuhl zu ihm an den Küchentisch. »Brooke. Sag Brooke zu mir.« Sie legte ihre Hand über seine. »Ich wollte nur fragen, ob ich irgendetwas für dich tun kann.«

Er entzog ihr seine Hand und fing wieder an zu weinen. »Warum?« Rasch wischte er die frischen Tränen fort.

»Weil ich … ich weiß, wie es sich anfühlt, einen Menschen zu verlieren.«

»Ich meine, warum kümmert Sie das? Nach allem, was ich …« Er starrte auf den Fußboden.

Brooke sprach rasch ein Stoßgebet. *Hilf mir, die richtigen Worte zu finden.* »Was vorbei ist, ist vorbei, Hunter. Jetzt bin ich für dich da. Ich möchte dir gern helfen. Brauchst du irgendetwas?«

Er schniefte und zuckte die Achseln. »Ich weiß nicht.«

»Hat jemand deine Eltern angerufen?«

»O Mann!« Er warf den Kopf zurück, dann sah er sie an. »Daran habe ich gar nicht gedacht. Ich muss wohl, oder?«

Denny, der sich an der Arbeitsplatte zu schaffen gemacht hatte, brachte zwei Tassen Kaffee und stellte sie vor sie hin, dann zog er sich selbst ebenfalls einen Stuhl heran und setzte sich gegenüber von Brooke und Hunter.

Brooke schob ihre Tasse beiseite. »Soll ich sie anrufen und es ihnen sagen?«

Hunter griff sich an die Brust. »Mir geht's nicht gut. Wo ist Owen? Wann kommt er zurück?«

»Er kommt sicher gleich.« Brooke wartete noch eine Minute, dann fragte sie ihn noch einmal, ob sie seine Eltern anrufen sollte.

»Ja, glaub schon. Es ist die Mutter meiner Mutter, sie muss es wohl erfahren.« Hunter schlug die Hände vors Gesicht.

»Wenn du mir die Nummer sagst, rufe ich sie an.« Sie betrachtete die Kokardenblumen in der Vase auf Owens Tisch, die gleichen, die vor ihrer Tür gelegen hatten. »Wo kommen die Blumen her?«

»Hunter hat sie mitgebracht.« Denny lachte leise. »Er meinte, dem Haus fehle die Hand einer Frau.«

Brooke starrte Hunter an. »Hast du meinen Rasen gemäht? Und die Blumen auf die Veranda gelegt?«

Hunter schaute nicht auf, sondern nickte nur. »Ich wollte es wiedergutmachen …« Seine Stimme brach.

Brooke packte die Gelegenheit beim Schopf und nahm ihn in die Arme. Zuerst versteifte er sich, doch nach ein paar Sekunden legte er den Kopf an ihre Schulter und weinte. Sie strich über sein strähniges Haar, kämpfte mit ihren eigenen Gefühlen und fragte sich, ob sie noch Tränen übrig hatte.

Fünfundzwanzig

Owen war sehr zufrieden mit den Fortschritten, die das Haus machte, und er genoss die Gesellschaft seines Onkels. Vor allem aber war er froh, dass Brooke und er in den letzten Wochen übereingekommen waren, sich entwickeln zu lassen, was zwischen ihnen war, und aufzuhören, der Vergangenheit nachzutrauern. Das Einzige, was ihm nicht gefiel, war, dass Hunter eine schwere Zeit durchmachte.

Owen hatte dem Jungen während des Begräbnisses beigestanden. Seine Eltern hatten der Beerdigung ebenfalls beiwohnen dürfen, mussten danach jedoch umgehend in die Entziehungsklinik zurückkehren – worüber Owen sehr froh war. Hunters Vater hatte sich während der Trauerfeier wie ein Idiot aufgeführt und Hunter bei einer Gelegenheit sogar einen harten Stoß versetzt. Doch als Owen dazwischentrat, war er feige zurückgewichen.

Brooke hatte nicht an der Beerdigung teilgenommen, doch mittlerweile spielte sie eine völlig neue Rolle in Hunters Leben. Sie konnte seinen Schmerz nachempfinden und ihm Trost spenden, den er bei Owen nicht fand. Doch letztlich konnten sie alle ihm nur bis zu einem gewissen Grad helfen. Tagsüber arbeitete er nach wie vor bei Owen, abends ging er nach Hause – und dann machte Owen sich stets große Sorgen um ihn. Keiner wusste, wie lange Hunter noch im Haus seiner Großmutter wohnen durfte. Owen bezweifelte, dass der Vermieter das Haus weiter an einen vorbestraften Siebzehnjährigen vermieten würde.

Eines Tages schnitt er das Thema bei dem gemeinsamen Mittagessen an.

»So, Hunter.« Owen nahm sich eine Handvoll Chips aus der Tüte. »Erzähl mal, was hast du für Pläne? Ich meine, für die Zukunft?«

Hunter zuckte die Achseln; er hatte den Mund voll. Brooke hatte gestern eine riesige Schüssel mit Geflügelsalat herübergebracht, über den sie sich jetzt gemeinsam hermachten.

»In etwa einem Monat wird das Haus so weit fertig sein.«

Hunter hörte einen Moment auf zu kauen und schluckte schwer. Dann seufzte er und nickte. »Ja, ich weiß.«

»Ich kann dich nicht ewig für mich arbeiten lassen.« Owen blickte zu Denny hinüber und unterdrückte ein Lächeln, als er sah, wie sich Hunters Gesicht verdüsterte. »Aber ich habe mich irgendwie an dich gewöhnt und dachte, du könntest doch einfach bei uns einziehen.«

Hunter schluckte erneut und sah ihn mit großen Augen an. »Wirklich?«

Owen zuckte die Achseln. »Warum denn nicht? Drei Junggesellen, die zusammen hausen. Platz haben wir ja genug.« Er lachte und deutete mit dem Finger auf Hunter. »Aber du musst dir Arbeit suchen.«

Hunter grinste. »Denny hat auch keinen Job.«

Owens Onkel schlug mit der flachen Hand auf den Tisch. »Ich arbeite jeden Tag schwer daran, einfach nur am Leben zu bleiben.«

Owen wusste, dass sein Onkel ziemlich viel Geld hatte; er hatte Owen eine größere Summe geben wollen, weil er hier wohnen durfte, doch Owen hatte das Geld nicht angenommen. Nach der geschäftlichen Regelung, die er mit Gary getroffen hatte, war er gut versorgt, jedenfalls fürs Erste. Allerdings spielte er inzwischen selbst mit dem Gedanken, wieder zu arbeiten – etwas, das vor einigen Monaten für ihn schon emotional gar nicht infrage gekommen wäre. Aber jetzt? Vielleicht, wenn das Haus fertig war.

»Also, was meinst du? Willst du unserer Junggesellenriege beitreten?«

»Klar«, brachte Hunter schließlich heraus und wurde knallrot. »Danke, Owen.«

Owen nahm die drei Pappteller und warf sie in den Mülleimer. »Gut, dann schaff deine Sachen her und such dir oben ein Zimmer aus.« Er freute sich, dass Hunter Ja gesagt hatte. So konnte er weiterhin ein Auge auf ihn haben und dafür sorgen, dass er nicht in sein altes Leben zurückrutschte. Es war ein sehr befriedigendes Arrangement – jedenfalls vorerst. Und für die Zukunft – wer wusste schon, was die brachte?

Mehr als einmal, in wunderschönen, vielleicht realitätsfremden, auf jeden Fall aber ziemlich verfrühten Tagträumen, hatte Owen sich vorgestellt, dass Brooke und ihre Kinder bei ihm in seinem Haus wohnten. Manchmal fragte er sich, wie lange Onkel Denny wohl noch bleiben wollte, was aus Hunter werden würde und ob tatsächlich die Möglichkeit bestand, dass er, Brooke und die Kinder irgendwann eine Familie bildeten. Er wischte gerade die neue Keramikarbeitsplatte ab, als ihm klar wurde, dass er und Brooke nie über Kinder gesprochen hatten. *Ob sie vielleicht noch mehr wollte?*

Brooke, Meghan und Spencer kamen, mit Einkaufstüten bepackt, ins Haus.

»Daran erinnere ich mich noch gut.« Ihre Mutter betrat das Wohnzimmer; sie nippte an einem Glas Eistee. »Es hat immer großen Spaß gemacht, Schulkleidung kaufen zu gehen.« Sie stellte das Glas auf den Couchtisch. »Zeigt mal, was ihr ergattert habt.«

Sie ließen die Tüten aufs Sofa fallen. Meghan fing an, darin herumzuwühlen und zog schließlich ein rosa Kleid heraus. »Das hat mir am besten gefallen!«

Brooke warf sich in den Sessel, zog ein Papiertuch aus der Spenderbox auf dem Tisch und tupfte sich die Stirn trocken. »Nach dem Thermometer in meinem Auto sind es einundvierzig Grad draußen. Ich dachte, wir würden schmelzen.« Sie wartete, bis Meghan und Spencer ihrer Großmutter die neuen Sachen gezeigt hatten, dann fragte sie: »Wie geht es Daddy heute?«

»Ganz gut.« Mom lächelte. »Er liebt deinen Geflügelsalat und hat eine ordentliche Portion davon gegessen.«

Brooke war froh, dass ihre Mutter nicht mehr so müde aussah. Ihr Vater schlief jetzt wieder besser, ja er schlief sogar sehr viel in letzter Zeit, was für Brooke auch wieder ein Grund zur Sorge war, doch nächste Woche hatte er einen Arzttermin und danach wussten sie sicher mehr. »Ich schaue mal nach ihm.«

Brooke ging ins Schlafzimmer ihrer Eltern und musste lächeln über das Bild, das sich ihr bot. Ihr Vater saß aufrecht im Bett. Inzwischen wog er bestimmt fünf Kilo weniger als bei seiner Ankunft, doch heute schien sein Gesicht sogar ein wenig Farbe zu haben; auf jeden Fall war es ein gutes Zeichen, dass er etwas gegessen hatte. Er war umgeben von Fotoalben und kleinen Stapeln loser Bilder.

»Ich versuche zu rekonstruieren, was ich alles verpasst habe«, sagte er und blätterte die Alben durch. Brooke trat zu ihm ans Bett, schob ein paar Alben beiseite und setzte sich zu ihm. Sie beugte sich vor, um zu sehen, was er anschaute, und lachte.

»Ist das nicht das albernste Bild der Welt?« Lachend deutete sie auf das Foto. »Da bin ich vierzehn und meine Freundin Linda und ich haben Friseur gespielt. Linda meinte, ich bräuchte unbedingt einen Afro. Sie hat mein Haar mindestens eine Stunde malträtiert.« Ihr Vater lachte und blätterte weiter. Das nächste Foto zeigte Brooke und ihre Mutter bei Brookes Highschoolabschluss. »Ich war die Drittbeste in meiner Klasse«, sagte sie leise.

Ihr Vater berührte das Foto mit zitternder Hand. »Du hast das Lächeln deiner Mutter.«

»Sie hat immer gesagt, ich hätte dein Lächeln.« Brooke legte ihre Hand auf seine. Dann zog sie sich einen Stuhl heran. Die nächste Stunde schaute sie sich zusammen mit ihrem Vater Fotoalben an. Als er ihre Hochzeitsbilder sah, weinte er, obwohl er das Album schon mehrmals angeguckt hatte. Brooke dachte an Travis' Bilderschrein und daran, dass sich hinter der Tür ihres Vater sehr viel weniger Fotos befanden als hinter den Türen der anderen.

»Ich hätte da sein müssen, um dich zum Altar zu führen.«

Brooke verkniff sich zu sagen: »Ja, das hättest du.« Sie hatte ihm vergeben, doch auch nach der Vergebung hörte der Schmerz nicht ganz auf. Immerhin fragte sie sich inzwischen, wie weit sie und ihre Mutter vielleicht selbst Schuld daran hatten, dass sie ihm so lange nicht hatten verzeihen können.

»Ich bin gleich wieder da.« Brooke ging kurz hinaus und kehrte mit Travis' Geschenk zurück. »Hast du Lust auf ein Projekt?«

Ihr Vater nickte und Brooke zog die Tasche mit Fotos heraus, die sie kürzlich aus dem *Schatzkästchen* mitgebracht hatte. Die nächsten Stunden verbrachten sie damit, Bilder auszusuchen und die wenigen Fotos, die sich hinter der Tür in dem Schrein befanden, aufzustocken. Auf diese Weise füllten sie auch ein wenig von der Leere aus, die Brooke selbst so lange empfunden hatte.

Später am Abend, nachdem sie die Kinder ins Bett gebracht hatte, badete Brooke und ging ebenfalls zu Bett. Dann wartete sie darauf, dass das Telefon klingelte. Owen rief sie jeden Abend um zehn an.

»Alle versorgt?«, fragte er, als sie abnahm.

Sie drehte sich auf die Seite und kuschelte sich in ihre Bettdecke. »Jawohl. Ich habe den Schulkleidungskauf überlebt und glaube, dass ich heute Nacht endlich wieder einmal schlafen kann. Und was ist mit dir? Wie war dein Tag? Und Hunters?«

»Ich glaube, es geht ihm ganz gut.« Owen schwieg kurz und fuhr fort: »Ich habe ihn gefragt, ob er zu mir und Onkel Denny ziehen will. Er schien ganz aus dem Häuschen bei der Aussicht.«

»Du bist wirklich gut zu ihm, Owen. Du hast sein Leben völlig verändert.«

»Ach, ich weiß nicht«, sagte er leise. »Aber ich habe gesehen, welchen Weg er eingeschlagen hatte, und bin froh, dass er eine neue Richtung gewählt hat.«

Brooke drehte sich wieder auf den Rücken und spielte mit einer Haarsträhne. »Wie lange bleibt Denny denn noch?«

»Keine Ahnung. Er scheint es nicht eilig zu haben, wieder wegzukommen, und ich genieße seine Gesellschaft. Er hat uns viel im Haus geholfen.« Owen lachte. »Als ich den Schuppen gekauft habe, dachte ich, ich müsste für den Rest meines Lebens daran arbeiten. Es ist erstaunlich, wie viel wir drei in so kurzer Zeit bewirkt haben.«

»Es ist wunderschön geworden, Owen, wirklich.«

»Ich vermisse dich.«

Brooke lächelte. »Wir haben uns doch erst gestern gesehen.«

»Ich weiß, aber heute nicht. Wie geht es deinem Vater?«

Brooke seufzte. »Er isst nicht viel und statt zu wenig schläft er jetzt fast nur noch. Ich weiß wirklich nicht, was ich davon halten soll.« Sie holte tief Luft. »Aber wir lernen uns besser kennen und das ist gut. Sein Gesicht leuchtet jedes Mal auf, wenn ich ins Zimmer komme. Es ist alles ein wenig bittersüß. Ich komme immer noch nicht so richtig zurecht mit allem – ich habe ihn so sehr gehasst und mir trotzdem die ganze Zeit leidenschaftlich gewünscht, dass wir eine Familie sind, und er wollte nichts mehr, als zu uns zurückzukommen, und ich wusste es nicht. Aber tief in mir weiß ich, dass es Gottes Wille ist, dass mein Vater und ich wieder zueinanderfinden, solange wir noch die Möglichkeit dazu haben. Seit ich ihm vergeben habe, fühle ich mich besser – ruhiger.«

Brooke hoffte, dass Owen ebenfalls versuchte, Virginia zu verzeihen. Solange er das nicht tat, konnte er nicht nach vorn sehen – und so lange konnte auch sie sich nicht der Zukunft zuwenden. Doch wenn sie von Gott sprach, zog Owen sich noch immer in sich selbst zurück, so wie jetzt auch. Sie wusste, was sie in Bezug auf ihren Vater zu tun hatte, aber was Owen betraf, hatte sie keine Ahnung, ob sie die Sache vorantreiben sollte oder nicht. Doch ihre Beziehung hatte sich wunderbar entwickelt und Brooke wusste, dass Gott früher ganz selbstverständlich in Owens Leben gehört hatte; das hatte er ihr erzählt. *Bitte, Gott*, betete sie zum soundsovielten Mal, *lass ihn zu dir zurückfinden*.

»Denk dran, ich fahre morgen nach Houston«, sagte er. »Samstag bin ich wieder da.«

Brooke wusste, dass Owen mit einer Werbefirma in Houston darüber gesprochen hatte, eine Außenstelle in seinem Haus zu eröffnen. »Ja, ich weiß. Klappt es am Samstagabend mit uns?«

»Aber sicher! Ich kann dir gar nicht sagen, wie wir drei uns nach einem selbst gekochten Essen sehnen! Eigentlich sollte man ja erwarten, dass wenigstens einer von uns kochen kann, aber in diesem Punkt sind wir alle drei jämmerliche Versager. Diese Woche haben wir ein paar simple Steaks verkohlen lassen. Als wir das Rezept für Hühnchen mit Reis, das du uns gegeben hast, ausprobiert haben, ist der Reis aus irgendeinem Grund nicht gequollen. Und Denny scheint zu glauben, dass Eier das perfekte Essen für jeden Abend sind, an dem wir nicht ausdrücklich etwas anderes geplant haben. Ich habe Eier bis obenhin satt!« Er stöhnte. »Und Erdnussbutter kann ich auch nicht mehr sehen.«

Brooke lachte. »Ich bringe Lasagne, Salat und Knoblauchbaguette mit.«

»Der Geflügelsalat, den wir zuletzt von dir hatten, war köstlich. Habe ich eigentlich erwähnt, dass ich dich vermisse?«

Sechsundzwanzig

Am Samstag zählte Owen die Stunden bis zum Abendessen. Das Gespräch in Houston war gut gelaufen; die Firmenmitarbeiter, mit denen er sich getroffen hatte, kannten seine und Garys ehemalige Firma in Austin. In ein paar Wochen würde er wahrscheinlich anfangen zu arbeiten, und zwar von einem Büro in seinem Haus in Smithville aus – und er freute sich schon richtig darauf. Er konnte kaum glauben, wie sehr sein Leben sich in ein paar wenigen Monaten verändert hatte.

Er dachte zwar immer noch gelegentlich an Virginia, aber er vermisste sie nicht, und außer eines dumpfen Grolls empfand er nichts mehr für sie. Nach so vielen Ehejahren würde er sie wahrscheinlich nie völlig vergessen können, ganz gleich, was er für sie empfand. Jedes Mal, wenn er an Brooke und ihren Vater dachte, wusste er, dass er Virginia vergeben musste, doch im Moment gelang ihm das noch nicht.

Er hatte sogar wieder angefangen zu beten, doch darüber konnte er noch mit niemandem reden, obwohl er wusste, wie viel Brooke daran lag. Er musste zuerst einmal ganz allein mit Gott ins Reine kommen, und dafür brauchte er noch Zeit. Er hatte auch für Hunter gebetet. Der Junge war in sein Haus eingezogen, während er in Houston war; die Sachen seiner Großmutter waren größtenteils eingelagert worden. Owen betete, dass Hunter auf dem rechten Pfad bleiben und sich von seinem Kummer nicht zu sehr niederdrücken lassen möge.

»So!« Denny tauchte hinter der neuen Waschmaschine auf. »Die Schläuche sind angeschlossen. Es kann losgehen.«

Sie hatten den kleinen Anbau hinter dem Haus letzte Woche frisch gestrichen und beschlossen, ihn als Waschküche zu nutzen. Er und Denny hatten es satt, dauernd in den Waschsalon zu rennen, was bedeutete, dass ihre Schmutzwäsche sich allmählich zu Bergen türmte. Und jetzt, wo auch noch Hunter bei ihnen wohnte, fing es sogar schon an zu müffeln.

Denny drückte den Startknopf. Durch das Sichtfenster der Waschmaschine beobachteten er und Owen, wie die Trommel anfing, sich zu drehen, als hätten sie ein Meisterwerk geschaffen. »Schau dir das an!«, schnaubte Denny. »Gut, dass ich noch wusste, wie man so ein Ding anschließt. Das hätten wir schon längst machen sollen!«

Owen nickte. Er dachte plötzlich, dass sein Onkel schon lange nicht mehr von seinen Memoiren gesprochen hatte oder davon, wann er sich auf seine nächste Reise machen oder wie lange er noch bleiben wollte. Aber das spielte auch keine Rolle.

»Die Waschmaschine stand schon lange auf der Erledigungsliste, aber wegen des neuen Dachs und der elektrischen Leitungen, die noch verlegt werden mussten, rutschte sie immer weiter nach hinten.«

»Na, ich hätte dieses Problem schon längst beackert.« Onkel Denny strich sein langes graues Haar hinter die Ohren und trocknete sich mit einem Handtuch die Stirn. Dann sahen beide zu, wie die Waschmaschine vom ersten zum zweiten Arbeitsgang wechselte.

»Es scheint alles in Ordnung zu sein.« Denny drückte auf Stopp. »Komm, wir stecken ein paar Sachen rein und machen einen richtigen Test.«

Hunter kam herein. »Wir haben eine Waschmaschine! Gott sei Dank!«

Owen wusste, dass das nur eine Redensart und kein Gebet war, doch in letzter Zeit bewirkte jede Erwähnung von Gott, dass er bereute, sich in einer schwierigen Lebenssituation von Gott abgewandt zu haben. »Ja«, sagte er nur.

Onkel Denny klatschte in die Hände. »Ich werde noch schnell abwaschen, bevor das Essen kommt.« Er leckte sich die Lippen. »Ich kann es kaum noch erwarten.«

»Ich bin nur froh, dass es nicht wieder Eier gibt«, meinte Hunter.

Owen grinste. »Ich auch.«

Als Brooke kam, packte er sie so ungestüm um die Taille, dass sie beinahe die Lasagne fallen gelassen hätte. »Ich habe eine Überraschung für dich«, sagte er und gab ihr einen Kuss auf die Wange. Erst dann nahm er ihr die Auflaufform ab und begrüßte die Kinder. Spencer reichte Hunter einen Korb, der den Salat, die Salatsoße und das Brot enthielt.

»Kommt rein, kommt rein!« Owen nickte nach links und Brooke schlug eine Hand vor den Mund, als sie ins Esszimmer traten. Mitten in dem frisch gestrichenen Zimmer stand ein schöner neuer Esstisch mit Platz für acht Personen. Die zartgelben Wände mit der weißen Fußbodenleiste bildeten einen perfekten Rahmen für den Kirschholztisch und die Stühle.

»Owen, ist das schön!«

»Ich habe ihn schon vor längerer Zeit bestellt. Zuerst dachte ich, dass er wohl nicht rechtzeitig für unser Abendessen kommt, aber dann wurde er doch geliefert, als ich weg war.«

»Das wird ein richtig stilvolles Abendessen.« Brooke hatte sich immer ein Esszimmer wie dieses gewünscht – groß, hell, freundlich, mit Platz für eine richtige Familie. Sie war ein Einzelkind gewesen und hatte immer davon geträumt, einmal viele Kinder zu haben. Owen hatte ihr erzählt, dass er zwar gerne Kinder gehabt hätte, Virginia aber keine wollte. Sie überlegte, ob er sich wohl immer noch Kinder wünschte und wie viele – und welche Rolle sie bei diesem Wunsch spielte.

Vor dem Essen bestand Owen darauf, sie und die Kinder noch einmal durchs Haus zu führen. Es war erstaunlich, was drei Männer in so kurzer Zeit bewirken konnten. Sie lachte, als sie ihr unbedingt die neue Waschmaschine in Betrieb zeigen wollten, als sei das eine der größten menschlichen Errungenschaften. »Ich weiß, wie Waschmaschinen in Betrieb aussehen«, sagte sie und kicherte.

Als sich alle zum Essen gesetzt hatten, blickte Brooke über den Tisch zu Owen und lächelte ihn an. Hunter und Denny saßen links von ihr, Spencer und Meghan rechts. Sie wünschte, ihre Eltern wären auch hier, auf den beiden leeren Stühlen, aber ihr Vater hatte sich zu schlecht gefühlt, um auszugehen, und ihre Mutter hatte ihn nicht allein lassen wollen.

Brooke streckte ihre Hände nach beiden Seiten aus. Meghan nahm sie sofort, Hunter starrte sie nur an.

»Wir wollen ein Tischgebet sprechen«, sagte Brooke.

»Nimm ihre Hand, Junge«, wies Denny ihn an und streckte ihm seine eigene Hand hin. Dann murmelte er: »Wir Jungs müssten eigentlich auch vor dem Essen beten. Wir sollten uns schämen. Gut, dass Brooke uns daran erinnert hat.«

Nach dem Gebet war es still im Zimmer, bis auf das Geräusch von Besteck, das gegen Teller klirrte. Es klang richtig begeistert. Travis war kein großer Esser gewesen – das völlige Gegenteil von Owen, Hunter und Denny.

Brooke empfand das Schweigen nicht als unangenehm, ja sie konnte gar nicht mehr aufhören zu lächeln. Die hellgelben Wände tauchten das Zimmer in ein warmes Licht. Owen fing ihren Blick auf und erwiderte ihr Lächeln; die beiden anderen Männer unterbrachen das Essen immer wieder und machten ihr Komplimente über ihre Kochkunst. Die Kinder benahmen sich mustergültig. Anscheinend würde es ein perfekter Abend werden. Dann hob Meghan die Hand, wie in der Schule, als wollte sie sich melden, und starrte Owen an.

Brooke fand das seltsam, doch Owen lächelte nur. »Ja, Meghan, was ist?«

»Wirst du meine Mommy heiraten?«

Meghan! Brooke verschlug es die Sprache, sie erstarrte vor Schreck. Am liebsten hätte sie sich in Luft aufgelöst. Denny erstickte beinahe an dem Bissen, den er im Mund hatte, und presste sich die Serviette vor den Mund. Hunter lachte. Brooke zwang sich, Owen anzuschauen, obwohl sie wusste, dass ihr Gesicht knallrot war. Dieser lächelte nur weiter und zwinkerte ihr zu. Spencer hörte auf zu essen und legte die Gabel hin. Wie seine Schwester wartete er auf eine Antwort; allerdings machte er ein finsteres Gesicht.

Brooke wusste nicht, wie sie ihre Tochter wegen ihrer ungehörigen Frage zurechtweisen sollte. Sie hatte offenbar schon den ganzen Abend in ihrem unschuldigen Köpfchen rumort.

Owen räusperte sich. »Ich weiß nicht, Meghan. Aber wäre das denn schlimm für dich?«

Meghan schüttelte lebhaft den Kopf, dass ihre Zöpfe flogen. »Nein! Gar nicht!«

Als Owen sie ansah, hauchte Brooke: »Tut mir leid!« Daraufhin lächelte er nur noch breiter. Dann sah er Spencers mürrischen Ausdruck und sein Lächeln schwand.

»Wenn deine Mom und ich jemals einen solchen Entschluss fassen würden, müsste auf jeden Fall die ganze Familie einverstanden sein.«

Nun ja, eher nicht. Doch Brooke musste lächeln, obwohl sie am liebsten mit den Fingern geschnippt hätte und verschwunden wäre.

»Darf ich aufstehen?« Spencer schob seinen Stuhl zurück.

»Du hast aber nicht viel gegessen«, meinte Brooke, doch dann dachte sie, dass es wohl besser sei, ihn gehen zu lassen, bevor er auch noch seine Ansicht zu dem Thema kundgab. »Aber gut.«

Spencer lief hinaus. Kurz darauf hörte Brooke den Fernseher im Wohnzimmer.

Meghan brach das Schweigen. »Ich hoffe, dass wir hier leben, wenn ihr heiratet! Und ich hoffe, dass wir den Geheimbunker finden.«

»Gut.« Brooke hob eine Hand. »Das reicht. Jetzt wird gegessen.«

»Ich glaube nicht, dass es einen Geheimbunker gibt. Ich habe wirklich überall gesucht.« Hunter nahm sich eine weitere Portion Lasagne. Brooke hatte noch nie jemand gesehen, der so viel aß. *Und dabei ist er so dünn.* Sie war dankbar, dass sie das Thema gewechselt hatten.

Meghan runzelte die Stirn. »Er ist richtig gut versteckt, deshalb hat ihn keiner gefunden, aber er ist hier irgendwo.« Sie nickte entschieden, als sei die Diskussion damit ein für alle Mal beendet.

Hunter schob seinen Stuhl zurück. »Brooke, das Essen war super.« Er schwieg kurz, dann fuhr er fort: »Ich gucke mal nach Spencer, wenn Ihnen das recht ist. Er hat gesagt, er hat sein Flugzeug mitgebracht und Sie haben ihm ein Ersatzteil dafür besorgt. Vielleicht kann ich ihm helfen.«

»Das wäre schön, Hunter.«

Die anderen beendeten ebenfalls ihr Essen, dann gingen Denny und Meghan zu den beiden Jungen ins Wohnzimmer. Owen half Brooke den Tisch abzuräumen. Sie stellte gerade die Teller in die neue Spülmaschine, als Owen seine Arme um ihre Taille legte.

»Ich wünschte, ich hätte ein Foto von dir von dem Augenblick, als Meghan ihre Frage gestellt hat.« Er lachte leise, strich ihr Haar beiseite und küsste sie auf den Nacken. »Ich habe dich noch nie so rot gesehen.«

Brooke spülte gerade einen Teller unter fließendem Wasser ab, doch seine Lippen in ihrem Nacken waren eine angenehme Ablenkung. »Es tut mir leid, dass meine Kinder keine besseren Manieren haben. Als ich ihnen beigebracht habe, worüber man bei Tisch reden darf und worüber nicht, habe ich dieses Thema offenbar übergangen.«

Owen wartete, bis sie sich vorbeugte, um den Teller in die Spülmaschine zu stellen, dann legte er ihr die Hände auf die Hüften und drehte sie zu sich um. Brooke hielt den Kopf gesenkt, bis er ihr Gesicht sanft umfasste und sie zwang, ihn anzuschauen.

»Wenn mir irgendjemand vor ein paar Monaten gesagt hätte, dass ich hier, in diesem Haus, mit dir stehen würde …« Er grinste. »Und dass deine Tochter fragen würde …«

»Das ist nicht lustig, Owen.« Sie schlug ihn spielerisch auf den Arm. »Ich habe den Kindern gegenüber niemals so etwas erwähnt.« Sie brachte es nicht einmal fertig, das Wort *Ehe* auszusprechen.

Owen strich mit seinen Lippen sanft über die ihren. »Ich weiß nicht, was die Zukunft bereithält, weil ich deine Gefühle nicht kenne.« Er küsste sie abermals. »Aber ich weiß, was ich empfinde. Ich liebe dich, Brooke. Das weiß ich schon eine ganze Weile. Ich wollte dir nur keine Angst machen.«

»Ich habe keine Angst«, flüsterte sie. Das stimmte, dennoch empfand sie ein wachsendes Unbehagen. War es klug, sich so eng mit einem Mann einzulassen, der solche Probleme mit dem Glauben hatte wie Owen?

Zu spät. Sie hatte sich bereits eingelassen. Und sie konnte das Gefühl nicht abschütteln, dass Gott sie beide zusammengeführt hatte. *Wenn nicht, dann zeig es mir und hilf mir, das Richtige zu tun. Ich bin nämlich schon ganz schön tief in diese Sache verstrickt.*

Sie legte ihre Hände um sein Gesicht. »Ich liebe dich auch.«

Sie hielten einander ein Weilchen fest, dann räumten sie zusammen die Küche auf. Als sie fertig waren, gingen sie Hand in Hand hinaus auf die Straße, wo die anderen sich bereits versammelt hatten. Hunter stellte das Flugzeug auf den Asphalt, reichte Spencer die Fernbedienung und gab ihm noch ein paar Anweisungen.

Denny legte die Hände auf seinen Bauch, als Brooke und Owen herauskamen. »Das war das beste Essen, das ich je gegessen habe, Brooke.« Er grinste sie an. »Und ein wirklich unterhaltsames Tischgespräch.«

»Danke, Denny. Ich freue mich, dass es Ihnen geschmeckt hat.«

»Jetzt lasst uns gucken, ob das Flugzeug fliegt.« Denny schirmte seine Augen mit der Hand gegen die untergehende Sonne ab. Alle warteten, während Hunter Spencer zeigte, wie die Fernbedienung funktionierte. Dann traten sie zurück. Es war aufregend zu beobachten, wie das Flugzeug anfing vorwärtszurollen, doch dann hatte es eine ohrenbetäubende Fehlzündung und fiel auf die Seite.

»Mann!« Spencer ging hin und hob es auf. »Das Ding wird niemals fliegen!«

Hunter legte Spencer eine Hand auf die Schulter. »Kumpel, wir kriegen das schon hin! Gib es mir, ich kümmere mich darum, okay?«

Spencer nickte. »Aber keine Testflüge ohne mich.«

»Versprochen.« Hunter schob die Hände in die Taschen. Brooke erkannte den jungen Mann, der mit einer Wasserpistole in ihren Laden marschiert und Geld gefordert hatte, nicht wieder. Ab und zu verfolgte das Bild von damals sie noch, doch dieser Hunter war völlig anders – ein Beweis dafür, was ein bisschen Liebe und eine neue Umgebung bewirken konnten.

Owen legte den Arm um sie und zog sie an sich. Sie spürte, wie es in seiner Tasche summte. Er griff hinein und zog sein Handy heraus.

»O nein.«

Brooke blickte zu ihm auf. »Was ist los?«

»Es ist Virginia.«

Owen steckte das Handy wieder in die Hosentasche und überließ den Anruf der Mailbox. Dennoch empfand Brooke plötzlich ein starkes Unbehagen.

Nachdem Brooke und ihre Kinder nach Hause gegangen waren, hörte Owen Virginias Nachricht ab – drei Mal. »Hi, Owen. Ich muss dich sehen. Es ist sehr wichtig. Ich dachte, vielleicht nächstes Wochenende. Ich kann zu dir kommen. Rufst du mich bitte zurück?«

Er kannte seine Exfrau ziemlich gut; schon der freundliche Ton ihrer Stimme verriet ihm, dass sie etwas von ihm wollte. *Wieder mit mir zusammen sein?* Ganz bestimmt nicht. Sie und Gary bekamen ein Baby. *Geld?* Sie war eigentlich ganz zufrieden mit ihren Abmachungen gewesen und Gary verdiente sehr gut.

Er tippte sich mit dem Handy ans Kinn. Onkel Denny war schon ins Bett gegangen, Hunter saß am anderen Ende des Sofas und war ganz auf eine Fernsehsendung konzentriert.

»Hunter, was hältst du davon, wenn wir morgen früh in die Kirche gehen?« Owen verlagerte sein Gewicht auf dem Sofa und wünschte sich wieder einmal, dass es so bequem wie Brookes Sofa wäre.

»Hä? Warum?« Hunter wandte den Blick nicht vom Bildschirm.

Owen seufzte. »Glaubst du an Gott?«

»Ich glaube nicht *nicht* an ihn.« Hunter zuckte die Achseln, hielt den Film an und drehte sich zu Owen um. »In meinen Augen hat er nur nie irgendetwas bewirkt. Es passiert so viel Schlimmes und Böses auf der Welt und er verhindert es nicht.«

»Und was ist mit dem Guten? Wo kommt das deiner Ansicht nach her?« Owen wurde plötzlich klar, dass er das viele Gute, das er in seinem Leben erfuhr, nicht richtig gewürdigt hatte, vor allem im letzten Jahr nicht mehr.

Hunter runzelte die Stirn. »Warum willst du auf einmal unbedingt in die Kirche gehen?«

»Denny geht hin. Ich bin früher auch immer gegangen.« Owen schwieg, weil er merkte, dass er irgendetwas falsch machte. »Lass uns einfach hingehen.«

Hunter schüttelte den Kopf. »Nein. Ich bin nicht so'n religiöser Fuzzi.« Er hielt inne und runzelte die Stirn, dann fuhr er fort: »Jenny schon. Sie spricht viel von Gott.«

»Wirst du dich eigentlich jemals mit dem Mädchen treffen oder immer nur übers Internet mit ihr reden?« Owen legte seine Füße auf den Couchtisch. Er vermisste Brooke.

Hunter lächelte. »Demnächst.«

»Und was sagt Jenny über Gott?«

»Dass es einen verändert, wenn man ihm nahe ist. Glaubst du das?«

Owen lächelte. »Ja, das glaube ich. Aber als mein Leben so völlig aus den Fugen ging, habe ich aufgehört, seine Nähe zu suchen.«

»Wozu brauchst du ihn überhaupt? Es scheint dir doch ganz gut zu gehen ohne Gott. Du hast eine nette Freundin, ein cooles Haus und einen Haufen Geld. Was könnte Gott dir denn noch geben?«

Owen starrte Hunter an. Trauer legte sich über ihn wie ein dunkler Mantel. »Erlösung«, sagte er. »Durch Christus.«

Hunters Gesicht war völlig leer. Er hatte eindeutig keine Ahnung, wovon Owen sprach. Owen versuchte es noch einmal. »Wenn wir Gott annehmen, schenkt er uns vieles – Seelenfrieden, Trost, wenn wir traurig sind, einen Grund weiterzumachen, wenn wir in einer Lebenskrise stecken, und die Möglichkeit, mit dem Bösen, das wir getan haben, zu leben. Wir können gern irgendwann mal darüber reden, wenn es dich interessiert.«

Hunter zuckte die Achseln und wandte sich wieder dem Film zu. Doch fünf Minuten später drehte er sich zu Owen um und sagte: »Okay.«

»Bitte?«

»Ich komme mit zur Kirche, wenn du willst.«

Das genügte Owen … vorerst.

Er hörte sich noch einmal Virginias Nachricht an, dann wünschte er Hunter gute Nacht. Als er im Bett lag, rief er Brooke an. Sie fragte nicht nach Virginias Anruf und Owen erwähnte ihn ebenfalls nicht.

Brooke schob ihren Vater in einem Rollstuhl den Mittelgang entlang, ihre Mom und ihre Kinder folgten ihnen. Es war das erste Mal, dass sie alle zusammen in die Kirche gingen. Letzte Woche – ihr Vater konnte inzwischen kaum noch aufstehen und ins Bad gehen – hatten sie einen Rollstuhl für ihn angeschafft. Er wurde jeden Tag schwächer und Brooke fürchtete sich schon davor, was der Arzt bei ihrem nächsten Termin sagen würde.

Als sie saßen, wanderten ihre Gedanken zu Owen und dem Anruf von seiner Exfrau. Nach ihrem Telefongespräch gestern Abend fühlte sie sich noch unbehaglicher, weil Owen nicht gesagt hatte, was Virginia von ihm wollte. Brooke war völlig durcheinander. Hatte er sie zurückgerufen? Tat es ihr leid, dass sie einen so wunderbaren Mann verlassen hatte? Würden sie sich treffen?

Ihre Gedanken kreisten noch immer um dieses Thema, als sie aufblickte und sah, dass Owen, Hunter und Denny ebenfalls den Mittelgang herunterkamen. Bei Brooke und ihrer Familie war kein Platz mehr, deshalb setzten die drei Männer sich auf die andere Seite des Ganges. Brooke wäre am liebsten zu Owen hingelaufen und hätte ihn umarmt, doch stattdessen lächelte sie ihn nur an. Es war ein schönes Gefühl, an diesem Morgen mit ihrer ganzen Großfamilie zusammen in der Kirche zu sein.

Nach dem Gottesdienst gingen sie alle zusammen im *Back Door Café* essen. Wieder zu Hause, half Brooke ihrer Mutter, ihren Vater zu Bett zu bringen. Danach gingen sie, Meghan und Spencer zu Owen. Spencer wollte heute Nachmittag mit Hunter an dem Flugzeug arbeiten. Meghan widmete sich abwechselnd dem Fernseher und dem schwarzen Kater. Und Brooke lag gemütlich in Owens Arme gekuschelt auf dem Sofa.

»Verstehst du jetzt, was ich meine mit dem Sofa?« Owen verlagerte sein Gewicht und runzelte die Stirn.

»Ich finde es ganz in Ordnung. Es ist nur noch nicht so durchgesessen wie meins.« Brooke nahm sich eine Handvoll Popcorn aus der Schale auf dem Couchtisch und legte ihre Füße daneben. »Wo ist eigentlich Denny? Ich habe ihn noch gar nicht zu Gesicht bekommen, seit wir hier sind.«

»Keine Ahnung. Vielleicht macht er ein Nickerchen. Das macht er eigentlich jeden Nachmittag.« Owen griff in seine Tasche und zog sein Handy heraus, das angefangen hatte zu klingeln, doch er nahm den Anruf nicht an, wie schon vor einer Stunde, als es ebenfalls geklingelt hatte. Beide Male hatte Brooke Virginias Namen auf dem Display gesehen.

»Musst du sie zurückrufen?« Brooke biss sich auf die Unterlippe. Sie hatte die Anrufe bis heute noch nicht wieder erwähnt.

Owen schüttelte den Kopf. »Ich bin glücklich. Sie verdirbt mir nur die Laune.« Er drehte sich zu Brooke um und küsste sie auf die Wange.

Brooke wippte nervös mit dem Fuß, während sie darüber nachdachte, ob sie es einfach dabei bewenden lassen sollte. Es war beunruhigend, dass Virginia noch immer die Macht hatte, Owen die Laune zu verderben. Schließlich konnte sie sich nicht mehr zurückhalten. »Vielleicht ist es wichtig.«

»Das hat sie behauptet, aber bei ihr ist immer alles wichtig.« Er schüttelte den Kopf.

Da war sie wieder – die Verbitterung. Sie hatte gedacht, er sei darüber hinweg. Und Virginia hatte anscheinend eine Nachricht hinterlassen. *Was hatte sie gesagt?* Jetzt waren ihre beiden Füße in unruhiger Bewegung.

Owen beugte sich zu ihr herüber und küsste sie. »Nichts, was Virginia zu sagen hat, ist so wichtig, dass ich etwas von unserer gemeinsamen Zeit dafür opfere.«

Brooke zwang sich zu einem Lächeln, doch ihr Bauchgefühl sagte ihr, dass sich da ein Unheil zusammenbraute.

Siebenundzwanzig

»Du solltest zur Arbeit gehen, Brooke.« Mom half Brookes Vater, einen Schluck Wasser zu trinken. Brooke stand am Fußende des Bettes und zog ihm die Socken an. »Der Arzt meint, er kann erst etwas sagen, wenn er die Untersuchungsergebnisse hat, und dann kann ich dich ja anrufen.«

Brooke legte ihrem Vater wieder die Decke über die Füße und tätschelte ihm das Bein. »Ich kann bleiben.«

Sie waren schon ganz früh ins Krankenhaus von Smithville gefahren. Brookes Vater hatte in der Nacht hohes Fieber bekommen. Inzwischen ging es ihm zwar ein bisschen besser, doch die Ärzte wollten, dass er in der Klinik blieb, bis sie wussten, woher das Fieber kam.

Ihre Mom setzte sich hin und nahm die Hand ihres Vaters. »Du kannst ruhig gehen, wir kommen schon zurecht.« Doch Brooke wollte nicht gehen. Sie musste sich eingestehen, dass nach der Versöhnung mit ihrem Vater Gefühle in ihr aufgestiegen waren, mit denen sie nicht gerechnet hatte. Anfangs hatte sie ihre wachsende Sorge um ihn auf ihren ausgeprägten Beschützerinstinkt zurückgeführt; sie hatte schon immer allen Menschen helfen wollen, die krank waren. Doch je mehr Zeit sie mit ihm verbrachte, desto größer wurde ihre Angst, dass sie ihn wieder verlieren würde. Inzwischen war sie sich schmerzlich bewusst, dass jeder Moment mit ihm zusammen kostbar war.

»Big Daddy und Juliet kommen wunderbar allein zurecht und sie passen auch auf Meghan und Spencer auf, ich brauche mich also nicht zu beeilen.« Brooke sah zwischen ihren Eltern, die einander nicht aus den Augen ließen, hin und her und überlegte, ob die beiden vielleicht lieber ein bisschen allein sein wollten. *Du meine Güte. Manchmal benehmen sie sich wie Teenager.* »Aber ich kann rausgehen, wenn ihr wollt.«

»Nein, nein …«, sagte erst ihr Vater, dann versicherte auch ihre Mutter, dass das nicht nötig sei.

Kurz darauf stellte Brookes Vater den Fernseher an. Nicht lange, und ihre Eltern hatten nur noch Augen für die Quizshow *Jeopardy*.

Brooke war bei dieser Spielshow nie sehr gut gewesen, deshalb versuchte sie auch jetzt gar nicht erst, dem Inhalt zu folgen, sondern gestattete sich, ihre Gedanken auf Reisen zu schicken und einfach ein bisschen an Owen zu denken. *Ich kann es kaum glauben, dass er mich auch liebt.*

Sie hatte ihn kurz zuvor angerufen, um ihm zu sagen, wo sie war. Obwohl er ein Sandstrahlgebläse gemietet hatte, weil er die Fußböden im Obergeschoss säubern wollte, hatte er sofort angeboten, zu ihr in die Klinik zu kommen. Sie hatte abgelehnt, weil das wirklich nicht nötig war, aber allein die Geste bedeutete ihr viel.

Inzwischen war sie überzeugt, dass Gott ihr eine zweite Chance für die Liebe bot. Dennoch konnte sie das nagende Gefühl nicht abschütteln, dass irgendetwas nicht stimmte. Sie glaubte, es waren die Anrufe von Virginia, die sie die ganze Nacht am Grübeln gehalten hatten. Doch heute Morgen hatte Owen ihr noch gesagt, dass er sie liebe, bevor er auflegte, und dass er ihrem Vater alles Gute wünsche, also waren ihre Sorgen wahrscheinlich ziemlich überflüssig.

»Ihr beiden scheint euch ja ganz gut zu unterhalten«, sagte sie nach zehn Minuten zu ihren Eltern. Die einzigen Worte, die im Zimmer gewechselt wurden, waren die Antworten ihrer Eltern auf die Fragen der Spielshow im Fernsehen. »Dann werde ich jetzt doch gehen.« Sie streifte den Riemen ihrer Tasche über die Schulter. »Mom, ich komme heute Nachmittag und hole dich ab.« Sie küsste erst ihren Vater, dann ihre Mutter auf die Wange.

»Danke, dass du mich hergebracht hast und dass du noch geblieben bist.« Daddys Stimme brach, als er sprach, und Brooke hoffte, dass er nicht wieder weinen würde. Er reagierte in letzter Zeit sehr emotional, doch auch sie konnte die Tränen kaum zurückhalten.

»Bis heute Nachmittag dann.«

Sie winkte ihnen noch zu und ging hinaus. Sie hatte ihn so lange gehasst, dass sie ganz vergessen hatte, wie sehr sie ihn liebte.

Owen hatte den ganzen Donnerstagvormittag damit verbracht, sich in einem der oberen Schlafzimmer – dem Raum mit dem eingebauten Bücherregal – ein Büro einzurichten. Es würde ihm guttun, wieder zu arbeiten. Denny und Hunter waren in Austin, zwei Türen kaufen, Spezialanfertigungen, die Brookes Laden nicht führte.

In den letzten Tagen hatte er Brooke nicht gesehen, aber sie hatten jeden Abend miteinander telefoniert. Sie verbrachte ihre Zeit im Krankenhaus und im Laden. Er beschloss, eine Pause zu machen und sie anzurufen. Während er das Telefon klingeln ließ, ging er nach unten und schaute gerade in die Küchenschränke, auf der Suche nach etwas Essbarem, als sie abnahm. Sie war im Laden.

»Wie geht es deinem Vater?« Owen nahm einen Laib Brot aus dem Schrank und legte ihn auf die Arbeitsplatte.

»Nicht so gut.« Sie schwieg. »Anscheinend wird er die Infektion einfach nicht los; er schien auch wieder Gelbsucht zu haben, als ich heute Morgen in der Klinik war.«

Owen hätte sie gern nach der Prognose gefragt, danach, wie viel Zeit die Ärzte ihrem Vater noch gaben, doch er wollte sie nicht aufregen. »Du weißt wohl nicht, wie lange er noch im Krankenhaus bleiben muss?«

»Nein. Es kommt drauf an. Er wird täglich schwächer und verliert auch immer mehr Gewicht.« Sie seufzte. »Weißt du, was mir am meisten Sorgen macht?« Owen wartete, dass sie fortfuhr. »Meghan und Spencer haben ihren Großvater gerade kennengelernt und jetzt verlieren sie schon wieder einen Menschen. Es ist schlimm für mich, dass sie das nach so kurzer Zeit schon wieder durchmachen müssen.«

»Ich weiß.« Owen stöberte im Kühlschrank, bis er ein Päckchen Schinken fand. »Aber ich glaube, dass Gott ihn aus einem ganz bestimmten Grund in euer Leben zurückgeschickt hat. Aus mehreren Gründen, genau genommen. Damit ihr euren Kummer verarbeiten und ihm vergeben könnt, damit die Kinder eine Erinnerung an ihn haben und damit er und deine Mutter ihre Verletzungen aus der Vergangenheit überwinden können. Wenn er nicht zurückgekommen wäre, wäre sein Tod sehr viel schlimmer für sie gewesen.«

»Da könntest du recht haben«, sagte sie. »Es ist übrigens sehr schön, wenn du von Gott sprichst.«

Owen lächelte. »Ich würde sagen, wir haben momentan eine ganz gute Beziehung.« Er dachte kurz darüber nach, wie sehr sein Leben sich in letzter Zeit verändert hatte. »Ich vermisse dich.«

»Ich vermisse dich auch. Ich wollte noch vorbeikommen, aber mit meinem Dad und dem Laden …«

»Das verstehe ich vollkommen. Kann ich irgendetwas für dich tun?« Owen drückte die Freisprechtaste an seinem Handy, weil er ein Glas Mayonnaise gefunden hatte, und schmierte sich zwei Scheiben Brot.

»Nein, eigentlich nicht, außer mit mir reden und mich ein bisschen aufmuntern. Meghan und Spencer sind jetzt öfter mit Judys Kindern zusammen, das kommt mir sehr entgegen. Sie sollen den Rest des Sommers noch genießen. Aber natürlich wünschte ich mir, mehr Zeit für sie zu haben.«

»Du bist eine gute Mutter, Brooke. Das ist schon in Ordnung, ganz bestimmt. Im Moment brauchen deine Eltern dich mehr. Aber vergiss nicht, ich bin da, wenn du mich brauchst.«

Er erzählte ihr von seinem Büro, das er in einem hellen Braunton gestrichen und mit weißen Fußleisten versehen hatte. Die Bücherregale hatte er gelassen, wie sie waren. »Ich habe sie nur ein wenig abgeschliffen und das rohe Holz dann so gelassen. Sie geben dem Zimmer Charakter, auch wenn sie sich nicht in ein Geheimzimmer öffnen.«

Owen nahm einen Bissen von seinem Sandwich.

»Du isst gerade, oder? Du hast die Freisprechanlage an, das höre ich.«

»Tut mir leid. Ich vermisse dich und gleichzeitig bin ich hungrig.« Owen versuchte zu sprechen, als hätte er nicht gerade den Mund voll.

»Erdnussbutter und Marmelade?«

»Schinken.« Er schluckte und biss wieder ab.

»Ich werde euch Jungs mal wieder einen großen Geflügelsalat machen.«

»Süße, das brauchst du nicht. Du hast sowieso viel zu viel am Hals.« Aber Geflügelsalat klang trotzdem gut.

»Na ja, die Kinder und ich müssen ja auch essen und meinen Eltern kann ich auch etwas davon ins Krankenhaus bringen. Sie haben das Klinikessen sicher herzlich satt.« Sie schwieg und Owen aß sein Sandwich auf. »Vielleicht können wir uns Samstag sehen.«

»Auf jeden Fall.« Er lächelte. »Ich liebe dich.«

Es klopfte an der Tür, deshalb stellte Owen die Freisprechanlage ab und ging zur Tür.

»Ich liebe dich auch«, antwortete sie in dem Moment, in dem er die Tür öffnete. Er bekam fast einen Herzschlag.

»Äh, hör mal, ich muss aufhören. Ich ruf dich später wieder an.« Er legte auf, ohne ihre Antwort abzuwarten.

Brooke hielt das Handy ein Stückchen vom Ohr fort und starrte es einen Moment an, völlig perplex, weil Owen das Gespräch so schnell und abrupt beendet hatte. Dann fesselte eine Bewegung auf der anderen Straßenseite ihre Aufmerksamkeit. Sie trat ans Ladenfenster und blinzelte, um besser zu sehen. Irgendjemand versuchte, durch das Fenster in Travis' Laden zu schauen – kein einfaches Unterfangen, da die Fenster noch immer mit Brettern verschalt waren. Es dauerte ein paar Sekunden, bis sie den grauen Pferdeschwanz erkannte. Sie beobachtete Denny noch kurz, dann sah sie, dass er sich umdrehte und auf sie zukam.

»Erzählen Sie mir von dem mit Brettern vernagelten Ladengeschäft auf der anderen Straßenseite«, sagte er, als er zur Tür hereinkam. »Ich habe erfahren, dass es Ihrem verstorbenen Ehemann gehört hat.«

Brooke wartete, bis er zu ihr an den Ladentisch gekommen war. »Ja, das stimmt. Er hat alte Bücher, antikes Spielzeug und solche Sachen verkauft. Alle möglichen Antiquitäten. Warum fragen Sie?«

Denny kratzte sich kurz die Stoppeln an seinem Kinn. »Ich bin nur neugierig. Was wollen Sie mit den Sachen machen?«

Brooke zuckte die Achseln. »Verkaufen, denke ich. Ich schiebe es schon seit zwei Jahren vor mir her, aber als ich kürzlich im Laden war, habe ich gesehen, dass alles dick mit Staub bedeckt ist.«

»Hmm.« Er holte tief Luft. »Darf ich es mir anschauen?«

»Klar.« Brooke griff in ihre Tasche und zog den Schlüssel heraus. »Warum?« Sie lächelte. »Möchten Sie das Geschäft kaufen?«

»Vielleicht.« Die Antwort kam schnell. Brooke klappte der Unterkiefer herunter.

»Im Ernst? Und was ist mit Ihren Reisen?«

Denny zuckte die Achseln. »Ich habe eine Schwäche für alte Dinge, vor allem für Bücher.« Er nahm den Schlüssel, den Brooke ihm reichte, und fügte, leicht errötend, hinzu: »Und ich habe jetzt eine Familie. Da habe ich es überhaupt nicht mehr so eilig, nach Peru zu kommen.«

Brooke nickte. »Das Schloss kann ein bisschen schwierig sein«, sagte sie, als er sich zum Gehen wandte. »Heben Sie die Tür ein wenig an, wenn Sie den Schlüssel gedreht haben.«

Sie blickte ihm nach, wie er über die Straße ging, und überlegte, wie es wohl wäre, wenn Travis' Geschäft wieder geöffnet würde. *Travis würde es gefallen.*

Eine Stunde später kam Denny zurück.

»Nun, was meinen Sie?« Brooke verschränkte die Arme vor der Brust. »Steigen Sie ins antiquarische Bücher- und Spielzeuggeschäft ein?« Sie lächelte, weil sie das Ganze absolut nicht ernst nahm.

»Ja. Ich glaube schon. Reden wir über den Preis.«

Owen starrte seine Exfrau an und schaute auf die Babytrage, die sie in der Hand hatte. *Du hast Nerven, Lady.*

»Was willst du hier, Virginia?« Owen schluckte die Galle herunter, die ihm in den Hals gestiegen war.

Sie nahm die Trage in die andere Hand. »Ich habe dich angerufen und eine Nachricht hinterlassen. Du hast nicht zurückgerufen.«

»Vielleicht hättest du daraus schließen sollen, dass ich dich weder sehen noch mit dir reden will.« Er wollte die Tür schließen.

»Können wir reinkommen? Es ist zu heiß hier draußen für das Baby.« Virginia nickte auf das Kind hinunter und Owen trat zögernd beiseite, damit sie eintreten konnte. Er führte sie ins Wohnzimmer. Virginia stellte die Babytrage auf den Couchtisch und warf ihre Handtasche und eine Tasche mit Windeln aufs Sofa.

Dann schwiegen sie eine Weile. Schließlich fragte Virginia: »Hast du eine Neue?«

Sie will zu mir zurückkommen. Owen vergaß beinahe weiterzuatmen. »Ja. Hab ich.«

Diesmal währte das Schweigen noch länger. »Ist es etwas Ernstes?«

»Virginia, warum interessiert dich das? Hat Gary dich sitzen lassen?« Owen verzog das Gesicht und wünschte, das hätte er nicht gesagt. Es war völlig unnötig, einen handfesten Streit mit ihr anzufangen.

»Nein«, sagte sie, »wir sind noch zusammen.«

»Was willst du dann?«

Hörte er da wirklich ein Schniefen? Owen blinzelte, während er zu entscheiden versuchte, ob das, was er sah, ein echtes Gefühl war oder einfach nur das, was Virginia nach Belieben produzieren konnte. Er fühlte sich plötzlich, als läge ihm ein Zentnergewicht auf der Brust. Virginia nur zu sehen und mit ihr zu reden, verursachte ihm schon Kopfschmerzen. Er konnte sich nicht überwinden, ihr zu gratulieren, kämpfte aber darum, nicht die Beherrschung zu verlieren.

»Wie ich sehe, ist das Baby inzwischen da.« Er blickte auf das Kind hinunter, das in eine rosa Baumwolldecke gekuschelt war.

»Ich habe sie Lauren genannt.«

Owen sagte nichts, obwohl er den Namen immer gemocht hatte.

»Hat deine Freundin Kinder?«

Owen wollte nicht mit Virginia über Brooke sprechen, sondern das Gespräch so schnell wie möglich beenden. »Ja. Einen Jungen und ein Mädchen.«

»Wunderbar. Ich weiß, wie sehr du dir immer Kinder gewünscht hast.«

»Und ich weiß, dass du nie welche wolltest.« Owen nickte zu Lauren hinunter.

Wieder Schweigen. Dann antwortete Virginia: »Du hast recht. Ich wollte nie Kinder haben.« Sie streckte die Hand aus und berührte Laurens Wange. »Aber Lauren ist schön, nicht?«

Owen sagte sich, dass Garys und Virginias Kind der Liebe keine Schuld an irgendetwas trug. Er sah es genauer an. Das Baby schlief, doch es verzog den Mund und bewegte die winzigen Finger auf der rosa Decke. »Ja, das ist sie.« Er wandte den Blick von dem Neugeborenen ab und sah seine Exfrau an. Sie trug weiße Jeans und eine blaue Bluse, die ein Dekolleté zeigte, das er nicht ganz so üppig in Erinnerung hatte. Ihr blondes Haar war eine oder zwei Nuancen dunkler und sie trug noch ein wenig Übergewicht von der Schwangerschaft mit sich herum.

»Was führt dich her, Virginia?«

Tränen traten ihr in die Augen. Sie wandte den Blick ab. Dann beugte sie sich zu ihrer Tochter hinunter, küsste sie auf die Wange und strich ihr zärtlich über die Stirn. Schließlich richtete sie sich wieder auf und sah Owen an. »Sie gehört dir. Lauren ist deine Tochter. Ich wusste von Anfang an, dass die Möglichkeit bestand, und jetzt hat ein DNA-Test ergeben, dass Gary nicht der Vater sein kann.«

In Owens Kopf drehte sich alles. Seine Augen wanderten wieder zu dem Baby. »Was? Bist du sicher?«

»Ja. Und sieh sie dir doch an. Sie sieht aus wie du.« Eine Träne lief Virginia über die Wange, doch sie wischte sie rasch fort. »Willst du sie auf den Arm nehmen?«

Owen nickte. Ihm wurde nur langsam klar, dass er eine Tochter hatte.

Virginia löste den Schutzgurt über der Babytrage und nahm das Kind vorsichtig heraus. »Du musst ihr Köpfchen stützen.« Sie legte ihm das Kind in die Arme.

»Sie ist so winzig. Wie alt ist sie?« Owen zitterte, während er das kleine Wunder betrachtete.

»Drei Wochen.« Virginia wischte sich eine weitere Träne fort und

Owen fing an zu grübeln. *Möchte sie zurückkommen? Möchte sie, dass wir eine Familie sind?* Das war natürlich unmöglich. Er liebte Brooke. Aber nun gab es trotzdem eine Menge zu bedenken. Gedanken an Besuche, Unterhalt und andere Entscheidungen, die getroffen werden mussten, gingen ihm durch den Kopf, und daneben dachte er, dass er noch nie ein so schönes Kind gesehen hatte. Er wünschte, sie würde aufwachen.

»Welche Farbe haben ihre Augen?«

»Blau. Aber das ändert sich manchmal, wenn sie älter werden.«

Virginia setzte sich aufs Sofa, doch Owen konnte sich nicht bewegen. Er hätte seine Tochter am liebsten in alle Ewigkeit angeschaut.

»Und was sagt Gary dazu?« Owen riss schließlich doch den Blick von seiner Tochter los und schaute zwischen Virginia und Lauren hin und her.

Virginia runzelte die Stirn und nestelte am Riemen ihrer Handtasche herum, die sie auf den Schoß genommen hatte. »Er ist nicht gerade erfreut.«

»Wusste er, dass das Kind möglicherweise meins sein könnte?«

Owen erinnerte sich, dass Virginia und er nur äußerst selten nicht verhütet hatten.

Virginia seufzte. »Ja. Aber wir haben natürlich gehofft, dass es anders kommt.«

Das glaube ich sofort. Aber es ändert nichts zwischen dir und mir.

Virginia straffte sich und faltete die Hände im Schoß. »Erzähl mir von deiner Freundin.«

»Warum?« Er ging zum Sofa, setzte sich vorsichtig hin und bereitete sich darauf vor, dass Virginia ihm vorschlug, zu ihm zurückzukommen.

Sie wandte ihm das Gesicht zu und zuckte die Achseln. »Ich frage nur. Du hast gesagt, sie hätte zwei Kinder. Wovon lebt sie?«

»Ihrer Familie gehört der Eisenwarenladen hier in der Stadt.« Owen lächelte, als Lauren ihre runden blauen Augen aufschlug. »Sie ist wach. Wow.« Er starrte Lauren an, konzentrierte sich ganz auf die kleine Person, die ein Teil von ihm war.

Owen betrachtete seine Tochter ein Weilchen, dann blickte er zu Virginia auf. »Was hast du vor? Ich nehme an, du bist gekommen, um über Besuche und Unterhaltszahlungen zu reden?«

Sie ließ einen Moment den Kopf hängen, dann sah sie ihn an. Tränen liefen ihr über das Gesicht. »Nein, deshalb bin ich eigentlich nicht gekommen.«

Owen konnte sich nicht erinnern, Virginia je so weinen gesehen zu haben. »Warum dann?«

»Gary will nicht das Kind eines anderen Mannes großziehen.« Sie holte ein Taschentuch heraus und fuhr sich damit über die Augen, immer noch weinend.

Ich wusste es. »Virginia, ich will gern ein Teil von Laurens Leben sein, aber ich muss dir sagen ... ich liebe Brooke. Ich werde nicht zu dir zurückkommen.«

Ihre Augen weiteten sich. »Das will ich ja auch gar nicht. Ich liebe Gary. Ich möchte mit ihm leben.« Sie schwieg und starrte mit glasigen Augen vor sich hin. »Ich möchte, dass du sie großziehst.«

Owen fiel der Unterkiefer herunter. »Was?«

Virginia beugte sich vor. »Du weißt, dass ich nie Kinder wollte. Und Gary verlässt mich, wenn ich Lauren behalte.«

Owens Blut fing an zu kochen. »Nur, dass ich das richtig verstehe, Virginia. Du stellst Gary über dein eigenes Kind?« Er blickte auf Lauren hinunter, deren Augen jetzt weit offen waren und ihn ansahen. »Du willst also diejenige sein, zu der sie jedes zweite Wochenende zu Besuch kommt und so weiter? Wolltest du mir das vorschlagen?« Eigentlich gefiel ihm diese Vorstellung, doch er konnte nicht fassen, dass eine Mutter so etwas auch nur in Erwägung zog.

Virginia schüttelte den Kopf. »Nein, Owen. Ich möchte dir alle meine Rechte an Lauren abtreten.« Sie wandte den Blick ab. »Ich liebe Lauren, aber ich möchte Gary nicht verlieren. Außerdem glaube ich wirklich, dass du dich als Vater besser eignest als ich als Mutter.« Sie griff in ihre Tasche und zog einen Stapel Papiere heraus. »Es ist schon alles vorbereitet, du brauchst nur noch zu unterschreiben, wenn du einverstanden bist.«

Owen fehlten die Worte.

»Hör auf, mich anzusehen, als sei ich ein Ungeheuer.« Sie stemmte die Handflächen auf die Knie.

Er schwieg, dann schüttelte er den Kopf. »Du kannst dir das nicht richtig überlegt haben. Du willst doch bestimmt auch irgendwie an Laurens Leben teilhaben.«

Sie schüttelte den Kopf. »Nein.«

»Gary will es nicht, stimmt's?«

Virginia verzog das Gesicht. »Willst du sie jetzt großziehen oder nicht?«

»Ich weiß nicht, wie ich dich je heiraten konnte.« Er blickte auf das kostbare Bündel in seinem Arm hinunter, dann sah er wieder sie an. »Aber ja, ich will.«

Virginia seufzte erleichtert auf. »Ich bin nicht so herzlos, wie du denkst. Deshalb habe ich nach deiner Freundin gefragt und ob es ihr ernst ist. Ich möchte, dass Lauren eine gute Mutter bekommt.«

»Du bist ihre Mutter.« Owen schüttelte den Kopf. »Brooke ist eine großartige Mutter, aber wir haben noch nicht übers Heiraten gesprochen. Ich kenne sie ja erst ein paar Monate.«

Virginia legte die Papiere vor ihn hin. »Du willst das sicher noch von einem Anwalt prüfen lassen. Dann unterschreibe bitte und schick es mir zu.«

Owen bekam keine Luft mehr. »Du kannst sie nicht gleich jetzt bei mir lassen. Das willst du nicht, oder?« Sein Herz fing an zu jagen. »Ich habe keinerlei Babyzeug. Ich weiß nicht, wie ich mit ihr umgehen soll.«

Virginia griff in ihre Tasche; wieder liefen ihr die Tränen über die Wangen. »Hier ist eine Liste all der Dinge, die du brauchst. Und hier in der großen Tasche sind genügend Windeln, Fläschchennahrung, Kleidung und alles andere, was du brauchst, um die nächsten Tage zurechtzukommen.«

»Du hast wirklich an alles gedacht, nicht wahr?« Er schwieg. »Und wenn ich Nein gesagt hätte?«

»Ich wusste, dass du das nicht tust. Ich kenne dich, Owen.« Sie stand auf, trat zu ihm und streckte die Arme nach dem Baby aus. Zögernd gab er es ihr. Sie wiegte Lauren in ihren Armen und weinte.

Owen schluckte den Kloß hinunter, den er im Hals hatte. »Virginia, tu das nicht. Gib deine Tochter nicht für einen Mann auf.«

Sie gab ihm Lauren zurück, ihr sorgfältig geschminktes Gesicht war tränenverschmiert. »Ich muss gehen.« Sie lief zur Vordertür.

»Virginia! Warte!«

Sie blieb in der Tür stehen und sah erst Lauren, dann Owen an. »Pass gut auf sie auf.«

»Ich weiß nicht, wie man ein Baby versorgt! Ich weiß überhaupt nichts über Babys!« Er hatte schon beim bloßen Halten Angst, Lauren fallen zu lassen.

Virginia fixierte ihn. Ihre Tränen versiegten. »Unterschreibe die Papiere, Owen.«

Owen stand in der Tür und sah ihr nach, wie sie wegfuhr, bis sie außer Sicht war. Sein Herz klopfte immer noch wie rasend. Die Erkenntnis, dass er jetzt eine Tochter hatte, war noch gar nicht in sein Bewusstsein eingesickert, als Lauren ihren winzigen Mund öffnete und anfing zu weinen.

Er ging vorsichtig zurück zum Sofa. *Lass sie nicht fallen. Lass sie bloß nicht fallen.*

Er fand ein Fläschchen in der Tasche und schob ihr den Sauger in den Mund. Sie schloss gierig die Lippen darum – gut! Dann griff er nach seinem Handy und wählte Brookes Nummer. Sie nahm nach dem ersten Klingeln ab.

»Ich wollte dich gerade anrufen. Ein Krankenwagen ist hier, um meinen Vater in die Klinik nach Houston zu bringen. Er hat über vierzig Grad Fieber und das Bewusstsein verloren. Die Kinder sind bei Juliet, Mom und ich begleiten meinen Vater.«

»Brooke, das tut mir so leid. Was kann ich tun?« Er blickte auf Lauren hinunter und wusste, dass diese Neuigkeit noch warten musste.

»Bete einfach nur. Ich bin noch nicht bereit, ihn gehen zu lassen, und meine Mutter ist völlig aufgelöst.« Sie schwieg. Owen hörte

Stimmen im Hintergrund. »Ich muss gehen. Ich rufe dich später an. Mom und ich haben eine Tasche gepackt. Wir sind wahrscheinlich für ein paar Tage fort, vielleicht nehmen wir ein Hotelzimmer. Aber es ist für alles gesorgt. Juliet hat die Kinder gern bei sich und Big Daddy kümmert sich um den Laden.«

»Ich bete, ganz bestimmt.«

Nachdem sie aufgelegt hatten, sah Owen zu, wie Lauren das Fläschchen austrank. »Du warst aber hungrig!« Er schwieg und schüttelte den Kopf. *Unglaublich!* »Du bist so schön.«

Lauren öffnete den Mund und spuckte.

Owen machte sie sauber, so gut es ging. Dann rief Denny an und verkündete, dass sie in dreißig Minuten mit den beiden Türen da sein würden; sie hatten einen kleinen Transporter gemietet. Hunter fuhr hinter ihm in Owens Auto.

»Gott sei Dank, dass ihr kommt. Wir haben Zuwachs.«

Achtundzwanzig

Hunter, Denny und Owen saßen im Kreis um das Baby herum. Owen hatte Lauren auf eine dicke Decke auf den Wohnzimmerfußboden gelegt.

»Sie gibt einfach ihr Kind weg?« Hunter konnte nicht glauben, dass Owens Frau das getan hatte. Andererseits, dachte er, wäre er vielleicht besser dran gewesen, wenn seine Eltern ihn einem netten Menschen wie Owen gegeben hätten.

Dennys linkes Auge zuckte, als er sich vorbeugte und dem Baby ein schiefes Lächeln schenkte. »So, so, ich bin also Großonkel.« Das Lächeln wurde breiter. »Wunderbare Neuigkeit!«

»Deine Exfrau muss eine schreckliche Person sein.« Hunter schüttelte den Kopf, als er die schlafende Lauren betrachtete.

»Na ja, sie ist jedenfalls kein mütterlicher Typ«, murmelte Owen. Er streckte die Hand aus und berührte seine Tochter am Arm. »Sie hatte vorhin richtig Hunger. Sie hat das ganze Fläschchen ausgetrunken, aber dann hat sie fast alles wieder ausgespuckt. Das macht mir Sorgen.«

»Du hast sie nicht aufstoßen lassen, oder?« Denny schob sich eine graue Haarsträhne hinters Ohr. »Babys müssen Bäuerchen machen.«

»Du hattest doch gar keine Kinder. Woher willst du das wissen?«

»Siehst du nicht fern? Hast du noch nie im Fernsehen gesehen, wie jemand ein Baby Bäuerchen machen lässt?«

»Ich finde, du solltest Brooke anrufen.« Hunter betrachtete das winzige, niedliche Ding. »Wir haben doch keine Ahnung, wie wir mit ihr umgehen sollen.«

Owen erzählte, dass Brooke und ihre Mutter in Houston waren, weil es Brookes Vater so schlecht ging. Hunter dachte daran, wie gut Brooke zu ihm gewesen war, als seine Großmutter gestorben war. Er hoffte, dass sie einigermaßen mit ihrer Situation zurechtkam.

»Ich kann es ihr jetzt nicht sagen.« Das Baby öffnete die Augen und Owen hob sie hoch. Hunter hätte ihm am liebsten geholfen. Owen sah aus, als halte er etwas sehr Zerbrechliches, als er das Baby schließlich auf dem Arm hatte. »Aber das sind ziemlich große Neuigkeiten. Sie wird … überrascht sein.«

Hunter überlegte, was das bedeutete. »Wirst du Brooke heiraten?« Er ging zum Sofa und setzte sich hin. Dann beugte er sich über den Couchtisch, der mit Flugzeugteilen übersät war. Er war fest entschlossen, Spencers Flugzeug zum Fliegen zu bringen.

Owen gab das Baby an Denny weiter. »Ich hoffe es, irgendwann jedenfalls, aber wir haben noch nicht darüber gesprochen.«

Hunter war erleichtert. Wahrscheinlich würden sie ihn und Denny rauswerfen, wenn es so weit war. Brooke und ihre Kinder waren prima, aber sie wollten bestimmt nicht, dass völlig fremde Leute bei ihnen im Haus wohnten.

Aber Denny gehört immerhin zur Familie. Hunter überdachte die Situation noch einmal und kam zu dem Schluss, dass er wahrscheinlich der Einzige sein würde, der gehen musste.

Dabei war dies die einzige echte Familie, die er je gehabt hatte. Es war alles so wunderbar normal. Sie kamen gut miteinander aus, keiner brüllte ihn an oder verprügelte ihn – und sie halfen einander. Abends beteten sie sogar manchmal zusammen. Zuerst hatte er es komisch gefunden, mit erwachsenen Männern zu beten, aber jetzt kam ihm auch das schon völlig normal vor. Und vielleicht funktionierte es ja sogar; Hunter hatte nämlich schon gewisse Änderungen an sich festgestellt.

»Ich habe auch eine Neuigkeit.« Denny legte das Baby vorsichtig wieder auf die Decke. »Ich habe Brooke gebeten, nichts davon zu sagen, bis alles perfekt ist. Ich habe das Geschäft ihres verstorbenen Mannes gekauft.«

»Was?« Owen machte große Augen.

Denny seufzte. »Ja. Es gibt wenig, das ich mehr liebe als alte Bücher und solche Dinge – altes Zeug eben. Und dieser Laden ist bis unter die Decke voll mit wunderbaren alten Sachen. Ich habe lange mit Brooke darüber gesprochen, weil ich wissen wollte, wie sie dazu steht, aber sie meinte, die Sachen seien ein Vermächtnis ihres Mannes und dass er sicher sehr glücklich wäre, wenn er wüsste, dass der Laden wieder eröffnet wird.«

Owen sah immer noch völlig verdattert aus; sein Mund war ganz komisch verzogen. »Und was ist mit deinen Reisen und deiner Erledigungsliste?«

Denny öffnete die Arme, als wollte er jemand umarmen. »Das war vor euch allen. Ich habe jetzt eine Familie. Und jetzt haben wir sogar ein Baby. Was für eine herrliche Sache!«

Owen ging zu Denny, schlang die Arme um ihn und erdrückte ihn fast. »Ich finde es wunderbar, dass du bleibst.«

Denny lachte. »Ich könnte mir denken, dass du alle Hilfe brauchst, die du kriegen kannst bei der Versorgung der kleinen Lauren, aber wenn du und Brooke in dieser Hinsicht zu einem persönlichen Arrangement kommt, verschwinde ich natürlich.«

Owen schüttelte den Kopf. »Ich glaube nicht, dass das je nötig sein wird.«

»Und ob es das sein wird.« Denny stand mit einem leisen Stöhnen auf. »Und es ist auch völlig richtig so.«

Hunter sagte nichts. Er musste sich dringend einen anderen Job suchen. Das Haus war fast fertig, jetzt hatte Owen das Kind, das er immer wollte, und dazu noch Meghan und Spencer. Irgendwann würde er Brooke sicher heiraten. Er stellte sich vor, wie sie alle zusammenlebten und er nicht mehr da war.

Wahrscheinlich hat Denny recht. Es ist völlig richtig so.

Am Freitagmorgen wachte Owen auf dem Wohnzimmerfußboden auf. Er hatte neben Lauren und der Windeltasche geschlafen, Virginias Liste neben sich. Das Kind mit ins Bett zu nehmen, war ihm zu gefährlich erschienen; womöglich hätte er Lauren erdrückt oder sie wäre hinausgefallen.

Heute musste er zuallererst ein Kinderbettchen und die anderen Dinge, die Virginia ihm aufgeschrieben hatte, besorgen. Denny hatte recht gehabt mit dem Aufstoßen, auch wenn Owen den Verdacht hegte, dass Denny ansonsten über Babys auch nicht mehr wusste als er selbst. Aber egal. Er hatte ein Video auf YouTube gefunden, in dem genau gezeigt wurde, was er zu tun hatte. Es gab sogar eins, das einem beibrachte Windeln zu wechseln.

Allerdings wäre es natürlich sehr viel leichter, wenn Brooke hier wäre und ihm helfen könnte, aber er hatte ihr noch nicht von Lauren erzählt. Bei ihren allabendlichen Telefonaten machte sie sich nach wie vor große Sorgen um ihren Vater – und ein klein bisschen war Owen auch nervös, wenn er daran dachte, wie sie es wohl aufnehmen würde, dass er Vater war. Was würde sie dazu sagen, dass da plötzlich noch ein Kind zu ihnen gehörte? Owen liebte Meghan und Spencer heiß und innig und Brooke würde Lauren ganz bestimmt akzeptieren. Aber ihre Kinder waren schon älter. Ob sie wirklich noch einmal mit einem neuen Baby ganz von vorn anfangen wollte?

Er lächelte, als ihm bewusst wurde, dass er bereits die Zukunft für sie alle plante.

»Wann gehen wir denn?« Hunter kam ins Wohnzimmer. Er trug Jeansshorts und ein offenbar nagelneues blaues T-Shirt. Sie hatten gestern Abend beschlossen, zusammen nach Austin zu fahren und die Babysachen zu kaufen.

Ursprünglich hatte Owen mit Lauren zu Hause bleiben und Denny und Hunter losschicken wollen, doch ihm war nicht wohl bei dem Gedanken, mit ihr allein zu bleiben, deshalb hielt er es für das Beste, wenn sie alle zusammen fuhren.

»Ich muss sie erst noch füttern.« Owen zog Lauren zu sich herüber und fing an, sich an ihrer Windel zu schaffen zu machen. »Hunter, ich habe ein paar Fläschchen vorbereitet; sie stehen im Kühlschrank. Holst du bitte eins?«

Hunter nickte und verschwand. Owen löste die Klebestreifen, zog die nasse Windel fort, wie es auf dem Video gezeigt wurde, und schob eine frische unter ihr kleines Hinterteil. Dann lächelte sie und er hätte am liebsten geweint. Lauren war mit Sicherheit das wunderbarste Geschenk, das Gott ihm machen konnte.

»Na, wie war das Schlafen auf dem Fußboden?« Owen hatte gar nicht gehört, dass Denny hereingekommen war, aber plötzlich stand er neben ihm. »Sie ist eine Schönheit, nicht?«

Owen lächelte. »Ja, das ist sie wirklich.«

»Wie bringen wir sie in die Stadt? Hast du einen Kindersitz?« Denny schüttelte den Kopf. »Ich erinnere mich noch an früher, an eine Zeit vor Sicherheitsgurten, Kindersitzen und dem ganzen Zeug. Wir haben es auch überlebt.«

»Virginia hat gesagt, die Trage sei gleichzeitig eine Art Kindersitz; hier – sie hat es aufgeschrieben.« Owen reichte Denny das Blatt.

»Sie hat sich ja richtig Mühe gemacht für ein Kind, an dem ihr nichts liegt.« Denny schüttelte wieder den Kopf. »Ich versteh's einfach nicht.«

Owen verstand Virginia schon lange nicht mehr. Er wusste, dass es ihr nicht leicht gefallen war. Trotzdem war es eine Entscheidung, die er nicht nachvollziehen konnte.

Sie brauchten noch eine volle Stunde, bis Lauren getrunken und ein Bäuerchen gemacht hatte und bis die Männer erneut ihre Windel gewechselt und herausgefunden hatten, wie man die Trage in einen Kindersitz verwandelte. »Seid ihr sicher, dass es so richtig ist?« Owen zog die Gurte fest, die die Trage verkehrt herum auf dem Rücksitz hielten. »Denny, du fährst. Ich setze mich zu ihr nach hinten.« Er hörte Hunter grunzen, doch für diese ganz besondere Fahrt nach Austin wollte er einen geübten Fahrer hinterm Steuer.

Am Samstagmorgen wurde Brookes Vater aus dem Krankenhaus entlassen; es ging ihm sehr viel besser. Jetzt konnte sie es kaum erwarten Owen zu sehen, aber zuerst musste sie im Laden nach dem Rechten schauen. Sie ließ die Kinder bei ihrer Mutter, die energisch behauptete, sowohl auf Daddy als auch auf ihre Enkel aufpassen zu können. Als Owen anrief, war Brooke schon im Laden und schaute Quittungen durch.

Sie saß auf ihrem Stuhl hinter der Ladentheke und hörte zu, wie Owen ihr von Virginias Besuch erzählte – und von der Tochter, von der er nichts gewusst hatte. »Ich begreife es nicht«, sagte sie, nachdem sie ihre Fassung wiedererlangt hatte. »Sie will sie überhaupt nicht mehr sehen?«

Sein schweres Seufzen war laut und deutlich zu hören. »Ich muss zugeben, das übertrifft alles, was Virginia sich je geleistet hat. Aber ich habe die Papiere durchgesehen, die sie mir gegeben hat. Sie überträgt tatsächlich alle Rechte auf mich.«

Brooke saß einfach nur da. Sie war sprachlos.

»Ich weiß. Es ist unvorstellbar.« Owens Stimme wurde weich. »Aber du solltest sie sehen – Lauren, meine ich. Sie ist die allerschönste kleine Person, die ich je gesehen habe.«

Brooke lächelte; sie kannte dieses Gefühl. Trotzdem musste sie die Neuigkeit erst einmal verdauen. »Ich kann es kaum erwarten, sie kennenzulernen.«

»Ich auch nicht, und zwar aus ganz egoistischen Gründen. Ich weiß absolut nichts über Babys, wirklich gar nichts. Denny, Hunter und ich waren gestern in Austin. Eine Verkäuferin hat uns geholfen, alles zu kaufen, was wir für ein Baby brauchen, aber von der Hälfte der Sachen wissen wir nicht einmal, was es ist oder wozu es dient.«

»Ich weiß es«, sagte sie sanft.

»Bist du … einverstanden damit? Ich meine, was dich und mich und alles betrifft. Ich weiß, dass jetzt alles ganz anders aussieht – auf einmal ist noch ein Neugeborenes mit im Spiel.«

»Dachtest du, ich wollte dich nicht, nur weil du ein Kind hast?« Sie lächelte. »Ich habe zwei. Erinnerst du dich?«

»Ich weiß. Und ich liebe Spencer und Meghan. Aber mein Kind ist wie aus dem Nichts gekommen, es ist praktisch ein brandneues Baby.«

Brooke musste über diese Beschreibung lächeln. »Ich glaube, du wirst ein wunderbarer Vater, Owen. Wirklich.«

»Das weiß ich nicht, aber ich habe mir immer ein Kind gewünscht. Ich hatte nur nicht damit gerechnet, dass es so kommt. Aber wenn es deinem Vater jetzt besser geht, könntest du doch mal rüberkommen, oder?«

»Natürlich. Ich kann es kaum erwarten, Lauren zu sehen.« Sie verlagerte ihr Gewicht auf dem Stuhl und holte tief Luft. »Bist du hundertprozentig sicher, dass …« Sie krümmte sich, weil sie nicht wusste, wie sie die Frage stellen sollte.

»Virginia hat gesagt, sie hat einen DNA-Test machen lassen, bei dem sich herausstellte, dass Gary als Vater nicht infrage kommt. Und sie hat mir damals geschworen, dass Gary der Einzige war, mit dem sie mich in unserer Ehe betrogen hat.« Brooke hörte nur noch eine winzige Spur der alten Verbitterung in seiner Stimme. »Ich könnte natürlich ebenfalls einen DNA-Test machen lassen, aber ich glaube, Virginia hätte das alles nicht gemacht, wenn sie nicht sicher wäre.« Er lachte. »Außerdem sieht Lauren mir ziemlich ähnlich.«

Sie sprachen noch ein wenig über andere Dinge und zum Schluss sagte Owen Brooke noch einmal, dass er sie liebte und vermisste.

»Ich liebe dich auch.«

Owen schwieg, legte aber nicht auf, deshalb fragte sie: »Bist du noch da?«

»Ja. Ich danke Gott gerade für dich. Und dafür, dass du so eine gute Mutter bist. Was wäre, wenn ich dir nicht begegnet wäre? Wenn ich mich nicht in dich verliebt hätte?«

Brooke lächelte. Sie hatte das Gleiche gedacht. »Gott hat immer einen Plan.« Ohne dass einer von ihnen es sagte, kannte Brooke ihre Rolle in dem neuen Szenarium und konnte es kaum erwarten anzufangen. Sie sah rasch noch die restlichen Quittungen durch und lief dann hinüber zu Owens Haus. Vor Aufregung und Nervosität hatte sie richtig Magenschmerzen.

Owen wartete bereits auf der Veranda auf sie. Er packte sie und überschüttete sie förmlich mit Küssen. »Ich habe dich so vermisst.«

»Ich habe dich auch vermisst. Wo ist das Baby?«

Owen nahm ihre Hand und zog sie über die Schwelle. Und im nächsten Augenblick dachte Brooke, sie sei über die Schwelle der Werkstatt des Weihnachtsmannes gestolpert. Sämtliche Elfen waren fleißig bei der Arbeit, um alles für Weihnachten vorzubereiten. Sie hatte noch nie so viele Babysachen auf einmal gesehen. Hunter und Denny wuselten im Wohnzimmer herum und versuchten, Ordnung in das Ganze zu bringen.

Brooke achtete nicht auf sie. Sie ging zu dem kleinen, transportablen Laufstall und nahm das Baby, das darin lag, auf den Arm. Es war so lange her, dass sie ein Baby im Arm gehalten hatte.

»Owen, sie ist wirklich wunderschön.« Sie beugte sich über Lauren und atmete tief den Duft von Babyöl ein.

Als Owen nicht antwortete, sah sie zu ihm hinüber und dann zu Denny und Hunter, die aufgehört hatten zu arbeiten. Alle starrten sie an.

»Was ist denn?«, fragte sie schließlich.

»Bei dir sieht es so einfach aus«, sagte Owen.

Hunter fuhr sich mit dem Ärmel über die Stirn. »Ja, Sie hätten sehen sollen, wie wir drei gestern Abend versucht haben, sie zu baden. Wir hatten wahnsinnige Angst, dass sie ertrinkt oder Seife in die Augen bekommt oder so was.«

Brooke lachte. »Ich habe das Ganze ja schon zwei Mal gemacht. Außerdem braucht man für das meiste einfach nur gesunden Menschenverstand.«

»Na ja, vielleicht liegt es daran, dass wir auf die harte Tour lernen mussten, was passiert, wenn so ein winziges Ding nicht sein Bäuerchen machen kann.« Denny wandte sich wieder der Aufgabe zu, Beine an eine Babywiege zu schrauben.

Brooke trug Lauren zum Sofa. Sie versuchte immer noch zu verstehen, dass dies tatsächlich Owens Tochter war, als Owens Handy klingelte. Sie wusste sofort, dass es Virginia war. Und dass es ein Problem gab.

Donnerstagmorgen küsste Patsy Brooke auf die Wange, bevor sie sie in den Laden gehen ließ. Meghan und Spencer waren oben in ihren

Zimmern, Harold schlief. Patsy ließ sich aufs Sofa fallen, schloss die Augen und genoss die Stille.

Brooke wirkte glücklicher, als Patsy sie seit Travis' Tod je erlebt hatte, und sie schien ihrer Zukunft mit freudiger Erregung entgegenzusehen, zumal jetzt, da diese Zukunft noch ein Baby für sie bereithielt. Meghan und Spencer ging es gut, auch wenn Spencer im Blick auf Owen noch immer ein wenig auf der Hut schien. Patsy hatte das Gefühl, dass ihr Enkel Owen gern lieben würde, gleichzeitig aber Angst hatte, dass er und seine Mutter mit dieser Liebe seinen Vater verrieten. Harold machte den Eindruck, als hätte er sein Schicksal angenommen, doch er hatte noch einen großen Wunsch vor seinem Tod und Patsy fürchtete, dass er sich nicht erfüllen würde. Er wünschte sich so sehr, dass Brooke und Owen bald heirateten, damit er Brooke vor den Traualtar führen konnte – wenn sie es ihm erlaubte und er dazu in der Lage war.

Patsy wusste, dass ihre Tochter keine so schnellen Entscheidungen traf. Sie kannte Owen erst seit ein paar Monaten. Patsy glaubte zwar, dass die Beziehung der beiden letztlich in eine Ehe münden würde, allerdings nicht in naher Zukunft, auch nicht, nachdem ein Baby ins Spiel gekommen war. Brooke traf Entscheidungen stets wohlüberlegt.

Ein ganz besonderer Augenblick für Patsy war, als sie zufällig sah, wie Brooke und Harold die leere Tür des Fotoschreins, den Travis' Eltern Brooke geschenkt hatten, mit Bildern bestückten.

Meghan kam herein und kuschelte sich neben Patsy aufs Sofa. »Mommy sagt, Owen hat ein kleines Baby.«

»Das stimmt.« Patsy zupfte Meghan sachte an einem ihrer Rattenschwänzchen. »Ist das nicht aufregend?«

Meghan nickte. »Spencer sagt, dass wir Owen jetzt sicher nicht mehr so oft sehen, weil er jetzt selbst ein kleines Mädchen hat.«

»Nein, das glaube ich nicht. Aber Babys brauchen sehr viel Aufmerksamkeit. Du wirst ihm bestimmt mit der kleinen Lauren helfen können. Wäre das nicht hübsch?«

Meghan nickte ernst und plötzlich hatte Patsy die Vision von ihnen allen als einer einzigen, großen Familie. Die Vorstellung zauberte ein

Lächeln auf ihr Gesicht. *Bitte, Gott, lass Harold lange genug leben, um das zu sehen.*

Während Meghan sich an sie kuschelte, dachte sie darüber nach, dass sie Harold nun ein zweites Mal verlieren würde, diesmal endgültig. Die Ärzte hatten gesagt, dass er es vielleicht bis Weihnachten schaffen konnte. Patsy betete jede Nacht, dass sie recht behalten und er noch erleben würde, wie Brooke und seine Enkelkinder am Weihnachtsmorgen Päckchen auspackten. Sie dachte mit einem stechenden Schmerz an all die Weihnachtsfeste, die er nicht miterlebt hatte, weil sie es nicht zugelassen hatte, weil sie ihm einfach nicht hatte vergeben können.

Harold fing an zu husten, deshalb schob Patsy Meghan vorsichtig zur Seite. »Ich muss nach deinem Großvater schauen.«

»Er wird sterben, nicht?« Meghan faltete die Hände im Schoß und hielt den Kopf gesenkt.

Patsy kniete sich vor sie hin und hob ihr Kinn an. »Ja, ich glaube, Gott wird ihn bald zu sich rufen. Aber weißt du, was?« Sie schwieg kurz, dann fuhr sie fort: »Wenn er in den Himmel kommt, wird er deinen Daddy dort treffen. Das ist doch gut, oder?«

Meghan spielte mit einer Haarsträhne, die sich aus einem Rattenschwänzchen gelöst hatte und ihr ins Gesicht hing. »Meinst du, ich kann Großvater einen Brief für Daddy mitgeben?«

Patsy kämpfte gegen die Tränen an, die ihr in die Augen stiegen, küsste Meghan auf die Stirn und stand auf. »Das ist eine sehr schöne Idee, Meghan.«

Harold hustete heftiger und Patsy eilte zu ihm.

Neunundzwanzig

Am Samstagmorgen lief Brooke in Owens Wohnzimmer unruhig und schwitzend auf und ab. Virginia hatte am Telefon verlangt: »Wenn du Lauren behalten willst, will ich die Frau kennenlernen, die sie vielleicht großzieht.« Das war geradezu brillante Manipulationskunst. Virginia hatte dafür gesorgt, dass Owen genügend Zeit hatte, um Lauren mit Haut und Haaren zu verfallen, und dann ihre Forderung gestellt. Wie konnte Brooke jetzt Nein sagen? Denny und Hunter hatten sich schon früh am Morgen verdrückt. Brooke wünschte, sie könnte das auch. Sie hatte das Gefühl, als müsste sie ein Einstellungsgespräch für einen Job führen, für den sie sich gar nicht beworben hatte.

»Sei doch nicht so nervös«, sagte Owen, als er hereinkam, und umarmte sie. »Sie beißt schon nicht.« Er küsste sie auf den Nacken. »Glaube ich jedenfalls.«

Brooke entzog sich ihm. »Ich weiß gar nicht, warum sie das unbedingt will. Wir sind doch nicht einmal ...« Sie schlug die Augen nieder und zuckte die Achseln. »Du weißt schon.«

Owen hob ihr Kinn an und lächelte. »Du weißt genau, was wir sind und was daraus werden wird.«

Das war zwar kein Heiratsantrag, aber Brooke wurde trotzdem von einem wohlig-warmen Gefühl erfüllt, obwohl sie immer noch einen Klumpen im Magen hatte. Sie strich glättend über die Falten des gelben Sommerkleides, das sie für heute ausgewählt hatte, und kämmte sich mit den Fingern das Haar.

Owen beugte sich herunter und küsste sie sanft, dann flüsterte er: »Du siehst schön aus. Und danke noch mal.«

»Na ja, ich kann ja nicht zulassen, dass sie dir deine Tochter wieder wegnimmt, nur weil ich mich weigere, sie kennenzulernen.«

»Ich kann dir gar nicht sagen, wie sehr ich das zu schätzen weiß.« Owen holte tief Luft und sah auf seine Armbanduhr. »Sie hat gesagt zehn Uhr, aber sie kommt immer zu spät.« Fünf Minuten – und viele

Schritte wie der sprichwörtliche Tiger im Käfig – später hörten sie ein Auto in die Auffahrt einbiegen. »Das wird sie sein.« Owen trat ans Fenster und zog den Vorhang zurück. »Ja.«

Owen ging zur Vordertür. Brooke hörte, wie er sie öffnete. Sie selbst war wie angewurzelt im Wohnzimmer stehen geblieben. Sie glättete zum x-ten Mal ihr Kleid und ging schließlich in den Flur.

Nach einem Moment, der ihr wie eine Ewigkeit erschien, trat eine Frau in blauer Caprijeans, einem engen gelben Oberteil und hochhackigen weißen Sandalen über die Schwelle. Sie hatte üppige braune Locken und trug eine schwarze Sonnenbrille. Die Frau betrachtete Brooke von oben bis unten. Als sie endlich fertig schien, streckte Brooke die Hand aus und stellte sich vor.

Virginia schob die Sonnenbrille auf ihren Kopf hoch und Brooke sah, dass sie geweint hatte. »Schön, Sie kennenzulernen, Brooke.«

Owen führte sie beide ins Wohnzimmer. Virginia ging sofort zu dem transportablen Laufstall, in dem Lauren schlief. Brooke erwartete, dass sie das Baby hochnehmen würde, doch sie betrachtete es nur ein paar Sekunden.

»Sie ist ein schönes Baby.« Brooke schluckte schwer; sie wusste einfach nicht, was sie tun oder sagen sollte.

Virginia legte ihre Handtasche aufs Sofa. »Owen, ich möchte gern mit Brooke allein sprechen, wenn das möglich ist.«

Brooke hielt die Luft an, doch Owen antwortete bereits. »Nein, das geht nicht.« Er schien wütend zu sein. Brooke berührte ihn kurz am Arm.

»Owen, ich bin einverstanden.« Schließlich kannten sie alle den Zweck des Besuchs.

»Bist du sicher?« Owen legte ihr die Hand auf den Arm und Brooke spürte, wie sich Virginias Blick förmlich in sie einbrannte. Vielleicht hatte sie ja ihre Meinung geändert. Vielleicht war ihr klar geworden, dass Owen ein Hauptgewinn war, und jetzt wollte sie ihn zurück.

Brooke nickte. Sie war sich ganz und gar nicht sicher, doch Owen ging bereits in sein Schlafzimmer. Als sie hörten, wie er die Tür hinter sich schloss, setzte Virginia sich an das eine Ende des Sofas und Brooke an das andere.

»Ich kann mir vorstellen, was Sie von mir denken.« Virginia presste ihre zart geschminkten Lippen fest zusammen.

»Ich bin nicht hier, um Sie zu verurteilen.«

»Owen sagt, dass es was Ernstes ist mit Ihnen beiden.« Virginia betrachtete Brooke abermals von oben bis unten.

»Ja, das glaube ich auch.«

»Haben Sie schon über eine Heirat gesprochen?«

»Nein, eigentlich nicht.« Brooke erinnerte sich an Meghans Frage und Spencers Reaktion. Sie hatten noch einen weiten Weg vor sich, bis die ganze Familie damit einverstanden war.

»Aber die Möglichkeit besteht?«

Ich hoffe es. »Warum fragen Sie, Virginia?«

»Ich denke, das liegt auf der Hand.« Sie wühlte in ihrer Gucci-Tasche, bis sie ein Taschentuch fand. »Es könnte sein, dass Sie Lauren großziehen. Auf jeden Fall werden Sie ein wichtiger Teil ihres Lebens werden.« Eine Träne lief ihr über die Wange. »Bevor ich sie Ihnen überschreibe, möchte ich wissen, ob Sie vertrauenswürdig sind.«

Überschreibe? Sie ist doch kein Grundstück. »Aber Sie brauchen doch Ihre Rechte nicht aufzugeben. Er hat die Papiere noch nicht unterschrieben. Er will noch warten, bis er sicher ist, dass Sie Ihre Meinung nicht noch einmal ändern. Wir können doch auch alle zu Laurens Leben dazugehören. Ein Baby kann gar nicht genug Liebe bekommen.«

Virginia lächelte. »Owen ist ein guter Mann.«

»O ja.«

»Aber es ist alles entschieden.« Virginia wandte kurz den Blick von Brooke ab, dann schaute sie sie wieder an. »Und es ist gut so.« Sie betupfte ihre Augen mit dem Taschentuch. »Ich hatte einfach nur das Gefühl, dass ich Sie kennenlernen sollte. Ich will nämlich das Beste für Lauren, ob Sie es glauben oder nicht. Ich selbst komme aus einem kaputten Elternhaus und ich möchte nicht, dass sie genauso zwischen zwei Familien hin- und hergezerrt wird wie ich. Das soll nicht heißen, dass ich das alles nur für Lauren tue – das stimmt natürlich nicht, das gebe ich ohne Weiteres zu. Trotzdem ist mir noch nichts jemals so schwergefallen.« Sie zögerte und starrte Brooke unverwandt an. »Wissen Sie, ich wäre keine gute Mutter.«

»Doch, das könnten Sie durchaus sein. Es ist nicht leicht und man bekommt keine Gebrauchsanweisung mitgeliefert, aber wir alle lernen ständig dazu. Und es ist die lohnendste Aufgabe, die es überhaupt gibt. Virginia, tun Sie das nicht, wenn Sie auch nur den geringsten Zweifel haben. Lassen Sie sich nicht unter Druck setzen.«

Virginia straffte sich. »Ich habe keine Zweifel. Sagen Sie Owen, er soll die Papiere unterschreiben. Aber …« Ihre Augen glitten durch das Zimmer und streiften die Wiege, die Trage und den Laufstall. »Könnten Sie mir vielleicht Fotos schicken?« Sie griff in ihre Tasche und zog eine Visitenkarte heraus. »Hier ist meine E-Mail-Adresse.« Ihre Stimme stockte. »Nur hin und wieder … das wäre wunderbar.«

Brooke schaute die Karte an, sie konnte es immer noch nicht ganz begreifen. »Natürlich. Aber …«

»Ich fürchte, Owen würde es nicht tun.«

»Wenn Sie ihn darum bitten, würde er es tun, da bin ich ganz sicher.« Brooke holte tief Luft und stieß sie langsam wieder aus.

Virginia stand auf, Brooke ebenfalls. In diesem Moment schien eine Veränderung mit Virginia vorzugehen; sämtliche Zeichen von Verletzlichkeit waren plötzlich verschwunden. »Ich kann Ihnen versprechen, dass ich mich nicht in Ihr Leben einmischen werde. Gary hat große Reisepläne für uns ausgearbeitet. Ein Baby würde absolut nicht in diese Pläne passen.«

»Sie brauchen sich jetzt nicht endgültig zu entscheiden.« Brooke wollte die unsichtbaren Linien, die da gezogen worden waren, nicht überschreiten, aber sie meinte es ernst.

Virginia sah ihr in die Augen, so intensiv, dass der Blick sie bestimmt monatelang verfolgen würde. »Doch. Ich muss.« Damit nahm sie ihre Tasche und fügte hinzu: »Ich gehe jetzt.« Auf dem Weg zur Tür liefen ihr die Tränen übers Gesicht, doch ihr Ausdruck war wie versteinert.

Brooke packte ihren Arm, fieberhaft bemüht, etwas zu tun, um den Schmerz dieser Frau zu lindern, auch wenn sie selbst ganz allein dafür verantwortlich war. »Möchten Sie sich nicht von Lauren verabschieden?«

Virginia fiel Brooke um den Hals. »Ich kann nicht. Passen Sie auf mein Baby auf.« Dann lief sie hinaus und schlug die Tür hinter sich zu.

Owen kam gerade rechtzeitig ins Zimmer, um zu sehen, wie Brooke die Hände vors Gesicht schlug und anfing zu weinen. Sie schien gar nicht mehr aufhören zu können.

»Was hat diese Hexe zu dir gesagt? Was hat sie dir getan?« Er nahm sie in die Arme. »Es tut mir so leid, Brooke. Ich hätte dich nicht mit ihr allein lassen dürfen. Baby, was ist denn los?«

Doch Brooke schüttelte nur den Kopf und weinte. Als sie wieder Luft bekam, sagte sie: »Es tut mir so unsagbar leid für sie.« Dann schob sie Owen sanft zurück und sah ihm in die Augen. »Sie wird alles verpassen.«

Owen nahm sie wieder in die Arme. »Aber wir werden alles haben.«

Brooke wusste, dass ihrer beider Leben sich für immer verändert hatten. Er hielt sie noch eine Weile, dann löste er sich von ihr und küsste sie immer wieder auf den Mund.

»Alles wird gut.« Nach einem letzten Kuss auf die Stirn fragte er: »Also essen wir heute alle zusammen hier?«

Brooke schniefte noch, doch sie war froh über den Themenwechsel. »Ja, wir essen zusammen. Sag den Jungs, dass es Putenschnitzel und Kartoffelbrei gibt. Ich bringe die Zutaten mit und koche hier.« Sie lächelte. »Hunter hat bestimmt das Flugzeug fertig. Spencer kann es kaum erwarten, es auszuprobieren.« Sie nahm ihre Handtasche und streifte sie über die Schulter. »Ich sehe dich und Miss Lauren also heute Abend.«

Als Brooke gegangen war, nahm Owen Lauren hoch und trug sie zum Sofa. Er setzte sich hin und schaute in die blauen Augen seines kleinen Mädchens.

»Hallo Tochter.«

Er dachte, dass er sie am liebsten für immer einfach so angucken würde. Schon allein der Anblick ihres Gesichtchens schenkte seinem Herzen Frieden.

»Spence, mach bitte die Autotür zu.« Brooke hatte alle Hände voll, als sie zu Owens Tür ging. Meghan lief voraus und klopfte und plötzlich klang es, als riefen Owen, Denny und Hunter alle gleichzeitig: »Herein!« »Meghan, du kannst die Tür aufmachen.«

Brooke ging nach Meghan hinein und erwartete, dass die Männer ihr entgegenkamen, um ihr einen Teil ihrer Last abzunehmen. Da keiner auftauchte, ging sie durch ins Wohnzimmer – und musste lächeln. Die kleine Lauren lag auf einer wattierten Decke auf dem Fußboden, Owen, Hunter und Denny saßen im Kreis um sie herum, die Augen unverwandt auf sie gerichtet. Meghan und Spencer liefen zu ihnen.

»Ich fange dann mal an zu kochen«, sagte sie. Keine Antwort. Sie grinste und wiederholte den Satz, diesmal lauter. Owen stand auf und kam rasch zu ihr.

»Tut mir leid.« Er griff nach den Taschen. »Ich glaube, so langsam bekomme ich es hin, für sie zu sorgen. Aber mit dem Baden musst du mir helfen. Bis jetzt habe ich es mit Hunter zusammen gemacht, aber eigentlich sollte es wohl auch einer allein schaffen.«

»Du machst das alles ganz wunderbar, wirklich.« Sie ging ihm nach in die Küche und fing an, die Lebensmittel auszupacken.

»Ach, das habe ich ja ganz vergessen.« Owen schlug sich mit der Hand an die Stirn. »Sie hat gespuckt. Ich habe versucht, dich anzurufen, aber du hast nicht abgenommen.«

»Wann?« Sie legte die Steaks auf die Arbeitsplatte.

»Vor ungefähr einer Stunde, würde ich sagen. Ich habe sie gesäubert, so gut ich konnte, ohne sie zu baden. Aber woher kam das?«

»Babys machen das manchmal, einfach so. Hast du daran gedacht, sie ihr Bäuerchen machen zu lassen?«

»Ich habe es versucht. Aber ich kann dir nicht sagen, ob sie es tatsächlich gemacht hat.«

Sie drehte sich zu ihm um und lächelte. »Willkommen im Elternclub, Owen. Wir lernen jeden Tag etwas Neues.«

»Hast du was dagegen, wenn ich wieder reingehe?« Owen deutete aufs Wohnzimmer.

»Nein, ich habe hier alles unter Kontrolle.«

Brooke machte sich an die Arbeit. Sie panierte die Steaks und kochte Kartoffeln. Sie kannte sich in Owens Küche bestens aus, schließlich hatte sie sie eingerichtet. Außer ihr benutzte sie kaum jemand, höchstens Denny, der hin und wieder mal ein paar Eier kochte. Sie fühlte sich hier schon richtig zu Hause.

Nach dem Essen gingen sie alle zusammen nach draußen, um zu sehen, ob Spencers Flugzeug diesmal fliegen würde. Brooke hätte nicht sagen können, wer nervöser war, Spencer oder Hunter. »Du musst alles genau so machen, wie ich es dir vorhin gezeigt habe.« Hunter gab Spencer die Fernbedienung.

Brooke hatte Lauren auf dem Arm. Sie schirmte die Augen des Babys mit einer Decke gegen die Sonne ab und wiegte es sanft. Plötzlich spürte sie, dass Owen sie anstarrte. Er winkte ihr zu und lächelte.

Alle beobachteten gespannt, wie Spencer die Knöpfe der Fernbedienung drückte. Als das Flugzeug langsam anrollte und schließlich vom Boden abhob, fingen Owen und Denny an zu klatschen.

»Halte es ruhig!« Hunter hatte die Hände über den Kopf erhoben und sah aus, als hielte er die Luft an.

Brooke war ein bisschen nervös; sie hoffte, dass Spencer das Flugzeug nicht in irgendein Wohnzimmer steuerte und dass er es auch wieder landen konnte, doch gleichzeitig genoss sie seine freudige Aufregung. Es war schön zu sehen, mit welcher Selbstsicherheit er die Steuerung bediente. Als Owen seinen Arm um sie legte, blickte sie zu ihm auf. Er küsste sie auf die Wange, streichelte mit dem Finger über Laurens Wange und nickte dann zu Meghan hinüber. »Meine drei Lieblingsmädchen«, flüsterte er.

»Vorsicht!« Hunter hüpfte plötzlich wie verrückt auf und ab. »Pass auf!«

»Ich hab's im Griff.« Spencer ließ das Flugzeug wenden. Brooke trat instinktiv ein paar Schritte zurück, dann noch ein paar.

»Es kommt direkt auf uns zu!« Brooke drehte sich um und rannte mit Lauren ins Haus zurück.

»Ich hab doch gesagt, ich hab's im Griff!«

Brooke schaute von der Veranda aus zu, wie das Flugzeug auf den Asphalt hinunterglitt und dicht vor den anderen stehen blieb. Spencers Gesicht glühte vor Begeisterung. Brooke traute ihren Augen nicht, als sie sah, dass ihr Sohn zu Hunter lief und ihn umarmte.

»Du hast's geschafft!«, schrie Hunter.

Brooke glaubte, dass ihr Gesicht wahrscheinlich ebenfalls glühte. Dieser Abend war einfach vollkommen. Ihre Eltern saßen zu Hause zusammengekuschelt auf dem Sofa und schauten sich einen Film an. Ihr Vater hatte sich besser gefühlt; er war aufgestanden und ein wenig herumgegangen, die Einladung zum Abendessen hatten die beiden jedoch abgelehnt. Owen strahlte wie jeder frischgebackene Vater und Brooke war sicher, dass sie eine wichtige Rolle im Leben seiner schönen Tochter spielen würde.

Sie schnupperte an Laurens Babyhaar, genoss ihren unbeschreiblichen Babyduft und betrachtete dabei ihre unkonventionelle Familie, denn genau das waren sie – eine Familie. Denny und Hunter beugten sich zusammen mit Spencer über das Flugzeug; alle drei schienen in ein wichtiges Gespräch vertieft. Owen hielt Meghans Hand. Allein der Anblick war ein wunderbares Geschenk. *Danke, Gott!*

Sie drehte sich um, um mit Lauren ins Haus zu gehen. Doch im selben Moment, in dem sie die Tür öffnete, wusste sie, dass etwas nicht stimmte.

»Owen! Owen!« Sie drückte das Baby fester an sich und rannte die Verandastufen wieder hinunter. »Kommt schnell! Schnell!«

Dreißig

Owen wusste, dass alle in Sicherheit waren, schließlich standen sie alle um ihn herum und auch Brooke konnte er sehen. Aber was war dann los? Warum schrie Brooke wie am Spieß?

Zuerst dachte er an Feuer. Doch als ihm im Hauseingang Wasser entgegenströmte, war ihm klar, dass er es mit einem völlig anderen Problem zu tun hatte. Er watete durch das Wasser, das ihm aus dem Flur entgegenkam, und ging einem Geräusch nach, das offenbar aus dem kleinen Badezimmer im Untergeschoss drang. Und dann sah er auch schon die Ursache: Aus einem der Wasserhähne sprudelte das Wasser mit kräftigem Strahl hervor. Er bückte sich und drehte das Wasser unter dem Waschbecken ab, doch es lief anscheinend schon eine ganze Weile.

»Was ist passiert?« Denny tauchte neben Owen auf. Nach einem raschen, prüfenden Blick sagte er: »An dem Wasserhahn hat Hunter gearbeitet.«

»Danke, dass du mich den Schakalen vorwirfst, Denny.« Hunter hob den Wasserhahn vom Fußboden auf, wo er gelandet war. »Die Dichtung war kaputt, deshalb habe ich sie ersetzt und …«

»Ganz egal, wir brauchen jetzt Handtücher – Unmengen von Handtüchern.« Owen fing an, Handtücher aus einem Regal neben der Tür zu ziehen und sie auf den nassen Boden zu werfen. »Wir müssen das Wasser schnellstens aufwischen, wenn wir den Boden nicht noch mal ganz neu machen wollen.« Er fuhr sich mit dem Ärmel über das schweißnasse Gesicht. »Hunter, in dem Schrank im großen Badezimmer vorn steht eine Tasche mit Handtüchern. Ich habe sie für die Badezimmer gekauft, wenn sie alle fertig sind, aber wir brauchen sie jetzt gleich. Hoffentlich können wir verhindern, dass das Wasser sich weiter als bis zum Flur und der Eingangshalle ausbreitet.«

Brooke hatte alle Hände voll zu tun, die Kinder zurückzuhalten und sich um Lauren zu kümmern. »Können wir euch irgendwie helfen?«

»Guck nach, ob du in der Küche noch ein paar Handtücher findest.« Owen fing an, das Wasser mit den Handtüchern aufzunehmen, die er hatte; wenn sie vollgesogen waren, warf er sie in einen Eimer. Denny verschwand und kam kurz darauf mit einer blauen Plastikwanne zurück. »Für die Handtücher. Sie ist größer.« Owen hörte, wie Brooke und die Kinder in der Küche Schubladen aufzogen. Nur Hunter war nirgends zu sehen.

»Denny, kannst du mal nachgucken, wo Hunter bleibt? Wenn er die Tasche nicht findet – sie steht ganz hinten im Schrank, in einer Ecke. Ich habe nur drei oder vier Handtücher zum Gebrauch ins Regal gelegt; wir brauchen dringend mehr.«

»Klar.«

Brooke kam mit zwei Geschirrtüchern, zwei Rollen Küchenpapier und einem Korb voller Lappen und Lumpen zurück. »Das ist alles, was ich gefunden habe. Ich habe Lauren in den Laufstall im Wohnzimmer gelegt. Was kann ich sonst noch tun?«

Owen seufzte. Er spähte den Flur hinunter in Richtung Eingangshalle, wo das Wasser noch immer in Pfützen auf seinem frisch abgeschliffenen und gestrichenen Boden stand. Bei dem Anblick schloss er die Augen und holte tief Luft, dann sah er Brooke an. »Anscheinend finden die Jungs die Handtücher nicht. Kannst du mal nachgucken, was da los ist? Sie stehen hinten links im Schrank, gut sichtbar, in einer grauen Einkaufstasche.«

»Natürlich.«

Mit Meghan an der Hand und Spencer dicht hinter ihnen platschte Brooke durch das Wasser in der Halle in das große Bad neben Owens Schlafzimmer. Meghan und Spencer blieben in der Tür stehen, als Brooke das Badezimmer betrat. Sie liebte die große Wanne mit den Löwenfüßen und der verstellbaren Dusche, die Owen eingebaut hatte. Die neuen Fliesen und Ablageflächen waren angenehm altmodisch und wirkten zugleich hochmodern.

»Owen braucht die Handtücher. Habt ihr sie gefunden? Eine große Tasche hinten im …«

Sie hielt verwirrt inne. Hunter stand mitten im Bad, ein paar Handtücher in der Hand. Denny schleuderte gerade die große Einkaufstasche voller Handtücher aus dem Schrank heraus, in dem er stand. Es war ein recht großer Schrank für ein so altes Haus, groß genug, um etwa vier Schritte weit hineinzugehen. Beide Männer starrten auf den Fußboden.

»Hol besser mal Owen«, sagte Denny, die Hände in die Hüften gestemmt.

»Schnell!«, fügte Hunter hinzu. »Sagen Sie ihm, dass wir den Bunker gefunden haben.«

Brookes Herz verdoppelte seinen Schlag; Spencer drückte sich an ihr vorbei. »Wo?«, fragte er. »Wo?«

Denny deutete auf den Fußboden. Brooke trat näher. »Ich sehe nichts.« Spencer trat jedem auf die Zehen, während er sich immer weiter nach vorn arbeitete. Brooke packte ihn am Ärmel und zog ihn zurück. »Warte noch, Spencer.«

Denny bückte sich gerade in dem Moment, als Owen ins Badezimmer gerannt kam.

»Hallo? Bringt mir vielleicht endlich jemand die Handtücher?« Als er die Tasche mitten im Bad stehen sah, warf er frustriert die Hände in die Luft. »Und was macht ihr alle im Schrank?«

Meghan zog an seinem Hosenbein. »Mr Denny hat den Bunker gefunden.«

»Was?« Owen schaute zu den anderen hinüber, die sich alle an einem Fleck zusammendrängten. »Ihr macht doch hoffentlich keine Scherze? Es steht nämlich immer noch Wasser im Flur.«

Denny bedeutete den anderen zurückzubleiben. »Seht ihr, wie sich die Holzmaserung an dieser Stelle vom Rest des Bodens abhebt?« Er zeichnete die Linien mit der Hand nach. »Hier sind zwei kleine Löcher; ich glaube, da war einmal ein kleiner Griff. Es ist kaum zu sehen. Man muss schon wissen, wonach man sucht.«

»Ich hab es jedenfalls nicht gewusst.« Owen starrte auf den Fußboden; er schielte beinahe vor Anstrengung, etwas zu erkennen. »Bist du sicher?«

Denny stöhnte, als er aufstand. »Wir brauchen eine Brechstange oder so was und müssen die Platte aufhebeln, um sicher zu sein. Aber mein Gefühl sagt mir, dass wir richtigliegen.«

»O Mann, o Mann, o Mann!« Spencers Augen waren groß wie Suppenteller.

»Na gut. Wir wischen zuerst das Wasser auf, so gut wir können, dann gucken wir nach.« Brooke nahm die Tasche mit den Handtüchern und verließ das Bad. Wie sie gehofft hatte, folgten ihr die anderen.

Brooke hatte noch nie gesehen, dass eine so kleine Gruppe von Menschen mit so atemberaubender Geschwindigkeit einen Boden aufwischte, wie sie es jetzt taten. Die Handtücher warfen sie in die Plastikwanne; darum würden sie sich später kümmern. Dann marschierten alle hinter Owen her zurück zu dem Schrank und blieben davor stehen, während Owen mehrere Paar Schuhe, eine Golfausrüstung und zwei Matchbeutel herausholte. Er gab die Sachen Hunter, der sie ins Schlafzimmer brachte.

Dann quetschte Denny sich zu Owen in den Schrank hinein und reichte ihm eine Brechstange. Die anderen standen im Badezimmer und versuchten, die Köpfe in den Schrank zu stecken. »Ich glaube, wenn du direkt neben den beiden Löchern ansetzt, lässt sich die Falltür anheben.«

Alle standen ganz still. Owen schaffte es, einen kleinen Abschnitt des Fußbodens anzuheben. Dann packte er die Kante mit beiden Händen, wies Denny mit einer Kopfbewegung an, Platz zu machen, hob die Falltür an und schlug sie zurück. Die Öffnung, die sich im Boden auftat, war knapp siebzig auf siebzig Zentimeter groß. Brooke hatte Spencer am Ärmel gepackt, konnte ihn jedoch kaum zurückhalten.

»Ich brauche eine Taschenlampe.« Owen deutete auf Hunter. »In der Küche ist eine; in der zweiten Schublade neben dem Herd.«

Hunter rannte hinaus.

Owen lächelte Spencer zu. »Sieht so aus, als bekämst du jetzt doch noch deinen Geheimbunker.«

»Das ist so cool!« Spencer versuchte, sich näher heranzuschlängeln, doch Brooke ließ ihn nicht los. »Ich habe gesagt, du sollst warten. Wir wissen nicht, was da unten ist.« Brookes Herz klopfte heftig; fast unbewusst trat sie selbst näher an die Öffnung heran.

Nur Meghan stand geduldig im Hintergrund. Sie hatte Angst im Dunkeln und Brooke wusste, dass sie es nicht eilig hatte, sich in das Loch hinunterzuwagen.

Auf dem Flur waren eilige Schritte zu hören, dann erschien Hunter mit der Taschenlampe. Owen knipste sie an und leuchtete in die Öffnung hinein.

Hunter schnappte nach Luft. »Eine Treppe! Wer geht zuerst?«

Brooke spürte, wie Spencer zitterte.

Owen versuchte, tiefer in die Öffnung hineinzuleuchten, und drehte die Lampe langsam im Kreis. »Ich gehe zuerst. Wir wissen nicht, was da unten ist und ob es gefährlich ist runterzugehen.« Dann drehte er sich um und stieg rückwärts hinunter, wobei er sich jeweils mit einer Hand an den Stufen abstützte, weil es kein Geländer gab. Mit der anderen Hand richtete er die Taschenlampe nach unten auf die Stufen.

»Sei vorsichtig, Owen.« Brooke ließ Spencer los, damit er näher herantreten konnte. Ihr Herz raste noch immer; sie legte eine Hand auf die Brust.

»Dass mir ja niemand nachkommt, bevor ich es sage.« Owens Kopf war jetzt auf Fußbodenhöhe. »Brooke, horch ein bisschen auf Lauren, ja?«

»Ja. Sei vorsichtig.«

Brooke beschloss, rasch nach Lauren zu sehen; sie schlief noch immer fest. Als sie zurückkam, hatten sich Denny, Hunter und Spencer hingekniet und starrten in die Dunkelheit.

»Alles in Ordnung?«, rief Denny hinunter.

Brooke trat näher und kniete sich ebenfalls hin. Jetzt waren sie alle so dicht beisammen, dass ihre Köpfe sich beinahe berührten.

»Wir brauchen mehr Licht. Aber ihr werdet es nicht glauben!«

»Was? Was?« Spencer quiekte beinahe vor Aufregung. »Owen, kann ich runterkommen?« Er sah Brooke an. »Bitte, Mom. Du musst mich da runterlassen!«

»Nein. Du wartest, bis Owen sagt, dass du runterkommen kannst.« Brooke hörte, wie das Baby anfing zu weinen. Sie beugte sich zu dem flackernden Licht hinunter. »Owen, ich muss nach Lauren sehen. Lass Spencer oder Meghan nicht hinunter, bevor du dich nicht genau umgeschaut hast.«

»Okay.«

Brooke lief rasch zu Lauren und nahm sie auf den Arm. Sie hörte sofort auf zu weinen und Brooke entschied rasch, dass nur ihre Windel gewechselt werden musste. Es war noch nicht Essenszeit für Lauren, also zog sie ihr eine frische Windel an und setzte sich ein bisschen mit ihr in den neuen Schaukelstuhl, den die Männer gekauft hatten. Seufzend drückte sie den Säugling an ihre Brust und genoss das Gefühl, diesen winzigen Menschen so nah zu spüren. Gleichzeitig überlegte sie, was wohl im Badezimmer vor sich ging. Sie wusste, dass Owen auf ihre Kinder achtgeben würde, so wie sie auf Lauren aufpasste.

Als Lauren endlich eingeschlafen war, legte Brooke sie wieder in den Laufstall und lief zurück zu den anderen. Ihr Herz setzte einen Schlag aus, als sie niemand im Badezimmer sah, nicht einmal Meghan. Sie spähte in den Schrank. Aus dem Loch im Boden drang Licht herauf.

»Ist bei euch alles in Ordnung?«

»Ja!«, rief Spencer von unten.

»Schnell«, quiekte Meghan, »komm gucken!«

Brooke stieg vorsichtig die Treppe hinunter. Als sie am Fuß angekommen war, stand sie in einem lang gestreckten, schmalen Raum, etwa drei auf sechs Meter groß. Das Licht der Taschenlampe fiel auf nackte Betonwände. Vor den Wänden standen Metallregale. Darin sah sie staubige Konservendosen, ein altes Radio, Kisten und Schachteln, die an den Ecken abgestoßen und angefressen waren, Laternen und etwas, das wie ein alter Generator aussah. In einer Ecke lehnten zwei staubige Gewehre.

»Bleibt von den Gewehren weg.« Brooke packte Meghan und Spencer am Arm.

Spencer versuchte sich zu befreien. »Was ist das?« Er deutete auf eine kleine Schatulle, die in einem der Regale stand. Owen richtete den Strahl der Taschenlampe darauf. Alle traten näher.

»Vielleicht ist sie voller Gold, wie bei Piraten oder so!« Spencer beugte sich darüber.

Owen wischte den Staub von der Schatulle, die tatsächlich wie eine kleine Piratenschatztruhe aussah. Sie war ungefähr sechzig Zentimeter lang und dreißig Zentimeter hoch. »Sie ist abgeschlossen.« Er klemmte sich die Taschenlampe zwischen Arm und Taille, richtete das Licht auf die Truhe und hob sie an. »Sie wiegt nicht viel.«

Plötzlich ging Owens Taschenlampe aus. Meghan schrie auf und Brooke sprang vor Schreck in die Luft. Er schüttelte die Lampe, doch das Licht kehrte nur als schwache Funzel zurück. »Das Ding ist hinüber.« Er deutete auf die Leiter. »Kommt, raus hier, bevor wir ganz im Dunkeln stehen.«

Sie scharten sich um die Treppe, nur Denny war noch zurückgeblieben. Er leuchtete mit einem Feuerzeug auf eine der Kisten in einem Regal. »Bücher. Viele, viele Bücher. Fantastisch.«

Owen scheuchte ihn zur Treppe. Als alle außer Owen wieder oben im Badezimmer standen, reichte er ihnen die Schatulle hoch und stieg dann ebenfalls durch die Falltür nach oben.

Sie gingen ins Wohnzimmer. Owen stellte die Schatulle auf den Couchtisch, dann trat er an den Laufstall.

»Sie atmet noch«, flüsterte er Brooke zu, als er wieder zu ihnen kam. Sie lächelte nur und dachte daran, wie sie ihre eigenen Kinder beim Schlafen beobachtet hatte, als sie noch Säuglinge waren.

Hunter fummelte bereits am Schloss herum. »Ich glaube, wir müssen das Ding aufbrechen.«

»Zwei Seelen, ein Gedanke.« Sie schauten auf und sahen Denny in der Tür stehen, einen Hammer in der Hand.

Es brauchte ein paar kräftige Schläge, doch dann gab das Schloss nach. Alle drängten sich dicht um Owen. Der entfernte die Einzelteile, in die das Schloss geborsten war, und legte die Hand an den Deckel der Truhe.

Brooke musste plötzlich an Travis denken. Er war immer fasziniert gewesen von der Vorstellung, dass es einen Geheimbunker in der Hadley-Villa gab, und wäre sicher liebend gern jetzt dabei gewesen. Doch er war nicht hier und Brooke wusste plötzlich, dass sie diese Tatsache von nun an akzeptieren konnte. Gott hielt die Zügel in der Hand; es konnte für sie deshalb kein Bedauern geben, nur Hoffnung für die Zukunft.

Owen hob vorsichtig den Deckel an. Die anderen drängten sich noch näher und spähten in die Truhe.

»Das sieht aber nicht nach Piratengold aus.« Spencer zuckte die Achseln. Owen nahm eine Handvoll Papiere heraus.

Er hielt einen der unverschlossenen Umschläge hoch. »Briefe.« Er blätterte ein paar davon durch. »Ein Briefwechsel zwischen Adeline und John Hadley.«

»Das ist alles?« Spencer stieß einen enttäuschten Seufzer aus. »Bloß ein paar Briefe? Das ist kein Schatz.«

Denny sah das Briefbündel noch immer durch. »Der Älteste trägt einen Poststempel von 1938. Manche sind aus San Antonio. Viele sind von John in Smithville an Adeline in San Antonio, aber es gibt auch welche von ihr an ihn. Und ein paar sind an John während seines Militärdienstes adressiert. Dieser eine hier ist noch ungeöffnet.«

»Adeline stammte aus San Antonio. Sie muss diese Briefe an John geschrieben haben, als er um sie warb.« Brooke war in Gedanken in der Vergangenheit, bei der längst verblassten Liebesgeschichte, die in diesen Briefen festgehalten war. Dann dachte sie an Adelines Brief an den Anwalt. *»Alle meine weltlichen Schätze sind Kleinode des Herzens, sicher begraben unter diesem Haus, das die Liebe erbaut hat.« Aber ich frage mich, warum sie sie nicht mitgenommen hat, als sie fortging.*

Meghan ging zum Laufstall; sie fand den Schatz ganz eindeutig langweilig. »Darf ich Lauren halten, Mommy? Sie ist wach.«

Brooke nahm die gähnende Lauren auf den Arm. »Setz dich aufs Sofa, dann gebe ich sie dir.« Sie legte Meghan das Baby in die Arme. »Kannst du da sitzen bleiben und sie ein bisschen halten? Dann mache ich ihr schnell ihr Fläschchen.«

Als Brooke zurückkam, hatten sich Owen, Hunter und Denny je einen Brief genommen und lasen sich gegenseitig vor. »Was macht ihr denn da?« Sie blickten mit großen, unschuldigen Augen zu ihr auf. »Ihr dürft diese Briefe nicht lesen! Sie gehen euch nichts an. Sie gehören Mr Hadley, wir müssen sie ihm geben.«

Sie ging zum Sofa und reichte Meghan das Fläschchen. »Gib ihr das. Dann muss sie ihr Bäuerchen machen und dann müssen wir ihr wahrscheinlich die Windel wechseln.«

Sie drehte sich wieder zu den Männern um. Hunter und Owen steckten die Briefe, die sie in der Hand hatten, gerade zurück in die Umschläge, nur Denny las noch. Er trug eine schwarze Brille, die sie noch nie an ihm gesehen hatte.

Brooke sah ihn böse an und räusperte sich, doch Denny hob einen Finger. Er blickte nicht auf.

»Sie hat recht, Onkel Denny.« Owen, der auf dem Fußboden gesessen hatte, stand auf und blickte auf die Schatulle auf dem Couchtisch hinunter. »Wir dürfen diese Briefe nicht lesen.«

Denny nahm langsam die Brille ab, dann sah er von seinem Platz auf dem Fußboden zu Owen auf. »Aha. Unsere Heldin, Mrs Adeline Hadley, war schwanger, als sie die Stadt verließ. Der Brief hier trägt den Poststempel von November 1942.« Denny setzte seine Brille wieder auf und las den Brief laut vor. Brooke war zu neugierig, um es ihm zu verbieten.

»Mein liebster John, mein Herz wird jeden Tag schwerer und ich bete, dass Gott dich bald nach Hause schickt. Ob du wohl jemals erfahren wirst, dass wir ein Kind haben werden? Alle meine Briefe, in denen ich es dir geschrieben habe, sind zurückgekommen. Ich hoffe und bete, dass du wenigstens diesen Brief bekommst. Mit dem Kind, das in mir wächst, wächst auch meine Verzweiflung. Ich war so überglücklich, als ich erfuhr, dass ich schwanger bin. Ich dachte, unsere

Träume von einer Familie würden sich endlich erfüllen. Doch jetzt bist du irgendwo im Pazifik, weit fort von mir, und ich frage mich, ob ich dich je wiedersehen werde.

Vergib mir meine Ängste, mein Liebster. Ich habe mich so sehr bemüht, zuversichtlich zu sein, gute Miene zum bösen Spiel zu machen, während doch mein Herz bricht. Ich gehe durch das große Haus, das du für uns gebaut hast, und sehne mich danach, dass du zu mir und zu dem kleinen Wesen, das in mir wächst, zurückkommst. Meine Tage sind lang, meine Nächte noch länger. Manchmal wache ich mitten in der Nacht auf und strecke die Hand nach dir aus, doch dann fällt mir ein, dass du nicht da bist.«

Brooke schluckte schwer. Sie musste daran denken, wie oft es ihr genauso gegangen war. Es war ganz still im Zimmer, als Denny weiterlas:

»Der Mann, den ich eingestellt habe, hilft mir im Garten und bei den Reparaturen am Haus, die nötig werden; er tut sein Bestes, bis du wieder da bist. Ohne ihn würde dieses Haus genauso heruntergekommen aussehen wie viele andere, deren Besitzer im Krieg sind. Ich weiß nicht, was ich ohne Jesse Lewis tun würde. Er schämt sich, weil sie ihn beim Militär nicht genommen haben, aber er leistet Militärdienst an der Heimatfront. Ich weiß, dass du ihm bei deiner Rückkehr dankbar die Hand schütteln wirst – und du musst bald zurückkommen, mein Geliebter. Ich versuche, stark zu sein, aber manchmal fällt es mir unendlich schwer.

Komm nach Hause zu mir, John. Sei mutig – ich weiß, dass du gar nicht anders sein kannst als mutig –, aber vergiss nicht, dass du hier genauso gebraucht wirst, und pass auf dich auf. Unser Kind braucht einen Vater. Und ich brauche meinen Mann. Deine dich liebende Frau Adeline.«

Brooke nahm Meghan Lauren ab und legte sie sich auf die Schulter, damit sie aufstoßen konnte. Dabei musste sie gegen die Tränen ankämpfen, die ihr in die Augen gestiegen waren. *Sie hat nie erfahren, dass er schließlich doch zu ihr zurückgekehrt ist.*

Owen durchmaß mit großen Schritten das Wohnzimmer. Er

schüttelte den Kopf. »In Adelines Brief an den Anwalt war nicht von einer Schwangerschaft die Rede. John Hadley hat nie erfahren, dass er ein Kind hat.«

Denny steckte den Brief wieder in den Umschlag. »Scheint so. Aber Brooke hat recht. Diese Briefe gehören John Hadley. Was für eine bittersüße Liebesgeschichte! Hast du mir nicht erzählt, dass er noch lebt? Du meine Güte, welch eine Geschichte!«

»Ich kenne Mr Hadley nicht persönlich, aber er lebt in der gleichen Einrichtung, in der auch meine Mom war.« Brooke tätschelte Lauren sanft den Rücken. »Mom sagte, dass er ziemlich für sich bleibt, er ist immerhin schon über neunzig, aber sie haben sich gegrüßt, wenn sie sich begegnet sind. Sie hat erzählt, dass er mit großem Bahnhof in Empfang genommen wurde, als er aus dem Krieg zurückkehrte, fast wie ein Kriegsheld. Doch dann hat er sich bald ganz zurückgezogen. Er hat sein Geschäft geführt und nie über sich oder über den Krieg gesprochen. Und auch nicht über Adeline.«

»Was meinst du, ist er stark genug, all das hier zu erfahren?«

»Ich weiß es nicht, aber ich kann es herausfinden. Auf jeden Fall müssen wir ihm die Briefe geben, damit er die Möglichkeit hat, Verbindung zu seiner Familie aufzunehmen, wenn er das möchte. Ach, Owen – ich glaube, Lauren braucht eine frische Windel. Wo hast du die Windeln?«

Owen lief aus dem Zimmer. Hunter und Denny legten die Briefe zurück in die kleine Truhe. Meghan lag auf dem Sofa, sie schien sich zu langweilen. Auch Spencer gähnte. Brooke wusste, dass das nicht der Schatz war, den er sich erhofft hatte.

Aber eine Familie war auch ein Schatz, oder nicht? Liebe war ein Schatz. Brooke blickte sich im Zimmer um und wurde sich bewusst, welche Reichtümer sie in diesem Raum versammelt sah. Sogar Scooter, der schwarze Kater, schien es zu wissen. Er hatte beschlossen, im Haus zu bleiben, und lag zusammengerollt in einer Ecke.

Hunter, der in einem Sessel saß, lehnte sich zurück, schlug die Knöchel übereinander und schüttelte den Kopf. »Mann, was für eine traurige Geschichte!« Er gähnte und streckte die Beine noch weiter aus. »Komisch, ich glaube, meine Urgroßmutter und mein Urgroßvater hießen auch Adeline und Jesse.«

Brooke blickte zu Owen und Denny hinüber. Beide hielten plötzlich die Luft an, genau wie sie. »Hunter, weißt du, wo deine Urgroßeltern gelebt haben?«

Hunter verlagerte sein Gewicht im Sessel und gähnte. »Ja. Ich erinnere mich, dass Dad von seinem Großvater erzählt hat, aber er ist jung gestorben, bevor ich geboren wurde. Er sagte, ich stamme von einer langen Reihe von Jungen ab.« Er zuckte die Achseln. »Sie haben in Wichita Falls in Texas gelebt, dort oben bei Oklahoma. Dad ist dort aufgewachsen. Später kam er nach Austin und lernte meine Mutter kennen; sie stammte aus La Grange. Ich weiß nicht, wie sie schließlich in Smithville gelandet sind, nur dass Großmutter …«

»Junge?« Denny war zu Hunter gegangen und schaute auf ihn hinunter. »Und welche Schlüsse ziehst du daraus?«

Hunter setzte sich auf, einen verwirrten Ausdruck im Gesicht. »Was?«

Denny beugte sich hinunter. »Du bist ein kluger Junge, aber im Moment ein bisschen schwer von Begriff. Wenn Adeline Hadley von John Hadley schwanger war und nach Wichita Falls gezogen ist, und wenn der Mann, den sie eingestellt hatte, Jesse Lewis, ebenfalls verschwunden ist, ist es dann nicht sehr gut möglich, dass deine Urgroßeltern Adeline und Jesse Lewis die Gleichen sind, von denen in diesem Brief die Rede ist?«

Hunter runzelte die Stirn. »Du meinst …«

»Ja. Du könntest John Hadleys Urenkel sein.«

Einunddreißig

Am nächsten Montag fuhr Brooke Hunter zu John Hadley ins *Oaks*-Seniorenwohnheim. Brooke hatte dem alten Mann die Situation schon vorher am Telefon erklärt. Im Laufe ihres Gesprächs hatte Mr Hadley angefangen zu weinen, deshalb war Brooke nun auf eine höchst emotionale Begegnung zwischen Hunter und seinem möglichen Urgroßvater gefasst. Hunter selbst war noch immer skeptisch im Hinblick auf seine potenzielle Verwandtschaft mit einem Kriegshelden, einem Mann von Ehre, der in der Gesellschaft hoch angesehen war.

John Hadley empfing sie an der Tür seines Apartments. Er war ein großer Mann, nur ganz leicht über seine Gehhilfe gebeugt, mit feinem grauem Haar unter einer Baseballkappe der Houston Astros. Seine Jeans saß hoch über der Taille, gehalten von einem braunen Gürtel, und sein dunkelgrünes Hemd betonte die grünen Augen unter den dichten grauen Brauen. Sein Gesicht war die Landkarte eines langen Lebens, doch als er jetzt lächelte, lag eine Sanftheit auf seinen Zügen, die in Brooke den Wunsch weckte, von ihm in die Arme genommen zu werden. Stattdessen streckte sie ihm die Hand hin.

»Mr Hadley, ich bin Brooke Holloway.« Sie drehte sich zu Hunter um und lächelte. »Und das ist Hunter.«

»Sagten Sie Hunter?« Er griff sich ans Ohr, um irgendetwas zu richten, und Brooke sah, dass er ein Hörgerät trug.

»Ja, Hunter. Der Junge, von dem ich Ihnen erzählt habe.«

Hunter ergriff die Hand, die Mr Hadley ihm entgegenstreckte. »Hallo Sir.« Seine Unterlippe zitterte; Brooke wusste, dass er sich mit aller Kraft bemühte, nicht zu weinen.

Mr Hadley hatte ebenfalls Tränen in den Augen. Er sah Hunter lange an. Dann drehte er langsam seine Gehhilfe um, damit sie sein kleines Apartment betreten konnten, das ganz ähnlich eingerichtet war wie das, in dem Brookes Mutter gelebt hatte. Auf dem Couchtisch standen ein Teller mit Keksen und drei Gläser Mineralwasser.

»Die Kekse habe ich nicht selbst gebacken«, sagte er lächelnd. »Nellie Rutter aus Zimmer 219 versorgt mich immer mit Leckereien.« Er blinzelte Hunter zu. »Ich glaube, sie mag mich.« Er lachte leise. »Man stelle sich vor. In meinem Alter.« Er bedeutete Brooke und Hunter, Platz zu nehmen, und ließ sich selbst vorsichtig in einem Sessel nieder. Als alle saßen, stellte Brooke die Schatulle mit den Briefen vor ihn hin. Seine Augen hinter den dicken Brillengläsern füllten sich sofort mit Tränen. »Danke. Sie können sich gar nicht vorstellen, wie viel mir das bedeutet.«

Brooke hatte ihm bereits erklärt, dass sie die Briefe gelesen hatten, auch den, der die Nachricht über die Schwangerschaft enthielt, und sich dafür entschuldigt. Außerdem hatte sie ihm von der möglichen Verbindung zwischen ihm und Hunter erzählt.

»Was ist mit meinem Sohn oder meiner Tochter? Meinen Enkeln?«, fragte er jetzt und lächelte Hunter an. »Gibt es noch mehr außer diesem hübschen Jungen?«

Brooke sah Hunter an und wartete, doch dieser nickte ihr zu. Sie sollte das Reden übernehmen. »Es tut mir leid Ihnen sagen zu müssen, dass Ihr Sohn jung gestorben ist, Mr Hadley. Er hieß Richard Lewis und bekam schon in jungen Jahren Krebs.«

»Oh.« Die Lebendigkeit, der Eifer des alten Mannes schienen plötzlich gedämpft. »Das ist sehr traurig. Ich hätte meinen Sohn gern kennengelernt.«

»Ihr Enkel lebt noch, aber er befindet sich momentan leider in einer Entzugsklinik, deshalb weiß ich nicht …«

»Aber ich bin kein schlechter Mensch. Ganz bestimmt nicht.« Hunter beugte sich vor. »Ich habe einen guten Job.«

John Hadley schaute Hunter aufmerksam an, dann lachte er. »Weißt du, was, mein Junge? Du hast meine Augen.« Er lachte wieder. »Diese grünen Augen, die wir beide haben, sieht man nicht oft.« Er deutete auf Hunters Kopf. »Und meine Mutter hatte genau die gleiche Haarfarbe.«

Hunter schien die Luft anzuhalten und Brooke fürchtete schon, dass er wieder eine Panikattacke bekam. Sie hatte selbst Mühe, die

Fassung zu bewahren. Doch es gab nur einen einzigen Weg, alle ihre Spekulationen zu bestätigen.

»Mr Hadley, wären Sie mit einem DNA-Test einverstanden? Nur so könnte man beweisen, dass Hunter tatsächlich Ihr Urenkel ist.« Brooke hielt inne, sie wusste nicht so recht, wie sie weitermachen sollte. Wusste er überhaupt, was ein DNA-Test war?

Der alte Mann zuckte die Achseln. »Schon, aber das ist nicht nötig. Ich weiß, dass dieser junge Mann mein Urenkel ist – ich sehe es in seinem Gesicht. Aber gut, warum sollen wir es nicht ganz offiziell machen?« Er nahm sich einen Keks.

Hunter lächelte nicht, seine Lippen waren fest zusammengepresst. »Was ist mit meinem Vater? Möchten Sie ihn auch kennenlernen?«

Mr Hadley starrte Hunter lange an, so lange, dass es fast schon peinlich wurde. Schließlich sagte er: »Ich glaube, ich möchte zuerst einmal dich kennenlernen. Was hältst du davon?«

Hunters Gesicht leuchtete auf wie eine Laterne und auf seinem Gesicht erschien das breiteste Lächeln, das Brooke je bei ihm gesehen hatte. »Das finde ich sehr gut, Sir.«

»Mr Hadley, wir können den Test gleich morgen machen lassen, wenn Sie wollen. Bis das Ergebnis da ist, dauert es meistens drei bis zehn Arbeitstage, aber ich kenne jemand in der Klinik und glaube, wir werden es schneller bekommen.« Sie sah Hunter an, der immer noch grinste. »Was auch herauskommt, der Besitzer Ihres ehemaligen Hauses, Owen Saunders, lädt Sie für kommenden Samstag zum Abendessen ein. Ich hole Sie gerne ab. Wir dachten, dass Sie vielleicht gern sehen würden, wie wir Ihr Haus restauriert haben.«

Brooke wurde zuerst nicht recht schlau aus dem Gesichtsausdruck des Mannes, doch dann schien er sich zu einem Lächeln zu zwingen. »Vielleicht komme ich auf Ihr Angebot zurück. Ich weiß noch nicht, ob ich bereit dafür bin.«

»Natürlich.« Brooke war enttäuscht, aber sie sagte sich, dass diese Reaktion zu erwarten gewesen war. Es war einfach zu viel von ihm verlangt, das Haus zu betreten, das er für die einzige Frau erbaut hatte, die er je geliebt hatte.

Sie plauderten noch ein Weilchen, dann wollte sie aufbrechen. Mr Hadley fragte, ob Hunter noch bleiben könne. Brooke lächelte froh und meinte: »Natürlich. Rufen Sie mich einfach an, wenn Sie fertig sind, dann hole ich ihn ab.«

Hunter hielt sein neues Handy hoch. »Klar, machen wir.«

»Dann bis später.« Mr Hadley stand auf und streckte ihr die Hand hin. »Ich danke Ihnen hierfür.« Er deutete mit dem Kinn auf die Truhe mit den Briefen und dann auf Hunter.

»Gern geschehen.«

Der Samstag kam und sie erwarteten ein volles Haus.

Mr Hadley hatte sich doch noch entschlossen zu kommen. Brooke fuhr gegen vier Uhr nachmittags zum Seniorenwohnheim, um ihn abzuholen. Ihre Mom und ihr Dad waren schon bei Owen und kochten. Brookes Vater brauchte zwar den Rollstuhl, aber er saß bei ihrer Mutter in der Küche und schälte Gemüse, während seine Frau es klein schnitt und zubereitete. Brooke und ihre Mutter waren schon fast den ganzen Nachmittag am Kochen gewesen und jetzt war das Haus erfüllt vom Duft nach Truthahn, Brotfüllung und Kürbis – ein komplettes Thanksgiving-Essen. Sie fanden, dass sie für vieles dankbar sein konnten, und wollten mit dem Feiern nicht bis November warten.

»Sie haben großartige Arbeit geleistet mit dem Haus, Owen.« Mr Hadley schob seine Gehhilfe langsam ins Esszimmer und setzte sich auf einen Stuhl am schmalen Ende des Tisches. »Wenn ich sehe, wie viel Liebe hier herrscht und dass eine richtige, große Familie darin wohnt, bin ich glücklich.« Dennoch lag tiefe Trauer in seiner Stimme, die aber, so hoffte Brooke, nicht mehr lange währen würde. Sie hatte eine Neuigkeit für ihn, die ihm den Tag versüßen würde, und wollte sie ihm beim Abendessen eröffnen.

Owen hatte ein Babytragetuch gekauft und trug Lauren jetzt fast den ganzen Tag mit sich herum – jedenfalls, wenn sie ihm nicht gerade von einem der anderen weggenommen wurde, denn alle rissen sich förmlich um das Baby. Owens Unbeholfenheit im Umgang mit dem Säugling war völlig verschwunden. Brooke musste jedes Mal lächeln, wenn sie die beiden sah. Er war der geborene Vater.

Brooke konnte Virginias Entschluss, ihr Kind zu verlassen, noch immer nicht nachvollziehen, doch sie freute sich für Owen. Er hatte die Papiere bereits unterschrieben und zurückgeschickt. Gleichzeitig hatte er Brooke klipp und klar gesagt, dass er, wenn Virginia ihre Meinung je ändern sollte, Laurens biologischer Mutter jederzeit einen Platz im Leben ihrer Tochter zugestehen würde. Auch darüber war Brooke froh. Owen hatte zwar nicht gesagt, dass er seiner Exfrau vergeben hatte, doch Brooke konnte sehen, wie die Verbitterung ganz allmählich von ihm abfiel. Das war ein wichtiger – und notwendiger – Schritt in die Zukunft, die sie sich für ihn und Lauren und ihre Kinder vorstellte. Doch sie war bereit zu warten, für ihn da zu sein, während er die Vergangenheit langsam verarbeitete. Sie wusste, dass es Zeit brauchte, bis man vergeben konnte – und dass es nicht möglich war ohne die Gnade Gottes.

Jetzt war der Tisch gedeckt und alle nahmen Platz. Owen setzte sich an die andere Schmalseite, gegenüber von Mr Hadley. Neben ihm saß Brooke, neben Brooke hatten ihre Eltern Platz genommen. Auf der anderen Tischseite saßen Denny, Spencer und Hunter. Meghan hatte man einen zusätzlichen Stuhl neben Spencer hingestellt. Der transportable Laufstall, in dem Lauren schlief, stand nur eine Armlänge von Owen entfernt.

Owen bat alle, sich die Hände zum Tischgebet zu reichen, und Brooke wartete, dass er ihr zunickte, wie er es bisher immer getan hatte. Doch das tat er dieses Mal nicht. Er neigte den Kopf. Die anderen folgten seinem Beispiel.

»Lieber Gott, wir danken dir für alle, die heute hier versammelt sind. In einer Weise, die wir nicht vorhersehen konnten, hast du uns alle zusammengeführt und uns gesegnet, weit über unser Vorstellungsvermögen und alles, was wir je gehofft haben, hinaus. Wir bitten dich, auch die köstliche Mahlzeit, die vor uns auf dem Tisch steht, zu segnen und uns auf dem Weg zu begleiten, den du uns bestimmt hast und den zu gehen wir uns alle bemühen. Wir danken dir im Namen Jesu.«

Brooke musste schlucken, als Owen ihre Hand drückte. Sie wartete, bis er den Truthahn tranchiert und allen aufgetan hatte, doch dann hielt sie es nicht länger aus. Sie blickte sich im Zimmer um und dachte an den langen Weg, den sie alle seit dem Sommer zurückgelegt hatten, und daran, welche Wunder Gott in ihrem Leben gewirkt hatte. Doch eines blieb ihr noch zu tun. Sie klopfte mit der Gabel gegen ihr Glas, schob ihren Stuhl zurück und stand auf.

»Ich bitte um eure Aufmerksamkeit.« Sie räusperte sich. Die anderen legten ihre Gabeln hin und hörten auf zu reden. Sie suchte Mr Hadleys Blick, während sie sprach – mit lauter Stimme, damit er sie auch verstand. »Ich habe gestern die Ergebnisse von der Klinik bekommen. Es ist jetzt amtlich. Hunter Lewis ist Ihr Urenkel.«

Mr Hadleys Lippen zitterten, so wie Hunters, wenn die Gefühle ihn überwältigten, und als er jetzt sprach, drohte ihm die Stimme zu brechen. »Ich habe nicht gedacht, dass ich diesen Tag noch erleben würde.« Er wandte sich an Hunter. »Ich bin so stolz und glücklich, wie ein Mann es nur sein kann, dass ich zu dieser Familie gehöre.« Dann fing er an zu weinen. Brooke wollte zu ihm gehen, doch Hunter stand schon neben ihm. Mr Hadley erhob sich langsam und Hunter legte sanft die Arme um ihn. Keiner sagte ein Wort. Sogar Meghan und Spencer schienen die Bedeutung dessen, was da geschah, zu verstehen.

Dann ging Hunter auf seinen Platz zurück und alle aßen weiter. Brooke musste sich immer wieder in der Runde ihrer unkonventionellen Familie umsehen und gab sich ganz der Freude hin, die dieses Zimmer erfüllte. Sie konnte sich nicht vorstellen, dass es einen vollkommeneren Moment gab. Da klopfte es an der Tür.

»Erwarten wir noch jemand?« Denny stand auf und ging in die Eingangshalle. Die anderen warteten schweigend. Doch da kam er auch schon zurück und schob ein großes, blondes Mädchen vor sich her.

Hunter sprang auf.

»Es tut mir leid; ich hoffe, ich störe nicht.« Das Mädchen guckte sich mit großen Augen in dem Zimmer mit den vielen Menschen um, doch dann konzentrierte sie sich auf Hunter. Ihre Stimme war leise. »Hey, Hunter. Hast du meine E-Mail bekommen?«

Hunters fassungsloses Gesicht entspannte sich; jetzt lächelte er strahlend. »Hi, Jenny.« Zwischen den beiden schien eine unausgesprochene Verbindung zu bestehen, wie ganz deutlich wurde, während er auf das Mädchen zuging. Dann drehte er sich um und sah die anderen an. »Das ist Jenny und … äh …« Er stellte ihr alle namentlich vor. »Sie alle sind meine … meine Familie.«

Brooke hätte am liebsten laut gelacht vor Freude. *Wenn du denkst, das Leben kann nicht schöner sein, hält Gott immer noch eine Überraschung für dich bereit.*

Sie lächelte und stand auf. »Hunter, hol noch einen Stuhl für unseren Gast.«

Sie ging in die Küche, um noch ein Gedeck zu holen. Dabei dachte sie darüber nach, was sie alle im vergangenen Sommer erreicht hatten. Auf einmal konnte sie es kaum abwarten zu sehen, was Gott noch für sie bereithielt.

Epilog

Es war Samstagmorgen. Brooke war dabei, Pfannkuchen zu wenden, als Owen in die Küche kam.

»Hmmmmmm! Das riecht aber gut!« Er schlang die Arme um ihre Taille und küsste sie auf den Nacken. »Trotzdem könntest du den Herd abstellen und noch mal ins Bett kommen. Es ist noch keiner auf.«

Sie lächelte und entzog sich ihm. »Lass das. Die Pfannkuchen sollen fertig sein, wenn die anderen aufstehen. Ist Lauren schon wach?«

»Nein. Sogar sie schläft noch und gibt dir damit die Erlaubnis, noch mal ins Bett zu kommen.« Owen versuchte, sie wieder an sich zu ziehen, doch sie entwand sich ihm und deutete strafend mit dem Pfannenwender auf ihn: »Benimm dich!«

Ihre Hochzeit im Februar war drei Monate her. Weil Lauren noch so klein war, waren sie nach der Heirat nicht in die Flitterwochen gefahren. Doch irgendwie war jeder einzelne Tag für sie wie Flitterwochen, seit sie sich versprochen hatten, einander bis an ihr Lebensende zu lieben. Vieles hatte sich geändert, doch das Pfannkuchenritual war geblieben.

»Ich rieche Pfannkuchen und Schinken.« Denny kam in die Küche geschlurft und ging sofort zur Kaffeekanne.

»Du und Hunter bekommt die ersten Pfannkuchen«, sagte Brooke und wandte sich wieder der Pfanne zu. Hunter arbeitete seit dem Weihnachtsgeschäft letztes Jahr bei ihr im Laden mit und seit einem Monat hatte Brooke die Arbeit dort ganz in seine und Big Daddys fähige Hände gelegt. Juliet war wieder auf dem College und Brooke war im Moment Vollzeitmutter. Deshalb war es bei dem samstäglichen Pfannkuchenritual üblich, dass Hunter und Denny den ersten Schwung Pfannkuchen bekamen, weil sie gleich früh das Haus verlassen mussten. Denny hatte Travis' Laden wieder aufgemacht. Brooke war ganz sicher, dass Travis bei dem Anblick von oben aus dem Himmel auf sie herunterlächelte.

Owen arbeitete seit sechs Monaten von dem Büro aus, das er sich zu Hause eingerichtet hatte, für die Werbefirma in Houston. Das Leben meinte es gut mit ihnen, auch wenn Brooke ihren Vater jeden Tag aufs Neue vermisste. Er war etwa einen Monat nach ihrer Hochzeit gestorben, doch Brooke würde ewig dankbar sein, dass er sich an ihrem Hochzeitstag gut genug gefühlt hatte, um sie zum Altar zu führen, und dass er davor noch hatte miterleben können, wie seine Enkel ihre Weihnachtsgeschenke öffneten.

»Ich höre Lauren.« Owen lief hinaus und wollte gerade die Treppe hinaufstürmen, als Spencer um die Ecke bog. Er rieb sich noch die Augen. Hinter ihm kam Meghan und da drückte sich auch schon Hunter an den beiden vorbei.

»Ich kriege zuerst.« Er griff nach einem Stück gebratenem Speck.

Nachdem Brooke und Owen geheiratet hatten, hatten Hunter und Denny angeboten auszuziehen, doch Owen fand ständig neue Projekte, bei denen er abends und an den Wochenenden ihre Mitarbeit brauchte. Der Bau der neuen Garage zum Beispiel schien kein Ende zu finden. Brooke war sicher, dass Owen die neuen Aufgaben und andere Gründe, warum die beiden bleiben mussten, nie ausgehen würden. Sie hatte nichts dagegen, im Gegenteil, sie genoss die Gesellschaft der Männer genauso sehr wie er. Wer sagte, dass eine große Familie nur aus Eltern und Kindern bestehen durfte?

Hunter kaute krachend seinen Speck. »Ist Miss Patsy schon da?«

»Ihre Freundin Audra fährt sie her.« Brookes Mutter, die nach dem Verkauf von Brookes Haus wieder im *Oaks* eingezogen war, verpasste nur selten das samstägliche Pfannkuchenessen, und manchmal brachte sie ihre Freundinnen und Freunde mit, darunter auch Mr Hadley. Letzten Monat hatten sie alle mit ihm zusammen seinen vierundneunzigsten Geburtstag gefeiert und im Moment gingen sie davon aus, dass er ewig leben würde – auf jeden Fall in ihren Herzen. Er war ihnen sehr ans Herz gewachsen, am meisten natürlich Hunter.

Hin und wieder fuhr sogar Jenny von Houston zu ihnen herüber und frühstückte mit ihnen Pfannkuchen. Dann verbrachte sie den Tag in der Stadt, bis Hunter Feierabend hatte.

Brooke trug einen Teller Pfannkuchen ins Esszimmer und trat dabei mit einem großen Schritt über die orangefarbene Katze und den schwarzen Kater hinweg, die sich in der Tür breitgemacht hatten. Anfangs war es nicht einfach gewesen, Kiki und Scooter aneinander zu gewöhnen, doch irgendwann hatten sogar die Katzen der neuen Patchworkfamilie Frieden miteinander geschlossen.

Ihr neues Leben war manchmal laut und oft chaotisch, und ständig liefen alle durcheinander, sodass sogar ihr wirklich großes Haus hin und wieder überfüllt wirkte.

Doch Brooke hatte nichts dagegen. Es war ihre Familie.

Und es war einfach vollkommen.

Beth Wiseman

Weil ich dich brauche

Paperback, 13,5 x 20,5 cm, 304 S.
Nr. 395.429, ISBN 978-3-7751-5429-1

Um dem rauen Stadtleben zu entkommen, ziehen Brad und Darlene Henderson mit ihren drei Teenagern in eine Kleinstadt auf dem Land. Doch das verstärkt die Probleme nur noch. Die Familie kämpft mit Lügen, Betrug und Verlust – und klammert sich an den Einen, der Halt gibt.

Melanie Dobson

Das Haus auf Crescent Hill

Paperback, 13,5 x 20,5 cm, 336 S.
Nr. 395.393, ISBN 978-3-7751-5393-5

Unverhofft erbt Sarah die alte, prunkvolle Villa ihrer Großmutter Rosalie – das Zuhause ihrer Kindheit. Als sie einzieht, merkt sie, dass dort merkwürdige Dinge vor sich gehen. Zusammen mit dem attraktiven Alex kommt sie alten Familiengeheimnissen auf die Spur.

Bitte fragen Sie in Ihrer Buchhandlung nach diesen Büchern!
Oder schreiben Sie an: SCM Hänssler, D-71087 Holzgerlingen;
E-Mail: info@scm-haenssler.de; Internet: www.scm-haenssler.de

Iris Muhl

Drei Sommer wie ein Winter

Paperback, 13,5 x 20,5 cm, 256 S.
Nr. 395.474, ISBN 978-3-7751-5474-1

Eine unmögliche Liebe verbindet den Halbwaisen James und Monica, die Tochter aus gutem Hause. Als der Erste Weltkrieg sie auseinanderreißt, zieht James voll Verzweiflung an die Front. Doch in den Schützengräben wächst sein Entschluss, um seine Liebe zu kämpfen.

Claire Hölig

Die Weiße Wölfin und der Admiral

Paperback, 13,5 x 20,5 cm, 384 S.
Nr. 395.445, ISBN 978-3-7751-5445-1

Europa 1943: Die Geschwister Karl und Marie kämpfen auf verschiedenen Seiten: Karl hat eine steile Karriere in der deutschen Kriegsmarine hinter sich, seine Schwester wurde britische Agentin im besetzten Frankreich. Eine erschütternde Entdeckung führt ihre Wege neu zusammen.

Bitte fragen Sie in Ihrer Buchhandlung nach diesen Büchern!
Oder schreiben Sie an: SCM Hänssler, D-71087 Holzgerlingen;
E-Mail: info@scm-haenssler.de; Internet: www.scm-haenssler.de